JOHANNA LINDSEY es una de las autoras de ficción romántica más populares del mundo, con más de sesenta millones de ejemplares vendidos. Lindsey es autora de cuarenta y seis best sellers, muchos de los cuales han sido número uno en las lista de los libros más vendidos del New York Times. Vive en Maine con su familia.

En los diferentes sellos de B se han publicado prácticamente todas sus novelas. De la popular saga Malory forman parte las siguientes: *Amar una sola vez, Tierna y rebelde, Amable y tirano, La magia de tu ser, Dime que me amas, El marqués y la gitana, Mi adorable bribona, Cautivo de mis deseos* y *Las trampas de la seducción*.

Título original: *The Perfect Someone*
Traducción: Victoria Morera
1.ª edición: marzo, 2013

© Johanna Lindsey, 2010
© Ediciones B, S. A., 2013
 para el sello B de Bolsillo
 Consell de Cent, 425-427 - 08009 Barcelona (España)
 www.edicionesb.com

Printed in Spain
ISBN: 978-84-9872-783-8
Depósito legal: B. 2.010-2013

Impreso por NOVOPRINT
 Energía, 53
 08740 Sant Andreu de la Barca - Barcelona

Enemigos perfectos

JOHANNA LINDSEY

1

Considerar que Hyde Park es el jardín de tu casa puede parecer raro, pero para Julia Miller lo era. Se había criado en Londres y, desde que tenía memoria, había montado a caballo por el parque casi a diario, desde el primer poni que le compraron de niña hasta las yeguas de pura raza que tuvo después. Tanto si la conocían como si no, los demás la saludaban al pasar, porque estaban acostumbrados a verla por allí. Los miembros de la clase alta, los dependientes que atajaban por el parque camino del trabajo, los jardineros..., todos se fijaban en ella y la trataban de igual a igual.

Julia era alta, rubia; vestía a la moda y siempre devolvía las sonrisas y los saludos. En general era de talante amistoso y la gente le respondía del mismo modo.

Más raro aún que considerar aquel enorme parque su campo de equitación personal, eran sus circunstancias. Julia había crecido en la parte noble de la ciudad, aunque su familia no era de la nobleza. Vivía en una de las casas más grandes de Berkeley Square, porque no sólo los nobles podían permitirse esas mansiones. De hecho, su familia, cuyo apellido procedía de la Edad Media, cuando los artesanos adoptaban el nombre de su oficio, fue de las primeras en comprar y construir en Berkeley Square, a mediados de 1700, cuando se proyectó la plaza, así que los Miller llevaban viviendo allí muchas generaciones.

Julia era conocida y apreciada en el vecindario. Su mejor amiga, Carol Roberts, era de familia noble, y otras jóvenes de la clase alta que la conocían a través de Carol, o del colegio privado al que había asistido, también la apreciaban y la invitaban a sus fiestas. Ellas no se sentían amenazadas por su belleza o su riqueza, porque Julia ya estaba prometida en matrimonio. Llevaba prometida casi desde su nacimiento.

—Me alegra verte por aquí —dijo una voz femenina detrás de ella.

Carol Roberts alcanzó a Julia y su yegua adoptó un suave trote al lado de la de su amiga.

Julia se rio y miró a su menuda amiga de pelo negro.

—Ese comentario tendría que haberlo dicho yo, porque últimamente tú apenas montas.

Carol suspiró.

—Lo sé. A Harry no le gusta que lo haga, sobre todo desde que intentamos tener un hijo. No quiere que me arriesgue a perderlo incluso antes de que sepamos que lo hemos concebido.

Julia sabía que montar a caballo podía provocar un aborto.

—¿Entonces por qué te arriesgas?

—Porque este mes no me he quedado embarazada —declaró Carol frunciendo, decepcionada, los labios.

Julia asintió con comprensión.

—Además —añadió Carol—, echo tanto de menos nuestros paseos a caballo que estoy dispuesta a enfrentarme a Harry cada vez que la menstruación nos impida intentar concebir.

—Ahora no está en casa y no sabe que has salido a montar, ¿no? —preguntó Julia.

Carol se echó a reír y sus ojos azules chispearon con picardía.

—No, claro, pero estaré de vuelta antes que él.

A Julia no le preocupó que su amiga pudiera tener problemas con su marido. Harold Roberts adoraba a su mujer. Se conocieron y se gustaron incluso antes de la presentación en sociedad de Carol, que se había celebrado tres años atrás, así que nadie se sorprendió cuando se prometieron al cabo de unas semanas y se casaron pocos meses después.

Carol y Julia habían sido vecinas durante toda la vida, sus casas eran contiguas y sólo las separaba un estrecho callejón. Además, las ventanas de sus dormitorios estaban una enfrente de la otra —¡ellas se encargaron de que así fuera!—, de modo que, aunque no estuvieran juntas, podían hablar desde sus dormitorios sin siquiera tener que levantar la voz. No era de extrañar que se hubieran convertido en amigas íntimas.

Julia echaba muchísimo de menos a Carol. Aunque seguían viéndose con frecuencia cuando Carol estaba en Londres ahora ella ya no vivía en la casa vecina. Cuando se casó se trasladó a la casa de su marido, a muchas manzanas de distancia, y cada pocos meses, ella y Harold pasaban unas cuantas semanas en la casa que la familia de él poseía en el campo. Harold quería mudarse allí de una forma permanente, pero, de momento, Carol se resistía. Por suerte, Harold no era del tipo de marido dominante que tomaba las decisiones sin tener en cuenta los deseos de su esposa.

Siguieron montando una junto a la otra durante unos minutos, pero Julia ya llevaba en el parque cerca de una hora, así que sugirió:

—¿Quieres que, camino de casa, nos detengamos en el salón de té y compremos unos helados?

—Es demasiado temprano y todavía no hace bastante calor para tomar un helado, pero sí que tengo hambre y echo mucho de menos las pastas de la señora Cables. ¿Todavía os prepara un bufet para el desayuno?

—Pues claro, ¿por qué habría de haber cambiado, sólo porque tú te has casado?

—Harold se niega a quitaros a la cocinera a pesar de que le he insistido más de una vez para que, al menos, lo intente.

Julia soltó una carcajada.

—Él sabe que no puede permitírsela. Cada vez que alguien intenta arrebatárnosla, ella me lo cuenta y yo le subo el sueldo. Sabe lo que le conviene.

Julia llevaba algún tiempo tomando decisiones de este tipo porque Gerald, su padre, ya no podía tomarlas. Su madre, mientras vivía, nunca las tomó. Helene Miller no asumió el control de nada en su vida, ni siquiera de la casa. Ella era una mujer tímida y temía ofender a los demás, incluso a los sirvientes. Murió cinco años antes, en el accidente de carruaje que convirtió a Gerald Miller en un inválido.

—¿Cómo está tu padre? —preguntó Carol.

—Igual.

Carol siempre le preguntaba por su padre y la respuesta de Julia apenas variaba. «Tiene suerte de estar vivo», le dijeron los médicos después de impactarla con el pronóstico de que nunca volvería a ser el mismo. Su cabeza sufrió demasiados traumatismos en el accidente. Aunque los siete huesos que se fracturó aquel día se soldaron, le dijeron que su mente nunca se recuperaría. Los médicos se mostraron categóricos. No le dieron ninguna esperanza. Su padre dormiría y se despertaría con normalidad, incluso comería si le daban de comer, pero nunca volvería a hablar con coherencia. ¿Suerte de estar vivo? Julia a menudo había llorado hasta caer dormida al recordar esta frase.

Aun así, Gerald había desafiado las predicciones médicas. En determinada ocasión, un año después del accidente, y a partir de entonces una vez cada pocos meses, él supo, aunque brevemente, quién era, dónde estaba y qué le había ocurrido. Las primeras veces experimentó tanta rabia y angustia que su lucidez apenas podía considerarse una bendición. ¡Y se acordaba de todo! Cada vez que recuperaba la lucidez, se acordaba de sus anteriores episodios de claridad mental. Durante unos minutos, y, a veces, unas horas, Gerald volvía a ser él mismo, pero esos episodios nunca duraban mucho. Y no recordaba nada de los periodos intermedios.

Los médicos no se lo explicaban. Creían que nunca volvería a tener pensamientos coherentes y seguían sin darle a Julia la menor esperanza de que, algún día, se recuperara por completo. Llamaban a sus momentos de claridad una casualidad. Aquello no tenía precedentes, no había noticias de que algo así hubiera sucedido anteriormente y le aconsejaron a Julia que no esperara que volviera a suceder. Pero sucedió.

A Julia se le rompió el corazón cuando, la tercera vez que su padre volvió a ser él mismo, le preguntó:

—¿Dónde está tu madre?

A ella le habían aconsejado que, si volvía a «despertarse», procurara que estuviera tranquilo, y eso implicaba que no le contara que su mujer había fallecido en el accidente.

—Ha salido de compras. Ya..., ya sabes cómo le gusta comprar.

Él se echó a reír. Ésta era una de las pocas cosas en las que su madre se mostraba decidida, en comprar cosas que en realidad no necesitaba. En aquel momento, Julia todavía estaba de luto y fue una de las cosas más difíciles que hizo en su vida, sonreír y contener las lágrimas hasta que su padre volvió a sumergirse en el reino gris de la nada.

Como es lógico, consultó a varios médicos, y cada vez que uno le decía que su padre nunca se recuperaría, ella lo despedía y buscaba otro. Al cabo de un tiempo dejó de hacerlo y se quedó con el último, el doctor Andrew, porque fue lo bastante honesto para admitir que el caso de su padre era único.

Poco después, en el comedor de los Miller, Carol llevaba su plato lleno de comida y un cesto enorme de pastas a la mesa cuando se detuvo de golpe. Acababa de darse cuenta de la nueva incorporación a la sala.

—¡Santo cielo! ¿Cuándo has hecho esto? —exclamó Carol volviéndose y mirando a su amiga con los ojos muy abiertos.

Julia miró la elaborada caja que había encima de la vitrina de la porcelana, la que había llamado la atención de Carol. El interior estaba forrado en seda azul y ribeteado con pedrería, y detrás de la tapa de cristal había una preciosa muñeca. Julia se sentó a la mesa y consiguió no ruborizarse.

—Hace unas semanas —contestó, y le hizo una seña a Carol para que tomara asiento—. Conocí a un hombre que acababa de abrir una tienda cerca de una de las nuestras. Confecciona estas bonitas cajas para los artículos que la gente quiere conservar y yo no quiero perder a esta muñeca a causa del tiempo, así que le encargué esta caja. Todavía no he decidido dónde ponerla, porque mi dormitorio está lleno de cosas, pero me estoy acostumbrando a verla aquí.

—No sabía que conservaras esa vieja muñeca que te regalé —comentó Carol, asombrada.

—Claro que la conservo. Es mi posesión más preciada.

Esto era cierto, pero no porque Julia valorara mucho la muñeca, sino porque valoraba la amistad que representaba. Puede que Carol no se la regalara justo cuando se conocieron, pero cuando le regalaron una nueva, en lugar de guardar la vieja en la buhardilla y no volver a verla nunca más, se acordó de que Julia la quería y, tímidamente, se la ofreció.

Carol se ruborizó mientras juntas recordaban aquel día, y al final se echó a reír.

—En aquella época eras un pequeño monstruo.

—Yo nunca he sido un monstruo —refunfuñó Julia.

—¡Sí que lo eras! Gritabas, tenías pataletas, eras bravucona y exigente... ¡Te enfadabas por todo! El día que nos conocimos estuviste a punto de darme un puñetazo en la nariz, y lo habrías hecho si yo no me hubiera adelantado dándote una patada en el trasero.

—Aquello me impresionó —recordó Julia sonriendo—. Fuiste la primera persona que me negaste algo.

—Bueno, no pensaba permitir que te quedaras con mi muñeca favorita. ¡Al menos no nada más conocerte! Ni siquiera deberías habérmela pedido. Pero... ¿en serio? —preguntó Carol, sorprendida—. ¿Nunca te habían negado nada?

—En serio. Mi madre era demasiado débil e indecisa, bueno, ya te acuerdas de cómo era. Siempre me dejaba salirme con la mía. Y mi padre era demasiado bueno. Nunca le dijo que no a nadie, y mucho menos a mí. Incluso tuve un poni años antes de poder montarlo. Simplemente, porque se lo pedí.

—Ya, probablemente ésta sea la razón de que, cuando nos conocimos, fueras un monstruito. Eras una mimada sin remedio.

—No era por eso... Bueno, quizás estaba un poco mimada porque mis padres no conseguían mostrarse firmes conmigo y mi gobernanta y los sirvientes no iban a enseñarme disciplina. Pero no me convertí en una fiera llorona y escandalosa hasta que conocí a mi prometido. Fue odio mutuo a primera vista. Yo no quería volver a verlo en toda mi vida. Aquélla fue la primera vez que mis padres no me dejaron salirme con la mía, así que podría decirse que tuve una pataleta que duró unos cuantos años. Hasta que te conocí, no tenía ninguna amiga que me dijera lo tonta que era. Tú me ayudaste a olvidarme de él, al menos entre las distintas visitas a las que nuestros padres nos obligaban.

—Tú cambiaste muy deprisa desde que nos conocimos. ¿Cuántos años teníamos entonces?

—Seis, pero yo no cambié tan deprisa, sólo me aseguré de que tú no presenciaras mis pataletas..., bueno, salvo cuando mi prometido venía de visita. Entonces no conseguía ocultar mi hostilidad ni siquiera cuando tú estabas conmigo, ¿te acuerdas?

Carol se echó a reír, pero sólo porque Julia sonreía. En su momento, las rabietas de Julia no habían sido nada divertidas, y las dos lo sabían. Algunas de sus peleas con su prometido habían sido muy violentas. ¡En cierta ocasión, ella casi le arrancó una oreja de un mordisco! Pero fue culpa de él. Desde su primer encuentro, cuando ella sólo tenía cinco años y estaba convencida de que serían grandes amigos, la rudeza de él y el resentimiento que le causaba que la hubieran elegido en su nombre hicieron añicos sus sueños. Cada vez que se visitaban, él la enfurecía de tal modo que ella lo único que deseaba era abalanzarse sobre él y arrancarle los ojos. Julia estaba convencida de que él había provocado todas aquellas peleas deliberadamente. Aquel estúpido muchacho por alguna razón creía que ella podía romper aquel compromiso que ninguno de los dos quería. Julia estaba segura de que él se fue de Inglaterra cuando finalmente se dio cuenta de que ella era tan capaz como él de terminar su compromiso, y los salvó a ambos de un matrimonio infernal. ¡Qué extraño le resultaba sentir algún tipo de agradecimiento hacia él! Pero ahora que se había ido para siempre, ella podía vislumbrar algo de humor en la terrible bruja que fue..., por culpa de él.

Julia señaló con la cabeza la comida, que se estaba enfriando, pero Carol desvió la conversación a otro tema.

—El sábado celebro una pequeña cena, Julie. Vendrás, ¿no?

El apodo lo conservaban desde niñas, e incluso el padre de Julia lo había adoptado. Ella siempre pensó que era ridículo tener un apodo tan largo como el nombre auténtico, pero como, de hecho, al pronunciarlo sonaba más corto, no le importó.

Miró a su amiga por encima del bollo que estaba a punto de morder.

—¿Te has olvidado de que ése es el día del baile de Eden?

—No, sólo pensaba que podías haber recuperado el juicio y rechazado la invitación —refunfuñó Carol.

—Y yo esperaba que hubieras cambiado de idea y aceptado la invitación.

—Ni hablar.

—¡Oh, vamos, Carol! —dijo Julia con voz zalamera—. Odio arrastrar a mi perezoso primo a esos eventos. Y él también lo odia. Nada más cruzar la puerta principal, ya está buscando la trasera. Nunca se queda conmigo. Pero tú...

—Tu primo no tiene por qué quedarse —la interrumpió Carol—. Tú conocerás a todos los asistentes al baile. En las fiestas nunca te quedas más de un minuto sola. Además, el contrato matrimonial que el conde de Manford conserva encerrado bajo llave supone que ni siquiera necesitas una carabina. Con un contrato como ése, es como si ya estuvieras casada. ¡Cielos, no pretendía volver a sacar este tema! ¡Lo siento!

Julia consiguió esbozar una sonrisa.

—No te preocupes. Ya sabes que no tienes por qué andarte con miramientos conmigo respecto a ese desagradable tema. Sólo estábamos charlando. Dado que nos odiamos el uno al otro, ese loco al que estoy prometida no podría haberme hecho mayor favor que largarse, que es justo lo que hizo.

—Esto es lo que sentías antes de alcanzar la edad casadera, pero de eso hace ya tres años. No me digas que no te enfurece que te llamen solterona.

Julia soltó una carcajada.

—¿Esto es lo que crees? Te olvidas de que no soy una aristócrata como tú, Carol. Las etiquetas como ésa no tienen ningún significado para mí. Lo que considero valioso es no tener que responder ante nadie salvo ante mí misma. No te puedes imaginar lo maravilloso que es. Y es oficial. Las riquezas y propiedades de mi familia ahora son mías…, a menos que ese sinvergüenza regrese.

2

Cuando vio la aterrada reacción de su amiga a su inconsciente comentario, Julia soltó un soplido.

—¡No quería decir eso! Ya te he dicho que mi padre está estable.

—¿Entonces cómo pueden ser tuyos todos sus bienes y negocios si él no... ha pasado a mejor vida? —preguntó Carol con delicadeza.

—Porque, hace unos meses, durante uno de sus días lúcidos, reunió a sus abogados y banqueros y me traspasó el control de todo. No es que no lo hiciera desde el accidente, pero ahora los abogados ya no miran por encima de mi hombro para controlar lo que hago. Todavía me orientan, pero ya no tengo por qué seguir sus consejos. Lo que mi padre hizo aquel día fue traspasarme la totalidad de la herencia antes de lo que yo habría deseado.

Sin embargo, los abogados no podían romper el contrato matrimonial. Claro que esto ella ya lo sabía. Su padre intentó cancelarlo sin éxito años atrás, cuando resultó evidente que su prometido había desaparecido. El contrato sólo podía terminarse por mutuo acuerdo entre las partes que lo habían firmado, y el conde de Manford, aquel hombre horrible, no accedió a cancelarlo. Todavía esperaba poner las manos sobre la fortuna Miller; a través de Julia. Éste fue su plan desde el principio y fue la razón de que acudiera a los padres de Julia poco después de su nacimiento con la propuesta de matrimonio entre los hijos de ambas familias. Helene se sintió sumamente emocionada ante la perspectiva de tener un lord en la familia y no quiso desaprovechar la oportunidad de casar a su hija con un miembro de la nobleza. Gerald, que se sentía menos cautivado por la aristocracia, accedió al compromiso para complacer a su mujer. El acuerdo podría haber conducido a un final feliz para todos..., si los prometidos no se odiaran mutuamente.

—Entiendo que disfrutes de ese tipo de libertad, pero ¿esto significa que renuncias a casarte o a tener hijos algún día? —preguntó Carol con cuidado.

Era de esperar que su amiga pensara en la cuestión de los hijos, puesto que ella estaba intentando tener uno.

—No, en absoluto. Yo quiero tener hijos —contestó Julia—. Me di cuenta la primera vez que me dijiste que tú y Harry queríais tener uno. Y, a la larga, seguro que me casaré.

—¿Cómo? —preguntó Carol, sorprendida—. Creí que podían tenerte atada a ese contrato indefinidamente.

—Y así es, siempre que el hijo del conde esté vivo. Pero hace ya nueve años que se marchó y nadie ha tenido noticias de él desde entonces. Por lo que sabemos, podría estar muerto y enterrado en una cuneta en cualquier lugar del mundo, víctima de un robo o de cualquier otro crimen.

—¡Cielo santo! —exclamó Carol con sus ojos azules abiertos como platos—. De esto se trata, ¿no? ¡Después de tanto tiempo, puedes pedir que lo declaren muerto! ¡No entiendo cómo no se me había ocurrido a mí antes!

—A mí tampoco se me había ocurrido, pero me lo aconsejó uno de mis abogados hace tres meses, cuando recibí mi herencia —declaró Julia asintiendo con la cabeza—. El conde se negará, pero la situación habla por sí misma y actúa en mi favor.

»Debo admitir que echaré de menos la carta blanca que el compromiso me proporciona —añadió Julia—. Piensa en ello. Tú misma lo has dicho antes, ni siquiera necesito una carabina porque estoy comprometida. Todos me ven como si ya estuviera casada. ¿A cuántas fiestas crees que me invitarán cuando sepan que soy una heredera que busca marido?

—No seas ridícula —se burló Carol—. La gente te aprecia mucho y tú lo sabes.

—Y tú eres demasiado leal para tener una visión global. En estos momentos no soy una amenaza para nadie, por eso la nobleza me considera una candidata aceptable a sus listas de invitados. No les preocupa que pueda arrastrar a sus hijos a un grado inferior en la escala social ni que les robe a sus hijas el mejor partido.

—Tonterías, tonterías y más tonterías —declaró Carol con firmeza—. No te valoras lo suficiente, querida. A la gente le gustas por ti misma, no por tu riqueza o tu falta de disponibilidad, como tú dices.

Carol seguía hablando desde su fiel corazón, pero Julia sabía que la aristocracia podía mirar, y con frecuencia miraba, por encima del hombro a los comerciantes, pues los consideraba inferiores. Sin embargo, irónicamente, este estigma nunca la había afectado. Posiblemente porque llevaba toda la vida prometida a un aristócrata y su compromiso era del dominio público. O porque su familia era tan endiabladamente rica que, a veces, incluso le resultaba embarazoso. Sobre todo porque, a lo largo de los años, eran tantos los nobles que habían acudido a su padre para pedirle un préstamo, que se diría que era un banco. Por otro lado, el padre de Carol, a petición de su hija, tiró de algunos hilos para que admitieran a Julia en el exclusivo colegio privado al que asistía Carol, y allí Julia hizo más amigas de la nobleza.

Todo esto le había abierto puertas, pero esas mismas puertas podían cerrarse con rapidez cuando se supiera que estaba buscando marido.

—Me cuesta creer que no pensáramos en esta solución antes —señaló Carol—. Y ahora que estás a punto de librarte de ese lastre, ¿has empezado a buscar un marido de verdad?

Julia realizó una mueca.

—He estado mirando, pero todavía no he encontrado a ningún hombre con el que quiera casarme.

—¡Oh, no seas tan endiabladamente especial! —exclamó Carol sin darse cuenta, probablemente, de que estaba hablando como Harry, su marido—. Pues a mí se me ocurren unos cuantos... —Carol se interrumpió al ver que Julia se reía y le preguntó—: ¿Qué es lo que te resulta tan divertido?

—Estás pensando en tus círculos sociales, pero yo no me limito a buscar a otro lord como marido sólo porque ahora esté comprometida con uno. Ni mucho menos. Yo tengo muchas más opciones. Aunque esto no quiere decir que descarte a los aristócratas. Incluso estoy deseando que llegue el fin de semana y se celebre el baile que dará inicio a la temporada social.

Carol frunció el ceño.

—¿Así que, durante los últimos meses, nadie ha despertado tu interés?

Julia se ruborizó.

—Está bien, soy un poco especial, pero reconozcámoslo, tú tuviste mucha, mucha suerte encontrando a Harry. Pero ¿cuántos Harry hay por ahí, eh? Y yo quiero un hombre que esté conmigo, a mi lado, como el que tienes tú, no uno que me coloque detrás de él. También tengo que proteger mi herencia de cualquiera que pudiera derrocharla. Quiero asegurarme de que todavía estará ahí para los hijos que espero tener algún día.

De repente, Carol abrió los ojos alarmada.

—¡Dios mío, piensa en todo el tiempo que se ha desperdiciado! ¡Ya tienes veintiún años y todavía no te has casado!

—¡Carol! —exclamó Julia con una risita—. Ya hace muchos meses que tengo veintiún años. Mi edad sigue siendo la misma.

—Pero antes eras una mujer de veintiún años con un compromiso matrimonial, lo que es muy distinto que tener veintiún años sin estar prometida. Y cuando consigas que declaren muerto al hijo del conde, aparecerá en los periódicos..., todos lo sabrán... Vamos, deja de lanzarme dardos con la mirada. Yo no digo que seas una solterona...

—Ya lo has hecho, hace menos de un cuarto de hora, aquí, en esta misma mesa.

—No lo decía en serio. Sólo estaba considerando una posibilidad y..., bueno, ¡qué diablos!, esto es diferente. ¡Ahora serías tú sin un prometido!

Julia sacudió la cabeza.

—Otra vez estás viendo las cosas con tus ojos en lugar de intentar verlas con los míos. Tú y el resto de las compañeras del colegio pensabais que si no os casabais justo después de vuestro primer baile en sociedad, el cielo caería sobre vuestras cabezas. Esto es ridículo, ya te lo comenté entonces. Yo me casaré este año, dentro de cinco años o dentro de diez, para mí es lo mismo. Siempre que no me case con mi actual prometido y sea lo bastante joven para tener hijos.

—Pensar así es un lujo, ¿sabes? —refunfuñó Carol otra vez.

—¡Vaya, así que no ser una aristócrata tiene alguna ventaja!

El énfasis con que Julia lo dijo hizo que Carol rompiera a reír.

—*Touché!* Pero ya sabes lo que esto significa, ¿no? Voy a tener que organizar unas cuantas fiestas para ti.

—No, no tienes por qué hacerlo.

—Sí que tengo que hacerlo, así que renuncia a ir al baile de los

Malory este fin de semana. Allí no encontrarás a muchos jóvenes y yo ampliaré mi lista de invitados para incluir a...

—¡No seas tonta, Carol! Sabes perfectamente que ese baile será el baile de la temporada. Ahora mismo, las invitaciones se cotizan muy altas. Hasta me han ofrecido trescientas libras por la mía.

Los ojos de Carol chispearon.

—Bromeas.

—Sí, bromeo, sólo me han ofrecido doscientas.

Julia no obtuvo la risa que esperaba. Por el contrario, Carol le lanzó una mirada severa y dijo:

—Aunque se supone que es un secreto, sé en honor de quién se celebra ese baile. Te has hecho muy amiga de Georgina Malory e incluso has estado en su casa un montón de veces...

—Son vecinos nuestros, por el amor de Dios, y llevan siéndolo por cuánto, ¿siete..., ocho años? ¡Viven un poco más abajo, en esta misma calle!

—... pero a mí no me verás poner un pie allí —continuó Carol como si Julia no la hubiera interrumpido.

—El baile no se celebrará en la casa de Georgina, es su sobrina lady Eden quien lo organiza.

—No me importa. Su marido estará allí y he conseguido no conocer a James Malory durante todos estos años. He oído todo tipo de historias acerca de él, así que seguiré evitándolo, gracias.

Julia puso los ojos en blanco.

—Él no es el ogro que haces que parezca, Carol, ya te lo he dicho montones de veces. No hay nada siniestro ni peligroso en él.

—¡Como es lógico, él oculta ese aspecto de sí mismo a su esposa y sus amigas!

—Hasta que no lo conozcas no lo sabrás con certeza, Carol. Además, odia tanto los eventos sociales que es posible que ni siquiera acuda al baile.

—¿De verdad?

Julia no contestó. Desde luego que asistiría, pues el baile se celebraba en honor de su mujer. Sin embargo, Julia dejó que Carol confiara en la leve posibilidad de que él no estuviera y obtuvo la respuesta que esperaba.

—Está bien, iré contigo. —Pero Carol no era tan incrédula, porque añadió—: Y si está no me lo digas, preferiré no saberlo.

3

Gabrielle Anderson estaba al timón, gobernando el *Triton*. El mar estaba en calma y ella apenas tenía que realizar ningún esfuerzo para mantenerlo fijo. A Drew, su marido, no le preocupaba que ella pudiera hundir su querido barco porque sabía que, durante los tres años que Gabrielle navegó por el Caribe con Nathan Brooks, su padre, y su tripulación de cazadores de tesoros, él le enseñó todo lo que se podía aprender acerca del gobierno de un barco. A ella le encantaba ir al timón, sólo que no podía hacerlo durante mucho tiempo sin que los brazos le temblaran del esfuerzo.

Drew asumió el mando sin decir una palabra, simplemente, besándola en la mejilla, pero tampoco le dio la oportunidad de apartarse, de modo que ella quedó atrapada entre los brazos de él, cosa que no le importó en absoluto. Gabrielle se reclinó en el amplio pecho de Drew exhalando un suspiro de satisfacción. Su madre le había advertido a menudo que no se enamorara de un hombre que amara el mar. Mientras ella crecía, su padre siempre estuvo embarcado, de modo que Gabrielle se tomó muy en serio el consejo de su madre. Hasta que se dio cuenta de que ella también amaba el mar, de modo que su marido no la dejaría en casa mientras él navegaba por el mundo, pues ella estaría con él.

Aquél era su primer viaje largo desde que se casaron, el año anterior. Habían realizado muchos trayectos cortos entre las islas y unos cuantos a Bridgeport, Connecticut, la ciudad de nacimiento de Drew, para comprar muebles. Pero este viaje por fin los llevaba de nuevo a Inglaterra, donde se conocieron, y donde ahora vivía la mitad de la familia de Drew.

21

A principios de año recibieron una carta de su hermano Boyd en la que les comunicaba la sorprendente noticia de que él también se había casado, poco después de hacerlo Drew. La boda de Boyd fue inesperada, aunque no constituyó una sorpresa total, porque él no era un solterón empedernido como Drew. Lo sorprendente era que, con Boyd, eran tres los hermanos Anderson que se habían casado con un miembro de la extensa familia Malory de Inglaterra. Más sorprendente aún era el hecho de que Boyd se había enamorado de una Malory que nadie conocía, ni siquiera Gabrielle o su padre.

Además, Boyd sólo les había dado unas pinceladas de cómo había sucedido todo. Drew ansiaba oír la historia completa y habría zarpado hacia Inglaterra nada más recibir la carta de su hermano si él y Gabrielle no hubieran estado construyendo su hogar en la bonita isla que Gabrielle había recibido como regalo de boda.

Pero su casa por fin estaba terminada y ahora iban camino de Inglaterra. Boyd también había sugerido en su carta que, ese año, la familia al completo se reuniera en Inglaterra para el cumpleaños de Georgina, su hermana, lo que constituía una excusa perfecta para una reunión familiar. Gabrielle y Drew llegarían a tiempo para ambos eventos.

Gabrielle, que era hija única, estaba encantada de haberse casado con alguien que tenía una familia numerosa. Los Anderson eran cinco hermanos y una hermana. De momento, Gabrielle sólo conocía a los tres hermanos menores, pero no le inquietaba conocer a los tres mayores, sino que lo estaba deseando.

Gabrielle sintió frío hasta que Drew la arropó con su cuerpo. Ya casi era verano y, si el viento se mantenía estable, llegarían a Inglaterra al día siguiente, pero el frío Atlántico no podía compararse con las cálidas aguas caribeñas a las que estaba acostumbrada.

—Por lo que parece, os iría bien retiraros a vuestro camarote —dijo Richard Allen con una pícara sonrisa acercándose a ellos—. ¿Queréis que os releve al timón?

—Tonterías, ya no somos unos recién casados —empezó Drew, pero entonces Gabby se volvió y le dio un apretado abrazo y él añadió con voz ronca—: En realidad...

Ella se echó a reír y le hizo cosquillas para hacerlo cambiar de idea. Ella sabía jugar, pero normalmente no lo conseguía, porque cuando estaba tan cerca de su marido como entonces, se sentía cautivada por él.

—Si cambiáis de idea, avisadme —sugirió Richard y, antes de dirigirse a la cubierta inferior, añadió—: ¡Yo lo haría!

Gabrielle se quedó mirándolo. Su querido amigo llevaba casi media vida viviendo en el Caribe, al menos la media que ella conocía, y era evidente que sentía el frío tanto como ella. ¡Incluso llevaba puesto un sobretodo! ¿De dónde demonios había sacado una prenda tan inglesa como aquélla?

Richard era un hombre alto, sumamente guapo y osado —quizás un poco demasiado osado—, pero de un carácter tan encantador, que resultaba extraño que Gabrielle nunca se hubiera sentido atraída por él, aunque, eso sí, se habían convertido en grandes amigos. Él tenía el pelo negro y largo y lo llevaba recogido en una cola. Su fino bigote le daba un aire desenfadado, y sus ojos verdes normalmente chispeaban de alegría.

Cuando lo conoció, cuatro años atrás, Richard era mucho más delgado, pero ahora, a los veintiséis, su cuerpo había aumentado de tamaño y era más musculoso. Solía ir meticulosamente limpio. Richard siempre había destacado entre los otros piratas, tanto por su pelo como por su ropa y sus pulidas botas de caña alta.

Se unió a la tripulación pirata de su padre poco después de llegar al Caribe procedente de... nadie sabía dónde. La mayoría de los piratas no contaban de dónde eran, de la misma manera que casi todos utilizaban un nombre falso que cambiaban con frecuencia. Jean Paul era el nombre falso que Richard empleaba más a menudo y, durante mucho tiempo, estuvo practicando el acento francés que concordaba con el nombre. ¡Sonaba realmente divertido oírlo hablar con aquel acento! Tardó mucho tiempo en dominarlo, pero en cuanto lo hizo, dejó de usarlo, y también su nombre francés. No dejó de intentarlo hasta que lo dominó y, cuando lo consiguió, dejó de usarlo sin más.

En realidad, el padre de Gabrielle no había sido un pirata típico. Actuaba, más o menos, como un intermediario que acogía a los rehenes de otros piratas y los devolvía a sus familias a cambio de un rescate. Y a los rehenes cuyas familias no podían pagar el rescate, simplemente los dejaba en libertad. Al mismo tiempo, se dedicaba a la caza de tesoros.

Sin embargo, el año anterior, después de pasar meses en el calabozo de un auténtico pirata, Nathan no volvió a asociarse con sus antiguos camaradas. La boda de Gabrielle con un miembro de una legítima familia naviera que consideraba a los piratas sus enemigos también pudo haber influido en su decisión. De todos modos, él seguía buscando tesoros y, ocasionalmente, aceptaba encargos de transporte de mercancías de Skylark, la compañía naviera que pertenecía a la familia de Drew..., siempre que el cargamento tuviera que entregarse en la dirección de la pista del tesoro que estuviera siguiendo en aquel momento.

Como estaba enfrascada en sus pensamientos, Gabrielle no se dio cuenta de que Richard se dirigía a la barandilla de la cubierta inferior. Y entonces lo vio, contemplando el horizonte en dirección a Inglaterra. Cuando dejó de utilizar aquel ridículo acento francés, resultó evidente que era inglés. Claro que, para entonces, ella ya hacía tiempo que lo había deducido a causa de todas las veces que se le había escapado «*bloody hell*» y otras expresiones inglesas típicas.

Pero aunque ahora hablaba como un inglés auténtico, Richard nunca admitió serlo y ella nunca se lo preguntó directamente..., por una buena razón. Los hombres que se convertían en piratas en general se estaban escondiendo de alguna cosa de su pasado, a veces de la ley, y Richard se mostró intranquilo cuando viajó con ella a Inglaterra el año anterior. Cuando Gabrielle se lo propuso, él no puso mala cara y siguió siendo el hombre despreocupado y bromista de siempre, pero cuando creía que ella no lo estaba mirando, ella percibió su ¿qué? ¿Preocupación? ¿Terror? ¿Miedo a ser arrastrado a la prisión más cercana por sus actos del pasado? Gabrielle no lo sabía. Entonces, Richard conoció a Georgina Malory y la preocupación que Gabrielle sentía por él cobró relevancia.

Ahora, mientras lo miraba, a Gabrielle no se le escapó el repentino cambio en su actitud, la profunda melancolía que lo invadió. Gabrielle supuso que estaba pensando otra vez en Georgina y todas las dudas que había tenido desde que zarparon se multiplicaron por diez.

—¿Cómo permitimos que nos convenciera de que lo lleváramos con nosotros a Inglaterra?

Gabrielle lo dijo hablando consigo misma, pero Drew siguió su mirada y gruñó:

—Porque es tu mejor amigo.

Ella se volvió hacia Drew.

—Ahora tú eres mi mejor amigo —dijo para tranquilizarlo.

—Yo soy tu marido, pero él sigue siendo tu mejor amigo. Y permitiste que Ohr, tu otro mejor amigo, te convenciera de que Richard no está realmente enamorado de mi hermana. ¿Sabes una cosa, Gabby?

—añadió Drew repentinamente mientras entrecerraba sus ojos oscuros—, tienes demasiados amigos varones.

El repentino ataque de celos de su marido la hizo reír y desvió su atención de Richard y de las dudas que le despertaba. Aunque Drew la estaba mirando con el ceño fruncido, y tanto si era fingido como si no, ella no pudo resistirse a la tentación de ponerse de puntillas y besarlo. Lo amaba tanto que realmente le resultaba difícil mantener las manos alejadas de él durante mucho tiempo, y a él le ocurría lo mismo respecto a ella.

—Para o tendré que aceptar la oferta de Richard —le advirtió Drew con voz ronca.

Ella sonrió ampliamente. La idea no era tan mala. Acurrucarse junto a Drew en el camarote era, sin duda, preferible a pensar en la posibilidad de que Richard cayera en una trampa mortal en Inglaterra.

Pero esta posibilidad siguió dominando su mente, porque Drew dijo:

—Una pregunta mejor sería cómo me convenciste tú a mí de que permitiera a esos dos acompañarnos en este viaje.

Gabrielle se dio la vuelta para que Drew no viera la mueca que provocaron sus palabras. Aunque quería a Ohr y a Richard como si fueran de su familia, se arrepentía de haberles permitido acompañarlos.

—Fue una decisión del momento, ya lo sabes —le recordó a Drew—. Llevaba meses diciéndole que no a Richard cada vez que me lo pedía, desde que empezamos a hablar del viaje. Pero entonces mi padre se rompió la pierna, justo antes de que zarpáramos, lo que lo mantendría a él y a su tripulación en tierra durante uno o dos meses, y ya sabes la cantidad de problemas que puede crear una tripulación si está ociosa y no puede hacerse a la mar durante mucho tiempo seguido.

—Sí, pero esos dos podían haber encontrado algo que hacer. Admítelo, tu padre quería que vinieran otra vez como tus perros guardianes. Todavía no confía en que yo sepa cuidarte.

—No puedes creer esto de verdad sabiendo lo encantado que está de tenerte como yerno. Además, él no me pidió que los dejáramos venir, aunque, si se le hubiera ocurrido, probablemente me lo habría pedido. Ya sabes que se preocupa por ellos. Ellos lo consideran como parte de su familia y él siente lo mismo por ellos.

—Lo sé, formáis una gran y feliz familia —declaró Drew, riéndose—. Y yo he entrado a formar parte de ella, ¿no?

—Eres tú quien tiene una gran familia, y ahora formas parte de otra todavía más grande. Pero, aunque tu cuñado ignorara a Richard la última vez que se vieron, eso fue porque entonces James tenía otras cosas en la cabeza, como rescatar a mi padre de aquel horrible calabozo. Lo que no significa que haya olvidado la promesa que hizo el día que vio a su mujer abofetear a Richard en su jardín por haberse insinuado a ella de una forma inapropiada. James me dijo, claramente, que si Richard volvía a acercarse a su mujer, se vería obligado a hacerle daño y yo no dudé, ni por un segundo, de que lo decía en serio. Tú lo conoces mejor que yo y me confirmaste que lo más probable era que lo hubiera dicho totalmente en serio.

—Desde luego que lo dijo en serio, como habría hecho yo si hubiera visto a otro hombre insinuarse a mi mujer. Creo que te preocupas por nada, querida —añadió Drew mientras ella volvía a acurrucarse en su pecho—. Richard no es tonto, y cualquiera en su sano juicio tendría que ser totalmente estúpido para jugar con ese Malory en concreto.

—Mmm..., ¿no fue exactamente eso lo que tú y tus hermanos hicisteis cuando lo obligasteis a casarse con tu hermana después de golpearlo hasta dejarlo inconsciente?

—Cariño, tuvimos que juntarnos los cinco para administrarle aquella paliza. ¡Lo intentamos uno a uno, pero fue inútil! Y ya te conté que James nos obligó a hacerlo de una forma deliberada. Aquélla fue su curiosa manera de conseguir que Georgie se casara con él sin tener que pedírselo a ella o a nosotros, por un estúpido juramento que había hecho de no casarse nunca.

—Creo que fue un detalle muy romántico.

Drew se echó a reír.

—Sí, para ti, pero sólo un tozudo inglés llegaría a estos extremos para mantener un juramento, al menos respecto al matrimonio. Si hubiera sido acerca del honor, el país o..., bueno, ya sabes a qué me refiero, entonces habría sido algo razonable, pero ¿el matrimonio? Recuerda que esto es una información privilegiada que comparto contigo porque eres mi mujer. No se te ocurra contarle a James que mis hermanos y yo lo sabemos. Él sigue creyendo que nos manipuló. Y, créeme, James es mucho más tolerable cuando se regodea de sus éxitos que cuando está enfadado y busca camorra.

—Juro mantener el secreto —le aseguró Gabrielle con una sonrisa—. Pero tienes razón respecto a Richard, no es estúpido, pero ya sabes cómo es. Es un hombre encantador, divertido, bromista, siempre sonríe...

—¡Deja de enumerar sus virtudes!

—No me has dejado terminar. Iba a decir que es todo eso hasta que se acuerda de Georgina. Entonces se pone tan melancólico que te rompe el corazón.

—A mí no me rompe el corazón.

—¡Oh, vamos, a ti también te cae bien, no te engañes! ¿Cómo podría no caerte bien?

—Posiblemente porque está enamorado de mi hermana. Tiene suerte de que no limpie la cubierta con su cara.

Gabrielle ignoró el comentario de su marido.

—Según Ohr, Richard no está realmente enamorado de Georgina. Y yo también lo creo, si no no le habría dejado venir con nosotros.

Gabrielle se sintió escéptica respecto a la opinión de Ohr hasta que se enteró de que Richard había tenido al menos tres aventuras amorosas durante el último año. Éste fue el factor decisivo que la llevó a permitir que sus amigos compartieran con ellos aquel viaje.

—Es posible —declaró Drew—, pero el hecho de que Richard sólo crea que está enamorado de mi hermana no cambia nada.

—Sí, pero Ohr me explicó que Richard desea estar enamorado, y lo desea tanto que confunde fácilmente el deseo con el amor. Por lo visto, él ni siquiera sabe que es eso lo que busca y, como nunca ha experimentado el amor verdadero, no distingue la diferencia entre ambos.

A Drew le había ocurrido lo mismo en el pasado.

—Lo comprendo, pero ahora tú pareces dudar de que él sólo crea estar enamorado de ella.

—No, pero no puedo evitar recordar lo que Richard me dijo acerca de Georgina. Cuando le recordé que es una mujer felizmente casada y que debía olvidarla, me respondió que lo había intentado, pero que no podía olvidarse de «su verdadero amor». ¿Cuántas veces utiliza un hombre esta expresión respecto a una mujer?

—Yo puedo contar con dos, tres y hasta una docena de manos las veces que lo he dicho o pensado..., respecto a ti.

Ella apenas oyó su comentario, pero volvió a darse la vuelta para abrazarlo. Entonces se acordó de una conversación que mantuvo con Richard cuando se dio cuenta de que estaba enamorada de Drew pero estaba convencida de que él no la correspondía. Entonces Richard le rodeó los hombros con un brazo y le dijo:

—Todo saldrá bien, *chérie*. Él te adora.

—Él adora a todas las mujeres —contestó ella.

Richard se echó a reír.

—Yo también, pero renunciaría a todas por...

—¡Chsss! —exclamó ella muy en serio—. Richard, por favor, deja de obsesionarte con la mujer de otro hombre. Malory no tolerará que vuelvas a extralimitarte. No estás siendo razonable y haces que tema por tu vida.

—¿Quién dijo que el amor fuera razonable? —fue la respuesta de Richard.

Su respuesta quedó grabada en la mente de Gabrielle y entonces se la repitió a Drew.

—¡Y vaya si es cierto! —añadió Gabrielle—. En tu caso, tú eras un soltero empedernido con un amor en cada puerto.

Drew no respondió. Gabrielle levantó la cabeza y al ver la mirada fija y expectante de su marido se dio cuenta de que no tenía nada que ver con el último comentario de ella. Gabrielle sonrió ampliamente y le rodeó el cuello con los brazos.

—Sí, te he oído —declaró ella—. ¿Así que puedes contar con una docena de manos el número de veces que te has referido a mí como «tu amor verdadero»?

Drew, tranquilizado, le devolvió el abrazo y contestó:

—No, he sido moderado con el número. Pero en cuanto a tu último comentario, tenía una buena razón para ser un soltero empedernido. Estaba decidido a no causar nunca a una mujer el sufrimiento que experimentó mi madre, mirando siempre con tristeza el mar mientras esperaba un barco que en raras ocasiones volvía a casa. Durante aquellos años, en ningún momento pensé que encontraría a una mujer que se sentiría feliz navegando a mi lado. Sé que la mujer de mi hermano Warren navega con él, pero yo no esperaba tener tanta suerte. De todos modos, como tú bien has dicho, el amor no es razonable y acabó con las firmes convicciones que yo tenía. De hecho, puede ser tan poco razonable que estoy convencido de que habría renunciado al mar por ti. ¡Dios, no puedo creer lo que acabo de decir! Pero sabes que es verdad.

De repente, Drew experimentó una gran emoción y estrujó a su mujer en su siguiente abrazo, pero ella enseguida le aseguró:

—¡Nunca tendrás que hacerlo! A mí me gusta el mar tanto como a ti.

—Lo sé, y también sé la suerte que tengo de que sea así. Bueno, ya te has preocupado bastante por tu amigo en un solo día, ¿no crees?

Ella suspiró.

—Ojalá pudiera parar, pero tengo miedo de que, cuando vuelva a ver a tu hermana, abandone toda precaución y...

—En ese caso, no sólo tendría que enfrentarse a James —le advirtió Drew—. Eres consciente de esto, ¿no?

—Sí.

Gabrielle volvió a suspirar.

—Siempre podría lanzarlo a él y a Ohr por la borda..., con un bote, claro —dijo Drew—. Para cuando llegaran a Inglaterra a remo, ya estaríamos preparados para regresar. Problema resuelto.

Gabrielle sabía que él no estaba hablando en serio y que sólo intentaba tranquilizarla, pero no pudo dejar a un lado el mal presentimiento que tenía. Ya fuera por los actos del pasado de Richard o por las amenazas que había provocado por desear a una mujer a la que creía que amaba, Gabrielle temía que algo malo sucedería y sería culpa de ella por llevar a Richard de vuelta a Inglaterra.

4

Richard se caló hondo el sombrero. No es que le preocupara que le reconocieran. ¿En los muelles de Londres? Ni hablar. Pero sería absurdo exhibirse sólo para tentar al destino. ¿Por qué arriesgarse a que aquél fuera el día entre un millón que un viejo conocido suyo regresara de un viaje al extranjero y estuviera justo en aquel momento en aquel mismo muelle?

Se había quitado el sobretodo porque hacía demasiado calor y llevaba puesta la ropa que solía ponerse a bordo, ropa que le resultaba cómoda para trabajar. Su camisa blanca de mangas largas era holgada para facilitar sus movimientos, la llevaba desabotonada hasta medio pecho y atada por fuera con un cinturón, y llevaba unos pantalones negros por dentro de las botas. Pasaba bastante desapercibido entre los habituales trabajadores del puerto, salvo por sus botas, que eran de la marca Hessian y las llevaba extremadamente pulidas.

Después de tantos años, era muy poco probable que lo reconocieran. Cuando se fue de Inglaterra era un chico delgaducho de diecisiete años que todavía no había alcanzado su estatura definitiva. Creció varios centímetros más bastante tiempo después, por lo que siguió siendo delgado más tiempo del que habría deseado, pero finalmente se desarrolló y ya nadie volvió a llamarle delgaducho. Su largo pelo negro también contribuía a su disfraz, pues no estaba en absoluto de moda..., al menos en Inglaterra.

En el Caribe era un estilo popular, así que, cuando llegó allí, lo adoptó para pasar desapercibido. No se lo trenzaba como hacía Ohr, pero ahora lo llevaba tan largo que tenía que recogérselo en una cola para que no le molestara en el barco.

Debería cortárselo mientras estuviera en Inglaterra. Lo mismo pensó cuando estuvo allí el año anterior. Pero ¿para qué? No pensaba quedarse y le gustaba llevarlo largo. Además, constituía un símbolo de la rebelión que inició antes de abandonar su hogar para siempre. Mientras vivía bajo el puño de hierro de su padre, nunca habría podido llevarlo así.

—¿Lord Allen?

Richard no había visto acercarse a aquel hombre, pero mientras estudiaba su cara con rapidez, lo reconoció. ¡Cielo santo! ¿Uno de los vividores con los que solía codearse antes de irse de Inglaterra? ¿Esa posibilidad entre un millón de ser reconocido? ¡Maldición!

—Se equivoca, *monsieur*. Me llamo Jean Paul, y soy de Le Havre. —Richard se inclinó respetuosamente, aunque, en realidad, estaba dejando caer su largo cabello por encima de su hombro para reforzar su mentira—. Aquél es mi barco, acabamos de llegar de Francia.

Todos los músculos de su cuerpo estaban listos para salir huyendo en caso de que su farsa y su marcado acento francés no funcionaran, pero aquel disoluto simplemente se mostró disgustado por el error que creía haber cometido.

—Lástima, habría sido una jugosa información para los círculos de cotilleo.

Sin duda, lo habría sido, y habría permitido que su padre se enterara de que seguía con vida. Aquel hombre se alejó bruscamente. Richard tardó unos minutos en volver a respirar con tranquilidad. Le había ido de muy poco. Y fue muy inesperado. Pero al menos Richard no conocía mucho a aquel hombre y él tampoco estaba seguro de que Richard fuera lord Allen. Además, había cambiado tanto, se dijo Richard, que nadie que no fuera de su familia lo reconocería.

—Te dije que tendría más suerte que tú encontrando un carruaje —se vanaglorió Margery cuando regresó a donde tenían apilado el equipaje y mientras le indicaba al conductor que esperara—. ¿Dónde está Gabby? ¿Todavía no ha bajado del barco?

La doncella de Gabrielle miró hacia el *Triton*, que estaba anclado en medio del Támesis. No les adjudicarían un lugar para atracar a corto plazo y, con el verano encima, los muelles estaban más abarrotados de lo habitual y era bastante probable que no lo hicieran antes de que estuvieran listos para volver a zarpar.

Richard inhaló hondo, se quitó de encima los restos de tensión y sonrió a la doncella con despreocupación.

—Está esperando a Drew. Ya sabes cómo son los capitanes, siempre tienen que solucionar un montón de detalles en el último minuto, antes de desembarcar.

Ohr se estaba acercando al muelle remando, en un bote cargado con el resto del equipaje. Por la cantidad de cosas que llevaban, se diría que iban a quedarse un mes en lugar de dos semanas.

—¿Lo hueles? —preguntó Margery casi en éxtasis—. ¿No te parece que huele de maravilla?

Richard contempló a la mujer como si estuviera loca.

—¿Qué diablos estás oliendo? Yo lo único que huelo es...

—¡A Inglaterra!

Richard levantó sus verdes pupilas hacia el cielo.

—Aquí apesta y lo sabes. Los muelles de casa, con los alisios soplando siempre, huelen como un jardín en comparación con esto.

Ella resopló.

—Gabby debe de estar equivocada al creer que naciste y creciste aquí. Si así fuera, valorarías más tu patria. Admítelo, el acento inglés que utilizas ahora es tan falso como el francés que usabas antes, sólo que éste se te da mucho mejor.

Richard arrugó la nariz burlándose de ella y contestó simplemente:

—Un día de éstos tendrán que aprobar una ley que prohíba echar la basura al río.

Margery no esperaba que Richard se sincerara con ella sólo por haber especulado en voz alta acerca de cuál era su país de origen, así que, simplemente, respondió a su comentario:

—Quizá ya lo han hecho, sólo que esta zona de Londres no es exactamente la más cumplidora con la ley y nunca lo ha sido. Y no es que me queje. Es maravilloso volver a estar en casa, aunque sólo sea de visita.

Margery había elegido seguir a Gabrielle al Nuevo Mundo, y aunque se había adaptado a aquella manera de vivir tan diferente, seguía echando de menos Inglaterra. Richard no añoraba su país, pero sí que echaba mucho de menos a su hermano Charles, y, al volver a estar tan cerca de él, no pudo evitar preguntarse si esta vez no debería esforzarse y verlo a escondidas sin que su padre se enterara.

—¡Eh, ya basta de soñar despierto! —exclamó Margery llamando su atención—. Ya lo has hecho bastante durante el trayecto. Utiliza parte de esos músculos que has desarrollado y empieza a cargar esos baúles en el carruaje. El cochero me ha advertido que él sólo conduce, no carga. Se le han subido los humos. Sabe que los coches de alquiler escasean en esta parte de la ciudad. Además, nos va a cobrar más cuanto más tiempo lleve ahí sentado. —Y añadió con una sonrisa radiante—: En esta vieja ciudad nada cambia. ¿No es maravilloso?

Margery era una quejica crónica, así que su actitud entusiasta y su expresión de júbilo eran muy poco habituales en ella.

—¿Ya está con su cantinela de «todo es maravilloso porque estamos en Inglaterra»? —declaró Ohr cuando llegó junto a Richard.

—Exacto, como siempre —contestó Richard riéndose.

—Igual que la última vez que estuvimos aquí. Cuando echas mucho de menos algo y por fin lo tienes a tu alcance, puedes ponerte un poco eufórico, aunque la euforia irá desapareciendo conforme la realidad se imponga.

Richard realizó una mueca. Ohr era perceptivo en exceso y Richard sabía que no se refería sólo a Margery. De todos modos, él no conseguiría lo que quería, y los dos lo sabían. Pero esto era a lo que Ohr sutilmente se refería, a que su enamoramiento no era más que una euforia temporal y no valía la pena morir por él.

—No vas a empezar tú también a meterte conmigo, ¿no? —preguntó Richard.

Las intenciones de Ohr eran buenas, y en realidad las de Gabrielle también. Si Richard no lo supiera, se habría enfadado por cómo lo habían presionado respecto a Georgina Malory durante el viaje, aunque, en esta cuestión, Ohr era definitivamente más sutil que Gabby.

Richard, con su metro ochenta de estatura, era un hombre alto; pero Ohr, como Drew, era varios centímetros más alto que él y, probablemente, unos diez años mayor, aunque esto era imposible de adivinar por su aspecto. Ohr era medio oriental de nacimiento. Su madre era asiática y su padre, que había navegado por el Lejano Oriente, era norteamericano. La cara de Ohr no reflejaba su edad y en aquel momento tenía el mismo aspecto que ocho años atrás, cuando se conocieron, el día que Ohr liberó a varios miembros de la tripulación de Nathan de la prisión de Santa Lucia. Casualmente, Richard estaba en la misma celda que ellos y consiguió convencer a Ohr de que lo dejara acompañarlos. Cuando Richard se enteró de cuál era su ocupación, no tuvo que pensárselo mucho antes de decidir unirse a ellos.

El Caribe no era el destino elegido por Richard, simplemente era el lugar al que se dirigía el primer barco que zarpaba de Inglaterra el día que decidió abandonar el país. Aunque en aquel momento no lo sabía, al contar con miles de islas, el Caribe constituyó un buen lugar donde esconderse. Pero no lo fue para que un joven inglés de clase alta trabajara. Con diecisiete años y demasiado exigente para darse cuenta de que, si quería sobrevivir en aquel lugar tenía que adaptarse, Richard deambuló de isla en isla y de trabajo en trabajo durante un año. Como era demasiado arrogante para amoldarse a trabajos de poca categoría, lo fueron despidiendo una y otra vez y en más de una ocasión acabó en una celda por no poder pagar el alquiler del más ínfimo de los tugurios.

Irónicamente, él y Ohr acabaron en las Indias Occidentales por razones opuestas. Ohr llegó allí esperando encontrar al padre que nunca conoció, mientras que Richard lo hizo para escapar de un padre al que no podía soportar. Conocer a Ohr aquel día en la prisión de Santa Lucía probablemente le salvó la vida a Richard. Encontró en Nathan Brooks y su tripulación una nueva familia, nuevos amigos más auténticos de los que había tenido nunca y una ocupación que le gustaba.

—¿«También»? —preguntó Ohr—. ¿Gabby te ha estado machacando otra vez con su preocupación por ti?

—¿Cuándo nuestra querida amiga se ha ocupado sólo de sus asuntos? —bromeó Richard.

—Sólo hay una cosa en la que ella te presione y, odio decirlo, pero...

—Sí, sí, estás completamente de acuerdo con ella —lo interrumpió Richard con exasperación.

—Estás tú muy susceptible, pero contéstame a esto: ¿amas a Georgina Malory de verdad o, simplemente, estás enamorado de su belleza? En realidad, no tienes por qué contestarme, sólo reflexiona sobre ello.

¿Sus amigos realmente creían que su amor era tan insustancial? A Richard no le importó contestarle a Ohr.

—Hablé largo y tendido con ella, Ohr. Nunca he conocido a una mujer con la que me resulte tan fácil hablar, bueno, aparte de Gabby. Y también sé que Georgina tiene un sentido del humor maravilloso. Además, he podido ver, personalmente, lo abnegada que es como madre. Y es valiente, ¡mira con quién se ha casado!, y aventurera, el año pasado ayudó a rescatar a un amigo. ¡Es perfecta para mí en todos los sentidos!

—Salvo por el hecho de que ama a otro hombre.

¿Un pequeño inconveniente en la vida que quería para sí mismo? Las mujeres a las que solía tratar trabajaban de camareras en las tabernas, eran encantadoras compañeras de revolcón, pero a ninguna la veía como madre de sus hijos. Durante todos aquellos años, no había conocido a ninguna mujer, aparte de Gabrielle, con la que se imaginara creando la extensa y amorosa familia que ansiaba tener, una familia totalmente diferente a aquella en la que había nacido. Si Gabby y él no se hubieran hecho tan buenos amigos y si ella no fuera la única hija de su capitán, él la habría pretendido. No había conocido a ninguna mujer tan apropiada para él..., hasta que conoció a Georgina Malory. Georgina simbolizaba todo lo que él quería en la vida. No podía renunciar a aquella mujer.

Irónicamente, el hombre con el que estaba casada no lo intimidaba, al contrario, le infundía esperanzas. ¿Cómo podía ella amar a un individuo tan salvaje como James Malory? Sinceramente, Richard no creía que ella lo amara de verdad. Y por esta razón estaba dispuesto a esperar hasta que ella recobrara la razón y se separara de él. Quería que ella supiera que él la estaría esperando con los brazos abiertos.

Ohr sacudió la cabeza.

—Está bien, no diré nada más... En realidad, diré una última cosa. No me gustan los funerales. No me obligues a asistir al tuyo.

Richard se estremeció.

—Contrariamente a lo que Gabby y tú pensáis de mí, yo prefiero vivir mi vida hasta su conclusión natural y no terminarla a manos de ese animal. No volveré a intentar separarla de su marido, Ohr, te lo prometo.

—De acuerdo. Si te mantienes alejado de ella, todo irá bien.

Richard no contestó, simplemente, apartó la mirada.

Ohr soltó un respingo.

—Lo que me temía. Pero recuerda que la advertencia de Malory no se refería a la posibilidad de que te insinuaras a su esposa, sino sólo a que te acercaras a ella.

—Eso es una exageración. La mayoría de las amenazas se formulan sólo por una cuestión efectista. ¿Con qué frecuencia se cumplen?

—Esto depende de quién las profiera. ¿James Malory? Si dice que va a hacerte daño, puedes apostar la vida a que lo hará.

—Creí que no ibas a decir nada más al respecto —masculló Richard.

Ohr rio entre dientes.

—Eres tú quien sigue mencionando el tema, amigo mío. Quizá porque has perdido el sentido común y necesitas ayuda para recuperarlo.

¿Tenía razón Ohr? Richard se había asegurado a sí mismo que no intentaría volver a alejar a su amor de su esposo, pero ¿y si no podía contenerse? No, él no era un idiota.

—¿Qué hacéis los dos ahí parados? —preguntó Gabrielle cuando se acercó a ellos por detrás con Drew—. Ya tendríais que haber cargado los baúles y tenerlo todo listo para partir. No estáis siendo de mucha ayuda.

—Estábamos esperando a tu marido —contestó Ohr—. Él es más musculoso que nosotros.

Gabrielle lanzó una mirada de admiración a Drew, quien estaba lo bastante cerca para haber oído a Ohr.

—Es verdad, ¿no? —corroboró ella con una sonrisa.

Drew se habría burlado del comentario de Ohr, pero la mirada de su mujer hizo que se ruborizara y los demás se echaron a reír. Una vez restablecido el buen humor, Richard apartó a un lado sus preocupaciones acerca de aquel viaje. Si sus amigos pudieran hacer lo mismo...

5

Julia Miller sabía que el baile de Eden sería, sin lugar a dudas, el acontecimiento de la temporada. No sólo se habían aceptado todas las invitaciones, sino que, por la aglomeración de gente que había en la sala de baile de Park Lane, por lo visto también habían acudido muchos advenedizos, lo que explicaba que Regina Eden, la anfitriona, estuviera tan nerviosa. Como se trataba de una fiesta de disfraces y resultaba difícil reconocer a los invitados que llevaban máscaras muy elaboradas, no podía acercarse a alguien y decirle: «Usted no ha sido invitado, váyase.»

En realidad, Regina Eden, que era sobrina de los cuatro hermanos mayores de la familia Malory, era demasiado dulce para hacer algo tan rudo. Julia no habría tenido problemas en hacerlo si la comida y la bebida que hubiera preparado no fueran suficientes debido a los que se habían colado sin ser invitados.

Aquella noche, Julia iba vestida con sus dos colores favoritos. Su vestido de fiesta nuevo era de seda de color aguamarina y estaba ribeteado con un cordón turquesa de doble hilo que iba sujeto con hebras plateadas. El color turquesa y el aguamarina quedaban de maravilla con sus ojos azul verdosos y los oscurecían e iluminaban respectivamente, dándole el tono intermedio que a ella tanto le gustaba. Era una lástima que tuviera que llevar un dominó que ocultara parcialmente sus ojos, pero de los tres estilos de máscara que había, el dominó era el más estrecho y sólo cubría la zona que rodeaba los ojos. El suyo era muy elaborado y la abertura de los ojos estaba ribeteada con destellantes gemas.

El dominó era demasiado estrecho para ocultar la identidad de quien lo utilizaba, de modo que a Julia no le costó reconocer a lord Percival Alden, quien se abrió paso entre la multitud para acercarse a ella. Julia lo conoció a través de los Malory, pues era amigo de los más jóvenes de la familia desde hacía muchos años. A pesar del compromiso matrimonial de Julia, él estaba encaprichado con ella. Era alto, de treinta y pocos años y de aspecto agradable.

Percy, como lo llamaban sus amigos, buscó la mano de ella y se la besó con galantería. A continuación, suspiró.

—Me corta usted la respiración, señorita Miller, se lo digo en serio. No tengo prisa en casarme, aunque supongo que, a la larga, lo haré. La verdad es que todos mis amigos ya se han casado. Sin embargo, si usted estuviera disponible, estoy seguro de que pensaría en casarme mucho antes.

Ella se ruborizó. No era la primera vez que él le declaraba sus sentimientos. Percy era de lengua torpe y decía sin pensar cosas que debería callar. Julia lo había visto exasperar a sus amigos por esta razón, aunque, en general, Percy era inofensivo. Julia no le contó que sus circunstancias podían cambiar a corto plazo. Aunque él podía ser un marido bastante aceptable, a ella no le cortaba la respiración. De todos modos, ya había llegado la hora de que empezara a buscar un hombre que pudiera...

Julia dio la respuesta esperada a tan osadas palabras.

—Debería darle vergüenza, Percy, todo el mundo sabe que es usted un soltero empedernido.

Uno de los amigos de Percy lo llamó para que se reuniera con él, de modo que Julia no estaba segura de que la hubiera oído. Él no parecía querer apartarse de su lado, pero al final volvió a suspirar con resignación.

—Por favor, si alguna vez cambian sus circunstancias, téngame presente. —Mientras se alejaba con rapidez, le gritó—: ¡Y resérveme, también, un baile!

¿Bailar en medio de aquella aglomeración? Julia rio para sus adentros. A media noche se quitarían las máscaras y estaba convencida de que, para entonces, al menos la tercera parte de los invitados ya habrían desaparecido.

Pero ya habrían conseguido lo que pretendían: ver al único Malory que nunca asistía a eventos sociales y que, por lo tanto, era un blanco primordial de rumores y especulación. Aquella noche constituía una excepción y James Malory había acudido al baile porque se ofrecía en honor a su mujer.

Los Malory no eran sólo una gran familia, sino que también eran ricos y de la nobleza y, por lo visto, todos habían acudido al baile de cumpleaños de Georgina. Julia los conocía a casi todos y a, algunos, bastante bien.

Georgina, su vecina, era amiga de ella desde hacía muchos años y había invitado a Julia a su casa con motivo de pequeñas celebraciones sociales; incluso para tranquilas cenas «exclusivamente familiares». Georgina era norteamericana y sus hermanos se dedicaban al comercio, marítimo y terrestre, como la familia de Julia. Uno de ellos firmó un contrato con el padre de Julia antes del accidente por el que su compañía naviera transportaría cargamentos de lana con regularidad. El textil era uno de los ramos a los que se dedicaban las múltiples empresas de los Miller.

A finales del año anterior, Julia ayudó a Boyd Anderson, el hermano pequeño de Georgina, quien acababa de casarse con otra Malory y estaba buscando una casa en la ciudad para vivir con su esposa. A lo largo de los años, el padre de Julia había adquirido unas cuantas propiedades excelentes en Londres que había aceptado como pago de distintas deudas. Algunas de ellas se encontraban en el barrio alto de la ciudad, que era muy buscado. Cuando el padre de Julia adquiría una de esas propiedades, no volvía a venderla, y Julia apoyaba totalmente esta estrategia de inversión. Así que, aunque no quiso venderle a Boyd la casa que él quería, se la alquiló a largo plazo, solución que él aceptó de buena gana.

Sí, ella conocía bien a los Malory, y sabía que algunos de ellos, como otros miembros de la alta sociedad, sentían lástima por ella. No porque se estuviera convirtiendo en una solterona, sino porque sabían que no podría casarse hasta que su largamente desaparecido prometido regresara a Inglaterra, lo que parecía bastante improbable.

A Julia no le importaba que sintieran ese tipo de lástima hacia ella. De hecho, ella habría sentido lo mismo por cualquiera que estuviera en una situación tan patética como la suya. Aunque la mayoría de las personas eran lo bastante amables para no mencionar el tema de su compromiso matrimonial en las conversaciones —¡Percy constituía una excepción!— eso cambiaría pronto. Eso esperaba ella. El día siguiente a la conversación que mantuvo con Carol, visitó a su abogado. Él ya había empezado a trabajar en aquella cuestión, aunque le había advertido que el conde de Manford seguramente haría todo lo posible para retrasar las acciones legales. Así que librarse de aquel horrible contrato podía tomarle más tiempo del que creía.

—¡Lo sabía! —exclamó Carol cuando llegó al lado de Julia—. Sólo hay que mirarlo para saber que todo es verdad, todas esas cosas espantosas y brutales que se han dicho sobre él.

Julia consiguió no echarse a reír. ¡Carol parecía hablar tan en serio! Pero cuando la miró atentamente a la cara, que estaba parcialmente cubierta por un dominó rosa pálido tachonado de joyas, se dio cuenta de que Carol hablaba muy en serio. Saldría por la puerta en un segundo si Julia no conseguía convencerla de lo ridículo que era que fundara su opinión sobre James Malory sólo en rumores.

Puede que, en determinado momento, James y Anthony, los dos hermanos menores de los Malory, fueran realmente pendencieros y que, al no perder un solo duelo, ya fuera a puñetazos o con pistolas, adquirieran la fama de ser mortíferos. Esto era innegable, pero ocurrió años atrás. Por desgracia, algo así podía conducir fácilmente a acusaciones mucho peores.

De todos modos, las especulaciones que, por esta causa, se hacían sobre el largo tiempo que James Malory estuvo fuera de Inglaterra eran simplemente ridículas: que si lo habían enviado a la colonia penal de Australia donde había matado a todos sus carceleros para escapar, que si había sido un pirata en mares embravecidos donde hundía barcos simplemente por placer, que si había sido el cabecilla de los contrabandistas de Cornualles y que al final lo habían encarcelado por asesinato... Éstas eran sólo unas cuantas de las historias más descabelladas que murmuraban sobre él las personas que no lo conocían personalmente, a él o a su familia.

Aunque la razón por la que James desapareció durante tantos años o lo que hizo durante su ausencia no le incumbía a nadie, la alta sociedad era conocida por su afán de cotilleo y, a pesar de que la mayoría se contentaba con los escándalos reales, aquellos que no obtenían la información que deseaban, simplemente, se la inventaban.

Julia estaba convencida de que la mayoría de los rumores que circulaban acerca de James Malory no tenían un fundamento real. Su aire amenazador y su carácter esquivo, que impedía que los demás lo conocieran, eran las causas de que la gente especulara en el sentido equivocado. Julia, efectivamente, estaba convencida de que él podía ser mortífero si lo provocaban, pero ¿quién en su sano juicio lo provocaría?

James era corpulento, rubio y guapo, y habría llamado la atención aunque la gente no hubiera adivinado quién merodeaba alrededor de la hermosa y menuda invitada de honor vestida de color rubí. Formaban una pareja realmente llamativa. Aquella noche, a diferencia de todo el mundo, James no llevaba puesta una máscara. Ésta colgaba del brazo de su mujer y Julia se dio cuenta de que Georgina lo apremió más de una vez para que se la pusiera. Él sólo la miró fijamente y de una forma inexpresiva y se negó a hacerlo. A Julia le pareció divertido.

¡Era tan típico de James Malory detestar todo lo que fuera de naturaleza frívola!

Las máscaras más elaboradas cubrían todo o medio rostro y, a diferencia de los dominós, ocultaban la identidad de las personas. Sin embargo, Julia estaba segura de que habría reconocido a James aunque hubiera llevado puesta una máscara completa. Su cuerpo resultaba inconfundible y, por lo musculoso que era, podía decirse que era brutal.

Además, sólo él llevaba el pelo largo hasta los hombros, lo que no estaba nada de moda. Quizá, si se hubiera puesto la máscara, Carol podría haber disfrutado de la noche sin tenerle miedo.

Julia tenía que poner al corriente a su amiga.

—James Malory odia las reuniones sociales, Carol, realmente no las soporta. Aun así, está aquí esta noche porque ama a su mujer y nunca la decepcionaría no asistiendo a su fiesta de cumpleaños.

—¿De verdad las odia?

—Sí.

—Esto explicaría por qué no asiste a ninguna, ¿no?

—Desde luego.

—Creí que era porque es tan desagradable..., pero tanto —añadió con voz todavía más baja—, que ninguna anfitriona quiere incluirlo en su lista de invitados.

Julia consiguió contener la carcajada que amenazaba con salir de su garganta.

—Sabes de quién estamos hablando, ¿no? De una de las familias más poderosas del reino. A ellos los invitan a todo —dijo secamente.

—Seguro que a los demás sí, pero a él lo dudo —refunfuñó Carol mostrando su desacuerdo.

—A él sobre todo, Carol, ¿o no has notado lo abarrotada que está la fiesta? No creerás que lady Eden ha invitado a todas estas personas, ¿no? Si la reputación de James Malory no fuera tan notable, la alta sociedad no estaría tan ansiosa de conocerlo por fin, lo que explica que las invitaciones estuvieran tan cotizadas y que tantas personas se hayan presentado a la fiesta sin estar invitadas. Como comprenderás, él también lo sabe, y aun sabiendo que sería el centro de atención, ha venido por su esposa.

—Parece muy considerado por su parte, ¿no?

—Déjame que te lo presente —sugirió Julia—. Suele ser muy gentil con las damas. Cuando lo conozcas, no volverás a creer esos estúpidos rumores acerca de él.

Pero Carol no accedió y sacudió la cabeza con rotundidad.

—No es necesario. Dejaremos que él siga en aquel extremo de la sala y nosotras nos quedaremos en éste, gracias. Puede que no haya el menor atisbo de verdad en esos rumores y él es mucho más guapo de lo que yo esperaba, pero sigue sin parecerme nada accesible. Para empezar, no le ha sonreído ni una sola vez a su mujer. ¡Probablemente ni siquiera sabe cómo se hace! Y no veo que nadie más se atreva a que se lo presenten. Digas lo que digas, Julia, sigue habiendo algo en él que me produce escalofríos. Es como si estuviera dispuesto a arrancarle la cabeza a cualquiera que se le acerque.

—¡Qué imagen tan horrible! —exclamó Julia volviendo a contener la risa que le provocó la gráfica imaginación de su amiga—. Lo siento por ti.

—¡Es verdad! Puede que sea el hombre más encantador que exista, incluso es probable que lo sea. ¿Lo ves?, he escuchado atentamente tus razonamientos, pero sigue teniendo aspecto de ogro, como tú misma lo llamaste antes.

—Yo no lo he llamado nada parecido —protestó Julia—. En realidad me refería a que deberías dejar de pensar en él como si lo fuera.

—¿Que no es un ogro? —declaró Carol con voz triunfal—. Míralo ahora mismo y dime si lo es o no. Si su aspecto no es el de un hombre que está pensando en matar a alguien no sé lo que es.

Julia frunció el ceño, siguió la mirada de Carol y ¡vaya, tuvo que estar de acuerdo con ella! Si pensaba en todas las veces que había estado en la misma habitación que James Malory, no recordaba haberlo visto nunca de aquella manera. Si las miradas pudieran matar, alguna persona de aquel salón ya estaría muerta.

6

—No me puedo creer que te hayas presentado aquí —declaró Gabrielle dándole un golpecito a Richard en la espalda para llamar su atención.

Él se dio la vuelta emitiendo un gruñido de frustración. Aunque sabía que su cara quedaba perfectamente oculta detrás de su máscara de payaso triste, una máscara completa que daba un calor de mil demonios, se había esforzado en mantenerse fuera de la vista de Gabby, James y dos viejos conocidos que creía haber reconocido. Pero no pensaba permitir que Gabrielle volviera a reprenderlo, pues él también tenía algo que reprocharle a ella.

—¡Me parece increíble que no me contaras que la celebración del cumpleaños de Georgina era un baile de disfraces! ¿No te diste cuenta de lo perfecto que es para mí? Ahora tus preocupaciones no tienen sentido. ¿Y cómo demonios me has reconocido?

—Por tu pelo, claro.

—Debería haberme puesto un vestido —bromeó él—. ¿Cómo no se me ocurrió?

—Porque aunque hubiera mujeres tan altas como tú, que no las hay, ya no estás tan delgado como para que te quepa ningún vestido. Y agáchate antes de que él te vea —le susurró mientras lo arrastraba al extremo de la sala.

Aquello se estaba empezando a parecer a su última discusión. Richard no creía que pudiera soportar que volvieran a decirle que no. Gabrielle se había mostrado muy dura desde que llegaron al puerto. Como sólo había un carruaje para los cinco, decidieron que Ohr y él dejaran a Gabby, Margery y Drew en la casa de los Malory y que luego fueran a buscar un alojamiento para ellos, pero Gabrielle se negó a esta idea incluso antes de abandonar el puerto. Arrastró a Richard a un lado y le explicó que no quería que se acercara a la casa de los Malory de ningún modo, ni siquiera al bordillo de la acera de enfrente.

—No estás siendo razonable. Lo más probable es que él no se acuerde de mí. Casi me dobla la edad y seguramente esto lo hace ser bastante olvidadizo.

Gabrielle soltó una carcajada de incredulidad.

—¿Lo estás llamando viejo cuando está en su mejor momento? No te engañes, Richard. Puede que hayas ganado algo de peso desde que te conoció y que ahora tengas un cuerpo bien formado, pero tu cara es la misma y, para que lo sepas, eres muy guapo y tu cara resulta inolvidable. Yo te reconocería en cualquier lugar y él también. ¡Diantre, seguramente, hasta tu antigua niñera te reconocería!

—Yo nunca tuve una niñera —contestó él con frialdad.

—No intentes esquivar la cuestión que te estoy planteando. No le pasarás desapercibido. ¡Él recordará al hombre que su mujer abofeteó por hacerle insinuaciones en su propio jardín y en presencia de sus dos hijos! Aquel mismo día te habría perseguido para darte una paliza si yo no le hubiera prometido que nunca volverías a acercarte a ella. Y a pesar de mi promesa, dejó muy claro lo que te ocurriría si tú la rompías.

¡Como si él no supiera ya todo aquello! ¡Como si le importara cuando ansiaba ver a Georgina con todo su ser!

—Ten piedad, Gabby —declaró Richard apelando a su lado bondadoso—. No me acercaré a ella, pero al menos déjame verla una última vez. Podrías organizarlo para mí. Ese animal con el que está casada ni siquiera tiene que enterarse de que estoy aquí. Elige un día que no esté en su casa.

—¿Por qué no puedes...? —empezó Gabrielle, pero entonces asimiló lo que Richard acababa de decir y bruscamente rectificó lo que iba a decir—. ¿Una última vez? ¿Y después la apartarás de tu mente?

Richard no quería mentirle y podía aliviar su preocupación sin hacerlo.

—Ella es una causa perdida para mí. ¿De verdad piensas que no lo sé?

Richard creía que Gabrielle se pondría de su lado, pero ella dijo con el ceño fruncido:

—Esto es buscar problemas, Richard. —Entonces su pequeña barbilla se levantó en señal de tozudez y añadió—: En realidad, no. Lo siento, pero eres mi mejor amigo y no voy a ayudarte a avanzar por ese camino de destrucción que por lo visto quieres seguir. ¡Olvídate de ella!

Richard levantó las manos en señal de frustración.

—¡Está bien! ¡Tú ganas! Ahogaré mis penas en alcohol. Seguro que Ohr, quien está de acuerdo contigo, al menos en esto me ayudará —dijo Richard emprendiendo el camino de regreso al carruaje.

Había decidido no discutir más con ella. Tendría que encontrar por sí mismo la manera de volver a ver a Georgina. Y lo conseguiría.

—¿Y cómo conseguiste ropa de etiqueta tan deprisa? —le preguntó Gabrielle dándole un rápido y enojado vistazo a su ropa formal—. Llegamos hace sólo dos días. Creí que tu ropa de antes ya no te iba bien.

—Así es, pero en St. Kitts hay un buen sastre al que acudo desde hace años y, en este viaje, he venido preparado para todo.

—¡Has venido preparado para morir! ¡Dios mío, no puedo creer que estés en la misma habitación que él!

—Lo estás exagerando demasiado, Gabby, él no me matará sólo porque mire a su mujer.

—Su terrible amenaza especificaba que no podías acercarte a ella ni en la distancia, y aunque uno podría ignorar una amenaza como ésta de cualquier otro hombre, no ocurre lo mismo con él. Y ¿cómo te enteraste de que se celebraba este baile?

—Deberías habérmelo dicho tú.

Al oír su reproche, el ceño fruncido de Gabby se acentuó.

—No, no debería habértelo dicho, que es la razón de que no lo hiciera. ¿Cómo te enteraste?

Su obstinación hizo que Richard suspirara.

—Aquel hotel en el que nos dejaste (por cierto, gracias, porque es uno de los mejores de la ciudad) dispone de varios carruajes para los huéspedes. Ayer tomé uno prestado. Incluso le di el día libre al conductor después de que lo aparcara enfrente de la casa de Georgina. Me quedé allí sentado esperando, para poder verla aunque fuera fugazmente cuando saliera de la casa, pero no lo hizo.

—Georgina tiene invitados, de modo que es lógico que no saliera de su casa, pero esto tampoco explica cómo te enteraste de que se celebraba el baile y dónde.

—Llevaba allí escondido casi todo el día cuando dos mujeres de la zona pasaron junto a mí. Supongo que el hecho de que la casa de los Malory estuviera al otro lado de la calle hizo que el tema del baile surgiera en la conversación que mantenían. Yo casi me caí del carruaje intentando oír el final de lo que decían.

Gabrielle suspiró.

—Normalmente, tienes mucho sentido común..., menos cuando se trata de ella, entonces no tienes nada en absoluto. Y ¿cómo entraste sin invitación?

Richard sonrió ampliamente, pues la pregunta le trajo a la memoria todas las canalladas que realizó cuando hizo todo lo posible para que su padre lo repudiara, aunque ninguna funcionó.

—De la misma forma que los dos jóvenes que estaban delante de la casa discutiendo sobre cómo entrar —contestó Richard—. Los seguí hasta la parte trasera de la casa y los vi saltar el muro del jardín. Por cierto, el jardín es condenadamente pequeño en comparación con el de los Malory, y, además, estaba abarrotado, sobre todo de personas que habían entrado de la misma manera. Los que vieron nuestra irregular forma de entrar, simplemente, se echaron a reír.

Gabrielle soltó un respingo.

—¿Ohr te ha respaldado en esta locura? Se suponía que tenía que vigilarte. ¿No compartes la habitación con él para que no te pierda de vista?

—Así es, pero lo hice enfadar y tuvo que marcharse para tranquilizarse antes de que llegáramos a las manos.

—¡No me lo puedo creer! —exclamó Gabrielle.

—No fue fácil. Ya sabes lo imperturbable que es.

—¿Lo hiciste enojar a propósito? —El gesto de culpabilidad de Richard hizo que ella lo reprendiera—. Le debes una disculpa.

—Lo sé.

—Ahora sería un buen momento para hacerlo. Sal de aquí, Richard, mientras aún puedas.

Él calculó sus opciones y decidió que seguir discutiendo con ella no lo llevaría a ninguna parte, así que asintió con la cabeza y se dirigió al jardín. Al menos había visto a Georgina. ¡Cielos, era tan hermosa como la recordaba, y seguía queriéndola de verdad! El tiempo no había apaciguado este sentimiento. Confió en que Gabrielle creyera que ya había conseguido su objetivo y que se iba, pero haber visto a su amor aquella noche no era suficiente, no mientras estuviera en Inglaterra y tan cerca de ella.

Por lo visto, Gabby consideraba que había mucho en juego y no confiaba en Richard totalmente. De hecho, lo siguió hasta la terraza que daba al jardín, lo que obligó a Richard a saltar el muro y desaparecer de su vista. Pero Richard no se marchó, sino que esperó al menos diez minutos antes de mirar por encima del muro y comprobar que Gabby había regresado a la sala de baile con Drew.

Resultaría fácil asegurarse de que ella no volvía a descubrirlo. Las máscaras completas eran una maravilla, al menos para aquella noche. Cubrían toda la cara salvo los ojos, lo que, evidentemente, era la causa de que resultaran tan incómodas. Richard ya había localizado a otro hombre que llevaba una máscara completa pero distinta a la de él y que estaba solo en el jardín, cerca de la terraza.

Volvió a saltar el muro y se acercó con rapidez a aquel hombre sin perder de vista la terraza para asegurarse de que Gabby no lo veía. Tardó un instante en darse cuenta de que aquel hombre también estaba vigilando la terraza.

—¿Quieres intercambiar la máscara conmigo, amigo? —preguntó Richard.

—No.

¡El hombre ni siquiera lo miró! Su mirada se desplazaba de las dos puertas que comunicaban con el salón al reloj de bolsillo que sostenía en la mano. Era evidente que esperaba con impaciencia a que alguien se reuniera con él. El hecho de que su máscara no fuera de payaso triste era una suerte, pues Richard ya había visto a unos cuantos hombres con una máscara igual a la de él, de modo que volvió a intentarlo.

—¿Diez libras?

Esta vez el hombre lo miró e incluso se rio.

—Ya veo que estás desesperado. Y la verdad es que, si mi amada no me hubiera comprado expresamente esta máscara para localizarme entre la multitud, aceptaría tu oferta. De todas maneras, yo le envié el recado de que la esperaría aquí, en el jardín, pues tenía la impresión de que este lugar estaría hasta los topes.

—Entonces tema resuelto, porque tú la reconocerás, ¿no?

—No puedo asegurarlo, y esta noche estoy decidido a verla por encima de todo.

Como la amada de aquel hombre ya llegaba tarde y aparecería en cualquier momento, Richard sugirió:

—¿Y después de que la hayas visto?

El hombre volvió a negar con la cabeza.

—No puedo. Ella me la ha comprado. ¿Te imaginas lo que puede ocurrir si regalas algo que tu amada te ha comprado?

Nadie, en todo el jardín, llevaba un disfraz tan perfecto como el de aquel hombre, de modo que Richard exhaló un penoso suspiro. Quizá debería irse. Probablemente el destino lo estaba empujando a ello.

Pero el joven debió de oír su suspiro.

—No puedo darte mi máscara, pero he venido con un amigo. Quizás él acepte.

Después de todo, aquel hombre era una buena persona, porque incluso se fue en busca de su amigo, quien rápidamente intercambió la máscara con Richard. Por desgracia, a éste no le gustó en absoluto su nueva máscara: una careta de demonio salpicada de cuernos de cerámica que ni siquiera cubría la totalidad del rostro. La media máscara dejaba al descubierto su boca pero, al fin y al cabo, las bocas no eran tan distintivas. Además, no tenía más opciones. Al menos Gabrielle no lo reconocería tan fácilmente, aunque puede que abordara al hombre que llevaba su vieja máscara de payaso. Pero, al darse cuenta de su error, simplemente se sentiría un poco avergonzada y dejaría de buscarlo confiando en que se había ido.

Disfrazado, una vez más, a su gusto —esta vez incluso había escondido su largo cabello en el interior de su chaqueta—, Richard se dispuso a arriesgarlo todo otra vez por unas cuantas horas de contemplar a Georgina desde la distancia. En el fondo de su mente lo acosaba el temor de que se sintiera tentado a hacer más que eso, pero Richard lo ignoró. Tenía que ignorarlo, porque, sinceramente, no quería morir por el amor de la mujer de otro hombre.

7

La funesta expresión de los ojos de James Malory no era algo pasajero, sino que persistía, por lo que la curiosidad de Julia aumentó. Pero no veía qué o quién había atraído la furiosa atención de James. Fuera quien fuese, estaba en el mismo lado de la sala que ella, pero docenas de personas limitaban su visión. Cuando Carol quiso llevarla hasta donde estaba Harry, su marido, para presentarle al amigo con el que estaba hablando, Julia se excusó y, ágilmente, se abrió paso entre la multitud. De vez en cuando miraba por encima del hombro de los demás y se ponía de puntillas para comprobar que se estaba alineando con la mirada de James.

Al cabo de unos minutos lo vio con claridad frente a ella, pero se sintió decepcionada al ver que llegaba demasiado tarde. James había vuelto su atención a su esposa y le hablaba inclinándose hacia ella. Incluso la besó en la mejilla, lo que provocó un enternecido suspiro colectivo en la sala y, a continuación, múltiples risitas avergonzadas.

Georgina, al oír la reacción de la multitud, se echó a reír. James levantó la mirada al techo con desesperación. Sin duda, porque también había oído el suspiro. Pero entonces uno de los múltiples familiares de Georgina se acercó a hablar con ella y la mirada de James volvió al lugar al que se dirigía antes.

Julia, como Carol, no pudo evitar sentir un escalofrío cuando él pareció fijar su fiera mirada justo en ella. Entonces se dio cuenta de que debía de estar mirando a una de las cuatro personas que estaban delante de ella, al borde de la multitud que estaba de cara a la pista de baile. La música se detuvo brevemente y las parejas que estaban bailando abandonaron la pista, lo que permitió a Julia tener una visión más clara de James. Aunque su inexpresivo rostro seguía sin reflejar nada, sus ojos verdes eran letales. Resultaba sorprendente que pudiera estar pensando en matar a alguien y uno no lo supiera hasta que lo mirara a los ojos.

Julia llegó a la conclusión de que James debía de guardarse sus sentimientos para sí mismo y que en aquel momento los estaba mostrando de una forma deliberada. ¿Le estaría enviando un mensaje a alguien? Julia intentó adivinar quién captaba la atención de James.

De las cuatro personas que estaban delante de ella dándole la espalda, una mujer y tres hombres, la mujer y uno de los hombres era evidente que estaban juntos. El segundo hombre era bajo y fornido y resultaba fácil mirar por encima de él. El tercer hombre era lo bastante alto para destacar entre la multitud.

El hombre y la mujer estaban tan enfrascados en la conversación que mantenían que no se habían dado cuenta de nada y, cuando la música volvió a sonar, se trasladaron a la pista de baile. La mirada de James no los siguió, lo que reducía las opciones a los otros dos hombres. El bajito se volvió de repente y se alejó con rapidez. Cuando pasó junto a Julia ella percibió su nerviosismo. Después desapareció por una de las puertas abiertas que comunicaban con la terraza. La mirada de James tampoco lo siguió. Esto dejaba sólo al hombre alto.

Aparte de los miembros de la familia Malory, Julia no conocía a muchos hombres que fueran tan altos como aquél, y no era probable que James estuviera tan furioso con uno de sus familiares. Aunque, de hecho, ¡esto debía de ser! ¡Claro, los hermanos de Georgina! ¿Cómo podía haber olvidado que James no ocultaba su antipatía hacia ellos? Casi no los soportaba.

Aquel hombre alto y ancho de hombros podía ser uno de los cinco hermanos de Georgina. A Julia no se los habían presentado a todos, pero los que conocía no tenían el pelo negro como él. Además, si lo pensaba bien, James podía no sentir simpatía por los hermanos Anderson, pero no le lanzaría miradas asesinas a ninguno de ellos.

Entonces se dio cuenta de lo absurdas que eran sus especulaciones. A menos que reconociera a aquel hombre, lo que resultaba dudoso puesto que, como todo el mundo, llevaba puesta una máscara, ¿qué podía descubrir? No podía, simplemente, decirle que iba a morir y preguntarle la razón. No, seguramente no conseguiría averiguar nada.

Cuando se volvió para ir en busca de Carol, un fuerte suspiro la detuvo obligándola a volver a mirar la amplia y masculina espalda. ¿Se había dado cuenta por fin aquel hombre de la indiscreta mirada de James? De ser así, Julia esperaba que se volviera y saliera a toda prisa de la habitación, pero no lo hizo. En realidad, aquel suspiro había sonado bastante lastimero, casi desgarrador, así que no debía de estar relacionado con James Malory. Probablemente, aquel hombre todavía no sabía que estaba en peligro.

¿Debía advertirlo? Aunque las damas de la aristocracia estaban limitadas por la regla que establecía que no podían hablar con un hombre al que no hubieran sido presentadas, éste no era el caso de Julia. En el mundo de los negocios, ella tenía que hablar con desconocidos continuamente. Aunque, en realidad, aquello no era de su incumbencia y, además, su curiosidad la empujaba a sacar conclusiones que podían no ser acertadas.

Julia volvió a darse la vuelta para irse, pero entonces, horrorizada, se encontró dando golpecitos en el hombro de aquel hombre. ¡Fue por su patético suspiro! ¿Cómo podía ignorar algo tan triste?

—¿Se encuentra usted bien? —le preguntó.

Él se dio la vuelta y Julia se sobresaltó al ver la máscara de demonio que llevaba. Sin embargo, se trataba de una media máscara, y por debajo se percibía la sombra de un bigote, unos labios sensuales y una barbilla firme. Él apenas le dio una ojeada y volvió a mirar por encima de su hombro a lo que había estado captando su atención.

—Mírela, es magnífica, ¿no cree? —declaró exhalando otro suspiro.

Tenía un leve acento, aunque Julia no supo identificarlo. De todos modos, se preguntó si había oído su pregunta.

—Parece usted locamente enamorado —declaró ella señalando lo obvio.

—Estoy más que enamorado, la quiero desde que la vi por primera vez, el año pasado.

—¿A quién?

—A lady Malory.

Julia logró contener una carcajada, porque esto era lo último que esperaba oír, aunque sin duda explicaba la animosidad de James. Después de todo, su curiosidad había quedado satisfecha.

Para los Malory la familia era muy importante. No importaba a cuál de las Malory se refería aquel hombre, pues todas las que había allí aquella noche estaban casadas y, en cualquier caso, James se sentiría ofendido. «Ofender a uno era ofenderlos a todos» podía ser el lema de la familia. A menos que..., no, aquel hombre no podía ser uno de los Malory que estuviera admirando a su mujer desde la distancia, pues todos estaban allí, en aquella sala, y eran fácilmente reconocibles porque llevaban dominós.

—¿A qué lady Malory se refiere? —preguntó Julia—. Al baile han venido por lo menos cinco y todas están...

—A Georgina.

—... ¡casadas! —terminó Julia con un respingo.

Si aquel hombre tenía que estar perdidamente enamorado de una de ellas, no podía haber elegido peor.

—Soy terriblemente consciente de este horrible hecho —contestó él.

—¿Y es usted consciente de que su esposo lleva al menos quince minutos lanzándole dardos con la mirada?

Al oírla, aquel hombre apartó enseguida la mirada de Georgina y la clavó en Julia.

—¡Pero si no puede haberme reconocido! No me han invitado. ¡Seguro que ni se imagina que estoy aquí!

Julia se encogió de hombros.

—Tanto si sabe quién es usted como si no, resulta obvio que le molesta que lleve usted tanto rato mirando a su esposa.

—Estoy muerto —gruñó él.

Lo mismo pensaba ella, pero no pudo menos que regañarlo.

—¿De verdad no se ha dado cuenta de que él lo estaba observando?

—¡Pero si no podía apartar los ojos de ella!

¿Cegado por el amor? Julia todavía sentía una pizca de pena por él, pero ahora mucho más atenuada porque conocía a la pareja involucrada y sabía lo felices que eran. Además eran amigos de ella, y aquel hombre no lo era.

—Debería irse —le dijo.

—No servirá de nada, él me alcanzará..., a menos que crea que ha cometido un error. Usted podría ayudarme a hacérselo creer. ¿Querría usted salvarme la vida?

—¿Quiere hacerle creer que estamos juntos?

—Exacto.

—Bueno, supongo que podríamos bailar.

—Gracias, pero eso no será suficiente. Debemos hacerle creer que usted es la única mujer en mi vida, quizás incluso que estamos casados. Y las parejas casadas se besan...

—¡Eh, un momento! —se quejó ella con brusquedad—. No pienso ir tan lejos cuando ni siquiera...

—Por favor, *chérie* —la interrumpió él con un tono suplicante.

Aquella repentina expresión francesa sobresaltó a Julia. Él había hablado en un inglés tan perfecto que nunca habría imaginado que era francés. Su acento se fue acentuando conforme hablaba.

—Si me voy sin esta demostración de que el objeto de mi amor es otra mujer, me agredirá. Prometió hacerlo si me acercaba a su mujer otra vez.

—¡Entonces no debería usted haber venido!

—Lo sé. —Volvió a exhalar otro lastimoso suspiro—. Pero ansiaba tanto aunque sólo fuera volver a verla, que no pude resistirme. ¿Nunca ha estado enamorada? ¿No sabe lo que es?

De nuevo consiguió que ella sintiera lástima por él. Julia, evidentemente, no sabía lo que era estar enamorada, pues había estado encadenada a su horrible prometido durante toda la vida, lo que había mantenido a distancia a todos los hombres que conocía. De hecho, nunca la habían besado. ¿Quién se habría atrevido sabiendo que estaba prometida? Sin embargo, ahora que él había mencionado el tema del beso, a Julia le costaba apartar los ojos de sus labios.

—Está bien, pero que sea rápido —declaró Julia esperando no tener que arrepentirse—. No quiero que nadie, aparte de James, nos vea.

8

Si no se tratara de su primer beso, Julia nunca habría accedido, pero como había cumplido veintiún años y nunca le habían dado un beso romántico, la propuesta le resultaba tentadora. No se trataba de una curiosidad del momento, sino de un poderoso deseo que la acompañaba desde que tenía catorce años, que era cuando sus amigas recibieron sus primeros besos y le contaron lo emocionante que era.

Ése era otro elemento que alimentaba el descontento que su compromiso matrimonial le provocaba. ¡Por su causa se había perdido tantas cosas! El nerviosismo de su presentación en sociedad —¡Cielos, si durante un año entero sus amigas no pararon de reír ni hablaron sobre otra cosa!—, la excitación del inocente coqueteo que todas menos ella experimentaron incluso antes de su presentación en sociedad... Cada vez que Julia se daba cuenta de lo que se estaba perdiendo por culpa de él, le entraban más ganas de matarlo si regresaba alguna vez.

Pero no ser besada ni siquiera una vez y no poder experimentarlo aunque sólo fuera para saber lo que se sentía era, probablemente, lo que Julia más lamentaba. En teoría, debería haberle sido fácil, pues ella ya tenía un prometido, pero la última vez que se vieron ella tenía diez años y él quince y acordaron matarse el uno al otro si volvían a estar lo bastante cerca para hacerlo. Y sus amenazas no eran vanas. Se despreciaban tanto que cada encuentro acababa en una violenta discusión de un tipo u otro, de modo que, a partir de entonces, evitaron verse y, dos años más tarde, él, gracias a Dios, desapareció y ella no tuvo que volver a verlo.

A Julia le habría gustado disponer, al menos, de otro beso para poder compararlo con aquél. Entonces quizá no se habría sentido tan fascinada por él.

El beso empezó cuando ella accedió a dárselo. Él no se quitó la media máscara porque nada impedía que su sensual boca se uniera a la de ella. Julia se sintió brevemente decepcionada por no poder ver el resto de su cara. Sus ojos verdes fueron lo último que contempló antes de cerrar los suyos para poder disfrutar más plenamente de la novedad de tener sus labios unidos a los de un hombre.

El beso le resultó más excitante de lo que había imaginado. Quizás el hecho de que fuera un desconocido aumentó esta sensación, y también que ni siquiera supiera qué aspecto tenía. Podía imaginarse que era quien ella quisiera, el hombre más guapo que se le ocurriera. Bueno, entonces tendría que ser un doble de Jeremy Malory, pues éste era, probablemente, el hombre más guapo que ella había visto nunca. Claro que él ya estaba prometido... o su tío Anthony... o, un momento, también podía ser su primo Dereck... Bueno, daba igual, al fin y al cabo todos estaban casados. Además, el aspecto no era tan importante, al menos en aquel momento sublime de descubrimiento de algo por lo que ella había esperado tanto tiempo.

Desde luego aquel hombre no besaba como alguien que estuviera enamorado de otra mujer. Pareció implicarse tanto en aquel acto íntimo como ella. Deslizó un brazo alrededor de los hombros de Julia y el otro alrededor de su cintura, y la atrajo hacia él con firmeza y lentitud hasta que no quedó entre ellos ningún espacio que pudiera sugerir que se trataba de un abrazo puro y casto. ¡Ni mucho menos! Pero él estaba fingiendo un beso de casados, y ella tenía que tener presente que, probablemente, no se sentiría emocionado por la experiencia. Para él no era más que una artimaña para engañar a James Malory.

Pero ella no lo tuvo presente, porque vivió aquel beso como algo muy real y emocionante. ¿Quién habría imaginado que un beso era mucho más que el simple roce de unos labios? Incluía, también, el abrazo; la excitante sensación de sentir los brazos de él rodeándola y estrechándola contra su viril pecho; el cosquilleo de su bigote, que le causó un interesante estremecimiento; el roce de su lengua, que intentó separar los labios de Julia sin éxito, porque ella no sabía que aquello formaba parte del beso; el delicioso hormigueo en el estómago y sus piernas, que flaqueaban más y más haciendo que se agarrara a él todavía con más fuerza.

—Es usted muy buena conmigo. Uno o dos segundos más y será suficiente.

Él lo dijo junto a los labios de Julia, antes de continuar con el beso, pero recordarle que el primer beso de su vida no había sido real, sino sólo una exhibición para otra persona, fue para Julia como si le echaran encima un jarro de agua fría. El dulce aturdimiento en el que estaba flotando empezó a desvanecerse justo antes de que él se apartara y finalizara aquel breve instante de intimidad.

—Es un poco tarde para esto, lo sé, pero permítame presentarme —dijo él en un tono despreocupado y con los labios torcidos en una media sonrisa—. Me llamo Jean Paul y estaré eternamente a su servicio.

Su sonrisa desconcertó tanto a Julia que la dejó sin habla. ¡Acababa de saborear aquellos labios! En aquel momento encontraba su boca tan fascinante que no podía apartar los ojos de ella.

—¿Malory sigue mirando en esta dirección?

Julia tuvo que respirar hondo unas cuantas veces para poder concentrarse en lo que Jean Paul le decía.

—Ahora mismo será mejor que no lo mire —contestó ella—. No es tonto y sabrá que estamos hablando de él.

—Tiene usted razón.

—Por cierto, yo me llamo Julia.

Se sorprendió al oír la timidez de su voz. ¿Desde cuándo era tímida? Aquel hombre la estaba afectando de una forma muy poco común. ¿Y sólo porque le había dado su primer beso?

—Es un hombre muy bonito a ambos lados del océano —comentó él.

—¿Qué lugares del otro lado del océano ha visitado usted?

—Sólo estoy en Inglaterra de paso, con unos amigos.

Julia se dio cuenta de que no había contestado a su pregunta, aunque quizá no lo había hecho a propósito.

—¿De modo que no vive usted aquí?

—No.

—Pues habla muy bien el inglés.

Él soltó una risita.

—Lo intento, *chérie*.

—¡Oh!

Julia se sintió avergonzada por haber olvidado tan deprisa el acento extranjero que ocasionalmente se percibía en su forma de hablar.

Para dejar clara aquella cuestión, pues él podía haber nacido en Inglaterra y haberse criado en Francia, Julia añadió:

—¿De modo que es usted francés?

—Me alegro de que lo haya notado.

Su comentario resultaba extraño. Julia supuso que, aunque parecía dominar el inglés, a veces no encontraba la palabra adecuada, lo que podía causar cierta confusión.

Ahora que, por si servía de algo, lo había ayudado, debería regresar con Carol, pero le costaba despedirse de él. Aunque tarde, se dio cuenta de que, probablemente, su ayuda no le sería tan útil como él esperaba. Cuando le permitió que la besara, ella sólo estaba pensando en sí misma, no en las circunstancias de él. Tenía que advertirlo. Era lo correcto.

—James me conoce, así que quizás el beso no lo haya engañado en absoluto.

—¡Cielos, debería haberle preguntado si estaba casada!

¿Esto era lo único que deducía él de su advertencia? Julia enarcó una ceja y señaló:

—El matrimonio no parece disuadirlo de sus propósitos.

—Ojalá lo hiciera, *chérie*. Resulta doloroso amar a alguien que uno sabe que no puede tener.

Un suspiro confirmó sus palabras provocando que Julia volviera a sentir lástima por él. A Julia le pareció que incluso se sonrojaba, pero la parte visible de su cara y su cuello estaban demasiado bronceados para estar segura.

—En realidad, yo no estoy casada —admitió Julia.

—Pero debe de tener pretendientes.

—No, en realidad...

—Pues ya los tiene.

Ella se echó a reír. No pudo evitarlo. ¿Aquel hombre estaba flirteando con ella? Después de cumplir dieciocho años, Julia tuvo alguna que otra experiencia con el flirteo, aunque no tan inocentes como la de aquel momento, pues ella sabía que él no hablaba en serio. En el pasado conoció a unos cuantos hombres de moral ciertamente débil que, sabiendo lo frustrantes que eran las circunstancias de su compromiso, intentaron seducirla para mantener relaciones ilícitas con ella. Aunque le avergonzaba admitirlo, Julia incluso se sintió tentada a aceptar. Pero esto fue antes de que averiguara que podía poner fin a su horrible situación. Además, no se sintió tan tentada.

Pero Jean Paul, cuando no estaba suspirando por su corazón roto, resultaba encantador, de modo que le siguió la corriente y dijo con voz coqueta:

—¿Tengo que recordarle que está enamorado de otra mujer?

Él deslizó el dorso de su dedo por la mejilla de Julia.

—Usted podría apartarla de mi mente. ¿Querría intentarlo?

Seducirlo para intentar apartarlo de otra mujer parecía poco ético, pero la otra mujer no era de él, pues ya estaba casada. En este caso, ¿lo que le pedía no podía considerarse un acto caritativo? ¿Debía ayudarlo a curar su corazón roto?

Julia se detuvo bruscamente. ¿En qué demonios estaba pensando? ¿Sólo porque él parecía hablar en serio estaba considerando realmente su propuesta? La verdad es que resultaba tentadora, no podía negarlo, pero ella no quería iniciar una relación con alguien que, por lo que sabía, no estaría en Inglaterra durante mucho tiempo. Esto podría colocarla a ella en la misma situación en la que él se encontraba en aquel momento, amando a alguien a quien no podía tener.

Antes de que pudiera cambiar de opinión dijo:

—Debo regresar con mis amigas y usted debería marcharse, si no nuestra estrategia para que deje de ser el blanco de la mirada asesina de James habrá sido inútil.

—Sabio consejo, *chérie. Adieu*, hasta que...

Julia no se quedó a escuchar el final de su despedida y se abrió paso con rapidez entre la multitud. Antes de llegar junto a Carol, echó otra ojeada a James Malory y vio que volvía a estar pendiente de su mujer, así que, después de todo, quizá su farsa sí que había funcionado.

9

«¡Qué decepción! Aunque quizá no esté todo perdido, ¿no?» Julia no podía dejar de pensar en las palabras de Carol.

Cuando llegó junto a ella, Carol le preguntó:

—Bueno, ¿quién es él?

—¿Quién?

—El que te ha tenido ocupada durante tanto tiempo. —Julia se ruborizó y Carol soltó una risita—. ¡Qué emocionante! Ahora que por fin tienes tu debut en sociedad, me siento como si estuviera reviviendo el mío.

—Todavía no estoy...

—Desde luego que lo estás. Sólo porque los demás aún no lo sepan no significa que no sea verdad. La cuestión es encontrar a ese alguien perfecto con quien querrías pasar el resto de tu vida. Me dijiste que ya estabas buscándolo. Es cierto, ¿no?

—Sí.

—Fui a buscarte, pero cuando te vi tan concentrada hablando con aquel hombre alto, no quise interrumpiros. Por cierto, ¿quién es? Con la máscara que llevaba puesta no pude adivinarlo.

—Sólo está de visita en Inglaterra.

—¿Un extranjero? Vaya, no es la situación ideal. Me sentiría desolada si te fueras de Inglaterra... Claro que no sería el primer extranjero que se instala en nuestro bonito país.

Carol tenía razón. Julia había levantado obstáculos en su mente sin pensárselo de verdad. Por otro lado, el hecho de que Jean Paul y ella vivieran en países distintos no significaba nada, pues se trataba de países vecinos. Ella había viajado a Francia por negocios y sabía que se tardaba muy poco tiempo en cruzar el canal. En realidad, tardaba más en llegar al norte de Inglaterra cuando iba a consultar a sus gerentes de aquella zona, que lo que tardaba en viajar a Francia. De modo que al menos esto no constituía una razón de peso para no volver a ver a Jean Paul.

De todos modos, bromeó con su amiga.

—Estás yendo demasiado lejos, ¿no?

—¡Tonterías! Cuando hablamos de encontrar un marido para ti tenemos que pensar en todo, ¿sabes? Incluso en dónde querrá que vayáis a vivir. Claro que no encontrarás a muchos hombres tan ricos como tú, así que seguro que podrás convencerlos de vivir donde tú quieras. ¡Incluso podrías especificarlo en el contrato matrimonial!

Julia se echó a reír. No estaba acostumbrada a pensar tan a largo plazo, al menos no en lo relativo a los hombres. Y desde luego no en una primera cita.

De todos modos, comentó con una media sonrisa:

—Francia no está tan lejos.

—Oh, vaya, ¿un francés? No, no está muy lejos, a un paso de aquí, como diría Harry. Últimamente me han presentado a unos cuantos franceses, así que a lo mejor lo conozco.

—Se llama Jean Paul.

Carol frunció el ceño reflexivamente y, al final, negó con la cabeza.

—No, no me suena. Pero lo realmente importante es si tú estás interesada en él. ¿Esperas volver a verlo?

La excitación que Carol había alentado se desvaneció cuando Julia dijo:

—Es encantador, intrigante e incluso me ha emocionado conocerlo, pero me temo que está comprometido o, al menos, está enamorado de otra mujer, aunque ella está casada.

—¡Qué decepción! Aunque quizá no esté todo perdido, ¿no?

No, desde luego, y con esta idea en la mente, al cabo de un rato Julia fue en busca de Jean Paul. Pero él había seguido su consejo y se había ido. Julia se dio cuenta de que, probablemente, no volvería a verlo nunca más y experimentó un sentimiento de pérdida. Lo que era ridículo, pues ni siquiera sabía qué aspecto tenía, aunque la media cara que había visto daba a entender que era guapo. Sí, se había sentido atraída por él. Cuando no estaba totalmente abatido, resultaba divertido. La había hecho reír. Y el tacto de sus labios la había emocionado. Y también le había cortado la respiración. ¡Cuánto tiempo había esperado a que algo así ocurriera! Pero él no estaba disponible totalmente y ella no tenía ni idea de cómo conquistar a un hombre que ya estaba conquistado.

Julia intentó no pensar en él. Inesperadamente, antes de que llegara la hora de quitarse las máscaras, parte de la multitud desapareció, y muchos más lo hicieron justo antes de ese momento. Con la sala más despejada, la pista de baile volvió a animarse y Julia dejó de negarse cuando la invitaron a bailar. Incluso tuvo la oportunidad de coquetear un poco con un joven que no conocía cuáles eran sus circunstancias, pero en aquel momento ella ya no estaba realmente interesada en el coqueteo y al final le confesó que estaba prometida, por lo que él abandonó sus esfuerzos de una forma repentina. Julia ni siquiera sabía por qué se lo había dicho, sólo sabía que la alegría que experimentaba antes la había abandonado.

Las horas fueron pasando, pero su estado de ánimo no mejoró. Se puso casi tan melancólica como Jean Paul, así que cuando llegó la hora de regresar a casa se alegró. Aquella noche, cuando se metió en la cama se dio cuenta de lo irónico de la situación. Allí estaba ella, a punto de estar finalmente disponible, de tener, por fin, su propia presentación en sociedad, de estar en el mercado de las casaderas, como lo denominaban, cariñosamente, en la alta sociedad. Debería haber sido la época más excitante de su vida, y lo había sido. Hasta aquella noche. Hasta que la invadieron unas emociones que no había experimentado nunca antes. Y quizá se trataba de esto. Lo que Jean Paul le había hecho sentir era lo que ella siempre imaginó que sentiría cuando encontrara a ese alguien perfecto para ella. ¿Por qué si no nada salvo él ocupaba su mente después de un único encuentro? Si se sentía abatida era porque sabía que no habría más encuentros.

Se había separado de él antes de informarle de cómo encontrarla,,,, si es que deseaba hacerlo. Además, era francés. Nadie lo conocía, al menos Carol no, y Julia dudaba de que nadie más lo hiciera. Ni siquiera tenía que estar allí aquella noche. De modo que, aunque quisiera, ella no tenía manera de encontrarlo. Pero ¿quería hacerlo? En realidad, dos personas en el baile lo conocían. Él estaba enamorado de una de ellas, y la otra quería matarlo por esta razón. Y preguntarles por él sería de muy mala educación, ¿no?

10

—¿Qué demonios?

Ohr corrió a ayudar al empleado del hotel, que intentaba arrastrar a Richard al interior de la habitación. Lo que lo sobresaltó no fue la puerta cuando se abrió bruscamente, sino el aspecto de Richard. El joven empleado, que era poco más que un niño, tenía auténticos problemas para mover el cuerpo, prácticamente inerte, de Richard.

—Lo he encontrado en la acera, delante del hotel —explicó el muchacho mientras Ohr se hacía cargo fácilmente de Richard y lo acomodaba en la cama.

—El cochero no quiso ayudarme más —murmuró Richard—. Estaba enfadado porque le había manchado los asientos de sangre.

Ohr frunció el ceño, le dio al muchacho una moneda como pago por su ayuda y cerró la puerta detrás de él. Encendió otra lámpara y se acercó a la cama.

Su absoluto silencio hizo que Richard le preguntara:

—¿Tan mal estoy?

—¿Qué te ha atropellado? —fue la respuesta de Ohr.

Richard estaba doblado y de costado, sujetándose las costillas. No sabía cuántas tenía rotas, pero debían de ser muchas. Cada respiración constituía un auténtico suplicio, aunque supuso que tenía suerte de estar vivo. ¡Y había escapado por los pelos! Estaba a punto de saltar el mismo muro que había saltado para entrar al baile, cuando una mano lo hizo girar y un puño aterrizó en su abdomen.

Se dobló, jadeando, y preguntó:

—¿A qué viene esto?

—¿De verdad no lo sabes?

No había visto quién le había propinado el puñetazo, pero no necesitaba verlo para saber de quién se trataba. Su voz seca se lo confirmó. Desde que saltó otro muro, el del jardín de Georgina, después de que ella lo abofeteara, y justo antes de saltar viera que su marido había presenciado la escena, supo que aquel día llegaría. Pero la quería tanto que tuvo que arriesgarse. Y ahora tenía que pagar por ello. Era culpa suya, por permitir que su último encuentro con Malory, cuando fue al Caribe para ayudar a rescatar al padre de Gabby y no le hizo el menor caso, lo confundiera haciéndole creer que en realidad no cumpliría su amenaza de matarlo. A partir de entonces, Richard no dio suficiente crédito a la advertencia de James de que no se acercara a su mujer si no quería salir malparado.

Entonces le dijo a James que en aquel preciso momento se estaba marchando.

—¡Demasiado tarde!

El segundo puñetazo, un gancho, le dio en la mejilla y lo hizo caer de espaldas. Entonces fue vagamente consciente de que al menos la mitad de los hombres que estaban en la terraza y dispersos por el pequeño jardín estaban saltando el muro. Sin duda creían que le habían encargado al tío de lady Regina que echara a los intrusos.

—Ya es suficiente —declaró Richard mientras se ponía de pie con dificultad—. Ya lo he entendido.

Con el último puñetazo, la fina porcelana de la máscara se había hecho añicos. Pequeños pedazos estaban desparramados por el suelo alrededor de los pies de Richard. La aguda punzada que le produjo la máscara al ser aplastada contra su cara se mezcló con el dolor que le causó el puño de James, pero su mejilla ya empezaba a estar insensible.

Cuando volvió a estar de pie, miró a James Malory y se animó. James no parecía enfadado. De hecho, su rostro era tan inexpresivo que podría sentirse sumamente aburrido, de modo que el estómago de Richard dio un brinco cuando James dijo:

—Apenas hemos empezado.

Si James no fuera tan bruto, Richard podría haber tenido una oportunidad. Ohr le había enseñado algunas estratagemas orientales poco usuales gracias a las cuales no había recibido ni un arañazo en las múltiples trifulcas en las que él y el resto de la tripulación de Nathan solían participar en las bulliciosas tabernas que frecuentaban. Aquella noche hizo todo lo que pudo para defenderse, aunque sabía que no le serviría de nada. Resultaba imposible interceptar los golpes de aquel Malory. Gabrielle se había asegurado de que Richard lo supiera cuando le transmitió la advertencia de James de que lo mataría si volvía a verlo. James era extraordinario boxeando. Nunca, nunca lo habían vencido, le dijo ella. Claro que sólo hacía falta mirarlo para deducirlo, pues su torso era realmente musculoso y sus puños, como mazos.

Aquél fue un duro castigo por su osadía, sin duda la peor paliza que había recibido en su vida. James no se detuvo hasta que lo dejó inconsciente. Y Richard deseó haber perdido el sentido mucho antes. La mayoría de los hombres que saltaron el muro cuando empezó la pelea se quedaron colgando del otro lado para ver el espectáculo, sintiéndose a salvo porque el muro los separaba de Malory. Unos cuantos sintieron tanta lástima por Richard que lo ayudaron a salir de allí y lo metieron en un carruaje de alquiler después de que James regresara a la fiesta.

—¿Y bien? —lo apremió Ohr.

—Malory —respondió, simplemente, Richard.

—Entonces necesitarás un médico.

Ohr corrió hacia la puerta para alcanzar al joven empleado del hotel antes de que desapareciera por el pasillo, pero el muchacho había tenido la misma idea y Ohr se lo encontró justo cuando iba a llamar a la puerta.

—He pensado que su amigo podría necesitar...

—Un médico, sí, gracias.

Ohr le dio al muchacho otra moneda.

—Enseguida, señor.

Ohr cerró la puerta y soltó una risita. Richard sabía que le divertía muchísimo que lo llamaran señor, un tratamiento que, sinceramente, no encajaba con un pirata y nunca lo haría.

Normalmente, sus mejores alojamientos consistían en una habitación encima de una taberna, salvo cuando estaban en St. Kitts, donde Richard y Ohr disponían de sendas habitaciones en la casa de Nathan. Pero aquel hotel estaba en la mejor zona de Londres, nada más y nada menos que en Mayfair, una zona que urbanizó, sobre todo, la poderosa familia Grosvenor para las familias acomodadas, en el siglo XVII. La zona incluía varias plazas de gran tamaño en la parte norte, entre ellas Berkeley Square, donde vivía Georgina. En sus tiempos, el hotel había sido una de aquellas elegantes residencias y era el primer lugar en el que habían llamado señor a Ohr.

Ohr regresó junto a la cama para ver cómo estaba Richard.

—Déjame adivinar, fuiste a la fiesta, ¿no? —le preguntó.

—Se trataba de un baile, y, encima, de máscaras. No tenía por qué haberme reconocido.

—Entonces, ¿cómo lo hizo? No, déjame adivinar otra vez, te pusiste estúpido, ¿no? No podías, simplemente, dar una ojeada y largarte, ¿no?

Puede que Richard hiciera una mueca. Resultaba imposible saberlo, pues tenía la cara totalmente entumecida.

—Al principio no creo que supiera que era yo, pero me pilló mirando a Georgina durante demasiado tiempo.

—No te engañes, Gabby estaba allí, de modo que debió de pensar en ti enseguida. ¿Qué tienes pegado en la mejilla?

—Probablemente fragmentos de porcelana. Me dio un puñetazo en la cara y rompió la máscara que llevaba puesta.

—¿No se dio cuenta de que llevabas la máscara?

—Estoy seguro de que no le importó.

—Tienes la cara ensangrentada. Esperemos que no te queden cicatrices. Pero hay más sangre de la que podrían provocar unos cuantos puñetazos. ¿Te ha clavado un puñal? Me cuesta creer...

—No, los puños fueron suficiente. Probablemente la sangre proceda de la nariz, de cuando me la rompió. Sangró mucho. Al menos esto ya lo había experimentado antes y es la menor de mis preocupaciones. Lo que más me inquieta son las costillas. Tengo la viva sensación de que una o más se han fracturado y me han atravesado la piel.

Ohr soltó un respingo.

—Déjame ver.

—¡No! No me muevas. Al menos en esta posición puedo respirar.

—Sólo voy a abrirte la camisa, no seas blandengue —lo regañó Ohr y, a continuación, añadió—: Bueno, supongo que se te puede permitir ser un poco blandengue respecto a este asunto. ¡Maldita sea, Rich, todo tú eres un morado, hasta el mismo estómago!

—¿Alguna costilla sobresale de la piel? —preguntó Richard con temor.

—Por delante no veo ninguna, pero no te quitaré la chaqueta y la camisa para examinar el resto de tu cuerpo. Esto lo dejaré para el médico.

—¿Tenemos alguna botella de matarratas?

—Nunca viajo sin unas cuantas. Buena idea. Si tienes alguna costilla rota, probablemente el doctor tendrá que volver a ponerla en su sitio antes de vendarte. Te ayudará no enterarte mucho de lo que hace.

Richard soltó un gruñido. No creía poder soportar más dolor del que ya experimentaba en aquel momento.

—Probablemente el muchacho tardará un poco en encontrar un médico a estas horas de la noche —dijo Ohr—. No te preocupes, tienes tiempo de beber hasta quedar sin sentido.

Ohr tardó unos minutos en poner las almohadas necesarias debajo de la cabeza de Richard para que, sin tener que cambiar de posición, él pudiera verter el whisky en su boca sin derramarlo.

—Has tenido suerte, ¿sabes? —dijo Ohr cuando Richard hubo vaciado un tercio de la botella—. Malory podría haberte destrozado la cara de manera que ni siquiera tú te reconocieras después de haberte curado. Me pregunto por qué no lo hizo.

—Supongo que pensó que eso no me produciría suficiente dolor. Su estrategia fue muy buena. Me mantuvo todo el tiempo encajando golpes o tumbado en el suelo.

—¡Maldita sea! ¿Acaso olvidaste todo lo que te había enseñado? —preguntó Ohr en tono enfadado.

Richard se bebió otro tercio de la botella antes de contestar.

—En absoluto. Fui un buen estudiante. Tú mismo me lo dijiste. Estaba tan ocupado defendiéndome que ni siquiera intenté golpearlo. Pero ni eso funcionó, ¿acaso te has olvidado de su físico?

—Incluso las montañas pueden echarse abajo, pero entiendo lo que dices; Malory es de los que tienes que tumbar pronto o es el fin..., para ti. Cuando te tumbó deberías haberte quedado en el suelo.

Richard empezó a reír, pero le causaba demasiado dolor.

—¿Crees que no lo intenté? Pero cada maldita vez que me tumbaba, él mismo me levantaba. —Richard empezaba a arrastrar las palabras—. Por cierto, siento haberte hecho enfadar antes. No era mi intención.

—Ya me di cuenta, sólo que demasiado tarde. Cuando regresé a la habitación, ya te habías ido. Aunque no estuve fuera tanto tiempo —añadió Ohr, frunciendo el ceño—. ¿Qué hiciste, agarrar tu ropa elegante y salir corriendo para vestirte en otro lugar?

—Tuve que hacerlo porque sabía que no estarías enfadado durante mucho tiempo. Nunca lo estás.

Ohr suspiró.

—Nunca creí que llegaras a hacer tantas locuras por una mujer que no puedes tener. Por otro lado, no tienes problemas en apartarla de tu mente cuando te acuestas con otras. ¿Nunca te has preguntado por qué?

Richard no contestó. Ya estaba inconsciente.

11

Julia tardó dos días en reunir el valor suficiente para visitar a los Malory que vivían en su misma calle, porque no iba sólo para ver a su amiga Georgina. Esperaba averiguar algo, cualquier cosa, acerca de Jean Paul que le permitiera volver a verlo. Era bastante atrevido por su parte, pero ¿cómo podía dejar de intentarlo cuando no podía sacárselo de la cabeza? Ni a él ni la idea de que pudiera ser el hombre ideal para ella. ¿Cómo podía dejarlo escapar sin estar segura? Esto fue lo que, finalmente, la convenció. Si no lo intentaba, se arrepentiría toda la vida.

No le hablaría a James de Jean Paul, desde luego, pero pensó que a Georgina no le importaría hablar de él. Incluso la halagaría que un joven tan bien plantado estuviera enamorado de ella.

Sin embargo, la casa de los Malory no estaba tan vacía como de costumbre. Julia había olvidado que, aquel año, los cinco hermanos de Georgina habían acudido a Londres por su cumpleaños y ninguno de ellos había regresado todavía a ultramar. Sólo Boyd vivía permanentemente en Londres y, aunque Warren y su esposa, Amy, también tenían una casa en la ciudad, normalmente estaban embarcados la mitad del año.

Cuando llegó, le presentaron a Clinton y a Thomas, los dos hermanos Anderson que todavía no conocía, con quienes se cruzó en la puerta, y Julia supuso que se alojaban en la casa de Georgina hasta que regresaran a Estados Unidos.

Fue lo primero que comentó cuando entró en la salita de su amiga, donde se hicieron más presentaciones. Allí había dos de las cuñadas de Georgina y Boyd, su hermano pequeño. Julia ya conocía a Katey, la mujer de Boyd, y aunque le habían presentado a Drew Anderson varios años antes y había visto a su mujer en el baile, de hecho todavía no le habían presentado a Gabrielle.

—En realidad —declaró Georgina realizando una mueca de decepción—, ésta es la primera vez que ninguno de mis hermanos se aloja conmigo. Claro que es una oportunidad fantástica para que Clinton y Thomas conozcan a las nuevas mujeres de la familia, así que están todos con Boyd. Gracias a la casa que le encontraste.

—Sí, gracias al cielo por eso —declaró James con sequedad mientras entraba con toda tranquilidad en la salita—. Nunca te estaré lo bastante agradecido por alquilarle una casa en la que quepan todos, Julia. Sólo falta que dejen de pasar todas las horas de vigilia aquí...

Su despectivo comentario era típico de él cuando se refería a sus cuñados Anderson. Incluso Julia lo sabía. Y nadie se lo tomó en consideración.

Katey Anderson, que hasta el año anterior no sabía que era una Malory, soltó una risita.

—No te librarás de mí tan fácilmente, tío James.

—Tú y Gabby sois la excepción, cariño —declaró James besándola en la cabeza camino del sillón de Georgina, donde se sentó en el apoya brazos—. Y si alguna de vosotras queréis entrar en razón, sé qué brazos retorcer para conseguir un divorcio discreto.

Según Georgina, Boyd tenía mucho carácter y aunque con la edad se le había suavizado, no lo pareció cuando dijo:

—Esto es ir un poco demasiado lejos, Malory. —Entonces se volvió hacia Georgina y le preguntó—: ¿No se supone que al menos cuando hay visitas finge ser amable?

—¡Bien dicho, yanqui!

Boyd asintió con la cabeza como reconocimiento por el cumplido de James, pero Georgina dijo:

—Si te refieres a Julia, es amiga y vecina nuestra y James no se contiene delante de los amigos, así que no lo provoques.

—No lo frenes, George —dijo James—. Por fin está cogiéndole el tranquillo.

Georgina puso los ojos en blanco.

Julia sonrió. Estaba acostumbrada a aquel tipo de bromas en aquella casa. Ella estaba presente cuando James menospreció sin piedad a Warren, su cuñado, y nadie de la familia levantó una mano en su defensa, ni siquiera Warren. Pero James no sólo se metía con los hermanos Anderson. Si ellos no estaban, se mostraba igual de grosero con su hermano Anthony. Su sobrina Regina lo resumió muy bien una vez cuando dijo que cuando eran más felices era cuando estaban discutiendo uno con el otro o uniendo fuerzas contra un enemigo común.

Con toda su familia por allí, definitivamente, aquél no era un buen momento para preguntarle a Georgina acerca de un admirador secreto, pensó Julia. Realmente se sentía decepcionada. Con lo que le había costado reunir el valor suficiente para abordar el tema, tendría que irse con las manos vacías. Sin embargo, era muy consciente de que Jean Paul se iría pronto de Londres y sabía que no podía perder mucho tiempo. Todo esto le hizo darse cuenta de que lo más probable era que no volviera a verlo nunca más.

En cualquier caso, decidió disfrutar de la visita. Los Malory siempre eran entretenidos. Pero la decepción que experimentaba, definitivamente, ensombreció su estado de ánimo. Estaba a punto de disculparse e irse cuando James se le adelantó.

—Había quedado con Tony en Knighton's Hall para hacer un par de asaltos esta mañana. Supongo que al menos debería hacer acto de presencia.

—Tenemos compañía —declaró Georgina con énfasis mientras él se ponía de pie.

—Sí, pero así podréis hablar de cosas de mujeres y, sinceramente, querida, prefiero que Tony me machaque a tener que sufrir otra charla sobre la moda. ¿Y tú qué me dices, yanqui? —añadió lanzando una ojeada a su cuñado—. ¿Te gustaría acompañarme?

Boyd se puso de pie de un salto.

—¿Bromeas? ¡Me encantaría!

Cuando los hombres salieron de la salita, Katey se echó a reír y le dijo a Georgina:

—Esto ha sido todo un regalo para Boyd. Estaba convencido de que nunca lo invitarían a ese club privado de boxeo del que James y Tony son miembros y que nunca podría verlos pegarse. ¿El tío James se encuentra bien? Normalmente no es tan..., digamos amable con tus hermanos.

—Si su invitación incluye que Boyd suba al ring, no creo que pueda considerarse tan amable, ¿no crees? —señaló Gabrielle.

—¡En realidad, Boyd lo consideraría un privilegio! ¡Admira tanto las habilidades pugilísticas de James!

—Dudo de que ésa sea la intención de James —declaró Georgina—. De hecho, desde que el baile acabó se ha mostrado de lo más benevolente. No te imaginas cómo odiaba tener que asistir al baile, sobre todo porque todo el mundo estaría pendiente de él. La semana anterior estuvo de lo más sarcástico y yo ni siquiera podía demostrarle que lo sentía, porque se suponía que yo no sabía que se celebraba una fiesta.

—En cualquier caso, constituyó un éxito tremendo, ¿no? —declaró Gabrielle—. Regina debe de estar encantada.

—«Tremendo» es una buena palabra —contestó Katey—. Había tanta gente que apenas pude moverme.

—Y Regina no estaba nada encantada —les informó Georgina—. Ella esperaba que se colaran algunas personas, pero no un número tan exagerado.

Mientras hablaban, Gabrielle estuvo mirando a Julia y, al final, dijo:

—Esperaba volver a verte antes de que mi marido y yo nos fuéramos. Georgina me ha contado que te dedicas al comercio, como la familia de ella, pero que también administras los negocios de tu familia y que llevas haciéndolo bastante tiempo. Con lo joven que eres, lo encuentro fascinante.

Julia sonrió.

—No resulta tan difícil cuando llevas involucrada en ello toda tu vida. Mi padre se encargó de que pudiera sustituirlo algún día.

—¿No tienes problemas por ser una mujer?

—Desde luego. Sobre todo, cuando tengo que negociar nuevos contratos o comprar nuevos negocios, pero yo tomo las decisiones y después, simplemente, dejo que mis abogados hablen por mí. De este modo nadie se enfada. ¡Y yo tampoco! —bromeó Julia—. Todo lo demás es bastante fácil, porque mi padre ya había contratado a unos administradores muy competentes.

—¿Así que tú no contratas ni despides a los empleados personalmente?

—Sólo a los administradores y, de momento, sólo he tenido que despedir a uno. Era un buen hombre, pero se le metió en la cabeza que podía aprovecharse de tener a una mujer como jefa. ¿Y qué me cuentas de ti? Me dijeron que Drew y tú os habéis instalado en el Caribe en lugar de Norteamérica.

—Me enamoré de las islas desde que me trasladé a vivir allí con mi padre. Además, él me compró una islita como regalo de bodas.

—¿Una isla entera? —preguntó Julia, sorprendida.

—¡En realidad es diminuta! —exclamó Gabrielle riéndose—. Y Drew accedió a construir nuestro hogar en ella porque ya hace años que se dedica a comerciar por las islas.

Era una lástima que Gabrielle y Drew regresaran pronto al Caribe, pensó Julia. Resultaba muy entretenido conversar con ella y Julia estaba convencida de que se habrían convertido en buenas amigas. Como el tema del baile había salido a la luz, Julia aprovechó la oportunidad para comentar lo que la preocupaba.

—Por cierto, Georgina, la noche del baile conocí a un admirador tuyo —declaró—. Un joven francés que se llama Jean Paul.

—¿Un francés? —Georgina sacudió la cabeza—. Estoy segura de que no conozco a ninguno.

—Ah, ¿no? ¿Así que ha mantenido su amor en secreto incluso frente a ti?

—¿Te ha dicho que me ama? —preguntó Georgina frunciendo el ceño y soltando un soplido—. ¿Arriesgarlo todo por amor se ha convertido en una nueva moda romántica entre los jóvenes?

—¿Él no es tu primer admirador secreto? —preguntó Julia.

—Por desgracia, no.

—Enamorarse de ti realmente implica un alto riesgo, ¿no? —comentó Katey riéndose.

—Por eso lo encuentro tan absurdo —declaró Georgina—. Ellos seguramente saben que estoy felizmente casada y no necesitan una razón para sentirse aterrorizados por James. Quizás encapricharse de la mujer menos accesible de todas, de aquella por la que es más probable que lo maten a uno se haya convertido en un rito de iniciación. A James le molesta mucho, ya lo sabéis.

Katey se estaba riendo todavía más. Gabrielle puso los ojos en blanco y Julia suspiró para sus adentros. No estaba segura de qué era lo que había esperado averiguar allí, pero, sin duda, no era que Georgina ni siquiera supiera quién era Jean Paul.

—No estarás interesada por ese francés, ¿no, Julia? —preguntó Gabrielle mirándola con preocupación.

—No, claro que no —contestó Julia, aunque, probablemente, su rubor reveló su mentira.

12

Julia sintió que el valor empezaba a abandonarla. Estaba enfrente del hotel de Jean Paul. ¿De verdad quería hacer aquello, demostrar de una manera tan patente a un hombre al que ni siquiera había visto completamente que estaba interesada por él? El simple hecho de estar allí era tan extraordinario que todavía estaba sorprendida.

Cuando Gabrielle Anderson la siguió al exterior de la casa de los Malory, Julia pensó que se había olvidado algo, pero no.

—Sé de quién estabas hablando. Jean Paul es un buen amigo mío —le dijo Gabrielle.

— ¿Y Georgina no lo conoce?

—Sí, pero, probablemente, él olvidó decirle cómo se llamaba. Cuando está cerca de ella no sólo se vuelve descuidado, sino también desconsiderado.

—Supongo que el amor causa este efecto en los hombres.

—Entre otras cosas —añadió Gabrielle de una forma enigmática—. Pero ¿a pesar de ser consciente de la situación sigues interesada en él?

—¿Resulta tan obvio? —preguntó Julia ruborizándose.

—No tienes por qué avergonzarte. A mí no me sorprende. Jean Paul no sólo es guapo, sino que también puede ser de lo más encantador. Pero su obsesión por mi cuñada no es buena para ninguno de los implicados y mucho menos para él. Lleva demasiado tiempo enamorado de una causa perdida. Necesita que lo rescaten y, aunque yo, normalmente, no me inmiscuiría, se me ha ocurrido que una joven guapa como tú podría ser su salvación.

—Eso es... mucho pedir —contestó Julia con incomodidad.

—Lo que quiero decir es que podrías ayudarlo a olvidarse de Georgina.

¿No le había dicho Jean Paul prácticamente lo mismo? ¿Y no lo había pensado ella también? En el baile, aquel seductor enmascarado la había intrigado y ahora le parecía todavía más interesante. Jean Paul era amigo de los Anderson y Gabrielle le había confirmado que era un hombre guapo y encantador. Julia no encontraba ninguna razón para no intentar tener una cita con él.

Gabrielle introdujo esta idea en su cabeza cuando añadió:

—Por si quieres dejarle una nota, se aloja en el hotel Coulson. Quizá puedas acordar una cita con él para que podáis conoceros más. Espera, no has traído a tu doncella para que te acompañe, ¿no?

—No, vivo en esta misma calle. Lo bastante cerca para venir andando, así que no era necesario.

—Bueno, ¿para qué retrasarlo? Mi carruaje está aquí mismo. Te acompañaré —se ofreció Gabrielle—. Dejarle una nota no te tomará mucho tiempo.

Su sugerencia empujaba a Julia a tomar la iniciativa, y Jean Paul lo sabría. Ella habría preferido un encuentro casual. Y, aunque ella lo hubiera preparado, él no tendría por qué saberlo. Pero ahora que su nueva amiga se había tomado la molestia de acompañarla, no podía volverse atrás. Además, tampoco podía borrar de su mente el hecho de que disponía de muy poco tiempo. Jean Paul sólo estaba en Inglaterra de visita. Él mismo se lo había dicho. Podía irse en cualquier momento.

De hecho, posiblemente Gabrielle lo sabía, incluso podía ser la amiga que él había ido a visitar. Ella se había referido a él como a un buen amigo. Debía de saber muchas cosas acerca de él.

Cuando entraron en el hotel, Julia le preguntó:

—¿A qué se dedica Jean Paul?

—¿No te lo ha dicho? —contestó Gabrielle en un tono cauteloso.

—No, en el baile no hablamos mucho sobre nosotros.

—Bueno, así tendrás algo de lo que hablar con él.

¿Estaba Gabrielle evitando deliberadamente la cuestión? Julia intentó otra estrategia.

—¿Sabes cuánto tiempo se va a quedar en Inglaterra?

—No mucho. En realidad, demasiado —contestó Gabrielle algo distraída. Entonces lanzó una ojeada a Julia y suspiró—. Lo siento, pero me preocupa que se haya encaprichado de mi cuñada. Por eso he pensado... —Gabrielle se interrumpió. Incluso frunció el ceño. Entonces, inesperadamente, añadió—: ¿Alguna vez has pensado en viajar al Caribe?

El repentino cambio de tema hizo que Julia soltara un respingo.

—¡Cielos, no! Normalmente realizo cortos y rápidos viajes a Francia por negocios, pero no puedo dejar mis responsabilidades aquí durante mucho tiempo seguido.

—Lo comprendo, quizá no era tan... —Gabrielle volvió a interrumpirse—. Bueno, qué caray, el destino nos ha traído hasta aquí, así que dejaremos la nota. De hecho, ¿por qué no averiguo si puede comer con nosotras aquí mismo?

Julia sonrió. Éste era un plan más aceptable y hacía que su iniciativa resultara menos obvia.

Sin embargo, en la recepción les informaron de que Jean Paul ya estaba comiendo en el jardín. El recepcionista llamó a un botones para que las acompañara hasta la mesa.

—Será mejor que las acompañemos, pues más allá de la zona habilitada como comedor el jardín es un poco laberíntico — explicó el recepcionista—. De todos modos, algunos huéspedes desean intimidad y hemos dispuesto algunas mesas al otro lado de los setos. El caballero se ha acomodado en una de ellas.

Julia y Gabrielle atravesaron una zona preciosa situada en medio del jardín.

Allí, a la sombra de dos grandes robles, había unas cuantas mesas y, cuando el tiempo lo permitía, los huéspedes las utilizaban para desayunar, comer o tomar el té. Al final del jardín había un laberinto de setos altos.

Julia intentó desesperadamente guardar la compostura para que no resultara tan evidente que estaba nerviosísima, pero no conseguía dominarse. ¡Iba a verlo otra vez! Aquel mismo día. En unos instantes.

Pero un inesperado tropiezo la ayudó a ocultar su nerviosismo. El empleado del hotel extendió el brazo indicando el final de un seto y cuando Julia lo estaba rodeando, un hombre alto hizo lo mismo en el sentido contrario. Él fue lo bastante rápido para cogerla evitando que chocara con él. La larga trenza que colgaba por encima de su hombro le daba un cierto aire oriental, y su robusto cuerpo le impidió a Julia ver la mesa que había detrás de él.

El hombre la miró de arriba abajo.

—Sin duda, no es la comida que habíamos pedido —dijo con acento inglés, entonces se dirigió al empleado—: ¿Te has olvidado de que la mesa ya está ocupada?

—Nos han dicho que Jean Paul... —empezó Julia.

—En ese caso, éste es el lugar adecuado —la interrumpió el hombre, pero entonces, al ver a Gabrielle detrás de Julia, murmuró—: ¡Oh, oh!

Al oírlo, Gabrielle arqueó una ceja, pero Julia sólo oyó la voz de Jean Paul que procedía de detrás de aquel hombre.

—¿Mi ángel salvador del baile? ¡Qué placer tan inesperado, *chérie*! Venga, por favor. Y tú, Ohr, sé un buen chico y ve a averiguar qué ha ocurrido con nuestra comida, ¿de acuerdo?

Ohr empezó a reírse.

—Lo haría, pero tu ángel no ha venido sola.

Julia no pudo evitar sonreír al oír el énfasis con que Jean Paul pronunció la palabra placer, pero cuando Ohr se apartó para que pudiera verlo, su sonrisa se desvaneció.

—Dios mío, ¿qué le ha ocurrido? —preguntó Julia, sorprendida.

—James Malory es lo que me ha ocurrido.

—¿Cuándo? Supongo que no fue aquella noche.

—Pues sí, me pilló cuando me estaba marchando. Unos segundos más y no me habría encontrado.

Entonces, Gabrielle se colocó al lado de Julia y Jean Paul realizó una mueca.

—¡Dios mío! ¿No te lo advertimos lo suficiente? —preguntó Gabrielle con voz horrorizada mientras lo observaba—. Quizá debería haberte dado yo un garrotazo y le habría ahorrado a James el esfuerzo.

Jean Paul esbozó una sonrisa de medio lado.

—Tu compasión me emociona, *chérie*.

—¡Oh, cállate! —resopló Gabrielle. Entonces sacudió el dedo en dirección a Ohr—. Y tú ven conmigo, quiero que me lo expliques todo con detalle. —Y añadió dirigiéndose a Julia—: Enseguida vuelvo.

Julia apenas la oyó. Una curiosidad casi mórbida la hizo avanzar mientras Jean Paul le ofrecía la silla que tenía al lado. Él estaba vestido de una forma demasiado informal para un hotel de aquella categoría; sin chaqueta, sin corbata ni fular... Quizás ésta fuera la razón de que lo hubieran acomodado en aquella mesa tan discreta. ¿O fue por sus vendajes? Jean Paul realizó una leve reverencia y Julia vio el borde superior de las vendas que, por lo visto, envolvían su torso, así como los morados que sobresalían de ellas. Y también vio su mueca de dolor y su forma rígida de moverse cuando volvió a sentarse. ¡Y su pobre cara! Fuera cual fuere el daño que había sufrido en la cara, había requerido que le pusieran una gruesa venda que le cubría el puente de la nariz y buena parte de la mejilla izquierda.

—¿Está malherido? —le preguntó Julia mientras se acercaba sólo unos pasos a él.

No quiso utilizar la silla que él le había preparado. No podía sentarse a su lado, al menos no hasta que sus amigos regresaran.

La mitad derecha de la boca de Jean Paul se levantó en una pícara sonrisa.

—Sinceramente, no tanto como parece.

—Pero tiene el pecho vendado, ¿no?

—Sólo se trata de unos morados. Creí que era mucho peor, pero el médico me ha dicho que, si tuviera alguna costilla rota, el dolor sería mucho más intenso. Malory tuvo cuidado en no golpearme dos veces en el mismo sitio.

—¿Unos morados que requieren un vendaje?

—Sólo como precaución. El médico no estaba totalmente seguro de que no hubiera una pequeña fractura interna. Además, aunque no lo parezca, de este modo puedo respirar mucho más fácilmente y sin apenas dolor.

Julia realizó una mueca. ¡Menuda paliza debió de recibir! Claro que, teniendo en cuenta quién se la había propinado, Jean Paul tenía suerte de seguir con vida.

—Sin embargo, por lo que veo su nariz sí que está rota —dijo ella contemplando las vendas de su cara.

—Es una molestia menor —contestó él encogiéndose de hombros—. Como ya me la habían roto una vez, ahora se rompe con facilidad, aunque normalmente soy muy hábil esquivando los puñetazos que van destinados a mi cara.

Esbozó una amplia sonrisa que mostró sus blancos dientes. Por lo que decía, no parecía gravemente herido, aunque, sin duda, sí que parecía familiarizado con las peleas, lo que hizo que Julia se preguntara una vez más a qué se dedicaba o cuáles eran sus pasatiempos. ¿Un vividor que frecuentaba demasiadas tabernas de mala reputación? ¿Un púgil como los hermanos pequeños Malory, que practicaban el boxeo en un cuadrilátero? Julia deseó que Gabrielle le hubiera contado más cosas acerca de él.

—Todas estas vendas no pueden ser sólo por su nariz —señaló Julia.

—Déjeme adivinar, ¿es usted enfermera?

Julia soltó una risita.

—No, en absoluto.

Los verdes ojos de Jean Paul chispearon divertidos.

—¡Bueno, si lo fuera, seguro que desconfiaría de los médicos londinenses! ¡Tienen unas ideas tan modernas! El que me visitó a mí, primero quería vendarme la cara como si fuera una momia. Me negué. Después me propuso utilizar cola de pescado para pegar las vendas a mi piel. ¡No, gracias! —Los dos sonrieron a causa de la anécdota—. Pero, sinceramente, el médico estaba excesivamente preocupado por los arañazos de mi mejilla, *chérie*, de modo que hizo más de lo que era necesario. Y mi nariz se soldará como ha hecho otras veces.

—Entonces ¿no le quedarán cicatrices?

—¿Unos simples arañazos? No, pero su preocupación me emociona. Quizá si me visitara todos los días que durara la convalecencia, me recuperaría mucho mejor. Al fin y al cabo usted es mi ángel salvador.

Julia se ruborizó. Sabía que no era sólo la compasión lo que la empujaba a formular tantas preguntas acerca de sus heridas, sino su nerviosismo por el hecho de estar allí. Y una profunda decepción. Ella había asumido que aquel día averiguaría cuál era el aspecto de Jean Paul y esto la tenía muy nerviosa, pero por culpa de la ira de James Malory y el celo excesivo del médico, su cara estaba tan poco visible como cuando llevaba puesta la máscara.

A pesar de las vendas, resultaba fácil deducir que era tan joven como ella había imaginado. Debía de tener veintitantos años. Nada ocultaba su frente, de modo que Julia vio que era amplia y suave y sus cejas eran negras y espesas.

Al menos una de las mejillas estaba al descubierto, y era ancha y masculina. Su boca le pareció tan fascinante como la noche del baile, suave, de sonrisa fácil y rápida en torcer su fino bigote en un gesto desenfadado.

—¿No se pregunta cómo lo encontré cuando ni siquiera sabía que Gabrielle era amiga suya? —preguntó Julia.

—Yo no cuestiono los regalos que recibo, *chérie*. Venga, siéntese a mi lado y permítame disfrutar de su belleza.

Jean Paul dio unos golpecitos en la silla que tenía al lado. ¿La había acercado un poco más a él?

Julia sabía que no debía hacerlo, pero se descubrió a sí misma sentándose con recato en la silla. Pero al estar tan cerca de él, una inesperada oleada de calor la invadió. Debía de estar ruborizándose otra vez.

La falta de curiosidad de Jean Paul le extrañó. O quizá la de ella era exagerada, pues quería conocer todos los detalles y todo acerca de él. Y todavía no había averiguado nada. Pero ella siempre había sido así, en los estudios, en la vida, cuando aprendía los entresijos de los negocios de su padre...

Y buena parte de esta curiosidad la despertaba aquel hombre.

—Georgina no sabe que es usted francés.

—No, no quería que malinterpretara mis intenciones, así que con ella utilicé mi mejor acento inglés.

Julia bajó la vista hacia su regazo y declaró:

—Ni siquiera sabe cómo se llama.

Él se echó a reír.

—Me sentiría desolado si creyera que se lo dije y ella lo había olvidado tan fácilmente, pero no recuerdo habérselo mencionado. Mis pensamientos se dispersan mucho en su presencia. Tanto como lo están ahora.

El rubor de Julia se acentuó, o quizá se estaba acalorando. Temió que se le escapara una risita nerviosa. No estaba acostumbrada a experimentar aquel tipo de excitación y le resultaba un poco abrumadora. ¡Incluso estar allí a solas con él era tan atrevido! Así debían de sentirse los amantes en las citas.

No debería haber apartado la mirada de su cara. La deformación que causaban las vendas aplacaba su excitación y mantenía su mente centrada en el estado de Jean Paul, lo que despertaba su compasión y la distraía de la atracción que sentía hacia él. Julia levantó lentamente la vista, pero no llegó más allá de los hombros de Jean Paul. Él se había vuelto para verla más de frente y su pelo había caído hacia delante. ¡Era realmente largo!

Julia lo señaló mientras reía.

—¿Es una moda francesa?

—En realidad, la razón de que lo lleve tan largo forma parte de una larga historia que prefiero no recordar. Baste decir que me gusta llevarlo así.

—¡Es casi tan largo como el mío! —exclamó ella.

—¿De verdad? Suélteselo para que pueda verlo.

Esta vez el tono de su voz fue exageradamente ronco. Julia sintió un hormigueo en el estómago y su pulso se aceleró. ¡Aquello se le estaba escapando de las manos! Entonces pensó que quizás él creía que ella había ido allí para tener una cita con él. ¿Por qué no habría de creerlo? ¡Ella no debería estar allí!

—Tengo que marcharme —declaró ella repentinamente, y se dispuso a levantarse.

—¡No, no, no se vaya! El dolor que sentía se desvaneció cuando usted apareció.

¡Menudo mentiroso, aunque, de todas maneras, ella sonrió debido a sus halagos! Él apoyó la mano en el brazo de Julia para retenerla y ella no pudo pensar en otra cosa más que en aquel contacto. Al final, ella consiguió sobreponerse.

—Su amiga Gabrielle pensó que le iría bien animarse, aunque, evidentemente, no sabía que estaba herido.

—Ella se preocupa demasiado por mí.

—¿Con razón?

Él esbozó una amplia sonrisa.

—Sea usted mi protectora, *chérie*. Mientras esté aquí ella no me gritará.

Julia soltó un bufido.

—Tengo la sensación de que ella...

Julia se interrumpió y soltó un respingo cuando, inesperadamente, él se inclinó casi hasta el otro lado de la silla de ella. Entonces ella oyó el zumbido de una abeja junto a su oreja y, de una forma instintiva, se apartó, con lo que su mejilla chocó con el pecho de Jean Paul. Él estaba asustando al insecto para alejarlo de Julia. Ella oyó sus gemidos. Aquel estiramiento era excesivo para sus costillas amoratadas, pero ella enseguida dejó de oír a la abeja, pues él la había asustado. ¡Qué caballeroso por su parte reaccionar así a pesar del dolor que aquellos movimientos le habían causado!

—Gracias.

Julia se enderezó en su asiento al mismo tiempo que él y entonces vio que la venda de su cara había caído al suelo.

—Era una molestia y, de todas maneras, me la tenían que quitar esta tarde —explicó él. Entonces sonrió y se inclinó hacia ella para que pudiera verlo por sí misma—. Sólo unos arañazos, ¿lo ve? No se me ve demasiado terrorífico, ¿no?

«No, sólo demasiado guapo», pensó ella antes de mirarlo directamente a los ojos. Entonces se dio cuenta de que estaban demasiado cerca y sintió que los labios de él rozaban los suyos. Su jadeo se perdió en la presión que notó enseguida en la boca y la sorpresa que experimentó fue tan repentina que esa vez no se le ocurrió cerrar los labios. La lengua de él se introdujo en su boca, explorándola cuidadosamente, maravillándola con su sabor, y Julia se sorprendió de su propia, inmediata y apasionada respuesta. Jean Paul la apretaba contra él sólo con un brazo, pero ella no intentó apartarse. ¡Oh, no! Estaba justo donde quería estar.

Extasiada por el beso, Julia levantó una mano para acariciarlo. De una forma irreflexiva, totalmente irreflexiva, sus dedos se acercaron demasiado a la nariz de él. Julia notó que él realizaba una mueca de dolor y se apartó como si se hubiera quemado.

—¡Lo siento!

Él sonrió con ironía.

—No tanto como yo, *chérie*.

Entonces ella le vio completamente la cara. A pesar de los morados que tenía a ambos lados de la nariz y los rasguños de su mejilla, ella se dio cuenta de lo guapo que era. Incluso más de lo que imaginó la noche del baile. Pero sus facciones le resultaban familiares. ¿Lo conocía de antes?

Quizás había montado a caballo por Hyde Park. No, si lo hubiera visto por allí, ella se habría fijado en alguien tan guapo, ¿no? Pero para que le resultara tan familiar tenía que conocerlo de algún otro lugar. Sólo que no conseguía acordarse de dónde.

Y entonces se acordó.

La rabia no la invadió poco a poco, sino que surgió repentinamente de su interior, donde había permanecido oculta, esperando volver a verlo para resurgir. Incluso después de tantos años, seguía provocándola. Aquello no podía estar ocurriendo. ¡Él no podía aparecer justo cuando ella iba a pedir que lo declararan muerto para librarse de él para siempre!

—*Dieu*, ¿qué ocurre, *chérie*?

Al oír su acento francés, Julia se sintió tremendamente aliviada. Era francés, no inglés. No era su prometido. Pero, ¡cielo santo!, creer que lo era, aunque sólo fuera por un instante, había sido aterrador. Pero claro que no lo era. Jean Paul sólo tenía un parecido mínimo al mocoso de quince años que ella vio por última vez once años atrás. Además, no era la primera vez que alguien tenía un rasgo u otro parecido con él y le había traído a la mente a aquel muchacho arrogante y delgaducho.

Pero Julia todavía se sentía trastornada, y además no sabía que semejante rabia había permanecido dormida en su interior durante todos aquellos años.

Tuvo que inhalar hondo unas cuantas veces para asegurarse de que su voz sonaba con normalidad.

—Lo siento, un viejo y horrible recuerdo se ha despertado en mí de repente. —Entonces sonrió para restarle importancia—. Sus cortes son casi superficiales, pero hay un bulto evidente en su nariz. ¿Desaparecerá cuando la herida haya cicatrizado?

—Mi nariz está bien. El bulto es de una vieja fractura que sufrí cuando era joven y que no me curaron.

—¿Una fractura que sufrió cuando tenía doce años?

¿Qué estaba haciendo? ¿Todavía tenía dudas? Ella le había roto la nariz a su prometido cuando él tenía doce años y ella se alegró de haberlo hecho.

Él frunció el ceño y entonces sus verdes ojos se abrieron como platos por el mismo recuerdo que ella tenía.

—Como me digas que eres Julia Miller, te retuerzo el pescuezo —soltó él con un gruñido.

Ella se levantó de la silla tan deprisa que casi cayó de bruces sobre la mesa.

—¡Tú, cerdo! ¡Cerdo! ¿Cómo te atreves a regresar cuando estoy a punto de librarme de ti para siempre?

—¿Cómo te atreves tú a no estar casada para que yo pueda regresar? ¡Dios mío, no me puedo creer que haya intentado seducirte!

Jean Paul se estremeció sólo de pensarlo, o lo fingió para insultarla, lo que enfureció a Julia, quien casi se abalanzó sobre él. ¡Estuvo a punto! Pero su instinto de conservación la empujó a marcharse a toda prisa antes de que retomaran su relación donde la dejaron e intentaran matarse el uno al otro.

13

—¿Qué ha ocurrido ahí abajo? —le preguntó Ohr a Richard desde la puerta de la habitación del hotel—. Cuando Gabby y yo regresamos a la mesa, la joven y tú os habíais ido. Gabby seguía estando indignadísima a pesar de haberme dado una bronca tremenda, pero creyó que os habíais ido a un lugar más privado. Me alegro de que se marchara tan furiosa que no quiso decir nada más.

—Siento lo de la bronca.

Ohr se encogió de hombros.

—Como me había encargado que evitara que te metieras en problemas, me la merecía. De todas maneras, terminé de comer para darte algo de tiempo, por si habías conseguido subir a la habitación con la joven.

—Si crees que existía esa posibilidad, estás totalmente equivocado.

Ohr al final se dio cuenta de que Richard estaba metiendo su ropa en la bolsa de viaje.

—¿Gabby nos ha enviado un mensaje avisándonos de que nos vamos antes a causa de la pelea?

—No, pero yo sí que me voy.

Richard habló sin levantar la vista. El pánico que sentía era similar al que experimentó nueve años atrás, mientras esperaba que zarpara el barco que lo alejaría de Inglaterra, temiendo que los esbirros de su padre lo encontraran y lo arrastraran de vuelta a Willow Woods, su hogar a las afueras de Manchester, Lancashire..., su infierno personal.

Aquella noche su miedo estaba muy justificado, porque sabía que su padre había iniciado la búsqueda, pero ahora tenía algo más de tiempo. A menos que su padre estuviera en aquel momento en Londres, lo que era improbable, porque pocas veces viajaba tan lejos de su casa, un mensajero tardaría uno o dos días en llegar hasta él, dependiendo del medio de viaje que utilizara. Richard no podía confiar en que Julia no enviara ese mensaje, pero si se marchaba del hotel, todavía podría controlar la situación.

—Déjame adivinar —dijo Ohr a continuación—. ¿La joven quería un anillo en el dedo en lugar de un bonito revolcón?

—Exacto.

—Bueno, estaba bromeando. No llevas aquí el tiempo suficiente para que una mujer insista en casarse contigo.

—El tiempo es irrelevante si la mujer está prometida a ti casi desde que nació.

—En realidad, esto haría que el tiempo fuera más que relevante —señaló Ohr—. Esto me suena más a un matrimonio concertado de mi cultura que a una costumbre de la tuya.

—Nosotros medio procedemos de vosotros, bueno, me refiero a los norteamericanos, pero, lo mires como lo mires, es algo totalmente arcaico y no escapé de esa horrible situación hace ya muchos años para terminar atrapado de nuevo en ella. ¡Maldita sea, creí que, a estas alturas, ella se habría casado con otro hombre al que pudiera atormentar eternamente!

—¿Por qué no te casaste con ella si estabas obligado a ello? —preguntó Ohr con cautela.

—¿Sentirme obligado porque mi padre firmó un contrato por el que yo renunciaba a mi vida? De ningún modo.

—Aun así...

—No, por Dios, no intentes hacerme sentir culpable por no cumplir la palabra de mi tiránico padre, quien cree que puede vivir mi vida por mí. Además, no hay forma de decirlo amablemente, Ohr, esa joven y yo nos odiamos. Si yo le hubiera pedido que se casara conmigo, podría sentirme obligado, pero no lo hice. Yo nunca quise nada de ella ni de su maldita fortuna, que es lo que mi padre ambiciona.

—Empiezo a... comprenderlo.

Richard cerró la bolsa, miró a Ohr y asintió con la cabeza.

—Pensé que lo harías. No todas las culturas inculcan en los niños el respeto hacia los padres por encima de todo lo demás. Lo que no significa que yo no lo hiciera por amor, si mi padre fuera digno de amor.

Pero éste no es el caso. De todas maneras, no pienso marcharme de Inglaterra hasta que rompa para siempre los viejos vínculos que me atan a este país, y esto no puedo hacerlo hasta que haya visto a mi hermano por última vez.

—¿El hermano del que me hablaste hace unos años, cuando estabas tan borracho que no te aguantabas de pie?

—¿Así que te había hablado de él? ¿Por qué no me lo habías co mentado?

Ohr se encogió de hombros.

—Pensé que, como nunca lo mencionabas, no querías hablar del tema..., a menos que estuvieras lo bastante borracho como para no acordarte después.

—Tienes una sorprendente falta de curiosidad, amigo mío.

—Se llama paciencia. Si tengo que saber algo, a la larga, lo sabré.

Richard resopló.

—Con esta actitud, te pierdes un montón de cosas.

—¿Quieres que te ayude a localizar a tu hermano?

Richard, instintivamente, le habría contestado que no. No quería que su amigo supiera lo patética que había sido su vida en Inglaterra, pero él no podía acercarse a Willow Woods. El tiempo no había cambiado su aspecto tanto como creía. Puede que su cuerpo sí que fuera distinto, pero por lo visto su cara no había cambiado tanto en nueve años, o en once, si tenía en cuenta a Julia. Ella lo había reconocido, o le había resultado lo bastante familiar para formularle la pregunta que le permitió a él darse cuenta de quién era ella.

¡Santo cielo, lo había pillado totalmente desprevenido! Ella no guardaba ningún parecido con la pequeña y escuálida salvaje que lo atormentó cuando eran niños. Él ni siquiera se acordaba del color de sus ojos, pues siempre los tenía entrecerrados y mirándolo con rabia. De niña, su pelo era mucho más claro, casi blanco, no castaño ceniza como ahora. ¡De hecho, incluso se había vuelto guapa! ¿Quién lo habría dicho? Pero él conocía a la cruel y despiadada arpía que seguía anidando en su interior. ¡Con qué rapidez había surgido su rabia cuando adivinó quién era él!

—Sé dónde encontrar a Charles, al menos supongo que él y Candice, su mujer, deben de seguir viviendo en Willow Woods, con mi padre —declaró Richard—. Pero yo no puedo acercarme allí, porque me arriesgo a que me arrastren de nuevo al redil.

—¿De modo que en realidad crees que tienes obligaciones?

—No, ni una, pero tu ayuda sí que me iría bien.

Ohr asintió con la cabeza y también empezó a empacar sus cosas. No le preguntó a Richard qué temía que podía pasarle si su padre lo encontraba. Su discreción era realmente sorprendente.

De todos modos, Richard decidió contarle algo de su vida.

—Es una historia complicada, Ohr. Ahora soy un hombre independiente, pero esto a mi padre no le importa. Él utiliza medios crueles para salirse con la suya y contrata a brutales esbirros para asegurarse de que su voluntad se cumple. Mi padre es Milton Allen, el conde de Manford.

—Esto te convierte en un aristócrata como los Malory, ¿no?

—Sí, pero yo soy el segundo de los hermanos. Yo no heredaré el título. Mi padre, aunque no es pobre, tampoco es rico. Digamos que disfruta de bienestar económico, pero como es un tirano insensible, decidió ofrecer a sus hijos para mejorar su situación.

—Aumentar los bienes propios a través del matrimonio no es una práctica tan inusual.

—Estoy de acuerdo, pero en la actualidad, los padres tienen en cuenta las preferencias de los hijos. A mi hermano y a mí nos tendrían que haber permitido elegir a nuestras esposas siempre que tuviéramos en cuenta la opinión de nuestro padre. Sin embargo, nuestro padre ni siquiera nos consultó, simplemente, nos dijo con quién teníamos que casarnos. Incluso antes de que alcanzáramos la mayoría de edad.

»A Charles, como heredará el título, lo utilizó para que su boda nos elevara en la escala social, y no se puede aspirar a mucho más que a la hija de un duque. Este grado es tan elevado que, en circunstancias normales, no estaría al alcance del hijo de un conde. Pero Candice, la joven a la que mi padre prometió a Charles, tenía un aspecto y un carácter tan desagradables que su padre, el duque de Chelter, no consiguió colocarla ni después de intentarlo durante tres temporadas. Candice es una mujer escandalosa. Y también una quejica compulsiva. Esto hizo que sus pretendientes, y eran muchos los que querían vincularse con el duque casándose con su hija, salieran corriendo en la dirección opuesta mucho antes de llegar al altar. El número de compromisos rotos se estaba convirtiendo en un chiste. Así que, a pesar de que ella era cuatro años mayor que mi hermano, el duque aceptó encantado la oferta de mi padre. Se casaron dos años antes de que yo me fuera de casa y su matrimonio se convirtió en una pesadilla para Charles, como era de esperar.

—Por lo visto, tú te marchaste para evitar el matrimonio que tu padre había acordado para ti. ¿Por qué no hizo lo mismo tu hermano?

—Como era el mayor, tenía mucho más que perder. Además, no es tan rebelde como yo lo fui con el tiempo. Protestaba y se quejaba de su suerte con rabia, pero al final siempre hacía lo que nuestro padre le decía. Charles quiere convertirse en un conde algún día. Yo solía enfurecerme con él porque siempre acababa cediendo. Y mira dónde está por ceder tanto, casado con una mujer que ha convertido su vida en un auténtico infierno. Ella lo condujo a la bebida, ¿sabes? Después de la boda no recuerdo haberlo visto sobrio ni un solo día.

—Creíste que a ti te pasaría lo mismo, ¿no? —dijo Ohr.

—¿Bromeas? Yo sabía que me ocurriría exactamente lo mismo. De hecho, temía que acabaría suicidándome..., si ella no me mataba antes. Nos odiamos nada más vernos.

—¿Por qué?

14

Richard tuvo que pensar en la pregunta de Ohr durante unos instantes. Desde que nacieron, a él y a su hermano nunca les permitieron elegir nada por ellos mismos. Sus juguetes, sus mascotas, sus amigos, su ropa, incluso su corte de pelo..., todo lo decidía el conde, no ellos. Su padre no sólo era estricto y exigente, sino también un tirano, y les imponía una disciplina férrea. Richard no recordaba haber querido a su padre nunca. De modo que podía decirse que el matrimonio concertado de Richard había constituido la gota que colmó el vaso, lo último que podía hacer su padre para controlar hasta el menor detalle de su vida. Por esto Richard rechazó a Julia Miller incluso antes de conocerla.

Intentó recordar aquel primer encuentro, pero no le resultó fácil. Todos los rabiosos y pendencieros encuentros siguientes resaltaban en su mente.

Durante los cuatro primeros años de su compromiso, Richard ni siquiera sabía que Julia existía. Cuando, un mes antes de que se conocieran, su padre por fin le dijo que se casaría por dinero, Richard le contestó que no pensaba hacerlo. Su negativa constituyó todo un atrevimiento para un niño de diez años y fue duramente castigado por su insolencia. De hecho, el bastón que su padre solía utilizar para disciplinar a Richard y a su hermano se rompió aquel día, y las heridas no habían cicatrizado por completo el día que conoció a su prometida. Quizá, sin darse cuenta, transfirió parte del odio que sentía por su padre a Julia.

Pero la verdadera rebelión contra su situación empezó cuando tenía quince años y él y su mimada prometida se juraron matarse el uno al otro. Richard se lo contó a su padre y le pidió que rompiera el compromiso. Milton se echó a reír y le dijo: «Si no te llevas bien con esa mocosa, ignórala después de que te haya dado uno o dos herederos. Es sencillo, ¿no? Es exactamente lo que hice con tu madre. Que descanse en paz, la muy bruja.»

Richard no se acordaba de su madre. Murió un año después de nacer él, pero Charles le contó que sus padres solían discutir acaloradamente. Por lo visto, ellos tampoco pudieron elegir con quién se casarían.

Como Richard sabía que no podía escapar a aquel horrible matrimonio a menos que su padre lo desheredara, ideó un plan para conseguir precisamente eso, y decidió acumular importantes pérdidas en el juego para arruinar a su padre. Pero su plan no funcionó. No le resultó nada fácil encontrar gente que quisiera apostar contra él a causa de su edad y cuando encontró unos cuantos individuos de vida licenciosa contra los que podía perder, ninguno de ellos quiso reclamarle a su padre esas deudas porque era un lord. Al contrario, se mostraron sumamente amables y comprensivos con Richard y le dijeron que esperarían el tiempo necesario para que él pudiera pagar las deudas. Dos años después, Richard llegó a la conclusión de que tenía que irse de Inglaterra. Era su única salida.

Pero el recuerdo de aquel lejano día, cuando los padres de Julia la llevaron a Willow Woods para que se conocieran, era tan vago que de lo único que se acordaba era del dolor que ella le causó. Era difícil de olvidar. ¡Y entonces ella sólo tenía cinco años!

Julia salió al extenso jardín trasero de la gran casa solariega donde Richard estaba lanzando palos para que su perro los atrapara. Ella no levantó la cabeza para mirarlo, así que él no le pudo ver la cara. Sin duda fingía ser tímida. Sus coletas rubio platino estaban sujetas con cintas rosas y caían sobre sus huesudos hombros. Su gorrito estaba formado por un conjunto de flores blancas y amarillas, y su vestido rosa y blanco estaba confeccionado con el lino más fino que el dinero pudiera comprar, de esto Richard estaba convencido. Ante una niñita tan encantadora todo el mundo pensaría..., hasta que vieran los ojos de aquel pequeño monstruo.

Richard sabía que sus padres los estaban observando desde la terraza. Su padre lo había llamado informándole de la llegada de los Miller, y probablemente estaba indignado porque él no había acudido enseguida a la casa a recibirlos. De modo que la enviaron a ella para que fuera a presentarse. Seguro que, a pesar del resentimiento que experimentaba por tener que conocer a la ricachona con la que lo obligaban a casarse, él utilizó sus mejores modales.

¿Quizá le comentó algo acerca de su resentimiento? Richard no se acordaba, pero se sorprendió cuando, inesperadamente, ella rompió a llorar. Sí que recordaba haberse preguntado qué demonios había provocado su llanto, así que la causa no debió de ser algo que él dijera. Pero las lágrimas de la niña no duraron más de un minuto. De repente, ella se abalanzó sobre él agitando sus puños y uno de sus puñetazos lo hizo caer de rodillas. Esto lo dejó a él, más o menos a su altura. Por desgracia, porque entonces le propinó una patada justo en el mismo lugar. En esta ocasión de una forma intencionada, de esto estaba seguro, y así fue como empezó su guerra.

El padre de Julia se sintió consternado y corrió para separarla de Richard, pero antes de que lo consiguiera, ella le rompió el labio, mientras él gemía en el suelo. Entonces, Julia le gritó a su padre que no quería casarse con un maldito Allen. Su madre enrojeció de vergüenza y se quedó sin habla, y Gerald se volvió a Milton y le dijo que, al fin y al cabo, lo del matrimonio quizá no había sido tan buena idea.

Milton se burló del consternado padre de Julia y le restó importancia a la situación.

—Los niños son sólo niños. Acuérdese de lo que le digo, cuando hayan crecido, ni siquiera se acordarán de este incidente —le dijo—. Además es demasiado tarde para volverse atrás. El compromiso ya se ha anunciado. Su hija cosechará los beneficios incluso antes del matrimonio. La firma del contrato le permitió acceder, automáticamente, a los círculos de la alta sociedad, así que enséñele buenos modales antes de que vuelva a encontrarse con mi hijo.

¡Era tan típico de su padre reaccionar de esta manera! Gerald Miller no se sintió nada satisfecho y aquélla no fue la última vez que intentó persuadir a Milton de que anularan el contrato. En determinado momento, incluso le ofreció pagarle la totalidad de la dote prometida si lo anulaba, pero en aquel momento Milton se había vuelto mucho más avaricioso. El apellido Miller aparecía con frecuencia en los periódicos debido a un nuevo trato comercial, la adquisición de una propiedad o algún otro logro, y Milton se vanagloriaba cada vez que leía algo acerca de la fortuna de los Miller porque pronto sería suya. Durante un tiempo, Richard esperó que, de todos modos, Gerald Miller rescindiera el contrato; pero, por lo visto, el daño que esto causaría a su reputación como negociante y el escándalo social que Helene, su esposa, temía, lo frenaron.

Si Julia aprendió buenos modales, desde luego nunca los empleó con Richard. Él tenía una cicatriz en la oreja de la vez que ella intentó arrancársela de un mordisco. Su nariz quedó desfigurada de por vida porque ella se la rompió y él se sintió tan avergonzado que no quiso explicarlo, de modo que ningún médico se la alineó. Durante aquellas visitas, que afortunadamente eran muy poco frecuentes, ni una sola vez consiguieron llevarse bien. Además, en la mente de Richard predominaba el hecho de que, algún día, tendría que casarse con aquel pequeño monstruo sólo porque su padre quería la enorme dote y el acceso a la fortuna Miller que iban asociados a ella. Si quería que Julia entrara a formar parte de su familia, ¿por qué demonios no se casaba él con ella?

De hecho, Richard le formuló esta pregunta a su padre una de las muchas veces que intentó poner fin al contrato.

—No seas ridículo, chico —lo reprendió Milton—. Su padre la quiere y no querrá obligarla a casarse con un hombre más viejo incluso que él.

—Pero con el matrimonio la condición social de su familia mejorará, así que ¿qué importancia tiene con quién se case? —preguntó Richard.

—Miller es un plebeyo fuera de lo común. No es un arribista. Es tan rico que ni los títulos ni las puertas que se le abrirían por tener a un aristócrata en la familia tienen importancia para él.

—¿Entonces por qué accedió a este compromiso matrimonial?

—Por lo visto, las mujeres de su familia no piensan lo mismo que él. Si, cuando investigué a su familia no me hubiera enterado de que, varios siglos atrás, una Miller pagó para casarse con un lord y otra hizo lo mismo hace, sólo, dos generaciones, probablemente no habría tenido nada en lo que apoyar mi oferta. Pero utilicé esa información como piedra angular del trato. Cuando tengáis hijos, el apellido Miller entrará a formar parte de la aristocracia, que es exactamente lo que intentaron antes sin éxito. La señora Miller desde luego estaba emocionada con la idea. De todos modos, Gerald quizá no habría prometido a su hija en matrimonio a una edad tan temprana si tú no te parecieras a tu madre y fueras tan guapo que ella no pudiera evitar sentirse atraída por ti.

—¡Ella no se siente atraída por mí en absoluto, me desprecia tanto como yo a ella!

—Esto no tiene la menor importancia, muchacho. Su madre estuvo de acuerdo conmigo en que formaríais una bonita pareja y esto cerró el trato.

Esto era lo primordial, el contrato haría que los Allen fueran tan ricos como los Miller y Milton no pensaba renunciar a esto por nada, y mucho menos porque los dos jóvenes no se soportaran el uno al otro.

Entonces, Milton añadió:

—De modo que supera esa ridícula antipatía que habéis desarrollado. Ella todavía es una niña. Todavía no es lo bastante mayor para sentirse atraída por ti. Cuando sienta esa atracción, seguro que se le suaviza el carácter.

Evidentemente, su padre se equivocó con aquella predicción. Menos mal que Richard no se dejó llevar por aquella falsa posibilidad. Ahora Julia se había sentido atraída por él, pero sólo hasta que se dio cuenta de quién era. Entonces se convirtió en el demonio que él recordaba tan bien. Sin embargo, aunque su padre hubiera tenido razón —y, ahora, como adulto, Richard tenía que admitir que podría conseguir que Julia dejara de sentir antipatía hacia él—, no tenía sentido intentarlo, porque no pensaba casarse con ella. No tenía la menor intención de darle al desgraciado que lo había engendrado y le había hecho vivir un infierno, lo que más quería, o sea, que los Miller y toda su fortuna entraran a formar parte de la familia Allen.

Después de contarle a Ohr casi toda esta historia, Richard dijo para terminar:

—Nadie salvo mi padre era feliz con aquel compromiso. Y no era él el que se iba a casar. Pero yo no me marché de Inglaterra sólo por ella. Ni siquiera fue la razón principal. Me fui porque quería vivir mi vida, y no que mi padre la viviera por mí. Además, lo odiaba demasiado para hacerlo feliz con ese matrimonio.

—Buscaré un carruaje —fue la simple respuesta de Ohr.

Richard casi se echó a reír. ¡Esta reacción era tan típica de Ohr! Él creía firmemente en el destino. Nunca interfería en él. Podía realizar sugerencias, podía señalar cosas que creía que se habían pasado por alto y ofrecía su ayuda, pero nunca intentaría hacer cambiar de opinión a alguien que ya había tomado una decisión. Esto sería forzar el destino.

—Creo que llegaremos antes si vamos a caballo —comentó Richard.

—¿Yo en un caballo? —preguntó Ohr—. Bromeas, ¿no?

Richard sonrió ampliamente.

—Supongo que sí.

15

Julia se fue directamente a su casa y se encerró en su habitación. Pensó en ir a buscar a Carol. Necesitaba hablar con alguien, pero estaba tan alterada que temió emprenderla con alguien involuntariamente. En realidad, no quería que su amiga ni nadie, ni siquiera los sirvientes, la vieran en aquel estado.

Estaba más que alterada. Se sentía agitada, rabiosa y tenía mucho miedo. Ni siquiera podía sentarse por lo mucho que temblaba a causa de lo nerviosa que estaba. Su peor pesadilla había vuelto, ahora, cuando estaba a punto de librarse de la cadena que el horrible padre de Richard había atado a su cuello cuando todavía era una niña.

Pero no era una pesadilla. Lo había visto con sus propios ojos, había oído sus desagradables comentarios, había sentido cómo la rabia la invadía como le ocurría siempre que lo tenía delante. Habían pasado once años desde la última vez que lo vio, y salvo por su aspecto, él no había cambiado en absoluto. La prueba estaba en lo primero que le dijo cuando la reconoció. ¿Retorcerle el pescuezo? ¡Y lo dijo en serio! En cierta ocasión, cuando ella era una niña, él la sostuvo por encima de la barandilla de un balcón a una altura de dos pisos. Sólo para aterrorizarla.

Pero ella sí que había cambiado. Ya no se indignaba con tanta facilidad. Ya no dejaba que el enfado dominara sus acciones. Ya no permitía que nadie la alterara tanto como para querer hacerle daño, que es lo que le ocurría antes con él. Había superado aquel tipo de comportamiento impulsivo. Ese mismo día, por ejemplo, no había intentado arrancarle los ojos a Richard, sino que se había alejado a toda prisa. ¡Esto era lo más sensato!

Pero su enojo no desaparecía. ¿Había regresado Richard para cumplir aquel horrible contrato? ¿Se había marchado alguna vez de Inglaterra? Su comentario acerca de que se había enamorado de Georgina Malory el año anterior implicaba que había estado allí entonces, y Londres era una ciudad lo bastante grande para desaparecer en ella. ¿Había vivido en Londres todos aquellos años riéndose de ella al verla atrapada en aquel compromiso pero sin tener que casarse con ella?

¡Era un sinvergüenza tan despreciable que no le extrañaría! Pero ella podía vivir con eso siempre que el padre de Richard no se enterara de que estaba allí y los arrastrara a ambos al altar. Desde luego, ella no le contaría al conde que su hijo estaba de vuelta en Inglaterra. Seguiría con su plan de declararlo muerto. Gabrielle Anderson sabía que estaba vivo, pero Julia no creía que supiera quién era realmente y sólo lo conocía como Jean Paul, que era el nombre que había empleado para referirse a él. En cualquier caso, Gabrielle sólo estaba de visita y pronto se iría. Y los Malory, que quizá lo conocían de vista, no lo relacionaban con ninguno de sus nombres, así que ella podía continuar con su plan. Sólo tenía que asegurarse de que aquel horrible contrato se invalidara como parte del proceso.

¿Funcionaría? Siempre que nadie más supiera que él estaba con vida, ¿por qué no? Y, una vez cancelado el contrato, Richard ya no tendría que esconderse. De hecho, debería hacer un trato con él para asegurarse de que su plan llegaba a buen fin. ¡No, cielos! ¿En qué estaba pensando? Ella lo conocía y sabía que él revelaría su presencia en Inglaterra sólo para frustrar su plan, y después volvería a desaparecer. ¡Y ella tendría que esperar otros diez años para volver a intentarlo!

Pero tanto si había vivido en Inglaterra durante todo aquel tiempo como si sólo estaba de visita, como él mismo había comentado, era evidente que no tenía intención de casarse con ella, pues no había ido a su casa. Si lo hubiera hecho, el conde enseguida se lo habría comunicado a ella. No, Richard había acudido al baile sólo para ver a su amor. ¡Y aunque estaba enamorado de otra mujer, había reconocido que había intentado seducirla a ella! ¡Era tan típico de los aristócratas vividores dejarse llevar por los instintos carnales! ¡No le extrañaba que fuera esto en lo que Richard se había convertido!

¿Cómo podía haberse sentido atraída por él? ¡Estaba enojada consigo misma por haberlo considerado encantador aunque sólo fuera durante unos instantes! Esto la convertía en una solterona patética y desesperada. Probablemente su encanto era tan falso como él, como su pretensión de ser francés. ¿Cómo podía haberlo considerado guapo cuando su atractivo era meramente superficial? Nada en su interior era bonito. Richard era mezquino y despreciable. Era el peor tipo de esnob, el tipo de esnob que no podía mantener la boca cerrada acerca de su supuesta superioridad. Él siempre la había menospreciado, siempre había creído que ella no era lo bastante buena para él. Y se lo había hecho saber. ¡Cielos, los recuerdos acudían a ella en tropel! Creía que los había dejado atrás porque nunca pensaba en lo que ocurrió aquellos días.

Claro que Richard Allen no había estado allí para recordárselo.

16

—¡Debes de estar tan emocionada! —le dijo Helene Miller a su hija—. Es un muchacho tan guapo y elegante... ¡Y es un lord! ¡Serás una lady, como tu tía Addie!

La madre de Julia estaba realmente emocionada. Muy pocas veces se mostraba decidida respecto a algo, pero por lo visto aquel compromiso constituía una excepción, porque lo defendió desde el principio. Julia también estaba emocionada, sobre todo porque la agitación de su madre era contagiosa. Mientras lo único que hicieron ella y su madre fue hablar del compromiso, Julia se sintió feliz. Por lo visto, el hijo del conde era un muchacho maravilloso, aunque el matrimonio era todavía algo muy lejano. Sinceramente, ella prefería una muñeca nueva que un marido.

Siempre estuvo informada acerca del maravilloso muchacho con el que estaba prometida. El padre de Richard enviaba informes sobre sus progresos al padre de Julia y éste se los leía a ella. «Lord Richard progresa adecuadamente en el colegio.» «Lord Richard tiene un perro nuevo.» Ella también quería uno. «Lord Richard ha pescado un pez enorme en su lago.» ¿Por qué nadie la había llevado nunca a pescar a ella? Sus padres querían que sintiera que conocía a lord Richard antes de que se lo presentaran. Y parecía funcionar.

Pero verlo personalmente parecía algo tan lejano que ella nunca pensaba en ello. Entonces, poco después de que cumpliera cinco años, llegó el día, y la reacción de Julia fue totalmente inesperada. Durante el largo trayecto a Willow Woods, la finca que el conde de Manford poseía cerca de Manchester, se puso tan nerviosa que le salió un sarpullido y sus mejillas adquirieron un tono rojo brillante. Su madre, cuando la vio, se echó a llorar y Gerald se rio de las dos por ser tan tontas. Julia ni siquiera podía explicar por qué estaba tan nerviosa. ¿Porque quería caerle bien a Richard y tenía miedo de no hacerlo? ¿Porque nunca le había parecido real hasta entonces?

Casi tuvieron que arrastrarla al interior de la enorme casa solariega. Entonces, mientras los conducían a través de varias salas para llevarlos hasta donde estaba el conde, Julia vislumbró todavía más habitaciones a los lados y se sintió maravillada por el tamaño de Willow Woods. Todas las habitaciones eran muy amplias y la casa era enorme tanto a lo ancho como a lo alto. ¡Y todo estaba tan bien armonizado! Pinturas que debían de tener siglos de antigüedad, enormes arañas de cristal, tapices que cubrían discretamente las paredes. Nada era chillón ni fastuoso como el estilo francés que tanto le gustaba a su madre.

Ya había conocido al conde antes, pero sólo guardaba un vago recuerdo de la única visita que les hizo antes de que ella cumpliera cuatro años, para ver cómo era, pues no la había visto desde que era un bebé. En aquella visita no llevó a su hijo, y cuando ellos llegaron a Willow Woods él tampoco estaba a la vista. Estaba en el jardín, con su perro. Julia se sintió tan aliviada que casi se echó a llorar.

—Ve a presentarte, Julie —la apremió Helene—. Os llevaréis de maravilla. ¡Estoy segura!

Su padre hizo el ademán de acompañarla, pero Helene lo retuvo poniendo la mano en su brazo.

—Estarán más relajados si no se sienten intimidados por nuestra presencia —dijo Helene como si Julia no pudiera oírla, algo que hacía a menudo—. Dejemos que este primer encuentro sea algo natural para ellos.

Julia avanzó por el jardín con los pies pesados como si fueran de plomo. ¿Qué se suponía que tenía que decirle a aquel muchacho? Podía hablarle de su perro y contarle que ella tenía tres. Uno no fue suficiente para ella. Podía hablarle del poni que acababan de comprarle y contarle que empezaría a recibir clases de monta aquel verano. ¡O podía pedirle que le enseñara a pescar! Su padre le había dicho que pronto le enseñaría, aunque su madre había protestado y había dicho que no era algo apropiado para ella. Pero, justo detrás de Richard había un lago, uno grande, y ella sabía que él era un experto pescando.

Richard todavía no había percibido su presencia. Cuando Julia se acercó, se dio cuenta de lo grande que era. ¡Hacía dos como ella! Esto no se lo esperaba. No conocía a más niños de diez años de edad. Con su pelo negro y corto y su chaqueta de corte elegante, parecía un adulto en miniatura, mientras que ella iba vestida como una niña sin formas. Él era tan guapo como le habían contado, perfecto en todo, aunque quizá demasiado delgado. Pero esto no era importante. Ella también era delgada.

Julia se sintió deslumbrada por esta primera visión de su prometido y aminoró el paso. Cuando él por fin la vio, ella enseguida bajó la vista al suelo. Era tan poca la atención que prestaba a su entorno que podría haberse caído al lago. Volvió a ponerse tan nerviosa que casi notó que le salían más erupciones en las mejillas, pero siguió caminando con la cabeza baja hasta que llegó junto a él y vio sus piernas por debajo del borde de su sombrero.

—¿Así que tú eres la cartera abultada con la que se supone que tengo que casarme? —dijo él.

Julia lo miró sin comprenderlo. Ella no estaba abultada.

—¡Lástima! —añadió él en tono despectivo mientras contemplaba las mejillas de Julia—. ¡Al menos podrías haber sido guapa! Esto habría hecho el compromiso un poco más tolerable.

Ella todavía no entendía bien la condescendencia ni el esnobismo, pero se dio cuenta de que no le caía bien. Se había sentido muy nerviosa por aquel primer encuentro —aterrorizada, en realidad—, y ahora se sintió tan herida en sus sentimientos que rompió a llorar. Entonces le dio mucha vergüenza llorar y sintió una rabia que nunca antes había experimentado. Y entonces se lanzó sobre él golpeándolo con los puños.

Sus padres tuvieron que separarla de él. Ellos también estaban enfadados. Se acordaba de que su padre dijo que, después de todo, concertar su matrimonio con el hijo de un conde quizá no fuera algo tan bueno para ella. Pero el padre de Richard simplemente se rio del incidente y les aseguró a los padres de Julia que eran sólo unos niños. Julia no se tranquilizó hasta que estuvo de nuevo en el carruaje camino de casa.

Helene no sabía cómo manejar las rabietas de su hija, y tuvo muchas después de aquel día; de hecho, cada vez que ella o Gerald sugerían realizar otra visita a Willow Woods. A Helene le preocupaba mucho que Julia arruinara el estatus social de la familia si seguía ofendiendo a los nobles. Gerald le dijo que dejara de preocuparse, que el trato constituía un error y que él nunca habría accedido a firmarlo si ella no le diera tanta importancia a esos nobles. Helene siempre había sido muy indecisa, pero después de aquello fue incapaz de tomar más decisiones.

A Julia la obligaron a ver a Richard Allen otra vez, pero tuvo que pasar un año entero antes de que eso sucediera. Fue el tiempo que tardó en no ponerse a llorar y gritar cada vez que se lo sugerían. Todavía no era lo bastante mayor para comprender por qué su primer encuentro había fracasado, aunque supuso que se debía al nerviosismo que les causaba a los dos aquella situación. Sin embargo, sí que entendía lo que era el esnobismo y se dio cuenta de que eso era, exactamente, lo que Richard era, un esnob, aunque esperaba poder perdonárselo y empezar de nuevo. Durante aquel tiempo se había imaginado como mínimo mil encuentros en los que él se disculpaba y era tan maravilloso como debería.

Pero nada de esto sucedió, pues las primeras palabras que salieron de la boca de Richard fueron:

—Como vuelvas a pegarme, yo también te pegaré.

Antes de que se lo dijera estuvieron durante casi una hora en la misma habitación con sus padres y su hermano, Charles. Los adultos tenían miedo de volver a dejarlos solos. En un acuerdo tácito, Julia y Richard se portaron de maravilla. Les resultó fácil, porque no se dirigieron la palabra. Aun más, Julia fingió que Richard no estaba y estuvo hablando con Charles.

Como no mostraron ningún signo de violencia, sus padres empezaron a relajarse. Los hombres incluso se fueron a jugar al billar. Helene, al quedarse sola con los dos muchachos y su incontrolable hija, pronto empezó a tener una reacción nerviosa y se marchó.

Cuando salió de la habitación, Charles, que era tres años mayor que Richard, suspiró de aburrimiento y dijo que tenía mejores cosas que hacer. De repente, los niños prometidos en matrimonio se quedaron a solas, mirándose con recelo, y fue entonces cuando Richard le hizo la advertencia acerca de que le pegaría.

—¿Pegarías a una niña? —preguntó ella.

—Tú no eres una niña, sino un pequeño monstruo. Me dieron una paliza porque tú me atacaste. Mi padre no me creyó cuando le dije que yo no había provocado la pelea.

—La iniciaste tú, y me alegro de que te diera una paliza —contestó ella mientras el labio empezaba a temblarle.

—¡Pequeña bruja! ¿Acaso sabes lo que es que te peguen? —contestó él con un gruñido—. No lo sabes, ¿verdad? ¡Pues duele un montón!

Los gritos de Richard hicieron que a Julia se le saltaran las lágrimas. ¡Santo cielo, volvía a portarse como una niña llorona delante de él! ¡Nunca se caerían bien, pero estaban encadenados el uno al otro!

Julia agarró el dedo que Richard sacudía enojado frente a su cara y lo mordió tan fuerte como pudo. Él se puso furioso, pero no le devolvió el mordisco ni le pegó, sino que la arrastró de las coletas hasta el lago que había detrás de la casa. ¡Entonces la tiró desde el pequeño muelle de los botes al agua! Julia no sabía nadar, así que agitó los brazos en un estado de pánico mientras intentaba gritar. Él todavía se puso más furioso al tener que meterse en el agua fría para sacarla. Como los dos estaban empapados, no pudieron ocultar lo que había ocurrido. Los padres de Julia la llevaron de vuelta a casa enseguida y ella deseó que a Richard le propinaran otra paliza.

Pasó el tiempo. La amistad con su vecina Carol evolucionó hasta que se convirtieron en amigas íntimas. Cuando estaba con Carol, Julia nunca pensaba en Richard, y se volvieron inseparables. Julia sabía que su padre volvió a intentar librarla de aquel horrible compromiso. Oyó a sus padres hablar sobre ello y supo que Gerald estaba muy resentido porque el conde no quería cancelar el contrato. Sin embargo, su madre seguía estando a favor del compromiso y siempre le dijo a su padre que tarde o temprano los niños superarían su antipatía mutua. Le rogó que le diera tiempo al tiempo, que no se precipitara, y él al final reconoció que no tenía por qué iniciar un enfrentamiento con el conde por una cuestión que, más adelante, podía funcionar.

A los siete años, Julia ya había crecido un poco, aunque seguía siendo muy delgada. Ella estaba convencida de que había madurado lo suficiente para manejar a su ofensivo prometido sin que las emociones se le escaparan de las manos e incluso ella misma sugirió realizar otra visita. Su madre estaba encantada. Todavía esperaba grandes cosas de aquel compromiso.

En esta ocasión, se quedarían todo el fin de semana en Willow Woods. Y sus padres no los dejarían a solas ni un segundo.

Al principio, la visita resultó bastante agradable. Charles jugó al ajedrez con ella. A Julia le caía bien. Era tan guapo como su hermano, pero más mayor, aunque sin llegar a ser un adulto. Julia estaba segura de que él la había dejado ganar, pero, de todos modos, esto la puso de buen humor. Entonces, Richard ocupó su lugar y se sentó frente a ella. Nunca habían estado tan cerca el uno del otro sin que estallara la violencia.

—Mis amigas me llaman Julie —le contó tímidamente a su prometido mientras jugaban—. No suena tan largo como Julia.

—Uf, sigue siendo demasiado largo —contestó él sin levantar la vista—. Yo prefiero Jewels. Rich de rico y Jewels de joyas, lo pillas, ¿no?

Por desgracia, ella sí que lo pilló.

—A mí no me gusta.

—No te estaba pidiendo permiso. Además, es totalmente acertado. Rich y Jewels, una pareja adinerada. Es para eso para lo que servimos, ¿no? Para llenar de riqueza los cofres de mi padre.

—Ya te he dicho que no me gusta —dijo ella entre dientes.

—¡Lástima, Jewels!

A partir de entonces, él la llamó así, y cada vez que lo hizo ella se puso furiosa, como aquel día. Julia se levantó repentinamente de la mesa y salió a la terraza para contar hasta cien. ¡Su niñera le había enseñado aquel truco y funcionaba! Justo lo que una joven madura haría. No le había propinado una patada por debajo de la mesa. No había volcado la mesa sobre él. Ni siquiera le había lanzado las fichas de ajedrez, lo que le habría hecho daño, porque estaban hechas de metal pesado. No, ella salió de la habitación. Cuando regresó, no esperaba que él siguiera sentado en la mesita.

Julia se sentó en su silla con frialdad. Él le ganó la partida enseguida y ella le pidió la revancha. Pensó que él se negaría, pero no lo hizo. Después deseó que él lo hubiera hecho. Le ganó absolutamente todas las partidas mientras sonreía con suficiencia. Ella se negó a rendirse y siguió insistiendo en que le diera la revancha, hasta la hora de cenar.

Habían conseguido pasar el día sin pelearse. Julia se contuvo e ignoró sus insultos. Ahora era lo bastante madura para manejarlo y se sentía orgullosa de sí misma.

Después de cenar, se fue directamente a la cama, radiante de triunfo, y se durmió enseguida. Lo que fue muy desafortunado, porque, a la mañana siguiente, se despertó muy temprano, antes que los adultos. Richard entró en el comedor del desayuno mientras ella estaba allí sola.

Al verla, hizo el ademán de marcharse. Ella debería haber mantenido la boca cerrada y dejar que se fuera, pero pensó que podría superar otro día y dominar su genio aunque él la provocara.

—¿Hoy jugaremos al ajedrez otra vez? —le preguntó—. Todavía no te he ganado.

—Ni lo harás, porque no tienes ni idea de cómo se juega. Sigues siendo una niña, ¿no es cierto, Jewels? Ni siquiera puedes jugar bien a un juego tan sencillo como el ajedrez.

Julia se dio cuenta de que él ni siquiera intentaría llevarse bien con ella. El día anterior, bajo la atenta mirada de sus padres, no contaba.

—¡Te odio! —gritó Julia.

Él se rio con frialdad.

—Eres demasiado pequeña para saber lo que es eso, estúpida mocosa, pero yo sí que lo sé.

Julia le lanzó el plato a la cabeza. No le dio, desde luego. El plato era demasiado grande y pesado para sus limitadas fuerzas y ni siquiera le pasó cerca, sino que cayó ruidosamente al suelo. Él la miró entrecerrando los ojos. Su intención había quedado clara. Richard empezó a rodear la mesa para agarrarla y ella no dejó de correr hasta que estuvo a salvo en su dormitorio.

¡Pero él la siguió! Entró como una exhalación antes de que a ella se le ocurriera cerrar la puerta, y en un abrir y cerrar de ojos la arrastró hasta el pequeño balcón de la habitación y la empujó contra la barandilla. ¡Julia creyó que la iba a lanzar por encima de los barrotes para que se estrellara contra el suelo! Estaba demasiado aterrorizada para gritar. Entonces, él la agarró por los tobillos y la sostuvo cabeza abajo por el lado exterior de la barandilla.

Antes de conocer a Richard Allen, Julia no sabía lo que era estar furiosa, claro que hasta entonces tampoco había experimentado nada como aquello. Puro terror. Mientras él la sostenía de los tobillos, Julia estaba paralizada. ¡Él no tenía la fuerza suficiente para sostenerla! Estaba convencida de que iba a morir.

Cuando por fin volvió a subirla y antes incluso de que sus pies tocaran el suelo del balcón, Richard se echó a reír.

—¡Eres tan esquelética como creía!

Su vestido suelto volvía a estar sobre su cuerpo, pero cuando él la colgó de los tobillos, se puso del revés, le tapó la cara y dejó al descubierto sus piernas desnudas y su ropa interior. Cuando sus pies volvieron a estar sólidamente apoyados en el suelo, el terror al que él la había sometido se convirtió en la peor ira que ella había experimentado nunca. Ni siquiera sabía cómo le rompió la nariz. ¿Con el puño? ¿Con un golpe certero de la palma de la mano? De repente, él retrocedió al interior de la habitación con una mano en la nariz. Se marchó corriendo, pero antes de que desapareciera, Julia vio que la sangre resbalaba por debajo de su mano.

Una vez sola y a salvo, Julia se quedó jadeando, temblando y llorando en el balcón. Vio que Richard atravesaba corriendo el jardín y desaparecía en el bosque del fondo.

No fue su intención romperle la nariz, simplemente había sucedido, pero, después de lo que él le había hecho, se alegró de habérsela roto. Al menos así se había librado de él. Richard corrió hacia el bosque, con su sangrante nariz, como un cachorro herido, o quizá sólo airado, pero ella no se quedó para ver si regresaba. Cuando sus padres se despertaron, los convenció para que la llevaran de vuelta a casa. No les contó lo que había sucedido, ni tampoco creyó que Richard lo contara nunca.

Se negó en redondo a regresar a Willow Woods, y esta vez no cambiaría de opinión. Seis meses más tarde, Richard viajó a Londres para visitarla. Era demasiado pronto. El horror de la última visita todavía no se había desvanecido. Ella no volvió a hablarle ni a intentar ser amiga de él. Ahora lo despreciaba con todo su ser.

Sin embargo, él siguió visitándola en Londres. Su padre lo obligaba. Llevaba a su perro con él y lo utilizaba como excusa para pasar la mayor parte del tiempo en el parque, lo que era una gran idea, porque con cada visita su antipatía mutua aumentaba.

Ella lo atacaba cada vez que estaban solos, inmediatamente, con fiereza. Por su culpa ahora tenía miedo a las alturas. Pero él tenía ventaja porque era más fuerte que ella, de modo que atacarlo raramente le servía de algo a Julia. Él, simplemente, se reía de ella y la mantenía a distancia, lo que la enfurecía todavía más. Así que cuando conseguía acercarse lo suficiente, Julia lo atacaba con rapidez y brutalidad. Sí, brutalidad, y no se avergonzaba de ello. ¡Él se lo merecía!

Un día le mordió la pierna hasta que notó el sabor de su sangre y se alegró. Como represalia, ¡él la encerró en su propia buhardilla durante un día entero! Nadie la oyó gritar que la sacaran de allí. Él esperó a que las doncellas hubieran terminado de limpiar la planta superior para que no la oyeran. Cuando por fin la dejó salir, tuvo la desfachatez de decirle que se había ido al parque, que su perro lo había distraído y que se había olvidado de ella.

Julia ni siquiera se acordaba de lo que él hizo para provocarla durante su última visita, pero en lugar de mantenerla a la distancia de un brazo, Richard se enfadó tanto que la colgó sobre su hombro. Ella no sabía adónde la llevaba, pero como todavía tenía muy presente el día que la tuvo encerrada en el ático, se volvió y le mordió la oreja. Como él era tan fuerte, morderlo le parecía la única manera que tenía de hacerle daño, y ella quería hacerle daño. Él la dejó caer al suelo.

—¡Como me hagas sangrar otra vez, te juro que te mataré! —le gritó.

Ella se torció el tobillo al caerse, pero estaba tan enfadada que no notó el dolor.

—¡No si yo te mato antes! ¡Y lo haré si vuelvo a verte otra vez! ¡Puedes estar seguro!

Aquel día, ella tenía diez años y él, quince. Dos años más tarde, la madre de Julia le contó que Richard se había ido de Inglaterra. ¡Qué alegría sintió Julia! Hasta que descubrió que, a pesar de eso, el conde no pensaba destruir el contrato matrimonial. Estaba seguro de que Richard volvería a casa. Entonces ella tenía doce años y todavía faltaba mucho para que alcanzara la edad casadera, pero cuando cumplió los dieciocho, el conde siguió sin querer cancelar el contrato. Probablemente porque seguía enfadado por no haber conseguido la tutela de Julia después del accidente de su padre. Por suerte, los abogados de ella frustraron su intento, porque no había conseguido que el novio se presentara.

Los recuerdos que Julia tenía de Richard eran horribles. Los había mantenido encerrados en el fondo de su mente durante tanto tiempo que no le extrañaba no haberlo reconocido de inmediato. Pero ahora esos recuerdos estaban muy presentes y Julia se dio cuenta de que cada vez que se habían visto se habían peleado.

Sus padres no deberían haberlos presentado cuando eran tan pequeños. Si hubieran esperado unos cuantos años, Richard quizás habría sido más maduro y menos esnob y antipático. Con unos años más, ella habría podido contenerse y no reaccionar con tanta rabia a la rudeza de él. Era una gran desgracia que su antipatía fuera tan profunda que todavía siguiera allí después de todos aquellos años. Si se hubieran conocido en otras circunstancias, en lugar de formar la peor pareja imaginable del mundo podrían haber formado una pareja perfecta, como Carol y Harry.

17

¡Había recuperado el sentido común! Y en el momento adecuado, pensó Julia, porque todavía faltaban unas horas para que oscureciera. Aunque, de todas maneras, ahora que tenía un plan la caída de la noche no la habría detenido.

Simplemente tuvo que recordarse a sí misma que era una mujer de negocios. Sabía cómo cerrar tratos. Llevaba ya cinco años comprando nuevos negocios y dirigiendo a sus abogados en la negociación de los contratos. Claro que esos contratos sólo trataban sobre los medios para ganarse la vida de las personas, no sobre los aspectos íntimos de sus vidas. Pero un contrato era un contrato, y ella iba a firmar uno nuevo con Richard Allen.

Cuando se tranquilizó, se dio cuenta de que tratar directamente con él en lugar de dejar sus circunstancias en manos de la suerte constituía una idea brillante. Él estaría de acuerdo, estaba convencida. El plan que había ideado cortaría todos los lazos que los unían, y esto era lo que los dos querían. Ella sólo tenía que sufrir brevemente su presencia una vez más, lo suficiente para proponerle que permaneciera escondido unas semanas más, hasta que lo declararan oficialmente muerto. Después, podía aparecer o no, pero nunca más tendría que esconderse para evitar casarse con ella.

Julia regresó al hotel Coulson y se dirigió otra vez al mostrador de la recepción. Ahora que podía poner fin al poder que él tenía sobre su vida, caminó con determinación. Cuando le pidió al conserje que avisaran a Richard para que se reuniera con ella en el vestíbulo, éste le dijo:

—Se han ido, señora. Los dos caballeros ya no se hospedan aquí.

Julia no experimentó pánico, de hecho, se sintió aliviada, porque dedujo que Richard había decidido irse de Inglaterra sin demora, probablemente debido a su encuentro con ella. Julia prefería que desapareciera a tener que tratar con él. Pero para asegurarse de que había abandonado el país, le indicó a su cochero que la llevara a la casa de Boyd Anderson, donde esperaba encontrar a Gabrielle. No tuvo suerte. El mayordomo le informó de que la mayoría de los Anderson estaban en la casa de Georgina, de modo que, camino de su casa, se detuvo allí. Como conocía bien a Artie, el viejo y cascarrabias lobo de mar que era uno de los dos inusuales mayordomos de James Malory, le preguntó si podía avisar a Gabrielle para que saliera a hablar con ella brevemente en lugar de acompañarla al interior.

Él la avisó, pero después de hablar con ella Julia volvió a sentir pánico. No, le dijo Gabrielle, Jean Paul no se iría del país sin decírselo. No, no lo había visto desde el día anterior, cuando fueron juntas al hotel, y tampoco pudo hablar con él allí, de modo que no tenía ni idea de por qué él y Ohr querrían cambiar de hotel. Además, aquél ya estaba pagado. Julia le dio las gracias y se marchó a toda prisa. Seguramente, Gabrielle se quedó bastante confusa. Julia estaba convencida de que Richard no había cambiado de hotel simplemente para que ella no lo encontrara, sino que tuvo la exasperante idea de que él estaba de camino a su casa para visitar a su hermano antes de volver a irse de Inglaterra, y a Julia le aterró que su padre se enterara.

Quizá todavía podía detenerlo antes de que llegara a Willow Woods y destrozara la vida de ambos todavía más de lo que ya lo estaba. ¡Si es que conseguía encontrarlo!

Estuvo a punto de salir de la ciudad de inmediato, pero tuvo el suficiente sentido común para darse cuenta de que no podía recorrer las carreteras rurales en medio de la noche. Debido a sus heridas, seguramente Richard no viajaría tan deprisa como ella. Entonces envió a su primo Raymond un mensaje en el que le decía que lo necesitaba como acompañante en un breve viaje al campo.

Salieron al amanecer y viajaron de la forma más rápida posible, a caballo, que es por lo que, en lugar de a un lacayo, Julia avisó a Raymond, pues él era tan buen jinete como ella. El trayecto de un día y medio de duración quedó reducido a la mitad porque pararon cinco veces para alquilar monturas frescas y así poder continuar a su extenuante velocidad. Julia nunca había galopado una distancia tan larga. Raymond se quejó durante todo el trayecto. Y la espalda de ella también, y cuando se aproximaron a su destino la tenía bastante entumecida.

El pánico que sentía no había disminuido mucho. Esperaba encontrar a Richard por el camino, lo que era poco realista, porque encontraron muchos carruajes y también atravesaron muchos pueblos y ciudades, y él podía estar en una posada en cualquiera de ellos. No podía perder el tiempo buscándolo por el camino. A la velocidad a la que iban, estaba razonablemente segura de que lo habían adelantado y sólo tenía que detenerse poco antes de llegar a Willow Woods, a última hora de la tarde, para confirmarlo. Con un poco de suerte, ni siquiera tendría que hablar con el conde de Manford, bastaría con esperar a la entrada de la finca y detener a Richard antes de que entrara, aunque tuviera que esperarlo el resto del día.

De todas maneras, tendría que alquilar habitaciones para Raymond y para ella. Seguro que, para cuando llegara a un acuerdo con Richard, ya habría oscurecido, y no pensaba quedarse en Willow Woods ni siquiera una noche. Lo más cercano a Willow Woods, más incluso que la ciudad de Manchester, era un pueblecito que estaba a poca distancia, en la misma carretera. Julia también sabía que allí había una posada.

En el pasado, su familia pasaba por allí cada vez que viajaba a aquella zona del país y, en cierta ocasión, su madre quiso detenerse en aquella posada para refrescarse antes de llegar a Willow Woods. El padre de Julia se rio de su sugerencia, pero ahora la idea no era tan mala, pues aquella alocada carrera había dejado a Julia cubierta de polvo. La nube que se formó a su alrededor cuando se sacudió el polvo antes de entrar en la posada, resultó cómica. Raymond le dijo que no se diera prisa y entró en la taberna que había junto a la posada.

Apenas cruzar el umbral, Julia se quedó helada. Sus ojos se clavaron en el alto hombre oriental que bajaba las escaleras. Se trataba del compañero de Richard. ¿Cómo lo había llamado Gabrielle? Un nombre extraño, Oar, Ore o algo parecido. Su presencia significaba que ella llegaba demasiado tarde o justo a tiempo. Casi temió averiguar cuál de las dos posibilidades era la verdadera.

Al verla, él también se detuvo y se quedó quieto, como una barricada inamovible que impedía el acceso a las escaleras. Julia se preguntó qué le habría contado Richard acerca de ella. Desde luego, en aquel momento no parecía muy accesible, con los brazos cruzados sobre el pecho.

De todos modos, Julia se dirigió a él y señaló lo evidente.

—Estamos demasiado cerca de Willow Woods para que Richard no haya ido directamente a su casa.

—No es allí adonde se dirige.

—¿Entonces está aquí?

Él no pensaba decírselo, sólo la observó con rostro imperturbable. ¡Qué rabia! A Julia no se le escapó que no le había preguntado quién era Richard, así que conocía su verdadero nombre. ¿Lo conocería también Gabrielle aunque no se lo confesó cuando ella le habló de Jean Paul? ¡Qué violento si los dos sabían por qué se había ocultado Richard!

—No importa, llamaré a todas las puertas. No puede haber muchas —le dijo a aquel hombre con impaciencia.

—La primera al final de las escaleras, pero si lleva un arma, tendrá que entregármela.

Julia enrojeció. Así que aquel hombre había oído hablar de ella. Estaba convencida de que Richard le había echado la culpa de todo. En efecto, ella llevaba un arma, pero desde luego no tenía la intención de utilizarla con Richard para hacerle entender su punto de vista.

Aunque vestía como una dama de la nobleza y, en consecuencia, a menudo la confundían con una de ellas, Julia sólo salía de casa acompañada cuando iba a una fiesta de la alta sociedad, pues era lo que se esperaba de una dama, o en los viajes largos como aquél. En los otros casos, se desplazaba por Londres ella sola, o con su secretario cuando lo hacía por negocios. En cualquier caso, había adquirido la costumbre de llevar una pistola a mano, por si la necesitaba. En aquellos momentos la llevaba en su bolsa, con una muda de ropa.

Como se sentía demasiado impaciente para buscar el arma, le lanzó la bolsa a Ohr y pasó junto a él para subir las escaleras. Se sintió aliviada al ver que él no la seguía. Arriba sólo había dos habitaciones, las dos al mismo lado del corto pasillo y, en el otro, había tres ventanas abiertas por las que entraba una cálida brisa.

Llamó con determinación a la primera puerta. Se abrió en cuestión de segundos, pero Julia sólo pudo vislumbrar brevemente la expresión de sorpresa de Richard antes de que volviera a cerrarla de golpe con un gruñido.

—Ni lo sueñes.

Julia rechinó los dientes y aporreó la puerta. Ahora ya no tenía miedo de no encontrarlo a tiempo, así que volvía a ser la mujer indomable de siempre. El escándalo que organizó dio como resultado que la puerta volviera a abrirse y que Richard la hiciera entrar en la habitación de un tirón.

—Aquí no vamos a montar ninguna escena —dijo él con enojo—. Si llamas la atención sobre mí, yo...

—Cállate, Richard. —Julia se volvió hacia él—. Sólo he venido para evitar que cometas un error que los dos tengamos que lamentar.

Él todavía tenía arañazos en la mejilla y morados a ambos lados de la nariz, pero se movía como si no tuviera ninguna molestia en las costillas.

—¿Un error? ¿Creías que iba a presentarme en la casa de mi padre? —Soltó una carcajada—. De ningún modo. Pero seguro que es allí adonde tú te diriges. Vete.

Todavía tenía la puerta abierta. Julia negó con la cabeza.

—No me iré hasta que hablemos de las distintas alternativas y lleguemos a un acuerdo. Ésta es la forma adulta de actuar. Incluso podemos ponerlo por escrito.

—¿Otro contrato? —preguntó él con incredulidad—. ¿Has perdido el juicio?

—Un acuerdo que nos complazca a ambos.

—Tú y yo nunca estaremos de acuerdo en nada, Jewels, así que haznos un favor a los dos y vete.

—No.

—¿Lo ves? Ni siquiera estamos de acuerdo en algo tan simple como que no eres bienvenida aquí.

—Relájate, mi boca está sellada.

Intentaba tranquilizarlo, pero, por lo visto, su comentario le recordó sus violentos mordiscos del pasado. Richard palideció de rabia e hizo ademán de cogerla. Ella soltó un grito de protesta, pero no se apartó a tiempo. Richard la agarró, pero sólo para sacarla de la habitación. Antes de que ella pudiera darse la vuelta y expresar su indignación por su forma de tratarla, la puerta volvió a cerrarse de un portazo.

18

La reacción instintiva de Julia fue la de volver a aporrear la puerta, pero oyó que Richard la cerraba con llave. No volvería a abrirla. Y tenía razón, ella tampoco quería armar jaleo y llamar la atención sobre él. Estaba demasiado cerca de su casa. Probablemente, incluso había entrado a hurtadillas en la posada después de que su amigo alquilara la habitación.

Además, ella tenía que tranquilizarse. La actitud de él la enfurecía, como siempre. Nunca habían podido mantener una conversación civilizada, salvo cuando no se reconocieron. Pero era demasiado tarde para volver a aquel punto. ¿O no?

Tenía que esforzarse y demostrarle que no era la niña que no sabía controlarse e intentaba arrancar orejas de un mordisco. Ya era una mujer adulta que dominaba sus emociones y su destino, al menos eso esperaba ella.

Bajó las escaleras y le quitó la bolsa de viaje al amigo de Richard sin pronunciar ni una palabra. Él seguía en el mismo lugar, con la bolsa a sus pies, como si hubiera adivinado que ella no tardaría en regresar. Julia preguntó si la otra habitación estaba libre. Lo estaba. Minutos después, estaba en su propia habitación, con la puerta cerrada y observando, con los ojos entrecerrados, la pared que la separaba de Richard.

Si él se hubiera mostrado razonable, podrían haber llegado a un rápido acuerdo y ella estaría camino de vuelta a casa. Si emprendía la marcha antes de una hora, quizá todavía podía regresar a Londres aquel mismo día. Sólo necesitaba arreglarse rápidamente y después volver a intentar hablar con Richard.

Cuando se quitó su vistoso sombrero de montar, vio que estaba tan cubierto de polvo que incluso las plumas de color rosa caían bajo su peso. Entonces se dio cuenta de que su cara debía de tener el mismo aspecto desastrado que las plumas. Afortunadamente, en la habitación no había ningún espejo para comprobarlo, pero estaba segura de ello y le sorprendió que Richard no hubiera realizado ningún comentario desagradable al respecto. Claro que su aspecto tampoco podía decirse que fuera impecable y, desde luego, no era apropiado para el hijo de un conde.

Llevaba una holgada camisa blanca por fuera de los pantalones, sujeta con un cinturón ancho a la altura de las caderas. Y unos pantalones negros y anchos que estaban cortados a la altura de las rodillas, lo que con sus lustrosas botas de caña alta resultaba muy extravagante. Su cabello era excesivamente largo y lo llevaba en una cola que resultaba muy visible. Todo ello hizo que Julia se preguntara si no iba disfrazado.

Entonces, le llevaron una jarra con agua y varias toallas y Julia no volvió a pensar en Richard. La doncella, o la mujer del posadero, le explicó que, en la planta baja, al lado de la despensa, había un lavabo con una bañera, por si deseaba darse un baño. Julia rechazó educadamente su oferta, pero se lavó con el agua de la jarra y se puso la muda de montar, salvo la chaqueta a conjunto de color lavanda, pues no la necesitaría hasta que se fuera de la posada.

Esta vez llamó a la puerta de Richard con suavidad. Él, engañado, la abrió y Julia entró con rapidez antes de que él pudiera detenerla. Julia se dio la vuelta ocultando una sonrisa de triunfo mientras él cerraba la puerta con expresión de enfado.

—Escúchame antes de volver a actuar como un bruto —dijo ella con rapidez—. Si no has venido para ir a tu casa, ¿qué haces tan cerca de Willow Woods?

—He venido a ver a mi hermano.

—¿Sólo eso? —Él asintió con la cabeza y ella añadió con cierto desdén—: Eres un loco arriesgándote a venir aquí. Deberías haberle mandado un aviso a Charles para que se reuniera contigo en Londres.

Richard pareció enfadarse todavía más al oírla llamarle loco, probablemente porque sabía que tenía razón. Sus labios apretados y la expresión airada de sus ojos verdes lo dejaron claro. Tenía que mantener la vista apartada de su condenada cara, pensó Julia, la desconcentraba y la hacía decir cosas que no debería. Siempre supo que sería guapo. Ya se le notaba cuando era niño. Sólo que no esperaba que lo fuera tanto. Lo era incluso con la cara magullada. Además, con todo el odio que sentía hacia él, el hecho de que le causara el menor efecto positivo era de locos.

Sin duda, los besos que se habían dado le habían causado más impresión de lo que creía y ahora, al volver a verlo, se acordó de lo excitantes que fueron. Pero ella había besado a Jean Paul, a alguien totalmente distinto, no a su detestable prometido, o al menos eso creía ella. Tenía que tenerlo presente.

Entonces decidió centrarse en la ropa de Richard. Iba muy limpio, pero el suyo no podía considerarse el atuendo de un caballero, por lo que Julia comentó:

—¿A esto lo llamas un disfraz?

—A esto yo lo llamo ir cómodo y cómo me vista yo no es asunto tuyo. Sólo lo diré una vez, Jewels: vete.

Lo dijo con tanta calma que a Julia le resultó fácil ignorar su advertencia.

—Ese contrato todavía nos mantiene atados, ¿sabes? Tu padre aún lo tiene. Incluso le ofrecimos toda la dote a cambio de romperlo, pero él se negó.

—Lo sé. No es un simple tirano, sino un tirano ambicioso. Lo quiere todo.

—¿De modo que estamos de acuerdo en algo?

Él la miró entrecerrando los ojos, así que ella añadió con rapidez:

—Tu ausencia no ha cambiado la situación. Han pasado nueve años, pero tu padre no renuncia al poder que le otorga ese contrato y podría obligarnos a casarnos si tú apareces.

—Esto no pasará. Ni estoy obligado por un trozo de papel que nunca firmé ni soy un niño dominado por un tirano. Ese contrato no tiene ningún significado para mí.

Valientes palabras, pero Julia percibió en sus ojos que él no acababa de creérselas. No estaba del todo seguro, pero ella sí.

—No se trata de un contrato ordinario que podíamos invalidar cuando alcanzamos la mayoría de edad, sino de un contrato entre familias, la tuya y la mía, por el que acordaron unirse a través de nuestro matrimonio. Los tribunales lo consideran tan vinculante como si lo hubiéramos firmado tú y yo. Y un cura también. Ni siquiera tendría que oír un sí de tu parte para nombrarnos marido y mujer. No finjas que no lo sabías y que decidiste desaparecer antes de que ocurriera.

—No te des tanta importancia, Jewels. Tú no eres la única razón por la que me fui.

¿Ya volvía a menospreciarla? En realidad, ¿cuándo no lo había hecho? Julia tuvo que apretar los dientes antes de continuar.

—Pero yo puedo conseguir que tu padre renuncie al contrato. Siempre que nadie en Inglaterra sepa que sigues con vida.

Richard se echó a reír.

—¿Pretendes que me declaren muerto?

Ella se ruborizó un poco.

—Sí, pero para ti no tendrá importancia. Cuando consiga destruir el contrato, podrás, por así decirlo, regresar del reino de los muertos. Incluso podrás volver a tu casa y ver a tu hermano tanto como quieras.

—No, imposible —contestó Richard con amargura—, pues esto no borrará lo que hice antes de irme para que mi padre me desheredara.

Julia frunció el ceño.

—¿Qué hiciste?

—No importa, pero si alguna vez me pone las manos encima, ese bastardo vengativo me hará pagar por ello. Probablemente incluso ha entablado acciones legales para que me encarcelen.

—Él no le haría esto a su propio hijo.

—¿Me tomas el pelo? Sí que lo haría, y antes de lo que tú tardas en abrir y cerrar los ojos. En realidad no lo conoces, ¿no?

—No, gracias a Dios. He tenido muy poco contacto con él, y lo único que conozco es su tozudez.

—Pues te aseguro que yo evitaré, a toda costa, volver a cruzarme con él.

—¿Entonces te irás otra vez del país para siempre?

—Desde... luego.

La pausa, aunque breve, fue evidente. Ella no dudó, ni por un instante, de que Richard estaba pensando en Georgina Malory. Su amor vivía en Inglaterra y él seguramente regresaría sólo por verla. Claro que, de todos modos, ella no podía fiarse de su palabra. Ojalá pudiera hacerlo. ¡Ojalá! Pero él era Richard Allen y nunca había hecho nada que ella esperara que hiciera. ¡Ni siquiera podía quedarse fuera del país el tiempo suficiente para que lo consideraran muerto! Sobre el papel, claro.

—Al menos ponlo por escrito, maldita sea, para que yo pueda tener un poco de tranquilidad de espíritu.

Esto fue lo más cerca que estuvo ella de suplicarle, pero él, simplemente, respondió:

—¿Crees que me preocupa tu tranquilidad de espíritu? Si no tengo intención de cumplir el contrato de mi padre, ¿por qué habría de cumplir el que firmáramos tú y yo? Tú me caes todavía peor que él, y a mi padre lo desprecio.

Esto podría haberla herido, pero no lo hizo, pues reflejaba lo que ella también sentía hacia él. Lo que sí que la molestó fue que él no le dejaba más opción que aceptar su palabra en aquella cuestión tan importante para ella. Julia intentó ganar tiempo mientras pensaba alguna otra forma de obtener más garantías de Richard.

Deslizó la mirada por su alta figura y comentó algo que era evidente:

—Te has curado muy deprisa.

—Sólo iba con cuidado a sugerencia del médico, pero en realidad no era necesario.

Richard se golpeó el pecho sin realizar ni una mueca.

—Entiendo. Tenía que haberme acordado de que estás acostumbrado a recibir palizas, ¿no?

¿Qué demonios le pasaba? No había podido evitar provocarlo. ¿Sólo porque no hacía lo que ella esperaba? ¿No podían llevarse bien ni siquiera durante unos minutos?

—Y tú nunca averiguaste lo que era recibir una, ¿no?

Lo dijo con una voz aparentemente tranquila, pero su expresión reflejaba que estaba a punto de enseñárselo.

—Como me pongas la mano encima, haré que te encierren en prisión —lo amenazó ella.

—Los muertos no hablan.

Julia recordó que su fuerza era superior a la de ella, algo que él siempre le había dejado muy patente, y palideció. Ahora que era un hombre adulto, y con aquellos brazos tan musculosos, probablemente podía romperle el cuello en un abrir y cerrar de ojos. Y, si había entrado en la posada a escondidas, ¿quién lo sabría?

19

El miedo despertó en Julia las ansias de venganza. Él ya había estado a punto de matarla antes, cuando la sostuvo cabeza abajo en aquel balcón. Si le hubiera resbalado de las manos, ella se habría matado al caer al suelo. Fue una experiencia aterradora que nunca olvidaría. Además, él le había prometido que, si volvía a verla, la mataría. Era asombroso que se hubiera contenido durante tanto tiempo. Su muerte acabaría con sus problemas. Ni por un momento creyó que hubiera otra razón por la que no quisiera encontrarse con su padre. Si ella no constituyera un obstáculo entre ellos, probablemente su padre lo recibiría con los brazos abiertos.

Julia empezó a rodear a Richard en dirección a la puerta, preparada para salir corriendo si él se movía siquiera un milímetro. Entonces vio su sonrisa. ¡La había asustado a propósito!

La furia que la invadió fue más potente que nada de lo que sintió cuando era niña. Incapaz de controlarse, Julia cargó contra él y, tontamente, se puso a su alcance. Acabó sobre la cama, cara abajo, inmovilizada por el peso de Richard.

—¡Déjame levantarme!

—No, ni lo sueñes —contestó él con toda tranquilidad—. Me gustas más en esta posición. Sin duda, me ayuda a darme cuenta de que hay... otras maneras de mantenerme fuera del alcance de tus dientes.

Julia forcejeó con tanto ahínco que pronto se agotó. Él se rio de sus esfuerzos, porque no podía librarse de él, ni siquiera podía arañarlo, porque él le sujetaba las muñecas contra la cama.

Entonces, Richard se inclinó y le susurró provocativamente al oído:

—¿Qué opinas, Jewels, llevamos la pelea a un nuevo grado?

—Eres despreciable.

Pero su afirmación careció de énfasis, posiblemente porque la sugerencia de Richard encendió en ella unas poderosas emociones que reconoció. La primera era que quería tener hijos, y así era como se concebían. Y no podría tenerlos si alguien alegaba haberlo visto durante aquella visita impidiendo que su solicitud de declararlo muerto llegara a buen término. Por ejemplo, su hermano podía alegarlo si Richard insistía en verlo. La segunda era que su curiosidad la empujaba a querer averiguar qué ocurría después de los besos. Escuchar los relatos de sus amigas casadas había despertado su curiosidad todavía más. ¿Podía dejar de lado su aversión hacia Richard el tiempo suficiente para averiguarlo?

¡Estaba loca! Él todavía reforzó más esta idea cuando dijo:

—Si no tengo que mirarte, puedo fingir que no es contigo con quien estoy haciendo el amor.

Ella volvió a retorcerse y esta vez lo pilló desprevenido. Él medio resbaló a un lado y soltó una de sus muñecas. Ella se puso de lado para poder clavarle el codo en el pecho. Esto hizo que Richard resbalara un poco más y que ella casi pudiera levantarse de la cama, pero no logró soltar su otra mano y Richard la utilizó para tirar de ella.

Julia cayó de espaldas encima de él y clavó su mirada furiosa en el techo. Él enseguida la apretó con fuerza cruzando el brazo de ella sobre su estómago, pues todavía la sujetaba por la muñeca. Su otro brazo tampoco le resultó muy útil a Julia, pues quedó atrapado debajo del de Richard y ella quedó prácticamente encima de él.

—Esta postura también me gusta —exclamó él riéndose.

¡Cielos —pensó Julia—, él estaba disfrutando de aquello, de tenerla a su merced! Claro que siempre que la dominó con su fuerza masculina obtuvo una especie de placer perverso. Pero en aquella nueva posición, ella no estaba tan indefensa como creía, y, a juzgar por el gruñido que soltó Richard, los rabiosos movimientos de Julia le cortaron la respiración. Además, le propinó con el talón de su bota de montar una fuerte patada en la espinilla y con la parte posterior de la cabeza le dio un golpe en la mandíbula. Este último fue doloroso. Para ella. Pero acabó con el buen humor de Richard.

Él soltó otro gruñido y la desplazó para que volviera a quedar debajo de él, pero no le cogió la mano a tiempo y no pudo evitar que ella le agarrara un puñado de cabello. Julia pretendía arrancarle todos y cada uno de los cabellos y lo intentó, pero había agarrado muchos, así que lo único que consiguió fue tirar de la cabeza de Richard hacia la de ella. Sus ojos estaban a escasos centímetros de distancia, lanzándose miradas cargadas de ira... Entonces, la mirada de Richard se desplazó hasta la boca de Julia.

Todo ocurrió muy deprisa. La ira no llegó a aplacarse para que ella pudiera hacer uso de su sentido común, sino que se convirtió en una pasión totalmente distinta, igual de explosiva e igual de instintiva, que se encendió cuando los labios de él presionaron los de ella. Aquello no fue un simple beso, fue mucho más, fue puro deseo, un deseo que arrasaba los sentidos, algo tan primitivo que estaba fuera de todo control.

Ella le agarró el cabello con más fuerza, pero en esta ocasión para impedir que se apartara. La mano de él encontró el pecho de ella y sus dedos lo cubrieron. El delicado botón de la blusa de Julia salió disparado. Ella no se dio cuenta, no le importaba, sólo sentía la dura presión de Richard, que la hacía estremecerse hasta la médula. Él levantó la pierna y su rodilla se deslizó por el cuerpo de Julia arrastrando su falda hasta el vértice de sus muslos y apretó allí también con la rodilla. Julia le rodeó el cuello con el brazo. Ahora tenía la falda arrugada sobre los muslos, y entonces él deslizó la mano por debajo de sus calzones. Ella casi gritó de puro placer cuando él introdujo un dedo en su interior.

Entonces, tan deprisa como empezó, acabó. Él saltó repentinamente de la cama.

—¿Qué demonios? Pero ¿qué demonios? ¿Lo has hecho a propósito?

Ella, medio aturdida, se apoyó en los codos. Él estaba absolutamente furioso, pero también absolutamente magnífico, con su larga melena negra desparramada sobre sus hombros, pues ella le había deshecho la cola, con la respiración agitada, los músculos tensos y los puños apretados.

Ella sabía que la rabia podía ser arrebatadora. Le había ocurrido un montón de veces con él, pero no sabía que la pasión también podía serlo. Era realmente peligroso saber que él podía llevarla a un punto en el que lo deseara. Sinceramente, esto era algo que no necesitaba saber.

De momento, ella estaba totalmente anonadada, pues la pasión había hecho desaparecer toda su rabia, de modo que su voz sonó calmada cuando dijo:

—¿Hacer qué?

—Empezar esto.

—No seas estúpido, yo me iba.

—¡Tú me ataçaste!

—¿Eso hice? Entonces estoy segura de que tú lo provocaste..., como de costumbre.

Julia se levantó enseguida de la cama y, sabiamente, lo hizo por el lado opuesto al que él estaba. Uno de sus botones quedaba en algún lugar de la cama, pero ella todavía no se había dado cuenta de lo expuestos que quedaban sus pechos. Su peinado también había quedado deshecho durante el forcejeo y esto no se le escapó, pues un largo mechón caía sobre su cara. Su pelo debía de verse tan salvaje como el de él.

Julia se recogió el cabello antes de volverse hacia Richard. Por suerte, él había vuelto a entrar en razón. Ella quería tener hijos, pero no de él. No lo querría aunque valiera una fortuna, y no la valía. Ella necesitaba romper los lazos que la unían a él y a su horrible padre, y esto no ocurriría si tenía un hijo con él.

Cuando se dio la vuelta, vio que él estaba contemplando su cuerpo. Esto llamó su atención y se dio cuenta de que su pesada falda de terciopelo no había caído por su propio peso cuando se levantó de la cama. Resopló y la bajó sobre sus piernas.

Él seguía estando furioso y la culpaba porque sus tácticas dominantes se habían vuelto contra él. Peor para él. Ella seguía estando tranquila. Esto era digno de admiración, pues Julia nunca había estado tan calmada en presencia de Richard.

—Esperemos que éste sea nuestro último encuentro —declaró ella.

—Será mejor que lo sea —le advirtió él.

—Otra cosa en la que estamos de acuerdo.

¡Ella incluso llegó a sonreírle! ¿Qué demonios le pasaba?

Julia inhaló hondo antes de continuar:

—Me fiaré de tu palabra, ya que no me dejas otra alternativa, y llevaré adelante mi petición para librarme de ti y poder continuar con mi vida como has hecho tú. Si insistes en ver a tu hermano, adviértele que tenga la boca cerrada cuando yo pida que te declaren muerto. —Julia habló mientras se dirigía a la puerta y sólo se detuvo para añadir—: Te lo prometo, Richard, si tú o tu familia frustráis mi intento de romper ese despreciable contrato, le pagaré a alguien toda la dote... para que te mate.

20

—Tenía una pistola —declaró Ohr cuando, más tarde, regresó a la habitación—. Pero no intentó acabar contigo, ¿no?

—Sólo con mi cordura. Es buena en eso.

Richard no creía que Julia quisiera matarlo ni siquiera en los momentos de exaltación, cuando estaba furiosa con él, pero sabía que podía infligirle mucho dolor. Era buena causando dolor. Pero sí que estaba convencido de que, si los obligaban a casarse, a la larga uno de ellos mataría al otro. Los dos se volvían locos cuando estaban juntos.

Sin embargo, la amenaza que le había proferido aquella tarde le había dado que pensar. Lo dijo con total frialdad, como si estuviera acostumbrada a pagar a otros para que se cumpliera su voluntad. Igual que su padre.

Al pensar en esta comparación Richard se estremeció e intentó apartar a Julia Miller de su mente. Se había ido. Él la vio desde la ventana mientras galopaba por la carretera, camino de Londres. Y él pronto estaría fuera del país. No había ninguna razón para que sus caminos volvieran a cruzarse.

—Guapa mujer —señaló Ohr—. Lástima que no os llevéis bien.

Richard soltó un respingo.

—La belleza no significa nada cuando hay un pequeño monstruo debajo de la superficie.

Ohr sonrió ampliamente.

—Ya no es tan pequeña.

No, maldita sea, definitivamente Julia ya no era pequeña. Había desarrollado unas cuantas curvas seductoras. Nada en la colérica y es-

cuálida niña del pasado indicaba que, un día, se convertiría en una belleza. Claro que esto tampoco habría importado. Podrían haber sido
grandes amigos y, aun así, él no habría querido casarse con ella, porque
esto era lo que su padre deseaba y él se negaba a darle a aquel desgraciado ninguna satisfacción.

Sin embargo, aquel día, durante unos cuantos momentos, demasiados en realidad, él había ignorado sus convicciones; convicciones
con las que había vivido la mayor parte de su vida. La había deseado.
¿Cómo demonios había ocurrido?

Ella se había lanzado sobre él mostrando las garras y él, apenas sin
esfuerzo, la había empujado para esquivar su ataque, con lo que ella
cayó sobre la cama. Richard deseó con todas sus fuerzas que no se le
hubiera ocurrido que le resultaría fácil mantener sus uñas y sus dientes
alejados de él sujetándola contra la cama.

Pero su cuerpo respondió con normalidad. ¿Qué otra cosa podía
suceder con ella retorciéndose y agitándose de una forma tan provocativa debajo de él? Debería de haberse dado cuenta enseguida de lo que
estaba ocurriendo y separarse de ella de inmediato. Pero no, la había
besado y aquel beso lo había encendido todavía más.

Si lo miraba retrospectivamente, todo resultaba muy lógico. Era un
estúpido por no darse cuenta de que, si empezaban a pelearse físicamente
como solían hacer de niños, algo así podía suceder. Ahora eran adultos y
el sexo podía surgir en medio de ese tipo de rabia apasionada. Y no le había ocurrido sólo a él. Ella le había devuelto el beso con la misma pasión.

Entonces la alejó de su mente y le preguntó a Ohr:

—¿Has tenido suerte?

—Tanta como se puede tener. —Ohr sonrió ampliamente—. Me
retrasé un poco al volver, así que él debería de llegar en...

Ohr no terminó la frase y al oír que alguien llamaba a la puerta, la
señaló con la mano y se echó a reír. Richard soltó una carcajada de placer y abrió la puerta con energía. Enseguida se vio envuelto en un caluroso abrazo que devolvió de todo corazón. ¡Habían pasado tantos años
desde que vio por última vez a su familia, al menos al único miembro
de su familia que quería, que una oleada de emoción lo invadió y casi
se echó a llorar!

—Me costó creer a tu amigo —dijo Charles soltando una carcajada—. ¿Un encuentro secreto? ¿Tú aquí? Incluso me enfadé al pensar
que me estaba dando esperanzas falsas con sus mentiras.

—Es verdad, lo hizo —intervino Ohr.

—Pero tenía que venir para comprobarlo por mí mismo. ¡Y es verdad que has vuelto a casa!

—No del todo —dijo Richard mientras tiraba de Charles para que entrara en la habitación—. Pero no podía volver a irme de Inglaterra sin verte. ¡Dios, cómo me alegro de volver a verte, Charles!

—Y yo de volver a verte a ti. Pero ¿qué le ha pasado a tu cara?

—No es nada —dijo Richard evitando la pregunta—. Bebí demasiado y me caí de cara contra un muro de ladrillo.

—Sé lo que es eso —admitió Charles con una mueca, pero entonces retrocedió un paso para ver mejor a su hermano y añadió con asombro—: ¿Has olvidado en qué siglo vives o te has puesto una peluca para disfrazarte mientras estás cerca de casa?

Richard sonrió, sacó una cinta de su bolsillo y se sujetó el pelo.

—Es mi pelo de verdad, y es bastante común en el lugar donde vivo. Pero mírate tú. Ya no estás flacucho, ¿eh? ¿Alguien te está alimentando bien?

—¡Mira quién habla! —rio Charles—. Apenas te reconozco. —Entonces añadió con voz seria—: Resulta fácil comer con normalidad cuando la preocupación y la ansiedad no te encogen continuamente el estómago.

Richard asintió con comprensión. Recordaba haber pasado por lo mismo cuando no encontraba una válvula de escape para la rabia y la impotencia. De todas maneras, el exceso de bebida también debió de contribuir a que el estómago de su hermano no pudiera retener la comida. Richard se acordó de que Charles sólo picoteaba en las comidas después de casarse, pero también lo recordaba siempre borracho.

Resultaba difícil adivinar que eran hermanos, pues su parecido era mínimo. Además, ninguno de ellos se parecía a su padre, aunque Charles había heredado algunos de sus rasgos, pues tenía el pelo castaño y los ojos azules de Milton. Además, ahora que había ganado peso también era fornido como él y, también como él, era unos centímetros más bajo que Richard. Por otro lado, Richard tampoco se parecía mucho a su madre, aunque siempre le habían dicho que su pelo negro y sus ojos verdes procedían de esa rama de la familia.

Como Charles estaba sobrio y, evidentemente, había recuperado el apetito, Richard comentó:

—¿Así que has dejado la bebida?

—Sí, pero no es esto lo que me ha dado paz.

—No me digas que ahora te llevas bien con nuestro padre.

Richard bromeaba, nadie podía llevarse bien con aquel hombre.

—Él y yo hemos llegado a un... acuerdo. Aunque en realidad fue Candice quien me ayudó. Se murió. Desde entonces estoy en paz.

Richard no se lo esperaba y se lo quedó mirando un instante antes de contestar:

—Si no te importa, me saltaré las condolencias.

—Sí, por favor. A decir verdad, me costó no sonreír en el funeral. Pero ahora la bendigo cada día.

—¿Por morirse?

—No, por darme, finalmente, un hijo. Tardamos tres años, sobre todo por mi culpa, porque no soportaba tocarla. Cuando nos retirábamos al dormitorio no paraba de quejarse, ya sabes cómo era. Pero descubrimos que estaba embarazada justo después de que te marcharas.

—¿Tengo un sobrino? —preguntó Richard con una amplia sonrisa.

—Sí, Mathew acaba de cumplir ocho años, y ha cambiado mi vida por completo. No te puedes imaginar lo protector que me siento hacia él ni cuánto lo quiero. Lo descubrí cuando mi suegro se presentó después del funeral de su hija y me exigió que le entregara a Mathew para educarlo él mismo.

—¿Bromeas?

—No, Mathew es su único heredero varón, así que el duque estaba decidido a llevárselo. Incluso se hizo acompañar por su abogado para hacerlo legal. Algunas de sus amenazas, incluida la de arruinarnos, fueron bastante desagradables. Y, cómo no, nuestro padre se puso de su parte. Tenía miedo de que, si ofendíamos a aquel anciano por cualquier razón, perderíamos su favor, que era la única razón de mi matrimonio con Candice. Por lo visto, además nuestro padre está en deuda con él, así que se puso furioso cuando me negué. Entonces me ordenó que lo obedeciera.

—¡Maldita sea, Charles! ¿Te quitaron a tu hijo?

Charles rio entre dientes.

—No te culpo por llegar a esta conclusión. Nunca antes le había dicho que no a nuestro padre, ¿verdad? Como hacías tú constantemente.

Cada una de aquellas negativas le costaba a Richard una paliza, y Charles nunca encontró una razón que justificara semejante dolor.

—Tú no eras tan tozudo ni tan rebelde como yo —contestó Richard.

—Es cierto, al menos hasta aquel día. —Charles sonrió ampliamente—. Le advertí a nuestro padre que se mantuviera al margen. Se trata de mi hijo. Él me proporciona el coraje que siempre me faltó. En cuanto al duque, educó a su hija con el peor carácter que he visto en mi vida, y así se lo hice saber. Yo no estaba dispuesto a permitirle educar a mi hijo para que fuera como ella.

—¿Y qué ocurrió?

—Le dije que cogería al niño y me marcharía del país para que no volviera a verlo nunca más. Por cierto, esa idea me la diste tú.

—¿Y te creyó?

—¿Por qué no habría de hacerlo? Lo decía en serio.

Richard soltó una carcajada.

—¡Bien por ti!

—Además, yo no le estaba negando el derecho a ver a Mathew, ni mucho menos. Cada pocas semanas llevo a Mathew de visita a la casa de su abuelo. De hecho, ya estábamos preparados para salir hoy mismo a realizar una de esas visitas, pero entonces tu amigo me encontró, así que he pospuesto el viaje hasta mañana. Vaya que, en resumidas cuentas, todos hemos decidido olvidar aquel altercado inicial.

—¿Incluso nuestro padre?

—Aquel día, la actitud de nuestro padre cambió. Ahora ya no intenta imponerme su voluntad. Digamos que me trata con guantes de seda. Tengo la sensación de que tú también eres responsable de que me trate así. Como ya había perdido un hijo, pensó que yo también podía desaparecer. Mathew y yo somos el vínculo que hace que el duque se sienta feliz con la familia Allen, y esto nuestro padre no lo quiere perder. Así que, como te he dicho, tenemos un acuerdo, tácito, pero acuerdo al fin y al cabo. Y consiste en dejarnos tranquilos el uno al otro.

—Me parece... increíble.

—Pues a mí no —intervino Ohr—. Todo el mundo cambia, y nueve años es tiempo suficiente para que alguien lo haga.

Los dos hermanos se quedaron mirando a Ohr y entonces Charles se echó a reír.

—Yo no diría tanto. Mi padre sigue siendo el tirano de siempre, sólo que controla su naturaleza autoritaria en todo lo relacionado con mi hijo. Claro que yo tampoco se lo permitiría, pero no ha intentado, ni una sola vez, imponer sus estrictas reglas al chico, ni interferir en mi forma de educarlo. A diferencia de como nos trataba nuestro padre, Richard, yo dejo que Mathew tome sus propias decisiones, y las toma de una forma muy razonable. Es un muchacho brillante y cariñoso. Incluso quiere a sus dos abuelos, claro que, por extraño que parezca, los dos se portan de maravilla cuando están con él.

A Richard le costaba creer que su padre hubiera cambiado fuera por la razón que fuese, incluso por lo que parecía simple egoísmo. Pero los cambios que había experimentado su hermano eran, realmente, dignos de notar. Charles irradiaba felicidad cuando hablaba de su hijo.

—Pero ya está bien de hablar de mí —dijo Charles—. ¿Dónde demonios has estado? ¿En otro país? ¿Qué has estado haciendo durante todos estos años?

Richard, con los ojos brillantes de alegría, lanzó una mirada a Ohr antes de proporcionarle a su hermano la versión atenuada.

—Me he convertido en un marinero.

Charles lo observó durante unos segundos y, al final, se echó a reír.

—Probablemente es la última cosa que me habría imaginado. ¿Tú? Con una naturaleza tan rebelde como la tuya, estaba convencido de que te habrías buscado otras batallas que librar. Como mínimo, que harías algo aventurero.

Richard se rio.

—¿Qué te hace pensar que navegar no puede ser algo aventurero? Y estoy muy satisfecho con mi vida. He hecho grandes amigos que ahora son como de la familia para mí. Siempre tengo un lugar donde dormir, comida, camaradería y más mujeres de las que puedo contar. ¿Qué más podría desear?

—Hijos.

Éste era un pensamiento muy maduro, claro que ahora que Charles era un orgulloso padre, era lógico que pensara así. Pero Richard no tuvo que reflexionar mucho para encontrar una respuesta.

—Prefiero tener hijos con una mujer a la que ame que con una con la que me hayan obligado a casarme.

Charles se estremeció.

—No puedo discutírtelo. Además, todavía eres joven. ¿No hay ninguna mujer especial en tu vida?

—Sí, pero, en cierto sentido, está comprometida —murmuró Richard en voz tan baja que sólo Ohr le oyó.

Su amigo puso los ojos en blanco.

—¿Qué? —preguntó Charles.

—Me alegro de que ya no estés viviendo un infierno —declaró Richard cambiando de tema—. De hecho, quería intentar convencerte de que vinieras conmigo, pero, por lo que veo, ahora estás contento de vivir aquí.

—Lo estoy, pero lo estaría más si me dijeras que vas a quedarte para siempre.

—Esto no sucederá. Y no sólo porque desprecie a nuestro padre, sino porque he descubierto que todavía puedo verme atado por aquel maldito contrato matrimonial que cargó sobre mis espaldas. Realmente creía que, a estas alturas, Julia Miller se habría casado con otro hombre.

—Nuestro padre no quiere liberarla del contrato —declaró Charles con un suspiro.

—Eso he oído.

—¿La has visto?

—No intencionadamente. Tuvimos un encontronazo.

—Yo la vi hace unos años. Se ha convertido en una belleza. ¿Estás seguro...?

—¿Te acuerdas de cómo nos llevábamos? —intervino Richard—. Pues seguimos igual. No podemos estar en la misma habitación sin ponernos rabiosos el uno con el otro. Además, me niego a hacer feliz a nuestro padre proporcionándole lo que quiere a través de nuestro matrimonio.

—Es una pena que ella y tú nunca os hayáis llevado bien.

Richard se encogió de hombros.

—Simplemente no tenía que ser. Pero ella está dando pasos para liberarnos, y debo advertirte que no intentes detenerla.

—¿Detenerla de qué?

—De declararme muerto.

Charles observó a su hermano mientras fruncía el ceño.

—No lo dirás en serio, ¿no?

—Sí.

—Pero esto es... ¡Maldita sea, Rich, esto es morboso! No creas que esta idea me gusta porque no me gusta nada.

—No tiene por qué gustarte, sólo ignórala. Cuando lo haya conseguido, Julia será libre para continuar con su vida y yo podré visitarte más a menudo.

Su aclaración no borró el ceño fruncido de Charles, aunque éste asintió a regañadientes.

21

¿Richard muerto? Durante el corto camino de regreso a Willow Woods, Charles no pudo apartar aquella escabrosa idea de su mente. Le costó terminar su encuentro con Richard. Odiaba tener que despedirse de él, pero tenía que regresar a su casa antes del anochecer o su padre enviaría a los sirvientes a buscarlo. Richard no quiso quedarse en la zona más tiempo para que pudieran verse de nuevo al día siguiente.

Charles detestaba los obstáculos que impedían que su hermano regresara a casa, pero la drástica medida que Julia Miller utilizaría para eliminar uno de esos obstáculos era todavía más detestable. Él era demasiado supersticioso para no considerarlo una predicción, en lugar un simple medio para lograr un fin, como hacían ella y Richard.

Una vez en casa, se dirigió al estudio del conde para que supiera que ya estaba de vuelta y para informarlo de su cambio de planes.

El estudio, como el resto de la casa, se había ido deteriorando con el paso de los años porque Milton carecía de los medios necesarios para mantenerlo en buen estado o para disponer del número preciso de empleados. El viejo papel marrón y dorado de las paredes de aquella habitación estaba roto en varios lugares y la enorme alfombra oval que cubría la mayor parte del suelo estaba deshilachada en los bordes. En la habitación sólo había una silla para las visitas. Las otras dos se rompieron y nunca se repusieron.

El problema no era que no tuvieran ingresos regulares. Sus arrendatarios eran cumplidores, pero Milton tenía demasiadas deudas antiguas que tenía que saldar y utilizaba buena parte de sus ingresos para pagarle al duque lo que le debía, porque no soportaba estar en deuda con él. Obviamente esperaba que el matrimonio de Richard resolviera todo lo demás. Pero esto no iba a ocurrir.

—Llevaré a Mathew a ver al duque por la mañana —declaró Charles desde la puerta del estudio.

Milton levantó la vista de la carta que estaba escribiendo con expresión enojada.

—Pensabas irte hoy, ¿por qué no lo has hecho?

—He perdido la noción del tiempo —fue la única explicación de Charles.

Era verdad. Siempre que no se tratara de una mentira, Charles no tenía problemas en decir lo que fuera, pero no era bueno mintiendo. Nunca lo había sido.

Charles se dispuso a marcharse, pero el plan de Julia Miller todavía pesaba en su mente y quería intentar una forma menos drástica de ayudar a su hermano.

Antes de perder el valor para hacerlo, dijo:

—Hace poco vi a la joven Miller. —Esto tampoco era una mentira. Dos años podía considerarse poco tiempo—. ¿Cuándo vas a liberar a esa pobre mujer del contrato matrimonial? Ya ha superado, con creces, la edad casamentera, ¿no?

Milton dejó la pluma sobre la mesa y lanzó a Charles una dura mirada.

—¿Qué importancia tiene eso? Cuando Richard entre en razón, se casarán.

La expresión de Charles se volvió triste.

—¿Te das cuenta de los años que han pasado desde que se marchó?

—Claro que lo sé. He contado hasta los días —contestó Milton, enojado.

Definitivamente se trataba de un tema delicado en aquella casa. Desde que Richard se marchó, Charles no podía nombrarlo delante de su padre sin que éste se enfadara. Pero, aunque sólo fuera por una vez, tenía que ignorar lo incómodo que le hacía sentir su enfado.

—Ya no es un niño, padre. Si todavía no ha vuelto, no lo hará. Ríndete de una vez y permite que esa pobre joven siga con su vida. Hoy por hoy, ese contrato es inútil.

—No es inútil, esto es lo bueno. Los Miller ya me han ofrecido la dote y más para cancelarlo. Puede que dentro de cinco o diez años tenga que aceptar su oferta, pero todavía no.

—Puede que ella se harte de esta interminable espera y se case con otro hombre a pesar del contrato, ¿sabes?

Milton se echó a reír.

—No lo hará. Si esto constituyera una opción, hace años que su padre habría cancelado el contrato públicamente. Antes de quedar incapacitado. En el mundo de los negocios, los contratos lo son todo, y ése es el mundo de los Miller. Se trata de su palabra. Incluso podríamos decir que está en juego su reputación. Para ellos, retractarse de un acuerdo que es del dominio público podría significar la ruina.

—¿De verdad crees que esto les importará cuando tú ya le estás arruinando la vida a Julia Miller?

—Yo no le hago nada. Ella ya ha cosechado los beneficios de estar vinculada a nuestro apellido, mientras que yo todavía no he cosechado nada. La alta sociedad la acepta como una de ellos, ya lo sabes. Y esto es porque está unida a nosotros gracias a ese contrato. Además, algunos hijos honran a sus padres y cumplen los compromisos que éstos acuerdan en su nombre.

Esto era lo que Charles había hecho. Se había casado con una mujer de un carácter endemoniado y a la que no podía soportar, pero no porque honrara a su padre. Nada en Milton Allen inspiraba honor ni amor, ni siquiera obediencia. Charles hizo lo que se suponía que tenía que hacer porque, cuando era joven, temía al hombre que ahora estaba sentado frente a él más que a cualquier otra cosa en el mundo.

—Ninguno de los dos deseaba aquel compromiso. ¿O has olvidado que se despreciaban el uno al otro?

Milton soltó un respingo.

—Esto era cuando eran niños. Cuando Richard vuelva a verla, cambiará de actitud. Ella se ha vuelto mucho más guapa de lo esperado, ¿no es cierto? —De repente, Milton se echó a reír—. De hecho, este tiempo extra constituye una ventaja, porque, cuando Richard regrese a casa, ella estará tan ansiosa por tener un marido que irá corriendo al altar. Las solteronas son así, ya lo sabes.

Charles se sintió asqueado por la insensibilidad de su padre y porque los problemas de Julia lo divirtieran. A Milton no le importaba a quién hacía daño, siempre que el dinero que esperaba obtener llenara, a la larga, sus cofres. Richard había visto a Julia y seguía sin querer casarse con ella. Aunque, desafortunadamente, esto tenía mucho más que ver con el conde que con la joven.

—Para que esto sucediera, Richard tendría que volver —declaró Charles con tirantez—. Yo perdí la esperanza de que regresara hace años. ¿Por qué no puedes hacer tú lo mismo?

—¡Tonterías! —se burló Milton—. Precisamente ahora es cuando es más probable que Richard regrese, porque ha pasado el tiempo suficiente para que crea que la joven Miller se ha casado y ya no constituye un problema para él.

—No cuentes con ello, padre. Tú eres el problema. ¡Él no regresará a casa por ti!

De repente, Milton frunció el ceño. Charles supuso que lo hacía por el elevado tono de voz que había utilizado, pero entonces Milton le preguntó:

—¿Sabes algo que yo no sé? ¿Lo has visto, Charles?

—No..., claro que no. Yo..., yo sólo he estado pensando en él más de lo habitual..., desde que vi a la joven Miller.

A Charles le ardían las mejillas. Se dio la vuelta antes de que Milton lo notara y corrió escaleras arriba.

Milton se acercó a la puerta y contempló la figura de su hijo, que se alejaba con rapidez. Seguía teniendo el ceño fruncido. Conocía a Charles. Sabía que su hijo estaba mintiendo, sólo que le costaba creer lo que su instinto le decía. Si era cierto que Richard había regresado a Inglaterra, ¿no habría ido a Willow Woods a vanagloriarse de que era un hombre independiente, libre del control de Milton? Desde luego que lo habría hecho.

Milton apartó aquella intuición de su mente. Simplemente, no estaba acostumbrado a ver a su dócil hijo tan emocionado por nada que no estuviera relacionado con Mathew. Como mucho, probablemente le había mentido acerca de la joven Miller. Ella debía de haber recurrido a Charles para que lo convenciera de que cancelara el contrato, pues sabía que ella por sí misma no lo conseguiría. ¡Estúpida chica! Debería sentirse agradecida de que él mantuviera la conexión. A aquellas alturas ya debería saber que eran muchas las puertas que le cerrarían en las narices sin el contrato.

Cuando se volvió para entrar de nuevo en el estudio, sin sentirse muy satisfecho con la conclusión a la que había llegado, vio a Olaf, quien se acercaba mientras engullía un pastel, y se detuvo otra vez.

Probablemente, debería haber despedido a su sirviente tiempo atrás. En realidad, ya no necesitaba su fuerza bruta y un hombre de su tamaño era ridículo como mayordomo, que era para lo único que servía. Olaf era el único que quedaba de los tres matones que contrató en el pasado, cuando Richard se hizo demasiado mayor para poder castigarlo personalmente con la vara. Aunque quizás ordenar a aquellos hombres que le administraran los castigos constituyó un error, porque lo único que consiguió fue que Richard se volviera más obstinado.

Sin embargo, aquella fuerza bruta podía volver a serle útil.

Después de comunicarle las órdenes a Olaf, Milton envió un mensaje a Abel Cantel, el juez de paz de la localidad, invitándolo a cenar. Hacía casi medio año que no lo recibía en su casa. Aquel hombre no le gustaba especialmente, pero poco después de que Richard desapareciera, él planificó y cultivó una amistad con Abel. Incluso llegó a confesarle los delitos de Richard fingiendo estar totalmente borracho. Abel le había dicho, más de una vez, que cuando Richard regresara, lo encarcelaría. Sólo hacía falta una palabra del conde para que lo hiciera. Pero Milton había descubierto que Abel tenía un hermano que podía serle todavía más útil. Tomara la decisión que tomara, Abel le ofrecía opciones para cuando Richard regresara y a Milton le gustaba contar con distintas opciones.

22

Hacía rato que la cena había terminado. Charles y Mathew se retiraron enseguida porque salían temprano por la mañana. Milton invitó a Abel a su estudio para tomar un brandy, pero se le estaban acabando las excusas para retenerlo durante más tiempo.

Milton había ordenado a Olaf que iniciara la búsqueda de Richard en las tres posadas más cercanas a Willow Woods y que la continuara en dirección a Londres. Manchester estaba demasiado lejos en la dirección opuesta, así que al menos por allí no tenían que buscar. Si Richard se había desplazado hacia el norte para ver a su hermano, podía haber decidido viajar con él hasta Rotherham al día siguiente para alargar su encuentro, así que todavía podía estar en las cercanías. Si no, Olaf y sus hombres tenían órdenes de explorar la ruta directa de regreso a Londres. Milton les había dado permiso para coger los mejores caballos de su establo, incluido su propio semental. Quería que la búsqueda se realizara deprisa y sin errores, así que no debían separarse, pues sólo Olaf podría reconocer a Richard.

De repente, la puerta se abrió y Olaf y el robusto hijo del jardinero arrastraron a un hombre al interior del estudio. Abel, sobresaltado por la intrusión, se levantó de golpe. Lo mismo hizo Milton. ¿Era posible? ¿Por fin? Milton salió de detrás del escritorio para asegurarse. A juzgar por su cabeza, que colgaba con flacidez entre sus hombros, y de su largo pelo, que le cubría el rostro, aquel hombre estaba inconsciente. Milton apartó a un lado su cabello y contuvo el aliento. Richard.

La sensación de triunfo que lo invadió fue tal que apenas pudo contenerla, pero la rabia lo ayudó a hacerlo. ¡Olaf era un idiota!

Charles podía haber estado en el estudio, y esto, definitivamente, podría haber dificultado la forma en que Milton manejara a Richard. De todos modos, ¡por fin el cachorro rebelde volvía a estar bajo su control!

Durante unos segundos, pensó en enviar a buscar a Julia Miller para obligarlos a casarse enseguida, pero cambió de idea. El riesgo era demasiado grande. El pastor que vivía en las propiedades de Milton, sin duda desempeñaría su función, pero la joven Miller podía negarse a cumplir el contrato si Richard no dejaba de gritar que no quería casarse con ella. Y, con el competente equipo de abogados que ella había contratado y que ya había frustrado sus planes cuando intentó obtener la custodia de la joven, no quería volver a arriesgarse.

Los dos hombres dejaron caer a Richard al suelo. Tenía las manos atadas a la espalda. Había crecido. Mucho. Allí tumbado había un hombre alto y fornido, no un muchacho. Deberían haberle atado los pies también. Milton no quería arriesgarse a perderlo otra vez.

—¿Qué significa esto? —preguntó Abel a los dos sirvientes.

—Por lo visto, mi recalcitrante hijo se ha acercado lo suficiente a casa para que lo encontremos —contestó Milton contemplando con desagrado el cabello extraordinariamente largo de Richard.

—¿Richard? —preguntó Abel, sorprendido.

—Richard sin duda. ¡Y mire esto! —Milton se inclinó, cogió el anillo de sello del dedo de Richard y lo devolvió a donde pertenecía, al de él—. Me sorprende que conserve el anillo que me robó. Yo, lógicamente, me vi obligado a reemplazarlo, pero éste es especial. Es una herencia que proviene de hace siglos, del primer conde de Manford. Y Richard lo sabía. Obviamente, no me lo quitó para venderlo, sino como otro símbolo de desacato a mi autoridad y para insultarme, porque él sabía lo valioso que era para mí.

—Sólo por esto ya puedo encerrarlo. Acaba usted de mostrarme la prueba.

A Milton le complació que Cantel reaccionara como él esperaba, pero estaba convencido de que una temporada en la prisión local no haría cambiar a Richard. Pero antes de hablar de lo que sí podía hacerlo cambiar, ordenó al hijo del jardinero que se retirara.

Olaf se dispuso a irse con él, pero Milton exclamó:

—¡Tú no! Tú asegúrate de que el chico no sale corriendo de aquí nada más despertar. —Entonces, Milton se volvió al juez para recordarle—: Mi propio hijo estuvo a punto de arruinarme a causa de sus deudas de juego. ¿Se lo había mencionado alguna vez? ¡Doce mil malditas libras! ¡Y suficientes testigos para probarlo!

Abel asintió con cierta incomodidad.

—Creo que me lo comentó usted una noche que bebimos un poco demasiado.

—Si el duque de Chelter no me hubiera echado un cable, ahora mismo yo estaría en la prisión por falta de pago. —Entonces, como si acabara de ocurrírsele, preguntó—: ¿Su hermano no trabaja como guardia en uno de los barcos que transportan convictos a las nuevas colonias penales, a Australia?

Abel frunció el ceño.

—De hecho, es el capitán de uno de ellos, pero eso sería un poco demasiado duro, ¿no cree?

—Sería discutible si Richard hubiera regresado a casa para cumplir con su obligación. En ese caso, todo podría y sería olvidado, pero si no es así... En fin, yo no estaba sugiriendo que fuera transportado a ese lugar indefinidamente. Después de unos meses ya estaría dispuesto a cumplir con su deber, ¿no cree?

—Se precisan más de unos meses sólo para llegar allí, y algunos de los convictos ni siquiera sobreviven al viaje. Si lo consiguen, las duras condiciones de aquel lugar suelen doblegar a un hombre en cuestión de pocas semanas. ¿Está seguro de que quiere enviar allí a su hijo?

Milton no pensaba permitir que Richard se le escapara de las manos otra vez. Si no conseguía hacerlo entrar en razón, por Dios que tomaría las medidas necesarias para asegurarse de que lo hiciera. El muchacho tenía que compensarlo por nueve años de penurias, nueve años de frustración impotente, porque Milton no había podido permitirse las pocas cosas que le proporcionaban placer en la vida, de modo que le recordó a Abel:

—Hay hombres que son enviados allí por delitos mucho menores, ¿no es cierto?

Abel se encogió de hombros.

—Nuestras prisiones están abarrotadas y, al fin y al cabo, la mano de obra de los presidiarios es mano de obra gratis. Si queremos convertir Australia en una nueva y prometedora colonia de la corona, necesitamos enviar allí a muchos trabajadores. En Australia todavía no hay nada salvo colonias penales, y no hay forma de escapar de ellas. Los únicos barcos que atracan en ese país son barcos de presidiarios. Los hombres que son enviados allí no tienen esperanza.

Milton sonrió para sus adentros.

—Sí, suena duro, pero probablemente es lo único que puede reformar a este rebelde..., siempre que pueda ser puesto en libertad cuando esté dispuesto a cumplir con sus obligaciones. ¿Es eso posible?

—Todo es posible —respondió Abel con cierta intranquilidad.

Al percibir su inquietud, Milton frunció el ceño. ¿No estaría siendo un poco demasiado frío y desnaturalizado incluso para un plebeyo como Cantel? ¿Acaso no era obvio que Richard se lo merecía? Cantel sólo tenía que mirar a su alrededor y ver el penoso estado de Willow Woods para darse cuenta del daño que Richard había ocasionado a su propia familia.

—Veamos primero lo que el chico tiene que decir. Si está dispuesto a comportarse como es debido y ayudar a su familia en lugar de perjudicarla, lo perdonaré. ¡Despiértalo! —le ordenó a Olaf.

La interpretación que Olaf hizo de la orden de Milton fue propinarle a Richard una patada en el costado. Abel miró a otro lado y Milton le lanzó al bruto sirviente una mirada airada.

—¡Con agua o sales, idiota!

—No hay a la vista —replicó Olaf.

—No será... necesario —gruñó Richard, y cuando se dio cuenta de que le costaba levantarse y que tenía los brazos atados a la espalda, añadió—: ¿Qué demonios?

Él sabía que podía acabar así cuando Olaf entró en su habitación abriendo la puerta de una patada. El muy bobo ni siquiera comprobó que no estuviera cerrada con llave. Richard estaba solo tomando la cena que Ohr le había hecho llevar con el mensaje de que se demoraría... a causa de la camarera de la taberna de al lado.

Richard reconoció a Olaf de inmediato. Era uno de los tres esbirros que Milton contrató cuando ya no podía castigarlo personalmente. El último recuerdo que tenía de Willow Woods era de su padre exigiéndole que se cortara el cabello, que apenas le llegaba a los hombros. Él se negó, claro, incluso sabiendo que sería castigado. En aquella época, él y su padre estaban totalmente enfrentados, así que Milton ordenó a sus brutos que le cortaran el cabello a Richard. Ellos lo sacaron a la fuerza de la cama, mientras dormía profundamente, lo ataron a una silla y prácticamente lo raparon. ¡Dios, qué furia impotente lo invadió! Aquella misma noche se fue a Londres sin volver la vista atrás.

De hecho, Richard se sintió sumamente contento cuando vio a Olaf junto a la puerta rota. Ni siquiera se preguntó qué hacía allí, pues en lo único en lo que podía pensar era en vengarse.

Olaf seguía siendo mucho más grande que él, un maldito gigante, pero era tonto, y Richard ya no era un niño. Pero apenas pudo disfrutar unos segundos de la idea de propinarle a Olaf una paliza cuando otros cinco hombres entraron en la habitación y los seis cargaron contra Richard inmovilizándolo en el suelo. Fue derrotado por una cuestión de superioridad numérica. No necesitaban dejarlo inconsciente, pero uno de ellos lo hizo.

Richard por fin consiguió ponerse de pie en el estudio de su padre. Sus esfuerzos por liberar sus manos fueron inútiles, tan inútiles como la mirada feroz que lanzó a su padre. ¿Cómo lo habían encontrado? Él estaba convencido de que nadie en la zona lo había reconocido, pero era evidente que alguien sí que lo había hecho y había corrido a contárselo al conde.

¡Él y Ohr ni siquiera tendrían que haber estado allí! El plan más prudente era irse de la posada y encontrar otra más cerca de Londres donde pasar la noche, lejos de Willow Woods. Pero había estado dándole vueltas a la idea de interceptar a Charles en la carretera por la mañana para poder conocer a su sobrino antes de abandonar Inglaterra para siempre.

Milton no había cambiado mucho. Quizá su cabello era de un castaño más claro, pero sus ojos azules eran igual de fríos y sólo la flacidez de sus mejillas señalaba el paso del tiempo. Milton todavía no lo había mirado a los ojos. Contemplaba, con desagrado, el largo cabello que caía por encima de los hombros de Richard.

—¡Dios mío, es incluso más largo de lo que creía! Pareces un maldito indigente que no puede permitirse un corte de pelo —declaró Milton. Entonces le ordenó a su esbirro—: ¡Córtaselo!

Richard se volvió hacia el enorme sirviente y le dijo con calma:

—Inténtalo y esta vez te mato.

Olaf soltó una risita, pero Milton sacudió la cabeza y dijo:

—No importa. Es evidente que sigue siendo tan rebelde como siempre.

—¿Qué esperabas? —gruñó Richard volviéndose hacia su padre—. Tú ya no tienes nada que decir sobre qué aspecto tengo ni qué hago. Ya he dejado atrás tus ansias de dominación.

—¿Eso crees? Sin embargo, no has dejado atrás a la ley y rompiste unas cuantas antes de escapar.

—¿Qué leyes, las tuyas?

Milton señaló el anillo de sello que ahora estaba de nuevo en su dedo.

—Me lo robaste antes de irte. ¿Te habías olvidado de este delito?

—Ese anillo será de mi hermano cuando tú mueras, y a él no le habría importado que lo tomara prestado —se burló Richard—. ¿Y por qué demonios no te mueres y así dejas de amargarnos la vida?

Milton suspiró y se dirigió a los otros hombres que había en la habitación.

—¿Veis lo que he tenido que soportar? Es el hijo más desnaturalizado que un hombre podría tener.

Richard frunció el ceño ante aquella muestra de decepción paterna que, sin duda, era una demostración efectista destinada a los otros hombres. Si, aunque sólo una vez, Milton hubiera demostrado el menor signo de decepción, preocupación o cariño hacia él, su relación podría haber sido más natural. Al fin y al cabo, los niños, de una forma instintiva, siempre quieren complacer a sus padres..., hasta que descubren que nada conseguirá complacerlos.

—¿Quién es usted? —le preguntó Richard al juez.

—Abel Cantel es un viejo amigo mío —respondió Milton por él.

Pero Abel se sintió obligado a añadir:

—También soy el juez de la localidad, lord Richard.

¿Se trataba de una advertencia intencionada? Richard se puso tenso. Sólo los miembros de la burguesía o los plebeyos se dirigirían a él utilizando el título, y tanto unos como otros acatarían las órdenes de un conde. Claro que Richard siempre supo que, si volvían a encontrarse, su padre podía utilizar sus viejos delitos en su contra. Si los cometió, fue porque quería que su padre lo desheredara, pero entonces era demasiado joven para darse cuenta de que le estaba proporcionando más medios para presionarlo y obligarlo a cumplir con el contrato matrimonial.

Pero todavía no estaba realmente preocupado. El hecho de que la ley estuviera representada en aquella habitación podía tratarse de una mera coincidencia. Además, ahora no estaba solo ni pensaba quedarse por allí mucho tiempo. Charles le había dicho que no iría a visitar al abuelo materno de Mathew hasta la mañana siguiente, así que estaba en algún lugar de la casa. Su hermano nunca había tenido el valor de enfrentarse a su padre, pero ahora era un hombre independiente. Además, cuando Ohr regresara de su escarceo con la camarera y viera que Richard no estaba y que no se había ido por voluntad propia, pues el caos de la habitación lo demostraba, seguro que el primer lugar donde lo buscaría sería en Willow Woods.

¿Qué era lo peor que Milton querría o podía hacerle? ¿Ordenar que le dieran otra paliza? Esto no era nada nuevo. ¿Encerrarlo en una habitación y amenazarlo con encarcelarlo? ¿Por tomar prestado un anillo de su familia? El caso sería el hazmerreír de los tribunales. Además, Charles o su amigo Ohr lo ayudarían a escapar mucho antes de que cualquier amenaza se convirtiera en algo más serio. Aquella misma noche, sin duda.

Le preocupaba más la predicción de Julia según la cual él podía ser declarado su esposo incluso negándose rotundamente. En las propiedades de Milton vivía un pastor que estaba en deuda con su padre porque éste lo mantenía. Pero Julia estaba camino de Londres. Tardarían uno o dos días en hacerla volver y Richard estaba convencido de que, si le decían por qué se requería su presencia, ella todavía retrasaría más su llegada. Y él no pensaba quedarse allí tanto tiempo.

—¿Sabes una cosa, padre? Podrías haber solicitado este encuentro en lugar de hacerme venir a la fuerza, como siempre.

—Los dos sabemos lo que habrías contestado —declaró Milton con frialdad.

—Bueno, yo lo sé, pero ¿y tú? ¿Y si hubiera vuelto a casa para pedirte perdón?

Esto le dio qué pensar a Milton.

—¿Es cierto?

Richard no pudo decirle que sí, aunque así hubiera conseguido que lo liberaran.

—No, pero deberías haber intentado averiguarlo antes de enviar a tus patanes a cogerme, porque si fuera cierto, esta bienvenida sin duda me habría hecho cambiar de idea. Pero como lo único que has hecho siempre es darme palizas o pagar a alguien...

—¡Basta ya! —lo interrumpió Milton, enrojeciendo.

Richard arqueó una ceja.

—¿No quieres que el juez aquí presente sepa lo brutal que era la vida en esta casa? Pero estás totalmente en lo cierto, padre. Los dos sabemos que nunca nos reconciliaremos, así que ¿para qué me has traído aquí?

—Para arreglar cuentas. ¿Tienes el dinero necesario para cancelar las enormes deudas de juego que he tenido que pagar y que todavía debo al duque de Chelter? Él me prestó el dinero y me trata con prepotencia desde entonces.

Ahora fue Richard quien se quedó pensando. ¡Así que aquellos vividores finalmente habían reclamado a su padre el pago de las deudas! ¿Entonces por qué Milton no había cortado todos los vínculos que lo unían a él?

—Fue una locura que pagaras esas deudas cuando lo que deberías haber hecho es desheredarme —contestó Richard.

—¿De modo que lo hiciste a propósito? ¿Fue para obligarme a cortar los lazos contigo?

—¿Qué otra alternativa me dejaba tu cruel tiranía? —preguntó Richard—. Pero todavía estás a tiempo de desheredarme. Tienes un testigo. Legalízalo.

Milton negó con la cabeza.

—Aunque esto fuera una alternativa, en aquella época no habría servido de nada, porque eras menor de edad y yo era responsable de tus acciones. ¿Deduzco, entonces, que tu respuesta es que no? ¿No tienes los medios para devolverme el dinero de inmediato?

—Claro que no.

—¿Entonces estás dispuesto a casarte con tu prometida para liquidar esas deudas?

—Ni hablar.

—¿Lo ve? —dijo Milton mirando al juez—. Ni se arrepiente de haber intentado arruinar deliberadamente a su propia familia ni desea compensarme de la única manera que puede hacerlo. —Milton suspiró—. Concédame unos momentos a solas con mi hijo. Faltaría a mi responsabilidad como padre si no intentara hacerlo entrar en razón por última vez antes de recurrir a unas medidas más drásticas.

A Richard no le gustó cómo sonaba aquello, pero seguía creyendo que no estaría allí el tiempo suficiente para que esas «medidas drásticas» se cumplieran. Milton estaba loco si creía que se casaría con alguien que él no había elegido. ¿O lo obligaría de todos modos? Esto sí que le preocupaba a Richard. No se había exiliado de Inglaterra para que su padre acabara saliéndose con la suya.

El conde se apoyó en su escritorio y cruzó los brazos mientras esperaba que la puerta del estudio se cerrara. No parecía enfadado, sino perplejo.

—Nunca te he entendido —dijo Milton.

—Nunca lo intentaste.

—Hace años, cuando firmé aquel contrato que nos vinculaba a los Miller, hice algo bueno por ti, pues te aseguré riqueza y un buen futuro.

—Sin consultármelo —le recordó Richard.

—Eras demasiado joven para tener una opinión, y mucho menos para saber lo que era bueno para ti. Y ahora eres tan tozudo y estás tan decidido a llevarme la contraria que no te das cuenta de lo que estás rechazando.

—Me dejas sin habla —contestó Richard con sarcasmo.

—¿Te atreves a tomártelo a la ligera? ¿Aun teniendo en cuenta lo mucho que han cambiado las circunstancias mientras estabas fuera? Hace cinco años, Gerald Miller sufrió un accidente que lo dejó sin memoria y sin esperanza de recuperación. Esto coloca a su única hija, tu prometida, al mando de toda la fortuna de los Miller, y tú has regresado a tiempo para aprovecharte de ello. Lo único que tienes que hacer es decir «Sí quiero» en una ceremonia y estarás casado con una de las mujeres más ricas de Inglaterra. Y tendrás el control sobre su enorme fortuna, lo que potenciará el estatus y el poder social y financiero de todos nosotros, no sólo el tuyo y el mío, sino también el de tu hermano y tu sobrino.

—Ellos tienen un vínculo directo con el duque de Chelter. No necesitan mejorar su posición.

—La fortuna de Chelter está disminuyendo.

—Pero sigue siendo rico.

—¡No tanto como los Miller! —exclamó Milton. Entonces suspiró, intentó recobrar la compostura y añadió—: Además, el duque siempre nos ha hecho sentir como la rama pobre de la familia.

Richard arqueó una ceja.

—¿Nos ha hecho sentir? Querrás decir a ti, ¿no?

Milton apretó los dientes.

—¿Me escuchas mientras te explico lo que está en juego? Con el tiempo, las empresas de los Miller han crecido astronómicamente. ¿Sabías que una riqueza como la de ellos puede influir incluso en el rey?

Podríamos conseguir nuevos títulos para la familia y puede que el rey nos cediera más tierras.

—No hay un «nosotros» en esto, padre. Tú no tienes que casarte con una bruja a la que no soportas.

—Yo lo hice —gruñó Milton—. Con tu madre.

Richard se quedó de piedra.

—¿Es ésa la razón de que cuando era pequeño no mostraras por mí el menor signo de afecto, amor o siquiera amabilidad, porque odiabas a tu esposa? ¿Y esto es lo que estás intentando imponerme? ¿Un matrimonio tan detestable como el que tú tuviste? ¿Por qué no me lo habías comentado nunca?

—Porque eras un niño —declaró Milton con frialdad—. Y los niños no necesitan explicaciones.

—Este niño sí que las necesitaba. Desde que nací, te empeñaste en vivir mi vida por mí. Pero se trata de mi vida, padre. Yo la viviré y, para bien o para mal, tomaré mis propias decisiones. Y mi decisión consiste en no casarme con Julia Miller.

Milton enrojeció de rabia, un semblante con el que Richard estaba más que familiarizado.

—Ha sido una estupidez intentar razonar contigo. Sigues siendo tan increíblemente obstinado y estúpido como siempre. —Entonces gritó—: ¡Abel!

Antes incluso de que la puerta se abriera del todo, Milton le dijo al juez:

—¡Lléveselo!

23

Julia no podía apartar de su mente la última imagen que tenía de Richard. Apenas se dio cuenta de que Raymond la guio a una posada del pueblo siguiente. Podrían haber avanzado un poco más, pues todavía no había oscurecido, pero ella estaba tan agotada como su primo. Por la mañana, incluso se quedaron dormidos.

Julia tuvo que aporrear varias veces la puerta de Raymond antes de que él respondiera a gritos:

—¡No pienso moverme! ¡Regresaremos a casa mañana!

—¡Hoy! —le gritó ella también.

Quería a su primo, pero en situaciones como aquélla no podía decir que fuera mucho de su agrado. Era un auténtico gandul. Para lo único que servía era para hacerle de acompañante cuando lo necesitaba, y sólo si lo avisaba con la suficiente antelación. Siempre estaba sin un penique. Tenía una buena renta, pero la derrochaba en el juego y con mujeres. Ella le había dicho interminables veces que asumiera alguna responsabilidad para merecer de algún modo la renta que recibía, pero Raymond disponía de una lista interminable de excusas para eludir cualquier tipo de trabajo. Al menos, era un buen jinete y había seguido el ritmo de Julia durante aquel viaje, aunque se había quejado durante todo el trayecto.

Su enfado por no salir temprano aquella mañana la persiguió durante todo el día, como la imagen de Richard. Era como si estuviera huyendo de ella. Su largo cabello, que hacía siglos que había pasado de moda, no le restaba nada de masculinidad, sólo le daba un aspecto salvaje y primitivo, sobre todo cuando estaba furioso. ¡Se enfadó tanto!

Porque ella lo había besado..., no, un momento, él la había acusado de besarlo, la había acusado de empezarlo todo, pero esto no era cierto. De todos modos, el beso fue increíble; sin lugar a dudas, un preludio a la pasión. Julia no pudo evitar preguntarse qué habría ocurrido si él no se hubiera detenido.

Cabalgó al mismo ritmo frenético que el día anterior, pues quería llegar a casa antes del anochecer. Fue inútil. Cuando se detuvieron para recuperar sus monturas originales en la misma ciudad en la que se detuvieron la mañana del día anterior, ya había anochecido, y Raymond se negó a continuar, pues no estaba acostumbrado a tener días tan ajetreados sin dar alguna que otra cabezadita. Julia estaba lo bastante cansada para no insistir y se sentía entumecida y cubierta de polvo otra vez, así que alquiló un par de habitaciones para pasar aquella segunda noche. Esperaba poder dormir toda la noche de un tirón. Sin embargo, a pesar de su agotamiento, durmió intranquila y dio vueltas en la cama durante la mayor parte de la noche, reviviendo el encuentro con Richard, pensando en todas las cosas que debería haberle dicho y no le dijo, y en todas las cosas que podían haber sucedido y no sucedieron.

Se pusieron en camino otra vez justo después del amanecer, y entraron en Londres unas horas más tarde. Raymond, enojado por haber tenido que despertarse tan endiabladamente temprano durante tres días seguidos, según sus palabras, ni siquiera se despidió de Julia cuando llegaron a su casa y continuó hasta la de él, que estaba a unas manzanas de distancia.

Julia tenía la intención de irse directamente a la cama, pues había dormido muy poco y seguía agotada, pero nada más entrar en la casa, uno de los sirvientes corrió hacia ella. Al percibir su estado de excitación, Julia enseguida se despejó.

—Su padre...

Ella no tuvo que oír nada más. Lo sabía. Cada vez que su padre se despertaba, se despertaba de verdad, toda la casa se agitaba. Corrió enseguida escaleras arriba.

—¿Llego demasiado tarde? —preguntó mientras entraba a toda prisa en la habitación de su padre y corría hacia su cama.

Gerald estaba reclinado en unos almohadones y le sonrió.

—¿Cuánto hace que estás despierto? Por favor, dime que no hace mucho.

—Tranquilízate, Julie. —Su padre dio unas palmaditas en la cama, a su lado, indicándole que se sentara—. No creo que esta vez el tiempo vaya a ser importante...

—Claro que lo es. ¡Tú sabes que es importante! Lo sabes, ¿no? ¿Esta vez te acuerdas de algo?

—Sí, de todo.

Julia inhaló hondo, le sonrió ampliamente y, algo avergonzada por su nerviosismo, se sentó en la cama. Se habría enfurecido consigo misma si se hubiera perdido la compañía de su padre por culpa de Richard. Al final vio el trozo de tela o, mejor dicho, la bolsa que estaba sobre la almohada, al lado de la cabeza de su padre, y se dio cuenta de que Arthur no estaba en la habitación.

Había contratado a aquel sirviente poco después del accidente para que atendiera a su padre las veinticuatro horas del día, para que lo alimentara, lo lavara y lo sacara al pequeño balcón que había hecho construir para que pudiera disfrutar del sol cuando el tiempo lo permitiera. Arthur incluso dormía en una cama situada en una esquina de la habitación para estar disponible a todas horas.

—¿Qué es esto? —preguntó Julia señalando la bolsa—. ¿Y dónde está Arthur?

—Ha ido a buscarme la comida —explicó Gerald con una sonrisa de satisfacción—. Me han dicho que han estado trabajando toda la mañana en la cocina preparando mis platos favoritos y ahora me van a subir una muestra de todos ellos.

—¿Toda la mañana? —Julia volvió a levantarse de un brinco—. ¿Cuándo te has despertado?

Gerald percibió la ansiedad que Julia experimentaba al creer que no disponía de mucho tiempo más para estar con él y suspiró.

—Tengo buenas noticias, Julie..., si consigues tranquilizarte el tiempo suficiente para que te las cuente.

Gerald volvió a dar unas palmaditas en la cama. El hecho de que su padre pudiera realizar aquel gesto era mérito de Arthur. Cuando descubrieron que sus músculos se estaban atrofiando debido a la inactividad, Arthur empezó a manipular las extremidades de Gerald varias veces al día para estimularlas. Ahora, cuando su padre se despertaba, al menos podía mover los brazos e incluso un poco las piernas, aunque no estaba lo bastante fuerte para caminar y nunca estaba despierto el tiempo suficiente para practicarlo. De todos modos, Arthur se había asegurado de que, si ese día llegaba, las extremidades de Gerald no estuvieran anquilosadas por haber tenido que estar postrado en la cama durante tantos años.

Julia volvió a sentarse, pero esta vez la hondonada que produjo en la cama hizo que la bolsa cayera de la almohada y resbalara hasta su cadera. Ella contempló horrorizada las manchas de sangre que había en ella.

—Dios mío, ¿qué te ha ocurrido?

Entonces tocó la bolsa, que estaba fría y empapada.

—Es hielo —explicó Gerald—. Todavía no ha hecho bastante calor para que las reservas de hielo del sótano se hayan fundido. El médico vino ayer y me recomendó ponerme hielo para la hinchazón. Y no vuelvas a perder los estribos. He dicho que tengo buenas noticias, ¿no?

Su padre estaba radiante, pero Julia no pudo ignorar el hecho de que había sangrado. Entonces cayó en la cuenta. ¿Ayer? ¿Llevaba despierto un día entero?

Con ansiedad pero con un ramalazo de esperanza, pidió:

—Cuéntame cómo te has hecho daño.

—Ayer me desperté antes que Arthur. Estaba tan desorientado que creí que había soñado lo de aquel espantoso accidente y que se trataba de una mañana como cualquier otra. Pensé que era la hora de levantarse, así que lo intenté.

Julia realizó una mueca.

—¿Te caíste de la cama?

—No, me levanté de la cama. En realidad, me puse de pie. Al menos apoyé todo mi peso en mi pie izquierdo y estaba medio levantado cuando la pierna me falló. Me caí hacia la izquierda y me golpeé la cabeza con la mesilla de noche. ¿Te has fijado en que ya no está ahí? Le di lo bastante fuerte para romperla. Por lo visto, Arthur se llevó un susto de muerte, al menos eso me dijo, porque entonces volví a perder el conocimiento.

—¿Pero no durante mucho tiempo?

—El suficiente para que Arthur mandara llamar al doctor Andrew. Me desperté cuando él estaba tocándome la cabeza. Le fascinaba que me hubiera dado el golpe prácticamente en el mismo sitio que la otra vez.

Julia soltó un respingo.

—Sólo se trata de un pequeño corte —continuó él—, aunque ahora está hinchado, por eso me ha recomendado que me ponga compresas frías. Arthur sugirió que utilizáramos el hielo, pues todavía tenemos bastante, y pensaba que el efecto sería más rápido.

Gerald se calló y levantó poco a poco la mano izquierda para tocar la zona herida. La peor de las heridas que recibió en la cabeza a causa del accidente estaba en la parte alta del lado izquierdo. Había recibido otras, pero no tan graves como aquélla.

—Tienes un buen chichón —declaró Julia, horrorizada por el hecho de que podía verlo a pesar del cabello.

—Es más pequeño que antes, así que el hielo debe de estar funcionando —la tranquilizó Gerald.

—¿Te duele mucho?

—Casi no lo noto, así que no te preocupes. No estoy aquí padeciendo dolor, querida hija, te lo prometo, no me duele.

—¿Qué era lo que fascinaba al doctor Andrew?

Gerald sonrió.

—Me habló de un paciente amnésico que recobró la memoria cuando recibió otro golpe en la cabeza. Yo creo que ese caso apenas se puede comparar con el mío, y así se lo hice saber, pero hoy en día se sabe muy poco acerca del cerebro humano y él incluso se mostró reticente a tratar mi nueva herida. De hecho, me dijo que el corte apenas necesitaría uno o dos puntos de sutura y que esperaría a que perdiera de nuevo la conciencia para cosérmelo. Aunque estaba fascinado por mi recuperación, no se sentía muy optimista. Pero cuando regresó por la tarde, yo todavía estaba consciente. Volvió a visitarme por la noche, antes de irse a su casa, y yo seguía consciente.

Gerald volvió a sonreír ampliamente. Julia se echó a llorar, no pudo evitarlo. Su padre nunca había permanecido consciente durante tanto tiempo seguido desde el accidente. Ella sólo había podido disfrutar de su compañía unas horas y, en cierta ocasión, apenas unos minutos antes de que volviera a sumirse en la neblina de la inconsciencia.

Julia lo cogió de la mano y, aunque las lágrimas resbalaban por sus mejillas, sonreía tan ampliamente como él.

—¡Dios mío, por fin has vuelto a casa! Y para siempre.

24

Aquella semana, Julia apenas se separó de su padre. Quería que hubiera alguien a su lado a todas horas, y aunque tenía muchos sirvientes a los que podía haber encargado esta tarea, lo hizo ella misma. Sólo se turnaba con Arthur, de modo que uno de ellos estaba siempre con Gerald, incluso mientras dormía. Aquella semana, Julia no recibió a sus visitas, ni siquiera a Georgina o a Gabrielle, y tampoco a Carol. Simplemente, encargó al mayordomo que les contara las buenas noticias acerca de su padre y les dijera que las vería pronto.

Aunque ella no sabía cuándo sería eso. No podía evitar tener miedo a que su padre sufriera una recaída, que sus días con él fueran algo pasajero. Ese miedo hacía que la vieja limitación del tiempo, de querer exprimir cada minuto que podía pasar con él mientras estaba despierto, continuara presente. A pesar de que Gerald se despertaba cada mañana con aquella maravillosa sonrisa que tanto reconfortaba el corazón de Julia, la ansiedad que ella experimentaba no desaparecía. Se despertaba cada mañana con un nudo en el estómago hasta que corría a su habitación y comprobaba, con sus propios ojos, que él seguía estando con ellos..., seguía de verdad.

El doctor Andrew estaba escribiendo un informe para enviarlo a sus colegas. Los documentaba acerca de la recuperación de Gerald, como había hecho con los inusuales efectos de la primera herida.

Lógicamente, Gerald quería saber todo lo que había ocurrido mientras él estaba ausente; además, eran tantos los temas que no habían podido tratar antes por falta de tiempo... ¡Ponerlo al día acerca de todos sus negocios le tomó a Julia casi un día completo! Ella había adquirido siete negocios más, y sólo había tenido que despedir a uno de los gerentes de su padre, quien no conseguía mantener el ritmo de los demás.

No hablaron de ella hasta que su padre le preguntó:

—¿Cuántos años tienes ahora, Julia? Nunca me decidía a preguntártelo porque en el fondo tenía miedo de saber cuánto tiempo de mi vida me estaba perdiendo.

—¡Oh, cielos, papá! Han pasado cinco años desde el accidente. Ahora tengo veintiún años.

Julia se echó a llorar con fuertes e incontrolables sollozos que reflejaban las terribles consecuencias del accidente, el cual había arrebatado a Gerald cinco años de su vida, a él y a ella. Y lo que era peor, ahora Julia tenía que contarle lo que le había ocurrido a su madre. Ella ya había llorado su pérdida, pero su padre todavía no había podido hacerlo. Hasta entonces no había estado allí con Julia más de unos minutos o unas horas seguidos. Nunca el tiempo suficiente para que ella le diera la noticia de que sólo él había sobrevivido al accidente. Gerald amaba a Helene, la amaba lo suficiente para aguantar sus rarezas y su deseo de escalar socialmente y elevar a los Miller al círculo de los aristócratas.

Julia siempre temió que llegara aquel momento, pero sabía que no podía posponerlo más tiempo.

—Mamá...

—No sigas, cariño —la interrumpió él con voz ahogada—. Ya lo he supuesto.

Gerald la abrazó con fuerza mientras ella lloraba todavía más intensamente, esta vez por él. Y él también lloró. Julia intentó explicarle por qué no se lo había contado antes, pero él le dijo que no tenía por qué explicárselo, que ya lo entendía.

Todas aquellas lágrimas le proporcionaron a Julia un gran alivio. Cuando por fin dominó sus emociones, se dio cuenta de que también se había liberado del terrible peso de la incertidumbre.

Entonces se lo contó todo, no se guardó nada para ella. Tenía tantas cosas que contarle que para ella fue como abrir las compuertas de una presa. Como últimamente había pensado mucho en Richard, después, por la tarde, incluso le habló de él, aunque de una forma breve. Al menos ella intentó ser breve.

—La verdad es que no creí que regresara nunca —confesó Gerald.

—En realidad no se puede decir que lo haya hecho. Nadie más

sabe que ha vuelto, salvo su hermano, porque ha ido a visitarlo. Por esto llevaré adelante mi plan de declararlo muerto.

Gerald negó con la cabeza.

—No puedes hacer eso, cariño. No está bien. Era una solución cuando tú creías que había muerto por todo el tiempo que había pasado sin que se supiera nada de él, pero ahora que lo has visto, es diferente. ¿Y seguís sin querer casaros? ¿Estás segura?

—Absolutamente. Nada ha cambiado. Seguimos sin poder soportarnos.

Julia no mencionó que Richard estaba enamorado de otra mujer, lo que, cuando pensaba en ello, empezaba a molestarla.

Gerald resopló.

—¡Ese pretensioso y estúpido Milton! Estaba tan convencido de que superaríais vuestra antipatía mutua que incluso consiguió convencerme de ello.

—¿Ésta es la razón de que no le ofrecieras más dinero para cortar los vínculos entre nuestras familias?

—¡Pero si lo hice! Llegué a triplicar el valor de tu dote. Pero entonces ya era evidente que él esperaba obtener muchísimo más de vuestra boda, así que dejé de intentar razonar con él. Tú todavía eras una niña y existía la posibilidad de que, algún día, vieras a Richard con buenos ojos, de modo que aplacé cualquier decisión hasta que alcanzaras la edad casadera. Pero ahora que la has alcanzado, sigue con tu vida, querida. Encuentra a ese alguien perfecto que está ahí fuera esperándote y que yo elegí mal al hacerlo en tu nombre.

Julia no podía creer que su padre le estuviera sugiriendo que continuara con su vida y, con los ojos muy abiertos, dijo:

—Pero tú no puedes romper tu palabra.

—Es mi decisión. Tú no tienes que preocuparte de nada.

Julia se dio cuenta de que él seguía viéndola como una niña. Esto era comprensible, pero ella ya no lo era y no podía aceptar la protección de su padre y olvidarse de todo. Tenían que analizar aquella cuestión.

—¿Qué es lo peor que podría suceder? —preguntó Julia, y a continuación se respondió ella misma—: El conde podría llevarnos a los tribunales y podría ganar el caso.

—Es posible, pero le darían una miseria. No se puede decir que el novio esté esperando en el altar deseando cumplir con su parte del trato.

—Pero los efectos adversos de romper tu palabra...

—Deja que sea yo quien se preocupe por eso. Llevas demasiado tiempo atada a esta deplorable situación por culpa de mis acciones. Si se produce algún efecto adverso, lo consideraré justificado debido a mi propia estupidez. Además, todo se olvidará pronto.

Julia temía que no fuera tan fácil como su padre hacía que pareciera; al fin y al cabo, se enfrentarían a un lord, y ellos no pertenecían a la misma categoría social. Lo más probable era que el conde les creara problemas, que como mínimo organizara un escándalo o que cuestionara la integridad de su padre por no cumplir el contrato, que eran las cosas que a ella la habían frenado a la hora de actuar en aquella cuestión. Gerald todavía no estaba lo bastante recuperado para manejar un revés como aquél.

Pero Julia no se lo comentó a su padre, sino que asintió con la cabeza haciéndole creer que estaba de acuerdo con él. Pero no podía estarlo, todavía no, no sin antes ir a ver al conde por última vez e intentar que entrara en razón para poner fin a aquel compromiso matrimonial de una forma amistosa.

25

¡La hizo esperar! ¡Toda una tarde!

Julia no había visto a Milton Allen, el conde de Manford, desde hacía cinco años, desde el accidente de sus padres, el cual devastó su vida. El conde asistió al funeral de su madre y le ofreció sus poco originales condolencias, pero la razón real de desplazarse a la ciudad fue iniciar los procedimientos para conseguir ser nombrado el tutor de Julia. Los abogados de la familia le contaron a Julia lo enfadado que se puso al no conseguirlo. Esto le habría proporcionado lo que siempre quiso: un control absoluto sobre todo lo que poseían los Miller.

Todavía había pasado más tiempo desde la última vez que estuvo en Willow Woods. La casa que tanto la había impresionado de niña, se veía muy distinta a través de los ojos de un adulto. ¿Estaba ya entonces en aquel estado tan deplorable? Seguramente no. De todos modos, el mal estado actual de la casa aumentó la confianza de Julia en poder romper el vínculo que la ataba a los Allen. En el pasado, el conde había rechazado el dinero que le ofrecieron, pero si sus finanzas estaban en un estado tan lamentable que ni siquiera podía mantener adecuadamente su casa, posiblemente ahora aceptaría esta solución.

Julia dejó a su doncella instalada en la posada más cercana. Tuvo suerte de conseguir una habitación después de que el posadero la acusara de haber dañado su propiedad la semana anterior. Ella no sabía de qué le estaba hablando, pero le pagó el triple de lo que él pedía por la habitación y él no dijo nada más. Ella no tenía intención de pernoctar allí, pues ya había reservado una habitación en la posada en la que había dormido la noche anterior, que era mucho más bonita. De todos modos, como su madre, quiso disfrutar de un poco de intimidad y arreglarse antes de su reunión con el conde.

En esta ocasión viajó en carruaje, así que pudo ir con su doncella y no tuvo que pedirle a Raymond que volviera a acompañarla. Pero viajar en coche era mucho más lento que hacerlo a caballo y, además, tendría suerte si salía de Willow Woods antes del anochecer, pues el conde todavía no se había dignado a recibirla, lo que podía hacer que aquel viaje que ella había calculado que duraría tres días en realidad durara cuatro.

No le había contado a su padre adónde iba, pues sabía que él habría intentado convencerla de que no lo hiciera, y probablemente lo habría conseguido. Le dijo, por el contrario, que tenía que realizar un breve viaje de negocios al norte de Inglaterra. No le gustaba mentirle, pero no quería que se preocupara durante su ausencia. De todos modos, se lo explicaría cuando regresara. Y esperaba poder darle buenas noticias. Si es que el conde aparecía.

Charles no estaba en la casa para poder hacerle compañía. El mayordomo le dijo que todavía no había regresado de llevar a su hijo a ver a su otro abuelo, de modo que aquella tarde el tiempo transcurrió para ella con gran lentitud. Y su enojo fue en aumento.

De hecho, ya estaba anocheciendo cuando el mayordomo se presentó para conducirla al estudio de Milton. Julia no tenía la menor duda de que el conde la había hecho esperar toda la tarde a propósito, de modo que, aunque su intención original era mostrarse amable y respetuosa, ahora se sentía enfadada y ansiosa por irse de allí.

Ni siquiera esperó a que el sirviente cerrara la puerta del estudio para ir directa al grano.

—He venido a decirle dos cosas, lord Allen. Mi...

—¿Dónde están tus modales, muchacha? —la interrumpió él con sequedad—. Siéntate.

Julia lo obedeció de una forma inconsciente y se sentó en la silla que él le señalaba, enfrente del escritorio. Lo hizo sin pensar, por el tono despótico que utilizaba el conde y que no admitía discusión. Estaba más delgado de lo que ella recordaba y su cabello tenía un tono castaño más apagado. Como había visto a Richard hacía poco tiempo, se dio cuenta de que el padre y el hijo tenían pocas semejanzas, y se acordó de que Charles tampoco se parecía a su padre. Ambos hijos debían de tirar más a la familia de la madre.

—Y bien, ¿cómo está tu padre? —añadió él sólo para mostrar un poco de la cortesía que ella había pasado por alto.

De repente sonrió con aires de suficiencia. ¿Porque la había dominado sin el menor esfuerzo? Julia se enfureció y se levantó de golpe.

—Recuperado.

Él se inclinó hacia delante con brusquedad.

—¿Perdona?

—Mi padre se ha recuperado. Su mente vuelve a funcionar perfectamente y cada día está un poco más fuerte.

Por lo visto, Milton, como todo el mundo, incluido el médico de Gerald, no esperaba oír nunca aquellas palabras. Su incredulidad se hizo patente durante un breve instante antes de que volviera a adoptar su pose estirada.

—Qué... bien —declaró con sequedad.

No le importaba en absoluto. ¡Era un hombre tan despreciable! De tal padre, tal hijo. De hecho, Julia de repente se dio cuenta de que la discapacidad de Gerald probablemente había complicado a Milton. Si Richard hubiera estado disponible para casarse con ella en algún momento de los últimos tres años, desde que ella cumplió la mayoría de edad, los Allen habrían obtenido el control de todo sin tener que esperar la muerte de Gerald.

—También he venido a decirle que he visto a Richard y que nada ha cambiado entre nosotros. Seguimos odiándonos el uno al otro y hemos acordado no casarnos nunca.

Milton la miró con los ojos entrecerrados.

—¿De verdad crees que lo que vosotros queréis tiene alguna importancia? Pero Richard cambiará de opinión.

—No lo hará.

—¡Vaya si lo hará! Dentro de unos siete meses. De modo que dispones de ese tiempo para prepararte para la boda.

Julia sintió que estaba llegando a su límite. ¿Cómo podía él decir algo así y parecer tan convencido si ni siquiera había visto a Richard? Entonces contó hasta cinco..., diez..., y debería de haber contado hasta un número mucho mayor, pero el conde la observaba con sus fríos ojos azules y el nerviosismo se sumó al resto de sus alteradas emociones.

—¿Qué plazo arbitrario es ése? —exclamó—. ¿Acaso cree que puede encontrarlo en un plazo de siete meses?

—Sé, exactamente, dónde está.

—¿Dónde?

—¿Qué importancia tiene eso? Lo único que debe importarte ahora es que Richard pronto estará disponible para que dejes de ser considerada una solterona. Deberías alegrarte.

Ahora, Julia lo contempló con asombro. ¿Por qué la nobleza consideraba tan importante que una joven se casara nada más salir del colegio? Pero él no le había dado ninguna respuesta, probablemente porque no sabía dónde estaba Richard, lo que significaba que la estaba engañando. Tenía que ser esto.

Julia apretó las mandíbulas.

—Aunque esto fuera importante para mí, que no lo es, no cambia el hecho de que...

—¿Estás discutiendo conmigo? —preguntó él.

—No, claro que...

Julia se interrumpió bruscamente al darse cuenta de que él la estaba asustando. ¿Simplemente con su tono de voz? ¡Santo Dios! ¿Cómo había conseguido Richard vivir bajo el techo de aquel hombre durante toda su juventud y además enfrentarse a él hasta el punto de recibir palizas por ello? Richard le había mencionado al menos una de aquellas palizas, incluso intentó culparla de haberla recibido. Ahora ella no dudaba de que había recibido muchas más. Y pensó que si el conde hubiera conseguido ser su tutor, ella probablemente habría huido como hizo Richard... No, no habría huido. La tutoría también le habría otorgado una autoridad completa sobre el cuidado de Gerald, y ella de ningún modo habría dejado a su padre a la cuestionable merced del conde.

La sola idea de aquella posibilidad hizo que enderezara la columna y rectificara su respuesta.

—Sí, estoy discutiendo con usted. Y sé por qué mentiría usted para prolongar esta intolerable situación...

—¿Cómo te atreves? —gritó él con las mejillas encendidas de rabia.

Ella se estremeció. De pronto se alegró de que el escritorio estuviera entre los dos. ¿Qué le había ocurrido para proferir el peor de los insultos a un lord del reino? ¿Aunque fuera cierto? Si fuera un hombre, el conde la retaría en duelo.

—Me disculpo —declaró con rapidez—. He estado un poco dura, pero...

—Eres tan irrespetuosa como Richard. Sois muy parecidos.

A Julia no le gustó que la comparara con Richard, pero al menos su disculpa parecía haber aplacado al conde, porque sólo mostró desdén en su último comentario. Aquél podía ser un buen momento para irse, antes de que su enfado volviera a dominar su lengua. Había acudido allí dispuesta a ofrecerle dinero al conde por última vez en el caso de que no se aviniera a razones, pues todavía no había dado órdenes a sus abogados para que transfirieran de nuevo el control de los negocios y las finanzas de la familia a su padre, pero aquel hombre no se merecía ni un penique por aferrarse al contrato mucho más tiempo del que debería.

—He venido para poner fin al contrato de una forma amigable, pero, en cualquier caso, ha terminado —declaró Julia.

—¿Terminado?

—Sí. Yo estaba dispuesta a cumplir con mi parte, pero Richard nunca lo ha estado, y ahora es lo bastante mayor para tomar sus propias decisiones. De modo que, por así decirlo, me han dejado plantada junto al altar.

Él resopló.

—Tú no has estado en ningún altar... todavía. Pero dentro de siete meses...

—Lo siento, pero dentro de siete meses será cuatro años demasiado tarde, así que si no puede aportar al novio de inmediato, yo no estoy obligada a esperar más. Oficialmente me libero del compromiso con su hijo. Con la bendición de mi padre, debo añadir. Además, Richard ya hace tiempo que se liberó de ese compromiso. He venido por cortesía para decírselo antes de que sea del dominio público.

—Ya veo —dijo él mientras una marcada frialdad se apoderaba de su voz—. ¿Así que dejarás que tu padre sufra el peso de todo esto justo cuando acaba de recuperarse simplemente porque no quieres esperar unos meses más para casarte?

—Mi padre me ha asegurado que capearemos el temporal —replicó ella con severidad.

El conde juntó los dedos de las manos frente a su cara durante un segundo y, a continuación, sorprendió a Julia cambiando repentinamente de expresión. En un tono que hasta parecía reflejar preocupación por ella, le dijo:

—Debes ser consciente de que tu padre te dice lo que quieres oír porque te quiere. Pero faltaría a mi obligación si no te advirtiera, por tu propio bien, de lo que pasará si rompes tu compromiso matrimonial. No sólo os perjudicará a ti y a tu familia, sino que el escándalo social que se producirá y los efectos negativos que tendrá en las empresas Miller disgustarán tanto a tu padre que probablemente frenarán su recuperación. ¿De verdad quieres ser la responsable de que tu padre empeore otra vez? No me había dado cuenta de que fueras tan egoísta, jovencita.

Julia inhaló hondo. Su pretendida preocupación escondía una amenaza. Ella sabía que el conde era un hombre terriblemente codicioso, pero ¿hasta el punto de hacerla sentir culpable para poder manipularla?

Julia se puso furiosa y sus ojos azul turquesa lanzaron chispas de ira.

—¿Unos cuantos meses más basándose en qué? ¡Ya le he dicho que vi a Richard la semana pasada y me dijo a la cara que no pensaba casarse conmigo! ¿Qué puede haberle dicho usted para hacerlo cambiar de opinión? Y si no me lo dice, milord, no tenemos nada más que hablar.

Julia se estaba marcando un farol. Él lo había dejado muy claro y aquel maldito contrato seguiría vigente toda la eternidad, pues ella no pensaba arriesgar la salud de su padre por aquella cuestión.

Sin embargo, esta vez él sí que contestó a su pregunta.

—Nada de lo que le hubiera dicho a Richard habría funcionado. Tenía que hacerle entender lo equivocada que era su forma de actuar. Se merecía un castigo por la deuda que, deliberadamente, cargó sobre mis espaldas y por los hurtos que cometió antes de desaparecer. Si se hubiera mostrado razonable, ese castigo podría haber sido leve, un mero toque de atención, pero, como de costumbre, no se mostró razonable. Por lo tanto, sufrirá el peor de los castigos.

Ella no sabía que Richard hubiera cometido ningún delito, por leve que fuera, pero adivinó el castigo al que se refería el conde.

—Dios mío, ¿ha hecho que encarcelen a su propio hijo?

—¿Encarcelarlo? —El conde la miró con altanería—. Nuestras prisiones parecen unas vacaciones comparadas con las colonias penales de Australia que es adonde lo llevan ahora. ¿No te alegras, tanto como lo odias?

El conde sonrió mientras la observaba con atención. Julia realizó un gran esfuerzo para que no se le notara lo aterrorizada que estaba y seguir manteniendo su expresión de indignación.

—Me han asegurado que, en cuestión de unas semanas, suplicará que lo dejen volver a casa —continuó el conde, sacudiendo la cabeza—. Esos campos de convictos son realmente duros, así que prepárate para la boda, jovencita. Richard estará más que dispuesto a cumplir con sus obligaciones y casarse contigo. Cuando acceda a las condiciones de su libertad, le permitiré regresar.

26

Julia estuvo conmocionada durante la mayor parte del camino de regreso a Londres. Cuando pudo volver a pensar con claridad, se dio cuenta de que lord Allen no tenía derecho legal alguno para utilizar una colonia penal inglesa del modo que había descrito. Los convictos no eran enviados allí a menos que antes hubieran sido juzgados, de modo que el conde debía de haber tirado de algunos hilos para evitar un juicio, algo que ella también podía conseguir. Los únicos lores que ella conocía y que tenían los contactos adecuados eran el padre de Carol y James Malory, y Carol le había comentado que su padre estaría fuera del país durante todo el mes.

De modo que, sin siquiera pasar por su casa, Julia llamó a la puerta de los Malory. Se había sobrepuesto a la conmoción, pero seguía estando desesperada. Suponiendo que a Richard lo hubieran detenido cuando ella lo vio por última vez, más de una semana antes, y teniendo en cuenta que el conde hablaba como si el barco-prisión ya estuviera en alta mar, el tiempo era absolutamente esencial. Ella quería detener ese barco y sacar de él a Richard antes de que se causaran demasiados daños..., a él. ¡Pero si el barco había zarpado poco después de que apresaran a Richard, podía disponer ya de una semana de ventaja!

Julia esperaba poder hablar a solas con los Malory para exponerles su petición, pero mientras el mayordomo la conducía a la salita, oyó otras voces, algunas de ellas con acento norteamericano. Entonces deseó que al menos James estuviera en casa y que no hubiera salido para evitar a los familiares de su mujer.

Al acercarse oyó una voz en particular que explicaba:

—Me he pasado toda la semana en esa zona del país, buscándolo, preguntando a la gente. Intercepté al hermano de Richard cuando se disponía a salir de viaje con su hijo y le pedí que registrara a fondo la casa. Él lo hizo, pero Rich no estaba allí. Incluso miré en las cárceles más próximas, pero se me han acabado las ideas, Gabby. No está, simplemente se ha desvanecido.

Julia identificó la voz. Se trataba de Ohr, el amigo de Richard. Llegó a la puerta de la salita justo cuando él terminaba de hablar. James también estaba allí, con rostro inexpresivo, como siempre. Georgina y Gabrielle estaban sentadas en el sofá, las dos con expresión preocupada, aunque Gabrielle parecía realmente alterada. Drew estaba de pie detrás del sofá y apoyaba la mano en el hombro de su mujer. Boyd y Ohr estaban sentados en otro sofá, enfrente del primero.

—Sabemos que no se iría sin avisarnos —le dijo Gabrielle a Ohr—, así que está aquí, en algún lugar. Sólo tenemos que averiguar dónde. ¿Dices que odia a su padre? ¿Por esto nunca nos habló de él?

—Y también odia a su prometida. No me extraña que no quisiera regresar a Inglaterra.

Julia se estremeció. Por lo visto, Ohr había contado al grupo algo de su relación con Richard antes de que ella oyera la conversación, pero, sin duda, no esperaba oírlo añadir:

—Tenemos que interrogarla. Lo dejaré en vuestras manos.

—Sinceramente, no puedes creer que...

Ohr interrumpió a Gabrielle.

—Aquel día, ella estaba en la zona y había señales de violencia que demostraban que lo sacaron de la posada a la fuerza. Además, ella ha amenazado con matarlo.

—¡Por Dios, sólo lo dije en un momento de acaloramiento! —declaró Julia, enojada, mientras entraba en la habitación. Todas las miradas se volvieron hacia ella—. En realidad, nunca lo haría.

James fue el primero en recuperarse de su sorprendente revelación.

—¿Tú eres la otra mitad de la pareja comprometida? Sí, claro..., tu prometido desaparecido y todo eso... ¡Qué loca ironía!

Gabrielle fue la siguiente en recuperarse y, frunciendo el ceño, le preguntó a Julia:

—¿Pero por qué dijiste que acababas de conocerlo cuando llevabas prometida a él toda la vida?

—El día del baile él llevaba puesta una máscara y se presentó con un nombre falso. Jean Paul creo que dijo —le recordó Julia.

—¡Sí, claro! —contestó Gabrielle. Entonces, repentinamente, le preguntó—: ¿Sabes qué le ha ocurrido?

—Sí.

—¡Gracias a Dios!

—No hay ninguna razón para dar las gracias —declaró Julia con seriedad—. Acabo de llegar del campo, donde he estado hablando con su padre. Fui para informarle de que no pensaba cumplir el contrato matrimonial porque había visto a Richard y, como adultos, los dos habíamos acordado que no nos casaríamos. Entonces, él me dijo que Richard cambiaría de idea en un plazo de siete meses y que debía empezar a prepararme para la boda. Yo le contesté que no pensaba esperar ni siquiera un mes más y él me amenazó con arruinar a mi familia. Creí que lo del extraño plazo de siete meses era un farol, así que yo también le mentí y le dije que si no recibía una explicación razonable de por qué Richard habría de cambiar de idea en ese plazo de tiempo, yo no pensaba cambiar de opinión. Y él me explicó la razón. Me dijo que Richard había cometido ciertos delitos menores por los que merecía ser castigado y...

—¿Lo que le hizo a su padre para que lo desheredara? —intervino Ohr con incredulidad.

—¿En qué prisión está? —preguntó Drew a continuación—. Lo sacaremos de allí.

—Eso mismo pensé yo en el momento —declaró Julia—. Pero él me contó que sus delitos eran lo bastante leves para que él se los perdonara si Richard se sometía a su voluntad y accedía a casarse conmigo, pero Richard no accedió, de modo que el conde lo embarcó a la fuerza con destino a Australia.

—Pero si hace muy poco que Australia ha sido declarada colonia inglesa... —señaló James—. Allí todavía no hay nada salvo...

—Exacto —terminó Julia.

—Exacto, ¿qué? —preguntó Georgina mirándolos alternativamente.

—Presidiarios, querida. Cuando perdimos las colonias en América —explicó James con una sonrisa repentina porque aquella guerra había conducido, de una manera indirecta, a su primer encuentro—, necesitábamos otro lugar al que enviar a nuestros peores criminales. En

América todo les resultaba demasiado fácil. Sólo tenían que trabajar obligatoriamente para alguien durante un periodo determinado. Pero en Australia es distinto. Las colonias penales de ese país sólo llevan funcionando unos años, pero ya se han ganado una reputación por su dureza y sus privaciones. Es una tierra indómita y salvaje y, para domesticarla, se obliga a trabajar a los convictos hasta la muerte.

—¡Santo cielo! —exclamó Georgina—. Seguro que el padre de Richard no lo sabía cuando hizo que lo enviaran allí.

—Sí que lo sabe —replicó Julia con un hilo de voz que terminó por apagarse. ¿Qué emoción contradictoria la embargaba? Tuvo que aclararse la voz para poder continuar—: El conde lo ha hecho para someter a Richard. Es un padre desnaturalizado. Nunca pensé que un padre pudiera ser tan cruel con su propio hijo.

—Quizá Richard no es hijo suyo —sugirió James.

Julia lo miró con fijeza sin decir nada, pero Georgina arqueó una ceja y le preguntó:

—¿Qué quieres decir?

—Durante mis días locos en Londres, una tal lady Allen rondaba por aquí.

—¿Tú y ella no...? —exclamó Georgina.

James soltó una carcajada.

—No, desde luego que no. Ella era demasiado fácil. Aunque yo empezaba a sentirme hastiado de todo, todavía deseaba experimentar retos. Se rumoreaba que ella le ponía los cuernos a su marido por puro rencor y que se aseguraba de que el escándalo llegara a sus oídos. El suyo era un matrimonio concertado y ella despreciaba profundamente a su marido.

—¿Así que lo humilló dándole un hijo bastardo?

James se encogió de hombros.

—No tengo ni idea de cómo acabó aquello. Ella se permitió disfrutar de una única temporada promiscua en Londres y después regresó al campo. No recuerdo que apareciera por aquí nunca más. Pero esto es pura especulación, querida. También podría ser lo que Julia dice, que el padre de Richard sea, simplemente, un padre desnaturalizado.

—Richard lo llamó tirano y mencionó que le propinaba palizas —declaró Julia en voz baja, y añadió—: Sin embargo, esto no le impidió rebelarse.

James asintió con la cabeza.

—Esto me suena más acertado. Manford no sería el primer hombre que exige obediencia absoluta a su familia y que administra castigos más y más duros si no la consigue. Richard ha escapado de la ira de su padre durante muchos años y podía volver a hacerlo, de modo que, cuando Manford consiguió ponerle las manos encima, debió de considerarlo su última oportunidad. Al fin y al cabo, el chico sigue impidiéndole acceder a la fortuna que esperaba conseguir. Y, por lo visto, su intención no es dejarlo allí para siempre.

—Así es —declaró Julia con voz tensa—. Él espera que esta experiencia brutal someta, para siempre, la voluntad de Richard. Incluso dejó claro que no dispondría su liberación hasta que él se someta.

Después de unos instantes de silencio, Ohr se puso de pie con brusquedad.

—Averiguaré cuándo zarpó ese barco. Si lo hizo la semana pasada, que es cuando Richard desapareció, podríamos tardar semanas en alcanzarlo.

Boyd también se puso de pie.

—Iré yo. Mi caballo está amarrado enfrente mismo de la casa. Además conozco los muelles mejor que tú y cuanto antes consigamos la información, mejor.

—Uno de los dos debería pararse en el *Triton* y decirle al primer oficial que reúna a la tripulación. Podemos zarpar con la marea de la noche —dijo Drew.

—No podrás sacar a Richard de ese barco —señaló Julia.

—¡Desde luego que sí! —declaró Drew con total seguridad.

Ella suspiró.

—En serio, no podrás. Eres un norteamericano con una tripulación y un barco norteamericanos y Richard está en un barco-prisión británico. Quizá consigas que se detenga, pero el capitán se negará a liberar a uno de sus prisioneros. Tendrías que cañonear el barco y Richard podría morir en la batalla.

—No podemos permitir que se lo lleven a una colonia penal, Julia —declaró Gabrielle con énfasis.

—Estoy de acuerdo —contestó Julia—. Yo no estaría aquí si no quisiera evitarlo, pero el conde ha utilizado contactos de la aristocracia para embarcar a Richard sin un juicio y se necesita un lord tan poderoso como él para liberarlo.

Todos miraron de inmediato a James Malory y él frunció el ceño con la misma celeridad.

—No —declaró de modo tajante y definitivo.

Georgina se levantó y se acercó a su marido.

—James —dijo simplemente.

Él se volvió hacia ella con el ceño todavía fruncido.

—¿Has perdido el juicio, George? ¿Crees que no sé que todo esto es por un tipo que te desea? Lo ayudaré a morir y nada más.

Georgina ignoró su comentario y le recordó:

—Además, tu barco es más rápido.

—Pero no tengo tripulación —señaló él de inmediato—. Llevaría días reunir...

—Puedes disponer de la mía —intervino Drew—. Además, Gabby y yo iremos contigo, desde luego, porque Richard es amigo nuestro.

—Tú no capitanearás mi barco, yanqui —le advirtió James a su cuñado.

—No, claro que no.

Pero Drew sonrió ampliamente mientras rodeaba el sofá para sentarse al lado de su mujer. Por lo visto, ellos consideraban zanjada la cuestión, aunque Julia no estaba tan segura. Pero entonces vio que Georgina abrazaba a su marido.

—Eres un buen hombre —dijo ella.

James suspiró.

—No. Soy un buen marido, que es muy diferente.

—Gracias, James —dijo finalmente Julia—. Confieso que tenía mis esperanzas puestas en ti. No conozco lo bastante a ningún otro lord para pedirle este tipo de ayuda.

Georgina todavía no se había separado de su marido, así que él arqueó una de sus rubias cejas en dirección a Julia por encima de la cabeza de su mujer.

—Al menos explícame, si no te importa, por qué has venido aquí para ayudar a un hombre a quien dices que odias. Es un poco contradictorio, ¿no?

Ella también arqueó una ceja en dirección a él.

—¿Crees que preferiría que lo trajeran de vuelta sometido y dispuesto a casarse conmigo en contra de su voluntad?

—Buena observación —contestó James—. Y, dado que, por lo visto, la razón de este compromiso es el dinero, deduzco que ya has intentado ofrecerle dinero al conde para que lo cancele, ¿no?

—Mi padre lo ha hecho, y más de una vez, pero el conde siempre se ha negado. Quiere tener acceso a toda la fortuna de mi familia a través del matrimonio.

—¿Ese infame contrato le concede ese poder?

—No exactamente, pero él es un lord y mi padre no, y el conde siempre ha supuesto que, como familiar nuestro, prácticamente dispondría de una fuente ilimitada de fondos. Pero yo de ningún modo renunciaré a siglos de duro trabajo de mi familia por la codicia de un hombre. Preferiría matarlo a...

—¿Quieres que nosotros lo matemos por ti?

James lo dijo con una expresión y un tono de voz tan serios que Julia sospechó que no estaba hablando en broma.

— No, claro que no. No lo decía en serio. Cuando estoy enfadada, tengo la terrible costumbre de decir cosas que no quiero decir, y el conde me enfurece tanto que podría gritar.

—Por favor, no lo hagas.

El tono seco y cortante de James la hizo sonreír.

—Manford envió a su hijo a Australia antes de saber que mi padre se había recuperado. En realidad, él nunca dudó de que yo cumpliría mi parte del contrato para honrar la palabra de mi padre, pero esta semana mi padre me dijo que no tenía por qué hacerlo. El conde todavía no lo sabía y creía que, si podía dominar a Richard, lo tendría todo. Pero ahora que mi padre se ha recuperado, esto no sucederá. En cualquier caso, si no os importa, me gustaría ir en el barco con vosotros. Richard y yo tenemos que poner fin al compromiso matrimonial y encontrar la manera de evitar que algo así vuelva a suceder, y cuando regrese no es probable que se quede por aquí el tiempo suficiente para que lo solucionemos.

—Ahora que tienes el beneplácito de tu padre para ignorar el contrato, ¿esto realmente importa?

—Importa hasta que mi padre esté totalmente recuperado. No quiero arriesgarme a que nada entorpezca su recuperación, ni siquiera el escándalo que el conde asegura que se produciría si yo no cumpliera el contrato.

James asintió con la cabeza.

—Como tú quieras.

Georgina se separó de James y se dirigió a la puerta.

—Voy a empacar nuestras cosas.

—Empacarás mis cosas, George —dijo James con rotundidad—. Tú no volverás a acercarte a ese maldito pirata.

Dadas las circunstancias, «pirata» era un extraño calificativo, pensó Julia, incluso podía considerarse suave viniendo de James, pero nadie pareció opinar lo mismo que ella.

Georgina se dio la vuelta con rapidez.

—¿Pretendes que me pierda lo que promete ser un excitante viaje sólo por unos simples celos?

La rubia ceja de James volvió a arquearse.

—¿Acaso lo dudas?

—Pero...

—Hoy has logrado una gran hazaña, George. He accedido a rescatar a ese tipo. No tientes a la suerte.

Ella asintió a desgana y él se ablandó lo suficiente para añadir:

—No te perderás nada, cariño. No pienso exigir su liberación sin los documentos pertinentes para respaldarla. Y sé a quién dirigirme para conseguir esos documentos. Todo de una forma legítima. Y rápida. Estaremos de vuelta en unos días.

27

Más tarde, aquel mismo día, Julia tomó prestadas las palabras de James Malory para asegurarle a su padre que no tardaría en volver. Mientras le explicaba lo que había puesto en marcha, lo que el conde de Manford le había hecho a Richard y lo que aseguraba que les ocurriría a los Miller, Julia se sintió tremendamente culpable. El escándalo y todas las repercusiones que tendría su negativa a cumplir el contrato no se olvidarían como creía su padre. El conde se encargaría de que así fuera.

—Lo siento mucho —dijo para terminar—. Me he acostumbrado a hacer lo que debe hacerse sin consultarlo antes con nadie y esto tenía que hacerse sin demora. Ahora todo está arreglado. Lord Malory ha accedido a ayudarnos. Su barco zarpará con la próxima marea. Y yo estaré en él.

—¿Tú? ¿Por qué?

—Porque me niego a recompensar al conde de Manford por ser una mala persona. Tiene que haber una forma de librarnos del contrato sin que el conde perjudique nuestros negocios y manche el buen nombre de la familia. La forma de reaccionar de Richard fue desaparecer, pero para mí ésta no es una opción. De modo que ayudaré a Richard a escapar de esta horrible situación en la que su propio padre lo ha metido y él tendrá que ayudarme a encontrar una salida a nuestro compromiso.

—¿Esto es lo único que esperas conseguir?

—Sí..., claro.

¿Por qué se ruborizó al decirlo? Julia todavía no lo sabía, pero su padre no debía de haberse dado cuenta, porque lo único que dijo fue:

—Realmente te has hecho mayor, querida.

Julia no se sentía nada mayor mientras estaba en la cubierta del *The Maiden George*, tres días más tarde. El vasto océano que rodeaba el barco podía hacer que cualquiera se sintiera pequeño e insignificante. Incluso el barco-prisión se veía sólo como un punto en el horizonte.

James y Drew lo divisaron la noche anterior. Podrían haberlo alcanzado antes, pero la primera noche, cuando cruzaron el canal, se tropezaron con una tormenta. El barco de James era inusualmente rápido porque, antes de la última travesía que realizó con él, cuando la velocidad era esencial, le había quitado todos los cañones. Además, el barco-prisión había salido de Londres sólo dos días antes que ellos, no una semana como creyeron al principio. Por lo visto, los barcos de transporte de presidiarios podían permanecer atracados en Londres durante semanas, incluso meses, porque no zarpaban hasta que estaban llenos de reclusos.

James había insistido en que esperaran a que se hiciera de día para recorrer la distancia que separaba ambos barcos. Nadie se lo discutió, porque su razonamiento era lógico. James no quería que los oficiales británicos, ansiosos de retirarse a sus camarotes a dormir, tomaran decisiones precipitadas. Esto podría conducir a un conflicto innecesario.

Gabrielle se acercó a Julia mientras el *The Maiden George* surcaba velozmente el océano para alcanzar al barco-prisión. Gabrielle no dijo nada, sólo le ofreció su silencioso apoyo. Esto era lo que Julia necesitaba. Tenía miedo de que Richard hubiera caído enfermo a causa de aquella dura prueba o que volviera a estar herido. Tanto que fuera imposible razonar con él. Y ella sólo disponía de un par de días para intentarlo.

Sin darse cuenta, se puso a hablar de su prometido con su nueva amiga. Fuera lo que fuese lo que Ohr les había contado, era la versión de Richard. No es que ella quisiera parecer libre de toda culpa, cosa que no era cierta. Su genio y los comentarios esnob y desagradables de Richard habían formado una combinación volátil. Los dos eran culpables de no ser capaces de llevarse bien.

—Por aquel entonces yo tenía muy mal genio —admitió Julia como punto final de su relato—. Y él parecía saber exactamente cómo despertarlo.

—¿Y todavía tienes mal genio?

Julia rio entre dientes.

—¡Realmente no lo sé! No recuerdo haber tenido más pataletas después de la última visita de Richard. Pero sólo pensar en él me pone de mal humor, así que dejé de pensar en él.

—Lo que me cuentas no encaja con el Richard que yo conozco —comentó Gabrielle—. Desde el primer día me ha parecido una persona encantadora y despreocupada, siempre sonriendo, riendo y bromeando con los amigos. Parecía no tener un solo pelo de serio en el cuerpo.

Al oírlo, Julia sintió una oleada de tristeza y culpabilidad que le revolvió el estómago. ¿Acaso cuando eran niños ella le había quitado la alegría de vivir? Ella había tenido visiones fugaces del hombre que Gabrielle conocía y apreciaba, como el hombre bromista y seductor que conoció en el baile, antes de saber quién era en realidad, o el galante hombre del hotel que se había lanzado a espantar una abeja a pesar de su dolorido cuerpo, o el hombre del hotel que reía y, después de tumbarla en la cama, la besó. ¡No, definitivamente aquél no era el viejo Richard! Claro que él ahora era un adulto. De todas maneras, su antiguo castigo resurgió justo después de aquel beso.

—Tienes razón, hemos descrito a dos hombres diferentes —dijo Julia con calma—. En todos los encuentros que tuvimos a lo largo de los años, ni una sola vez lo vi sonreír. Aunque sí con sarcasmo.

—Es sorprendente cómo unos cuantos años pueden cambiar a alguien, ¿no crees? —comentó Gabrielle.

—Quizá sean los años, pero es más probable que hayan sido las circunstancias. Tú conociste a un hombre que había dejado sus problemas muy atrás. Supongo que, lejos de su padre y de la amenaza de un matrimonio no deseado, encontró la paz y se convirtió en el hombre que podía haber sido si no hubiera crecido con un padre tirano. Y estoy convencida de que, cuando haya dejado atrás todo esto, volverá a ser el hombre que tú conoces.

—Pero para ti fue igual de duro, ¿no? Con ese matrimonio no deseado colgando siempre sobre tu cabeza.

—De niños, no era tan duro. Cuando regresaba a casa de aquellas visitas o Richard volvía a la suya, mi vida volvía a la normalidad y yo era feliz. Sólo cuando alcancé la edad casadera empecé a preocuparme por mi futuro. Al fin y al cabo quiero tener hijos y un marido de verdad. Y amor.

—¿Tienes a alguien en mente?

Julia rio con amargura.

—He estado prometida toda mi vida. Y nada menos que con un lord. Todo el mundo lo sabe y los hombres que conozco me tratan como si ya estuviera casada. Justo iba a empezar a buscar un marido porque había pasado el tiempo suficiente para conseguir que declararan muerto a Richard. Entonces él apareció y arruinó mi plan.

Gabrielle se estremeció.

—Es una situación realmente triste. Richard nunca me había causado ninguna preocupación hasta que, desafortunadamente, se enamoró de una mujer casada, pero esto no es nada comparado con que lo arrastren a una colonia penal al otro extremo del mundo. Pero ¿quién se habría imaginado que pudiera existir un padre así? —Gabrielle suspiró—. No me extrañaría que James tuviera razón. Probablemente, el conde no es el padre verdadero de Richard y lo ha tratado tan mal porque se vio obligado a aceptar y criar al hijo bastardo de su mujer.

—¿Quieres decir que podría tratarse de un enmarañado castigo por los pecados de ella que el conde ha aplicado a su hijo? Una venganza, vaya.

Gabrielle asintió con la cabeza.

—Esto sería más comprensible que el hecho de que su propio padre sea tan cruel. A menos que esté loco.

—No, no está loco, y si lo está, es capaz de enmascararlo tras una fachada de normalidad.

—Ohr dijo que Richard odia a su padre con toda su alma, así que no me extrañaría que prefiriera ser un hijo bastardo de él.

—Sea como sea, esto no nos libera ni a él ni a mí de esta situación —declaró Julia—. Aunque le echáramos esto en cara al conde, él no nos entregaría ese horrible contrato. Por ley, Richard lleva su nombre, así que, sea o no un hijo bastardo, cumple los requisitos del contrato.

—Ha llegado la hora de salir de la cubierta, señoras —dijo Drew acercándose a su mujer y rodeándole la cintura con un brazo—. Aunque resulta lógico que la prometida y los amigos de un hombre quieran presenciar su liberación, James no quiere que unas mujeres en cubierta sean causa de distracción.

Gabrielle soltó un respingo.

—Ese barco sólo ha zarpado de Inglaterra hace cinco días. La tripulación seguro que todavía no está ansiosa por ver a una mujer.

—¿Vas a discutir con James acerca de esto?

Gabrielle rio entre dientes.

—Ni hablar. Vamos, Julia. De todos modos, deberíamos darle tiempo a Richard para que se lave antes de hablar con él. Estoy segura de que es lo único en lo que piensa después de llevar encerrado más de una semana. ¡Es tan meticuloso con su aspecto! ¡Podría vestirse con harapos, pero tendrían que ser unos harapos limpios! A mí esto siempre me pareció un poco raro, claro que no tenía ni idea de que fuera un lord. Ahora que lo sé, me resulta más comprensible. A los miembros de la aristocracia parece que los eduquen para ir siempre de punta en blanco.

Julia se dio cuenta de lo poco que sabía acerca del hombre con el que llevaba prometida toda la vida, pero tuvo que estar de acuerdo con el último comentario de Gabrielle. Ella siempre recordaba haber visto a Richard limpio y bien arreglado. ¿Sería éste otro mandato del conde, que sus hijos no se ensuciaran nunca?

Ya casi estaban al lado del otro barco. Julia ni siquiera se había dado cuenta, porque se había enfrascado profundamente en la conversación. De repente la invadió un gran nerviosismo.

—Me alegro de que confiéis tanto en el resultado de nuestra intervención —les dijo a Drew y a Gabrielle.

—No te preocupes. No conozco a nadie que sea capaz de persuadir tan bien como James Malory.

28

Antes de trasladarse al barco-prisión, James hizo llamar a Drew. Se había vestido para la ocasión. Pocas veces se esforzaba para que se notara que era un aristócrata, pero aquel día lo hizo. Aunque su fular blanco no era algo fuera de lo común, su chaqueta de color beige era de un corte perfecto, sus botas resplandecían, y su chaleco era de la más fina seda.

—Tú vendrás conmigo —dijo James—. Si el capitán niega su implicación en este complot, alguien que conozca a Richard tendrá que bajar a la bodega para identificarlo.

—Deduzco que prefieres no ser tú quien lo haga.

—No se trata de una cuestión de preferencias, yanqui. Después de que deje claro lo importante y poderoso que soy, el capitán lo encontrará más verosímil si me niego a bajar a su bodega y delego la pesada tarea en el sirviente de Richard. Por el pestazo, ya sabes. Es probable que ya apeste.

Drew contuvo una carcajada.

—¿Así que yo represento el papel del sirviente que no puede permitirse ser tan remilgado?

—Exacto, y no pronuncies ni una maldita palabra o desvelarás tu nacionalidad.

—¡Oh, vamos! —Drew realizó una mueca—. Los norteamericanos son tan buenos sirvientes como los ingleses.

—Es posible, pero un lord inglés no tendría uno ni muerto.

Ésta era una vieja guasa. James disfrutaba demasiado tratando a los norteamericanos de bárbaros para admitir que no lo eran y, con los años, Drew se había vuelto inmune a esas burlas. Casi.

El capitán no los recibió en cubierta, sino que los condujeron directamente a su camarote. Hacer que los llevaran hasta él era una táctica bastante obvia para establecer su superioridad, pero ésta se evaporó cuando James se presentó.

—James Malory, vizconde Ryding. Es usted muy amable al recibirnos, capitán...

—Cantel —respondió aquel hombre mientras se levantaba de golpe del escritorio—. Capitán Cantel.

James lo saludó inclinando levemente la cabeza. Drew tuvo que admirar su táctica. Poco antes, Drew había gritado de una cubierta a la otra que el asunto que debían tratar era urgente, por lo que los marineros del otro barco arriaron las velas y se prepararon para ser abordados. Pero James acababa de tranquilizar al capitán con su cordial saludo. Para cogerlo desprevenido con su ofensiva...

La primera descarga consistió en los documentos oficiales que James sacó del bolsillo y dejó sobre el escritorio. El capitán lo miró con extrañeza mientras cogía los documentos y empezaba a leerlos. Frunció el ceño. James no esperó a que terminara la lectura.

—Como verá, ha llegado a nuestro conocimiento que está transportando a un hombre inocente. Debe usted entregármelo de inmediato.

Durante unos instantes, el capitán Cantel no respondió. Todavía estaba leyendo. Entonces abrió unos ojos como platos.

—¿Uno de nuestros prisioneros es un lord? Los errores de esta magnitud no ocurren, lord Malory. En mi bodega no hay nadie que responda a este nombre.

—Ya suponía que no era usted estúpido —dijo James con sequedad—. Pero como me imagino que ya conoce las consecuencias de su participación en un complot como éste, en realidad no lo culpo por intentar negarlo.

El capitán Cantel enrojeció.

—Sinceramente, no tengo ni idea de lo que está hablando. Puedo enseñarle mi manifiesto. Todos los prisioneros están en la lista.

Entonces gritó una orden al miembro de la tripulación que los había acompañado:

—¡Ve a contarlos!

—Quédese donde está —replicó James en un tono de voz que paralizó al marinero.

—Vamos a ver... —empezó Cantel en tono bravucón.

—No creerá que le daré la oportunidad de esconder las pruebas, ¿no?

—No me insulte más de lo que ya lo ha hecho, lord Malory.

—¿O si no?

Drew gruñó para sus adentros. Se suponía que James tenía que hacer valer su rango social, no mangonear al capitán, pero Drew tenía que reconocer que su cuñado estaba más acostumbrado a lo segundo.

James no le dio al capitán la oportunidad de responder y añadió:

—No estará pensando en contrariarme, ¿no?

De repente agarró al marinero por el cuello de la camisa, lo levantó del suelo y lanzó uno de sus poderosos puños contra su cara. A continuación dejó caer al hombre lentamente al suelo, prácticamente inconsciente, y volvió a mirar al capitán.

—Yo no se lo aconsejo —dijo en un tono claramente amenazador.

—Esto es un ultraje —declaró el capitán, pero lo dijo sin énfasis.

—Estoy de acuerdo. A los lores del reino no se les trata así sea cual sea el delito que hayan cometido. Es usted consciente de ello, ¿no?

—Desde luego.

—Muy bien. Aun sabiendo que no es así, le concederé el beneficio de la duda y aceptaré que usted no sabía nada de esto. Supongo que podrían haberle entregado al hijo del conde con un nombre falso. Incluso él podría haber estado inconsciente y, por lo tanto, no poder corregir este ultraje antes de que llegara tan lejos. Sin embargo —añadió James pensativamente—, lo más probable es que gritara su verdadero nombre lo bastante alto para que se le oyera desde Londres.

—Los guardias no le habrían creído —respondió Cantel enseguida, sin duda prefería la anterior versión de James, pero fue lo bastante osado para intentar por última vez no entregarle al prisionero y añadió—: Haré que interroguen a los guardias de inmediato y podrá comprobar que alguien está mal informado acerca del paradero de lord Allen.

—¿Y hacerme perder todavía más tiempo? Creo que no. Tiene usted tres opciones. Puede entregarme ahora mismo a lord Allen y, a la vuelta, intentar cobrar de todos modos su comisión. Dudo que lo consiga, pero estoy seguro de que preferirá esta opción a que lo arresten en la próxima escala.

—¡Usted no tiene autoridad para ello!

—¿Acaso duda de mis credenciales? ¿No ha oído hablar de mi familia? —Entonces James añadió con un tono de consternación—: ¡Dios mío!, ¿de verdad voy a tener que mencionar nombres?

Drew casi se echó a reír, pero el intento de James de aliviar la tensión, si ésta había sido la finalidad de su último comentario, funcionó.

—No será necesario —contestó el capitán—. Su familia es muy conocida, lord Malory. ¿Bajamos a la bodega para ver si el lord desaparecido fue embarcado por error en mi nave?

¿Defendiendo su inocencia hasta el final? James no se dejó manejar. Levantó una de sus rubias cejas y dijo:

—¿Yo? ¿En las entrañas de un barco de presidiarios? De ningún modo. El criado de lord Allen, aquí presente, ha venido para identificarlo. Dé la orden inmediatamente.

El capitán asintió con la cabeza de modo cortante, se acercó a la puerta para llamar a su primer oficial y regresó junto al escritorio. Al cabo de unos minutos, el oficial se presentó.

Cuando entró en el camarote, miró fijamente al marinero que permanecía inconsciente en el suelo, lo que indujo al capitán a explicarle con impaciencia:

—Una cuestión disciplinaria. —Y añadió—: Estos caballeros han venido a liberar a un hombre inocente que podríamos tener a bordo por error. De ser cierto, debe ser liberado de inmediato. Su criado puede identificarlo.

Mientras Drew seguía al primer oficial hacia la puerta, oyó que el capitán Cantel le preguntaba a James:

—¿Cuál era la tercera opción, lord Malory?

—Que yo lo matara a usted.

29

—Pensé que era mi fin. No os podéis imaginar algunos de los castigos que esos guardias nos infligían —declaró Richard.

Ya se había lavado. Ohr le había llevado su bolsa de viaje, de modo que pudo ponerse ropa limpia. Ahora, en lo único en lo que pensaba era en atiborrarse hasta que no pudiera dar ni un bocado más.

No había tomado una buena comida desde que lo sacaron a rastras de la posada que había cerca de Willow Woods, hacía más de una semana. Antes de zarpar, sólo les dieron gachas para comer, pero al menos, iban acompañadas de pan tierno. Sin embargo, en cuanto zarparon dejaron de darles pan con las gachas y uno de los guardias incluso les dijo, riendo, que cuando las provisiones escasearan, también dejarían de darles la bazofia con la que los alimentaban, pues en la segunda mitad de aquel viaje de tres meses había muy pocos puertos en los que pudieran aprovisionarse. Se esperaba que la mayoría de los prisioneros más débiles no lograran sobrevivir al viaje.

Ésta ni siquiera era la peor de las amenazas que les proferían los guardias: inanición, trabajo extenuante, latigazos y confinamiento en celdas tan pequeñas que los hombres no podían tumbarse en el suelo para dormir. Los convictos de la colonia se mataban entre ellos para que los ahorcaran y así poder escapar de aquel infierno. Esto era lo que debían esperar si sobrevivían al viaje, les dijeron los guardias.

—¿De verdad que tu padre te hizo esto? —preguntó Drew.

—Sí, pero a mí no me sorprende. Solía ordenar a algunos de los sirvientes que me pegaran y me encerraran en la habitación.

—Es prácticamente lo mismo —señaló Drew en tono sombrío—.

¿Pero cómo consiguieron embarcarte en esa nave sin tener los documentos pertinentes?

Drew y Ohr eran los únicos que estaban con Richard en el camarote principal. La comida estaba dispuesta en la mesa para él.

Desde que Drew apareció en la bodega del barco-prisión y a él le quitaron las cadenas de las manos y los tobillos, Richard estuvo al borde de la risa. Todavía le costaba creer que sus amigos lo hubieran rescatado y se sentía abrumado de alivio. Antes de que el barco zarpara, rezó y confió en que lo rescatarían, pero cuando el barco se hizo a la mar, perdió toda esperanza.

—Mi padre es amigo del juez local —explicó Richard—. Y además he tenido la mala suerte de que el capitán del barco fuera el hermano del juez. El capitán no estaba dispuesto a llevarme y discutieron, pero supongo que el juez debió de exigirle la devolución de algún favor, porque acabé en la bodega como el resto de los prisioneros. Yo creo que al capitán ni siquiera le dijeron quién era yo. Claro que, seguramente, tampoco habría importado. Pero ¿cómo me habéis encontrado? ¿Le disteis una paliza a mi padre para obligarlo a confesar qué había hecho conmigo?

Richard formuló la pregunta dirigiéndose a Ohr y habría deseado escuchar un sí como respuesta, pero su amigo sonrió irónicamente y contestó:

—No, esa posibilidad ni siquiera se me ocurrió. Después de pedirle a tu hermano que registrara tu antiguo hogar y él me asegurara que tu padre actuaba con normalidad, yo...

—Ese hombre no tiene emociones, de modo que su comportamiento no revelaría nada —lo interrumpió Richard.

—¿Ni siquiera se regodearía de estar a punto de conseguir lo que siempre había querido?

—Sí, desde luego —contestó Richard con amargura—, pero lo guardaría para sí mismo. Lo que es seguro es que no permitiría que Charles se diera cuenta. Él sabe que mi hermano y yo estamos unidos. Si Charles averiguara lo que mi padre me ha hecho, rompería la relación con él para siempre, por muy penosa que ésta sea.

—Bueno, en cualquier caso yo deduje, erróneamente, que tu padre no tenía nada que ver con tu paradero.

—Ojalá no le hubieras contado a mi hermano que yo había desaparecido. No me gusta pensar que está preocupado por mí.

Drew se echó a reír.

—Pero que nosotros nos preocupemos no te importa, ¿no?

Richard sonrió.

—Esperaba que me rescatarais y lo habéis hecho, pero a Charles no se le habría ocurrido cómo sacarme de esto.

—Cuando yo me fui no estaba preocupado —lo tranquilizó Ohr—. Le conté que ya te habías ido por tu cuenta otras veces y que, probablemente, no había visto la nota que me habías dejado. Él te buscó por toda la casa a primera hora de la mañana, así que debieron de sacarte de allí aquella misma noche.

—Sí, inmediatamente después de la charla con mi padre. Pasé la noche en la cárcel y, al amanecer, me metieron en un carruaje y me trasladaron a los muelles de Londres.

—¡Maldita sea! También te busqué en las cárceles, pero a la mañana siguiente, y después de registrar toda la zona durante casi una semana, se me acabaron las ideas y volví a Londres.

Richard frunció el ceño.

—No lo entiendo, ¿entonces cómo me encontraste?

—¡Menudo fastidio! —declaró James mientras entraba en el camarote—. Podrías haberle llevado la comida a su camarote, no al mío.

Richard se levantó de un brinco y, de una forma instintiva, su cuerpo se puso en tensión, preparándose para recibir otra paliza de las letales manos de Malory.

—¿Este camarote es tuyo?

—Relájate, Richard —intervino Drew con rapidez—. Sin su ayuda no podríamos haberlo hecho. Si le hubiéramos pedido al capitán del otro barco que te liberara, se habría reído de nosotros. Quien te metió en ese barco fue un miembro de la nobleza y se requería otro para sacarte de él.

—Cuando le mencioné al capitán Cantel que era ilegal que transportara a un lord inglés en su bodega, él negó que estuvieras allí —explicó James mientras se sentaba en el borde de su escritorio—. Sin embargo, percibí su culpabilidad y sólo tuve que comentar las consecuencias de tu presencia en su barco para que cooperara.

Drew rompió a reír.

—La verdad es que tu manera de exponer tus razones es bastante... inusual.

James se encogió de hombros.

—Es un don.

James había dejado la puerta abierta. Gabrielle entró corriendo y, tras proferir un grito de alegría, se lanzó sobre Richard y lo abrazó. Él se echó a reír y la hizo girar en volandas. Richard experimentó una inmensa alegría al volver a estar con sus amigos, porque había llegado a pensar que no volvería a verlos más.

—¡Dios mío, Richard, no vuelvas a hacerme esto nunca más! —exclamó Gabrielle.

—¿A ti? —rio él.

Ella se separó de él y le dio una leve palmada en el pecho.

—¡Lo digo en serio! Ha sido tan horrible como cuando LeCross encerró a mi padre en su mazmorra para poder atraparme. Aquel pirata era un auténtico demonio y no me lo habría pensado dos veces antes de hacerlo volar por los aires. Pero éste era un barco británico y no podíamos atacarlo sin iniciar otra guerra.

—¡Y yo me alegro de que no lo hicieras! No me habría gustado verme arrastrado al fondo del mar si hubieras conseguido hundirlo.

—Bueno, también pensamos en esa posibilidad —comentó ella.

Entonces, Richard miró a James y dijo entre dientes:

—¡Vaya, supongo que tengo que darte las gracias!

—No lo hagas —contestó James—. Tú y yo sabemos cuál es nuestro lugar. No estaría aquí si mi mujer no tuviera el corazón blando.

La cara de Richard empezó a iluminarse de placer al pensar que Georgina había intervenido para salvarlo, pero se lo pensó mejor. Sinceramente, no deseaba recibir otra paliza de Malory. Pero seguía confuso. Aunque a Abel Cantel le hubiera remordido la conciencia por saltarse la ley, no sabía quiénes eran los amigos de Richard para contarles lo que había sucedido, y a éste no se le ocurría nadie más que pudiera haber puesto en marcha su rescate.

—Sigo queriendo saber... —empezó, pero se detuvo de golpe.

Julia estaba en el umbral de la puerta. Al verla, Richard experimentó una extraña mezcla de enojo y deseo. Ella seguía siendo la fiera irascible de siempre, pero ahora tenía otras armas a su alcance. Su cuerpo seductor. ¡Maldición, a esa mujer le habían salido unas bonitas curvas, y a él le molestaba desearla tanto! Pero entonces sus ojos se encontraron con los de ella y el enojo adquirió prioridad. Siempre la identificaba con la causa de la codicia de su padre y la razón de que, en aquella ocasión, casi hubiera muerto, pues Richard no dudaba de que éste habría sido el resultado final de aquel viaje.

—¡Qué... sorpresa! —exclamó él con sarcasmo—. ¿Estás buscando un nuevo final, Jewels?

—¿Qué quieres decir? —preguntó ella con el ceño fruncido.

—La última vez que nos vimos la situación se nos fue un poco de las manos. —Entonces la miró de una forma sugerente—. Aunque debería haber recordado que ibas a hacer que me declararan muerto, o que pagarías a alguien para que me matara. No me digas que pagaste a mi padre para que hiciera el trabajo sucio por ti. —Al ver la expresión perpleja de Julia, añadió enfadado—: Ah, ¿no? Es igual, simplemente mantente fuera de mi vista. Esto no habría sucedido si no fuera por ti y tu maldito dinero.

Ella se dio la vuelta y se fue. Entonces se produjo un gran silencio. Richard miró a su alrededor con incomodidad y vio que sus amigos lo observaban horrorizados.

—Menudo imbécil —declaró James con desdén.

Pero fue la decepción que reflejaba la mirada de Gabby lo que empujó a Richard a defenderse.

—¿Qué? No tenéis ni idea de todo lo que ha ocurrido entre nosotros. Julia estaría encantada si el castigo de mi padre me hubiera causado la muerte.

—De hecho, Richard, yo he oído las dos versiones de ese enfrentamiento de la infancia —declaró Gabrielle, indignada—. Un enfrentamiento que se os fue de las manos porque no podíais liberaros de él peleando. Si ella hubiera sido un chico, de niños os habríais roto la nariz mutuamente y de adultos os habríais reído de ello.

—Ella sí que me rompió la nariz —declaró Richard señalando con un dedo el bultito que tenía en el puente de la nariz.

—¡Lástima! —intervino James—. Esperaba habértelo hecho yo.

Ni Gabrielle ni Richard hicieron caso de la ocurrencia de James y ella siguió regañando a Richard.

—Sí, y como no querías pegar a una niña, decidiste colgarla de un balcón.

Él se ruborizó, avergonzado de que ella conociera aquel hecho. No se sentía orgulloso de lo que hizo, pero en aquel momento estaba harto de sangrar cada vez que Julia se acercaba a él lo bastante para morderlo. Gabrielle no había acabado de hacerlo sentirse culpable.

—No habríamos tenido la menor pista de dónde encontrarte si Julia no nos hubiera contado lo que tu padre había hecho. Y nos lo contó precisamente porque no quería que sufrieras ese castigo.

—¿Ella habló con mi padre? —preguntó Richard con incredulidad.

—Sí, fue ella quien le pidió a James que te rescatara. Ohr, Drew y yo sólo hemos venido por si podíamos ayudar en algo. ¿Te suena esto a una mujer que quiere verte muerto?

Richard suspiró.

—Me suena a que le debo una disculpa.

James no se pudo resistir.

—No me digas.

De nuevo volvieron a ignorar su comentario y, camino de la puerta, Richard dijo:

—Disculpadme, tengo que ir a tragarme el orgullo.

30

Julia cerró la puerta de su camarote de un portazo y enseguida sus ojos se llenaron de lágrimas. Una vez más, la rabia y el dolor la desgarraban por dentro. Incapaz de controlar sus intensas emociones, volvió a sentirse como una niña pequeña, débil y vulnerable, incapaz de ganar nunca a Richard. ¿Cómo podía mostrarse tan desagradable después de lo que ella había hecho por él?

Secarse las lágrimas con la manga no le servía de nada, pues no dejaban de brotar. Cogió una toalla para secarse la cara y entonces oyó que las puertas del pasillo se abrían y se cerraban. Miró detrás de ella y contempló el pomo de la puerta. Entonces corrió hacia ella para cerrarla con llave. Demasiado tarde. La puerta se abrió.

—Tenías que estar en el último camarote que he mirado —declaró Richard mientras entraba y cerraba la puerta.

No pidió permiso para entrar. ¡Qué típico de él! Y sonaba ofendido, pero en lo único en lo que podía pensar ella era en que no se notara que la había hecho llorar. Le dio la espalda y se pasó la toalla por los ojos y las mejillas.

—¿Estabas llorando? —preguntó él con suspicacia.

—No —contestó ella con rapidez—. Me estaba lavando la cara cuando oí el jaleo que estabas armando en el pasillo. Entonces decidí cerrar la puerta con llave.

Julia se dio la vuelta. Él no estaba sonriendo con escepticismo, sino que se había sonrojado. Su aspecto no era el de alguien que había vivido una terrible experiencia. Su largo pelo negro se veía limpio y estaba perfectamente recogido en una cola. Iba vestido con una holgada camisa blanca metida en unos pantalones negros y unas botas que le llegaban hasta las rodillas. Las botas tenían arañazos, probablemente las había llevado puestas durante toda la semana, pero la ropa se veía limpia. Los morados de su cara se habían curado, por lo que estaba realmente guapo. Julia se quedó mirándolo casi hipnóticamente y esto la enfureció.

—Creo que te debo una disculpa —declaró Richard.

—¡No me digas! —soltó ella.

—No hables como Malory —le recriminó él.

Ella inhaló hondo con fuerza. ¿Ésta era la actitud de un hombre que quería disculparse?

—¡Lárgate de aquí! ¿No decías que no podías soportar verme? Yo siento lo mismo hacia ti. Ahí está la puerta.

Él no se movió. Parecía perplejo.

—Gabby me ha explicado que fuiste a ver a mi padre y que averiguaste lo que había ocurrido. Pero ¿por qué fuiste a verlo? ¿Y cuándo? Juraría que te vi regresar a Londres después de nuestro encuentro en la posada.

—Sí que regresé a casa, pero entonces decidí realizar un último intento para cancelar el contrato de una forma amigable, de modo que volví a Willow Woods. Pero mi intento fue inútil. Tu padre, fingiendo preocupación, dejó claro lo que le pasaría a mi familia si no me preparaba para la boda. Yo creí que no era verdad que te había visto y que sólo intentaba convencerme de que te casarías de buen grado. Al final me contó lo que había hecho para asegurarse de tu buena disposición.

Richard realizó una mueca.

—Siento que tuvieras que hablar con ese tirano, fuera por la razón que fuese. También siento haberme metido contigo. Gracias por organizar mi rescate. Tienes tus momentos, cuando consigues mostrarte amable. —Richard sonrió—. ¿Aceptas mis disculpas?

Ella todavía estaba demasiado enfadada para mostrarse condescendiente. Incluso le sorprendía haber respondido a la otra pregunta de Richard sin haberle gritado. Pero ¿esto?

—¿Me tomas el pelo? Tendrías que disculparte un millón de veces para compensar todo el daño que me has causado.

—¿Siempre tienes que exagerar? Yo nunca te he hecho daño, sólo te he hecho enfadar. Hay una gran diferencia entre ambas cosas.

—¿Sabes cuántas cosas me he perdido por tu culpa? Los chicos no flirteaban conmigo porque ya estaba comprometida. No viví una emocionante presentación en sociedad mientras todas mis amigas planeaban la suya. ¿Y por qué? ¡Porque ya estaba prometida! ¡Hace tres años que tendría que haberme casado y ahora en la alta sociedad me llaman solterona!

Todas sus afirmaciones sonaron como acusaciones y entonces Richard se puso tenso.

—¿Preferirías que me hubiera quedado para casarme contigo y que hubiéramos acabado matándonos el uno al otro? —le preguntó con incredulidad.

—No nos habríamos matado, majadero.

—Tú me prometiste que...

—Cuando estoy enfadada digo cosas que no tengo intención de cumplir, ¿tú no? —lo interrumpió ella.

—No me refiero a un asesinato premeditado, sino a una reacción instantánea. Sabes perfectamente que eso nunca lo controlaste.

—Es igual, no encaja con mi carácter matar a nadie. Ni siquiera a ti, así que por muy furiosa que me pongas, nunca llegaría a ese extremo.

—¡Y tanto que sí! ¡Me arrancaste la oreja de un mordisco! ¿Te habías olvidado de este detalle?

—¿Quién exagera ahora? —preguntó ella con sorna.

—Lo intentaste, Jewels. De una manera u otra siempre intentabas hacerme sangrar.

Al recordarlo, Julia enrojeció.

—Eras demasiado fuerte para mí y no tenía otra forma de luchar contra ti.

—¡No tenías por qué luchar contra mí! —exclamó él con exasperación.

—Tú herías mis sentimientos —dijo ella en voz baja mientras su labio empezaba a temblar y se le empañaban los ojos—. Siempre lo hiciste, y yo no era lo bastante rápida para responder con agudeza y pagarte con la misma moneda.

—Cielos, ¿estás llorando?

Ella se dio la vuelta enseguida.

—¡Vete!

Él no se fue. Julia oyó que se acercaba a ella, y se acercó tanto que ella percibió su olor. Entonces sintió sus manos en sus hombros. Fue demasiado para sus frágiles emociones. Se volvió para golpearle el pecho con los puños, pero él la rodeó con sus brazos para evitarlo y, extrañamente, a ella aquel contacto le resultó reconfortante. ¿Intentaba tranquilizarla?

Esto la hizo llorar todavía más. Sus grandes e incontrolables sollozos humedecieron la camisa de Richard. ¡Hacía tanto tiempo que no tenía un hombro en el que llorar! En realidad había llorado sobre el hombro de su padre un montón de veces, porque lo echaba de menos muchísimo, pero él no estaba despierto para darse cuenta. Este recuerdo hizo que llorara todavía más.

—No llores —dijo Richard con suavidad mientras intentaba secar la mejilla de Julia con sus dedos—. No llores —dijo otra vez deslizando la mano por la cabeza de ella.

Pero lo único que consiguió fue soltar las horquillas del cabello de Julia y la mitad de su cabello cayó sobre su espalda. Richard deslizó los dedos entre sus cabellos soltando el resto de las horquillas.

—Vamos, no llores —le dijo mientras la besaba en la frente.

La besó dos veces. ¡Y con tanta ternura! El tono tranquilizador de su voz estaba haciendo maravillas. Julia se preguntó por qué la estaba consolando. ¿Por un sentimiento de culpabilidad? ¿O también él encontraba consuelo para su propia y terrible experiencia? Él era un hombre, y probablemente no se permitía el lujo de llorar, de modo que ella lo abrazó. Por si lo necesitaba.

Las tranquilizadoras caricias de Richard también estaban haciendo maravillas, aunque de un modo distinto. Tenía una mano en el cabello de Julia y deslizaba la otra por su espalda, ejerciendo una ligerísima presión.

En realidad, ahora no la sujetaba contra él, pero ella ni siquiera consideró la posibilidad de apartarse. En aquel momento no experimentaba una rabia apasionada que pudiera convertirse en algo distinto. Pero ese algo distinto estaba ocurriendo de todas formas.

Él intentó secarle de nuevo la mejilla, pero esta vez con la suya. Ella inclinó la cabeza un poco y funcionó. Y de repente, él la estaba besando. Podía tratarse, simplemente, de su forma de consolarla, pero para ella no era sólo eso.

Sus lágrimas se secaron completamente. El creciente calor que corría por sus venas pudo haber ayudado. Se trató de un beso dulce, pero, aun así, las entrañas de Julia se agitaron de excitación. Aquello era... romántico, una delicada introducción al aspecto más sensual de la vida. Era lo que tendría que haber sucedido cuando ella tenía dieciocho años y estuviera casada con él. Julia borró este pensamiento de su mente. No permitiría que el pasado se entrometiera justo en ese momento.

El beso se volvió un poco más íntimo y la lengua de Richard se mostró más decidida mientras exploraba la boca de Julia. El sabor de Richard excitó los sentidos de Julia, quien lo abrazó con más fuerza. Él le cogió la cara entre las manos y extendió los dedos hacia su nuca enviando escalofríos por su espina dorsal.

De repente, él interrumpió el beso y la miró. Sus ojos verdes ardían de pasión y la miraban de una forma inquisitiva. Los de ella brillaban con dulzura. ¿Le estaba dando la oportunidad de interrumpir lo que estaba sucediendo entre ellos? Pero sólo esperó un instante. El siguiente beso fue mucho más provocativo y mucho más emocionante por la decisión mutua y silenciosa que habían tomado.

Él empezó a desabotonarle la blusa. Ella le sacó la camisa del interior de los pantalones acariciándole la espalda. Los dos se movían lentamente para no interrumpir el beso. No había prisa... todavía. El deseo crecía, pero resultaba excitante saborearlo. La falda desabrochada de Julia resbaló por sus caderas. La mano de Richard se deslizó por debajo de sus calzones y apretó una de sus redondas nalgas antes de presionarla contra sus entrañas.

¡Santo cielo, nada de aquello era sensualmente lento! Ella enseguida le rodeó el cuello con los brazos y exhaló un gemido. Él la levantó en vilo y colocó una de sus piernas por encima de una de sus caderas, y ella hizo lo mismo con la otra. Richard la llevó agarrada a él con sus extremidades hasta la cama y la tumbó a lo ancho con cuidado, pero él no se echó a su lado. Se quedó allí de pie, junto al borde de la cama, mientras se quitaba la camisa de un tirón y se desabrochaba los pantalones. Julia estaba fascinada. Richard realmente se había desarrollado y se había convertido en un joven fornido, de músculos fuertes que se tensaban a lo largo de sus extremidades, de piernas largas y enjutas caderas. Y su pelo, ¡santo cielo!, ese pelo extremadamente largo y negro como el carbón que, cuando lo llevaba suelto como en aquel momento, le daba un aspecto salvaje y primitivo.

Y su mirada..., cuando finalmente ella volvió a mirarlo a los ojos, no pudo apartar la mirada. Pero lo que la atrajo no fue su ardiente pasión. Ésta también estaba allí, en su mirada, pero había algo más..., una necesidad, un anhelo profundo, como si aquello fuera algo que llevara esperando desde siempre. ¿Se lo estaba imaginando? Julia podría haber dicho esto de sí misma, pero ¿de él? Fuera como fuese, se sintió hechizada por el anhelo de sus ojos. Le tocó justo la fibra sensible que hizo que extendiera los brazos hacia él.

Richard le quitó los calzones de un tirón y se inclinó hacia ella deslizando las manos por debajo de su camisola. Los finos cordones que la abrochaban se aflojaron con facilidad mientras él exploraba el tacto de sus pechos, y se soltaron completamente cuando se inclinó todavía más para introducir uno de sus pechos en su boca.

Ella lo abrazó fuertemente con sus brazos, con sus piernas. Las sensaciones que él le producía parecían llegar en espiral hasta su médula. Embotaban sus sentidos. No podía estarse quieta. Lo empujaba, se retorcía, reclamando... algo. Entonces lo obtuvo, con rapidez, aquella presión dura y gruesa en sus entrañas, deslizándose hacia su interior, penetrándola justo donde lo necesitaba. Que él supiera cómo proporcionarle lo que a ella le faltaba constituyó un alivio tan grande que apenas sintió el breve dolor que experimentó antes de que él la llenara por completo.

¡Qué asombroso! ¡Qué maravillosa sensación tenerlo tan adentro, en su interior! Ella contuvo el aliento, expectante. ¡Pero él no se movió! Al menos sus caderas permanecieron totalmente inmóviles, apretándola contra la cama, mientras su boca volvía a acariciar y explorar la de ella. Julia no sabía por qué se sentía tan desesperada y necesitada, pero eso hizo que le devolviera el beso con furia, salvaje y tempestuosamente, a punto de explotar por la pasión contenida que gritaba pidiendo ser liberada.

Finalmente, él interrumpió el beso con un gemido, retrocedió y entonces volvió a penetrarla. No tuvo que hacer nada más. ¡Cielos, el placer que explotó en el interior de Julia fue superior a todo lo que podía haber imaginado! Se derramó llegando hasta los dedos de sus pies. Cada lenta penetración la maravilló todavía más haciendo que se agarrara a él con fuerza en aquel glorioso desenfreno.

Todo terminó demasiado deprisa. Julia se sintió levemente decepcionada por el hecho de que aquellas increíbles sensaciones no duraran mucho más. Pero él echó hacia atrás la cabeza, se puso tenso; de hecho, parecía que estuviera sufriendo. Entonces soltó el aliento que había estado conteniendo en un grito exultante y a continuación dejó caer la cabeza en el hombro de ella, jadeando. Después de darle un tierno beso en el cuello, Julia sintió cómo su cuerpo descansaba contra el de ella.

La ternura que la invadió fue asombrosa.

31

La sensación de plenitud se había desvanecido, pero duró lo suficiente para que Julia decidiera que no quería pelearse más con Richard..., al menos ese día. Seguían tumbados en la cama, ahora a lo largo. Cuando Richard se separó de ella, enseguida la ayudó a ponerse de lado, con la cabeza sobre una almohada, y después se tumbó junto a ella, esta vez acurrucado contra su espalda. La besó en el hombro y la rodeó con un brazo para asegurarse de que no se separaba de él.

Al menos no se había ido enseguida, cuando ella todavía sentía un tipo especial de vínculo con él. Esto le habría dolido. Durante mucho rato, mientras seguían pegados el uno al otro, al menos sus cuerpos, ninguno de los dos se movió.

Al final, Julia empezó a pensar que él se había dormido, lo que podía ser bueno, porque después de lo que habían hecho, no sabía qué decirle. Tenía miedo de que el tema que quería tratar con él acabara bruscamente con aquella frágil tregua. De hecho, no sabía si aquello podía considerarse una tregua. Aunque ella se sentía sumamente apacible, no sabía cómo había afectado a Richard aquel inesperado suceso. Después de besarla en la posada, se enfadó y la culpó de ser la causante de algo que no debería haber sucedido. Pero esto iba mucho más allá, no podía compararse.

Por fin sabía lo que era hacer el amor, y había sido maravilloso, pero no se engañó a sí misma pensando que no podía experimentar esa misma excitación con otro hombre, con alguien a quien pudiera amar. Richard no era el único que podía despertar en ella aquel deseo. Puede que se sintiera intensamente atraída hacia él y que incluso le gustara..., a veces. Si se hubieran conocido en circunstancias diferentes y no hubiera entre ellos aquel desagradable contrato matrimonial, él podría haber sido ese alguien perfecto para ella. Pero tal como estaban las cosas, era su némesis perfecto. Mientras no se librara de él, no encontraría a ese hombre que estaba ahí fuera, en algún lugar, esperándola.

Debería levantarse y vestirse. El camarote, que carecía de ventanas, no era frío, pero tampoco hacía el calor suficiente para estar allí tumbada, desnuda y sin sábanas. Aun así, no tenía frío, pues compartía con Richard el calor de su cuerpo. Además, le costaba romper el contacto con él.

Suspiró. ¿Cómo podía siquiera disfrutar estando allí tumbada con él?

Richard debió de oír su suspiro, porque finalmente le habló. El tono de su voz fue despreocupado, pero el tema estaba tan lejos de todo lo que ella podía haber imaginado, que se quedó de una pieza.

—Me asustas, Jewels. Nunca había experimentado algo así con una mujer. Cuando me besas el hombro, también podrías hincar los dientes en él. Cuando te beso en la boca, podrías intentar arrancarme el labio de cuajo. Acercándome a ti, pongo en juego mi vida. No, no te sientas insultada. —Se rio al notar que el cuerpo de ella se ponía tenso—. No estoy diciendo que sea algo malo. De hecho, me resulta extrañamente excitante.

Su risa hizo que Julia reprimiera su respuesta. Se tumbó de espaldas para poder verlo. Sí, se percibía incluso en sus ojos, una risa chispeante, y su sonrisa persistió en sus labios. Gabrielle lo conocía y lo consideraba un amigo, pero aquél no era el hombre que ella conocía. No tenía ningún punto de referencia, ninguna forma de saber si estaba bromeando o no, así que no hizo ningún comentario ingenioso.

Por lo visto, su estado de ánimo era reflexivo o, simplemente, pícaro, porque continuó:

—¡Lástima que entonces fuéramos demasiado jóvenes para esto! Te garantizo que no habríamos cruzado ni una palabra fuera de tono.

—No estés tan seguro. —Julia sonrió y le recordó—: Tú eras un esnob.

Él volvió a reír.

—Quizás un poco, pero no contigo. Aunque hubieras sido una reina, yo habría actuado igual. No eras tú a quien me enfrentaba, sino al hecho de que mi padre eligiera a mi prometida sin siquiera pedirme la opinión. Lo que me daba rabia era no tener ningún control sobre mi propia vida.

El tema se estaba volviendo delicado, aunque de momento sus emociones se mantenían equilibradas, al menos las de ella. El hecho de que pudieran hablar de aquel tema sin lanzarse el uno al cuello del otro resultaba sorprendente.

Entonces, el tono de Richard se volvió sombrío.

—Cuando tenía dieciséis años era demasiado grande para que mi padre pudiera atizarme con un bastón. Cuando lo intentaba, yo se lo arrancaba de las manos. Entonces contrató a unos matones para poder imponer su voluntad. ¿Sabes lo que es ser golpeado por unos sirvientes que odian a la aristocracia y que sienten un placer perverso cuando les ordenan que te den una lección? Después me echaban a los pies de mi padre y él lo único que decía era: «Quizá la próxima vez hagas lo que se te ordena.» ¿Qué tipo de hombre es tan frío con su propio hijo?

—¿Uno que lo odia?

—¿Odiarme? En absoluto. Soy yo quien lo odia. Estoy convencido de que él simplemente no sabe actuar de otra forma.

Su explicación molestó a Julia, sobre todo porque después de lo que le había contado, sentía lástima hacia él.

—No lo justifiques sólo porque sea tu padre, Richard.

Él arqueó una ceja.

—¿Todavía no te has enterado de cuánto lo odio?

Richard se estaba sintiendo ofendido y la conversación podía haber terminado bruscamente pero ella lo sorprendió al preguntarle:

—¿Estás seguro de que es tu verdadero padre?

—Claro que lo es. He deseado que no lo fuera un montón de veces, pero lo es.

—¿Cómo lo sabes?

—Porque yo no era el único blanco de su férrea disciplina. A Charles lo trataba del mismo modo, sólo que él siempre cedía y nunca se enfrentó a él como yo. Además, cuando nuestro padre no nos estaba castigando, en general se mostraba cordial con nosotros. No cariñoso, cuidado, eso nunca lo fue, pero tampoco mostró odio hacia nosotros, sólo se enojaba cuando no cumplíamos sus reglas o no lo obedecíamos de inmediato. Así es como lo educaron a él, ¿sabes? Supongo que creía que lo que había funcionado con él también funcionaría con sus hijos. Malos padres que crían a más malos padres —terminó Richard, indignado.

—No estoy de acuerdo, o ¿acaso crees que tú educarías a tus hijos de ese modo?

—¡No, cielos!

—Exacto, entonces esto no es excusa para que tu padre os tratara de una forma tan terrible.

Ella sabía que la madre de Richard había vivido un año promiscuo en Londres, pero no quiso mencionarlo, pues parecía que Richard no lo sabía y ya se mostraba muy a la defensiva respecto a este tema. Si él y su hermano habían recibido el mismo trato, quizá la deducción de James de que Richard era un hijo ilegítimo era errónea.

—Simplemente es un hombre malvado —dijo ella al final.

—Ya volvemos a estar de acuerdo.

Su voz no sonó nada alegre. Entonces se sentó en el borde de la cama y se puso los pantalones. Al verse privada repentinamente de su calor, Julia fue muy consciente de su desnudez, pero su ropa estaba en medio de la habitación, donde Richard la había dejado caer al suelo. Cuando empezaba a taparse con la ropa de la cama, él le lanzó su blusa y su falda y ella se dio prisa en ponérselas aprovechando que él estaba mirando en otra dirección.

Richard no se dio la vuelta hasta que empezó a introducir su camisa en sus pantalones.

—¿Qué estás haciendo aquí en realidad, Jewels?

Su tono, y también la expresión de su cara, reflejaron una evidente acusación, lo que hizo que Julia se pusiera tensa y a la defensiva y se incorporara por el otro lado de la cama.

—Ya te lo he dicho. Hablé con tu padre y él me dijo que me preparara para la boda, y me contó lo que había hecho para conseguir que se celebrara. Ésta era la única forma de acabar con nuestra situación.

—Comprendo —contestó él con un deje burlón—. Así que no has venido para ayudarme a mí, sino a ti misma.

—¡Exacto! —exclamó ella, herida.

Él rechinó los dientes con exasperación.

—Podrías habernos librado a los dos de esta pesadilla si, simplemente, hubieras ignorado el contrato y te hubieras casado con otro hombre.

—Iba a hacerlo, con el beneplácito de mi padre. Él creía que podría capear la tormenta que se produciría cuando nos negáramos a cumplir el contrato, pero entonces no sabía que tu padre lo convertiría en algo personal y que, como venganza, se aseguraría de que nunca nos recuperáramos del escándalo. Tu padre me lo insinuó cuando fui a informarle de que pensaba continuar con mi vida. Pero, por desgracia, es un noble y los problemas que podría causarnos serían... excesivos.

—¿Pero tu familia no es ya lo bastante rica como para que eso no tenga importancia?

—¿Estás sugiriendo que mi padre se retire? ¡Pero si apenas ha alcanzado la madurez!

—No, pero ¿no crees que estás exagerando un poco?

—¿Cuando mi padre justo empieza a recuperarse de un grave accidente que le ha causado daños mentales durante los últimos cinco años? Puede que, si te ocurriera a ti, no te importara que sometieran a tu padre a un escándalo social y financiero, pero yo quiero a mi padre y no permitiré que nada interfiera en su recuperación.

—Lo siento, no sabía que el estado de tu padre fuera tan delicado.

Ella estaba a punto de echarse a llorar otra vez y bajó la vista mientras intentaba controlar sus emociones. Su mirada se posó en la cama que los separaba y en las sábanas revueltas que eran la prueba de que algo realmente hermoso había ocurrido entre ellos. Esto la calmó un poco, de hecho, la calmó mucho. Tenía que haber una forma de convencer a Richard de que tenían que encontrar una salida a aquel problema y no seguir ignorándolo.

—Él no pensaba dejarte en Australia, ¿sabes? —dijo levantando de nuevo la mirada hacia él—. Sólo quería que creyeras que no ibas a salir de allí nunca y sufrieras hasta el punto de que accedieras a hacer todo lo que él te ordenara con tal de escapar de aquel infierno.

—Típico de él, pero dudo de que supiera exactamente a lo que me estaba condenando y que yo podría no haber sobrevivido el tiempo suficiente para doblegarme.

Ella tenía dudas respecto a esto, pero siguió intentando explicar su razonamiento.

—Yo estaba convencida de que, después de esta terrible experiencia, te marcharías corriendo y volverías a desaparecer. Así es como reaccionaste antes, simplemente saliste huyendo.

—¿Qué alternativa tenía? Sólo era un niño.

—Pero ahora ya no lo eres —replicó ella con calma—. Y creo que deberías ayudarme a encontrar la forma de que los dos podamos acabar con esto de una vez por todas.

Él la miró fijamente durante un instante y entonces le preguntó con suspicacia:

—¿Estás sugiriendo que nos casemos?

—¡No! Claro que no, pero se me han acabado las ideas. Tenemos que destruir ese contrato, pero yo no puedo ponerle las manos encima.

—¿Esto acabaría con el problema? ¿A pesar de que es del dominio público que hemos estado prometidos durante todos estos años?

—Sí, es del dominio público, pero lo que la gente no sabe es que se trata de un pacto para vincular a nuestras familias, no sólo a nosotros. No teníamos por qué ser nosotros, cualquier hijo habría servido. No teníamos por qué ser tú y yo, pero mis padres no tenían más hijas y supongo que tu padre ya tenía planes para Charles, de modo que se dio por supuesto que seríamos tú y yo quienes creáramos ese vínculo familiar.

—¿Estás diciendo que Charles podría haberse casado contigo después de quedarse viudo?

Julia pestañeó.

—Sí. Nunca me había parado a pensarlo, pero seguro que tu padre sí que lo hizo, aunque nunca nos ofreció esta solución durante tu ausencia. Quizá Charles se negó a que le eligieran la esposa por segunda vez.

Richard frunció el ceño.

—Hace poco lo vi y admitió que su hijo le había proporcionado el valor de enfrentarse a nuestro padre y que ahora éste lo trata con guantes de seda. Al fin y al cabo, Charles y su hijo constituyen el vínculo que lo une al duque. —Richard volvió a deslizar la mirada por la figura de Julia y añadió—: Sin embargo, si se lo hubieran preguntado, no creo que Charles se hubiera negado a casarse contigo. Además, él y tú nunca os peleasteis como hacíamos nosotros.

Julia se ruborizó levemente.

—Quizá puedas preguntárselo tú algún día, pero esto no me ayuda a salir de esta situación. Todo el mundo conoce la existencia de nuestro compromiso. Sin embargo, también es del dominio público que has estado fuera todos estos años, y supongo que volverás a irte. Sin prometido y sin contrato, tu padre no tendrá nada con lo que obligarme, lo que invalidaría sus amenazas.

Richard suspiró.

—Está bien, concédeme un poco de tiempo para pensar en algo. Y después habremos terminado para siempre, ¿de acuerdo?

—Desde luego, ¿por qué habríamos de...?

Julia se interrumpió y se ruborizó intensamente, porque él estaba mirando de forma significativa la cama.

32

Cuando Richard le dijo que le robarían el contrato al conde, el primer pensamiento de Julia fue: ¡Sí! ¡La solución perfecta! Pero entonces él le contó cómo lo harían y ella pensó que había perdido el juicio. Y todavía lo pensaba. ¡Su plan era demasiado arriesgado!

De modo que se negó, claro, y se mantuvo firme en su decisión. No lo había rescatado para que volviera a meterse en la boca del lobo. Él no se enfadó ante la negativa de ella; le molestó, eso sí, pero no se enfadó. De todos modos, ella no se esperaba que, aquella noche, mientras cenaban en el camarote del capitán, él expusiera el plan a sus amigos para conseguir su apoyo.

Gabrielle fue la primera en reaccionar.

—¡Qué idea tan espléndida! ¡Y qué atrevida! Casi me hace desear ir con vosotros.

Drew contempló a su mujer.

—Ni hablar. —Entonces miró a Julia con expresión preocupada—. ¿Tú estás de acuerdo con el plan?

—No, ahora que sabemos de lo que el conde es capaz, creo que es demasiado peligroso —contestó Julia.

—Chica lista —comentó Drew.

Como Drew se había puesto de su lado, Julia se animó.

—En realidad creo que robar el contrato constituye una buena idea, sólo que no creo que Richard y yo debamos arriesgarnos a ponernos en contacto con el conde otra vez para conseguirlo.

—¿Entonces cómo lo robarías? —preguntó Gabrielle.

—Podría contratar a un profesional para que realizara el trabajo.

—¿Un ladrón de verdad? —se burló Richard, y añadió—: ¿Crees que anuncian sus credenciales?

Julia lo contempló con incredulidad. Acababa de ofrecerle una salida para que no tuviera que implicarse personalmente. ¿Por qué no se alegraba del cambio que ella había introducido en su plan original?

James pareció estar de acuerdo con ella.

—Si sabes dónde buscar, los ladrones son fáciles de encontrar. Así es como mi hijo Jeremy conoció a Danny, su mujer. Tenía que contratar a un ladrón y ella cayó en la trampa que él había preparado para encontrarlo.

Julia se sorprendió al oír la confirmación de aquel rumor.

—Había oído a algunas personas bromear acerca de que ella tenía un pasado oscuro, pero no pensé que fuera verdad.

—Pues sí que lo es, pero no es culpa de ella. La pobre muchacha se vio separada de su familia cuando un despiadado pariente de menor rango social intentó matarla a ella y a sus padres para conseguir su codiciado título. Ella era demasiado pequeña para saber siquiera quién era. Entonces, una banda de ladrones la recogió. Jeremy la ayudó a reunirse con su madre, que también había sobrevivido a la tragedia. Claro que, para entonces, Jeremy ya estaba perdidamente enamorado de ella —añadió James con una risita—, de modo que no habría importado si se trataba o no de una aristócrata.

—Lo mismo que te ocurrió a ti, ¿no? —comentó Drew sin poder resistirse y esbozando una sonrisa.

—No sigas por ahí, yanqui —declaró James con un tono de voz jocoso—. Los dos sabemos que tu hermana es la excepción a toda regla. Además, no es culpa de George tener a unos bárbaros como hermanos.

Al oír que mencionaban a Georgina, Julia observó atentamente a Richard, pero él ni siquiera pareció darse cuenta. Claro que como el marido de ella estaba en la habitación, quizás ocultó sus sentimientos por puro instinto de conservación.

Pero, por lo visto, Richard seguía prefiriendo su plan al de Julia, posiblemente porque era muy atrevido, como Gabby había señalado, y esto lo atraía. O quizá se sentía tan en deuda con ella por organizar su rescate, que le parecía que cualquier opción que no entrañara cierto riesgo para él no saldaría esa deuda, y él seguro que quería saldarla, pues debía de sacarle de quicio deberle algo a ella.

Fuera cual fuese la razón, parecía querer oír otra opinión para que la balanza se inclinara, así que se volvió hacia Ohr y le preguntó:

—¿Qué piensas tú de mi plan?

Ohr ni siquiera tuvo que pensárselo y, simplemente, dijo:

—El destino lo decidirá.

Más de uno de los presentes puso los ojos en blanco al oír su respuesta, pero Richard expresó su desacuerdo.

—Son las personas las que deciden el futuro. No es el destino el que toma las decisiones por ellas.

—Ah, ¿no? —preguntó Ohr con una sonrisa—. Supongo que es una cuestión de interpretación.

Julia suspiró. Una opinión neutral, una a favor de Richard y otra a favor de ella. Esperaba resolver la cuestión confirmando el apoyo de James, del que no estaba del todo segura, así que le preguntó:

—De modo que, según tú, ¿contratar a un ladrón es el mejor plan?

—Yo no he dicho eso, querida. De hecho, debo señalar que si descubrieran a tu ladrón, el conde escondería tan bien el contrato que no volvería a ver la luz del día nunca más, de modo que me temo que tengo que apoyar al tío ese. Sorprendente, ¿no? Se diría que un hombre que desea a la mujer ajena no tendría el valor de...

Decididamente, a Richard no se le escapó esta referencia a Georgina y dijo soltando un gruñido:

—¡Muy bien, ya has dicho lo que querías decir, Malory!

—Por mucho que me duela, te estaba haciendo un cumplido, zopenco —contestó James secamente.

—Prefiero que me insultes, gracias —dijo Richard con frialdad.

James se encogió de hombros y después miró a Julia.

—Quien correrá el riesgo será él, no tú; como tiene que ser si tenemos en cuenta lo que te debe.

Julia refunfuñó para sus adentros. Simplemente no podía discutir con James Malory. Esto zanjaba la cuestión.

33

Julia debería haberse mantenido fiel a su decisión inicial. El plan de Richard no podía llevarse a cabo sin su total participación y, aunque aquella noche en el *Maiden George* la habían convencido de que lo secundara, cuanto más pensaba en ello, más creía que no podría representar su papel. Aun así, allí estaba, en el carruaje de su familia, con Richard sentado a su lado, en el lujoso asiento, y llegarían a Willow Woods antes de una hora.

—¿Ya estás dispuesta a hablar? —preguntó Richard en un tono jocoso y fingiendo exasperación—. Lo has aplazado una y otra vez, pero ya no puedes aplazarlo más.

A ella le molestaba que tratara aquello como una diversión. ¿Realmente era tan aventurero? ¡Como mínimo debería estar tan nervioso como ella! Realmente era muy valiente llevando a cabo su plan después de lo que su padre había intentado hacerle, y podía volver a hacerle. El padre de Julia se lo había advertido cuando ella y Richard le contaron en qué consistía su plan.

Durante aquella reunión, Richard se mostró respetuoso. En el barco, ella le contó lo del accidente de Gerald, pero no le explicó las consecuencias del mismo. Hasta el encuentro con Gerald, Richard no sabía que, durante los últimos cinco años, ella prácticamente se había encargado de gestionar todos los negocios de la familia. Aquella tarde le lanzó unas cuantas miradas de extrañeza, como si le costara creérselo. Convencer a Gerald de la necesidad de llevar a cabo su plan les había llevado toda la tarde, porque él insistía en que la mejor solución era pagarle a Milton más dinero del que pudiera rechazar.

Pero el dinero no siempre era la solución, y Richard rechazó su propuesta.

—¿Y que él gane y yo me haya exiliado de Inglaterra durante nueve años para nada? Por favor, no lo haga. Él no se lo merece.

¿Recompensar al malvado? Julia estaba totalmente de acuerdo con Richard en este aspecto. A Milton se le debían exigir responsabilidades, no premiarlo.

De hecho, James les había ofrecido entablar una causa legal contra él. Incluso les había prometido que, cuando destruyeran el contrato, se encargaría de que los hermanos Cantel recibieran su merecido. Esperaría hasta que el plan de Richard tuviera éxito para evitar darle una pista al conde sobre lo enfadados que estaban por lo que había intentado hacerle a su hijo. Cuando James hubiera acabado con ellos, ninguno de los dos hermanos volvería a ostentar un cargo de autoridad. Pero llevar a un lord del reino ante los tribunales no era tan fácil y Richard había rechazado la ayuda de Malory en este sentido, pues, según explicó, el escándalo también afectaría a su hermano y a su sobrino, que eran inocentes.

Al final, Julia le dijo a su padre:

—Como comentamos el otro día, el escándalo, aunque con el tiempo se fuera desvaneciendo, seguiría impidiendo que yo continuara libremente con mi vida.

No quería contarle que su intención era protegerlo a él del escándalo hasta que estuviera totalmente recuperado, porque su padre consideraba que cualquier tipo de protección era obligación de él, no de ella.

—Pero este plan dejará todo este asunto a nuestras espaldas —continuó Julia—. Romperá todos los vínculos con el conde sin el menor escándalo y así yo podré continuar con mi vida.

Al final, Gerald accedió con la condición de que aceptaran ir con una escolta de ocho guardias armados que actuarían como testigos y, en caso necesario, como fuerza bruta. Richard accedió, aunque con la idea de dejar al pequeño ejército en el poblado más próximo, bajo las órdenes de Ohr. Desde allí vigilarían la casa día y noche, pero presentarse con ellos demostraría al conde que estaban preocupados por algo. Y esto no respaldaría su mentira.

Julia observó a Richard. Se había vestido conforme a la ocasión y ahora parecía un típico lord. Incluso llevaba un fular perfectamente anudado al cuello. No se había cortado el pelo, pero el menos lo llevaba bien recogido.

Viajaban solos en el carruaje. Necesitaron dos vehículos para transportar todo el equipaje de Julia, y Richard insistió en que su doncella viajara en el segundo carruaje con Ohr, para que ellos pudieran hablar en privado. El tiempo era cálido y el cielo estaba despejado. Un bonito día para una farsa.

—¿De qué tenemos que hablar? —preguntó Julia—. Tú le planteas la cuestión, yo te apoyo y emprendemos la búsqueda. Así de sencillo.

—Entonces deja de apretar los dientes como si fueran a arrancártelos. Tú también tendrás que mentir. ¿Estás preparada para hacerlo?

—¿Me lo preguntas porque no he querido mentirle a mi padre? Yo lo quiero. Hay una gran diferencia entre ambos casos.

—A veces es mejor proteger a la persona que uno ama.

—¿Y si tu padre se presentara en Londres para hablar con mi padre?

Richard suspiró.

—Tienes razón.

—Además, lo único que haré yo es respaldar tu relato o improvisar si es necesario.

—Entonces prepárate. En cierta ocasión, mi padre me dijo que si me acostaba contigo, cambiarías de actitud. No te sonrojes demasiado cuando le diga que tenía razón.

—¿Por qué tienes que mencionar este hecho?

Julia ya se estaba ruborizando.

—Él no es estúpido. No se creerá que así, de repente y sin ninguna razón, hayamos cambiado de opinión y ahora deseemos casarnos.

Julia esperaba que la suerte los acompañara y encontraran el contrato ese mismo día. Cuanto menos tiempo tuviera que pasar bajo el techo del conde, mejor. Pero no había forma de evitar la representación inicial que les permitiría estar en la casa el tiempo necesario para encontrar el contrato y destruirlo. La pretensión de ser una pareja feliz les permitiría acceder libremente a la casa y era la única excusa viable para que estuvieran allí.

Todavía le extrañaba que a Richard se le hubiera ocurrido aquella idea. Y tampoco podía olvidar el agridulce comentario de su padre cuando se enteró de su plan:

—Siempre he deseado que llegara el día en que mi hija y el hijo del conde planearan su boda. ¡Qué irónico que ese día haya llegado pero que sólo sea una farsa!

Julia se sobresaltó cuando, de repente, Richard le tocó la mejilla. Él chasqueó la lengua y dijo:

—No puedes estremecerte cuando te acaricie, se supone que estás enamorada de mí.

—Esto no te da carta blanca cuando estemos con otras personas —replicó ella con frialdad—. Estas demostraciones públicas no están bien vistas, ya lo sabes.

—¿No están bien vistas por quién? —Richard rio—. ¿Por las viejas damas del siglo pasado, cuando la mayoría de los matrimonios todavía eran concertados? Además, nuestra situación es única porque se trata de una representación, y las representaciones necesitan estos pequeños detalles extra para resultar convincentes. Quizá tengamos que hacer esto unas cuantas veces. Por una cuestión efectista.

«Esto» era besarla, y Richard lo hizo de una forma tan repentina, que Julia no tuvo oportunidad de protestar. Tiró de ella hacia él, le cubrió la mejilla con la mano y sus labios ejercieron una leve presión en los de ella que enseguida dejó de ser leve y se volvió apasionada. Ella estaba un poco tensa. No deberían estar haciendo eso otra vez. ¡No era necesario! Pero su fuerza de voluntad no pudo con algo tan tentador. Justo cuando empezaba a derretirse, él la apartó hasta su posición anterior, a medio metro de distancia de él.

—¿Captas la idea?

¿Su voz había sonado entrecortada? Ella, por su parte, tuvo que inhalar hondo antes de reclinar la cabeza en el asiento, cerrar los ojos y poder hablar con toda la calma de la que fue capaz.

—Te agradeceré que tus representaciones no sean tan buenas.

—¿Necesitas practicar más?

Ella lo miró a los ojos rápidamente.

—¡Ya he captado la idea! Ahora déjame tranquila durante lo que queda del trayecto para que pueda recomponerme.

—No me falles, Jewels. Esto lo estoy haciendo sólo por ti. Yo habría preferido no volver a poner los ojos en ese tirano hasta el final de mis días.

34

Cuando Julia bajó del carruaje, se acordó del primer día que fue a Willow Woods. Entonces estaba tan nerviosa como lo estaba en ese momento. En realidad, ahora estaba aterrada, pero tenía que ocultarlo. Ya no era una niña que anhelaba caerle bien a su prometido, ahora era una mujer adulta que tenía que fingir que esto era cierto.

Nadie los anunció. Richard ni siquiera llamó a la puerta principal, simplemente entró como si nunca se hubiera ido y aquélla todavía fuera su casa. En el vestíbulo no había ningún sirviente que pudiera detenerlos. A pesar del enorme tamaño de la casa solariega, Willow Woods nunca había contado con muchos sirvientes. En cierta ocasión, la madre de Julia comentó, algo maliciosamente, que ellos debían de tener el doble de sirvientes, y para una casa bastante más pequeña que aquélla. Gerald frunció el ceño a causa de su actitud y le recordó que no necesitaban todos los sirvientes que ella tan frívolamente contrataba.

Julia se alegró de acordarse del comentario de su madre. De hecho, ésa era la razón principal de que el conde se negara a cancelar el contrato. Su falta de riqueza lo obligaba a vivir frugalmente en comparación con otros lores de su talla. Y también sería la razón primordial de que los creyera. Porque querría creerlos.

Se dirigieron directamente al estudio del conde y entraron. Richard sujetó a Julia por la cintura con firmeza. ¿Por una cuestión efectista o porque creía que ella podía querer salir corriendo? Pero ahora ella se sentía más tranquila y segura. Podía hacerlo.

Milton estaba sentado a su escritorio. No levantó la vista enseguida, probablemente porque pensó que se trataba de un sirviente que había ido a molestarlo por cualquier cuestión. Cuando por fin levantó los ojos, se quedó mirándolos con fijeza. No se movió. No parpadeó. Por lo visto la impresión lo había dejado sin habla, lo que permitió a Richard anunciar:

—Vamos a casarnos, padre. Con esto no quiero decir que tú ganes —entonces se interrumpió y miró a Julia con una sonrisa amorosa—, pues aquí el único que sale ganando soy yo.

El conde no mostró ningún signo de triunfo, pero sus mejillas empezaron a colorearse y sus fríos ojos azules se entrecerraron mientras se clavaban en su hijo. Julia se preguntó si había oído lo que Richard había anunciado o si estaba impactado por el hecho de que su hijo no estuviera a bordo de un barco con rumbo al infierno, que es adonde él lo había mandado.

De hecho, esto parecía ser lo único que lo interesaba, pues al final preguntó:

—¿Cómo puede ser que estés aquí?

—Gracias a mi novia.

—¿Tu... novia?

Los ojos de Milton se posaron en Julia, como si acabara de verla entrar.

—¿Me mentiste? —le preguntó con el ceño todavía fruncido.

—¿Acerca de qué? ¿Acerca de que su hijo y yo no pensábamos casarnos? No, en aquel momento esto era cierto. Cuando, recientemente, nos encontramos en Londres y empezamos a vernos, no nos reconocimos. Y cuando lo hicimos, fue un duro golpe que trajo a nuestra memoria todo el odio que nos teníamos de niños, de modo que nos despedimos enojados. Yo estaba convencida de que él no había cambiado.

—Y yo creí lo mismo acerca de ella —añadió Richard con una sonrisa.

—Después, usted me contó adónde lo enviaba y me preguntó si yo estaba contenta, ¿se acuerda? —Julia entrecerró los ojos mientras miraba a Milton—. Pues no lo estaba. ¡En absoluto! Y antes incluso de regresar a casa, supe que tenía que sacarlo de aquella horrible situación. No soportaba la idea de que sufriera. Entonces me di cuenta de que lo que sentía de niña había desaparecido.

—Sigue teniendo el genio un poco vivo —intervino Richard mirándola con ternura—. Pero cuando está tranquila, resulta enternecedora.

Al oírlo, Julia casi perdió el hilo de su razonamiento, porque Richard parecía sentirse realmente orgulloso de ella, pero consiguió continuar con su relato.

—Me fui directa a los muelles y encontré el barco-prisión antes de que zarpara. Allí también estaba el amigo de Richard, que, como yo, lo estaba buscando...

—¿Alguien más sabe todo esto? —la interrumpió Milton con brusquedad.

Richard arqueó una ceja.

—¿Realmente creías que me acercaría a la guarida del león yo solo? Un amigo viajaba conmigo, sólo que no estaba en la habitación cuando tus lacayos me sacaron de allí a rastras. Pero él sabía, exactamente, dónde buscarme, sólo que no encontró la forma de liberarme de los guardias que me escoltaron a Londres. Y perdió una semana porque creía que me retenían en un edificio de los muelles en el que sólo podría entrar con un ejército. No vio que me sacaban por la parte de atrás y me llevaban al barco.

Habían acordado explicar una versión totalmente diferente del rescate de Richard por tres buenas razones. Principalmente, porque Richard no quería que su padre creyera que sólo él y Julia sabían que había quebrantado la ley para que encarcelaran a su hijo. El hecho de que alguien más, en concreto un amigo de Richard, lo supiera, haría que el conde se lo pensara dos veces antes de volver a intentarlo. Por otro lado, mencionar la implicación de James Malory tendría el efecto contrario, pues a Milton le aterraría pensar que otro lord conocía su infracción, de modo que esta versión simplificada les permitía omitir la ayuda de James. Y, por último, que el rescate se hubiera producido antes de cuando se produjo en realidad les concedía casi una semana para «enamorarse», en lugar de los pocos días que habían pasado a bordo del *Maiden George*.

Julia se sintió lo bastante segura para terminar el relato.

—Su amigo acababa de descubrir adónde habían llevado a Richard y tenía la intención de liberarlo, como yo, aunque él iba a hacerlo por la fuerza bruta. Yo le di el dinero suficiente para hacerlo por la vía cómoda. ¡Los guardias son tan fáciles de sobornar! El amigo de Richard les ofreció tanto dinero que corrieron como locos a soltarlo.

Milton ocultó sus emociones mientras escuchaba cómo se habían frustrado sus planes.

—¿Y ahora? —preguntó muy tenso.

Richard incluso se echó a reír.

—Supongo que no me has oído, padre. Julia y yo vamos a casarnos, pero no por ese estúpido contrato, sino porque queremos hacerlo. El amor es algo realmente sorprendente. Te empuja a perdonar a personas que no merecen el perdón.

El tono de Richard se había vuelto marcadamente frío. Julia empezó a sentir pánico. ¿Se refería a ella o a su padre? No, claro, se refería a su padre, sólo que no resultaría natural que Richard fingiera que no sentía rencor por las transgresiones que su padre había cometido. Su actuación resultaría más creíble con aquellos toques de resentimiento.

Para disipar la repentina tensión entre padre e hijo, Julia le dijo a Milton:

—Supongo que no le importará que redecore una de las salas de la planta baja. ¿La sala de música, quizá?

El conde volvió a dirigir una mirada ceñuda hacia Julia.

—¿Con qué fin?

—Entre todos los lugares del mundo, ella quiere casarse aquí —contestó Richard—. De niña se enamoró de Willow Woods..., a pesar del hecho de que yo vivía aquí —añadió riendo entre dientes.

Antes de que el conde pudiera negarse, Julia añadió:

—Convertiré la habitación en una bonita capilla. Los trabajadores y todo el material necesario llegarán en los próximos días. ¿Tiene usted a algún pastor en la finca? Si no, puedo conseguir que un obispo de Londres...

—Sí, tengo un pastor —la interrumpió Milton.

—Excelente, una cosa menos de la que ocuparme. He contratado equipos de trabajadores por triplicado para asegurarme de que la sala esté lista a tiempo. Incluso, si el tiempo lo permite, puede que acondicione el trozo de jardín adyacente a la habitación. Y, por favor, no se preocupe, porque me encargaré de que, después de la boda, devuelvan la habitación a su estado original.

—¿Entonces por qué no hacemos la ceremonia al aire libre? —preguntó Milton—. Dispongo de numerosos jardines.

—Pero ¿y si llueve? —preguntó ella, horrorizada—. No, tiene que ser en el interior. Nada impedirá que tenga la boda con la que siempre he soñado.

Milton les lanzó sendas miradas. Richard apretó con fuerza la cintura de Julia. Si esto no la advirtió de lo que se avecinaba, el brillo suspicaz que iluminó los ojos de Milton sí que lo hizo.

—Me parece increíble que os hayáis enamorado en el plazo de una semana. Incluso aunque no os hubierais odiado durante tantos años. ¿Cuál es la verdadera razón de que...?

—Parte de esa semana la pasamos en la cama —declaró sin rodeos Richard. Y añadió en tono irónico—: ¿No me dijiste una vez que esto la haría cambiar de actitud? Olvidaste mencionar que también cambiaría la mía.

—¡Richard! —exclamó Julia tan avergonzada como ella misma esperaba, y enfadada también, pero dirigió su enfado al conde—. No tenemos por qué darle explicaciones. La única razón de que estemos aquí es la celebración de la boda, pero ahora que lo pienso, fue más el sueño de mi madre que el mío. Ella me lo transmitió porque de niña vi esplendor en esta casa, pero, sinceramente, tal como está ahora, no servirá.

—Cómo te atreves... —soltó Milton.

—El empapelado de las paredes se está despegando —continuó Julia—, los tablones del suelo están resquebrajados, a la araña del vestíbulo le falta un tercio de los cristales, los marcos de los cuadros son tan viejos que se están pudriendo. Se necesita mucho más que montar una capilla para que Willow Woods pueda acoger a los miembros de la alta sociedad antes de un mes. Con esto no quiero decir que no lo pueda conseguir, pues seguramente todo lo necesario para renovar la casa entera se encuentra en los almacenes de mi familia. Pero, ahora mismo, no estoy segura de que quiera hacerlo. Vámonos, Richard. No ha sido una buena idea.

—Un momento, cariño —dijo él mientras lanzaba a su padre una mirada inquisitiva—. No habrás pensado que esto era un simple reencuentro, ¿no, padre? Ella tuvo que convencerme para que viniera y puedo asegurarte que no le resultó fácil. A mí me habría encantado no volver a poner un pie en esta casa y, después de la boda, no tengo intención de volver a hacerlo. Julia tiene razón, ha sido una mala idea, pero ya está en proceso. Enviamos las amonestaciones antes de salir de Londres, y probablemente su padre ya debe de haber enviado la mayoría de las invitaciones.

—La localización puede cambiarse —le dijo Julia a Richard.

—No será necesario —dijo Milton con brusquedad y un poco sonrojado—. Podéis celebrar la boda aquí.

—¿Cuando acabas de poner en tela de juicio nuestro amor? —preguntó Richard—. ¿Te das cuenta de lo frío y estrecho de miras que pareces al no comprender lo fácil que me ha resultado enamorarme de ella? Pero para que lo sepas, padre, nos encontramos en Londres al inicio de la temporada social y no nos reconocimos. Yo me sentí totalmente hechizado e intenté seducirla. Y ella casi sucumbió, porque también se sintió atraída por mí.

—¡Richard, deja de contarle unos detalles tan íntimos! —volvió a protestar Julia.

Él no la ignoró, simplemente se inclinó, la besó en la mejilla y le dijo:

—Déjame hablar. —Y continuó su improvisado relato—: Sufrimos un verdadero impacto cuando descubrimos quiénes éramos y, como ella ha dicho, entonces nos despedimos enojados. Pero, irónicamente, después tú volviste a unirnos y eres el responsable de las intensas emociones que nos consumieron: alivio, gratitud y un enfado que, para variar, no era mutuo, sino que estaba dirigido hacia ti. Después, bueno, una cosa condujo a la otra y la atracción que habíamos experimentado recientemente volvió a surgir.

—¡Dios mío! —exclamó ella sorprendida—. Él es el responsable, ¿no? Si yo no hubiera sentido el impulso de rescatarte no nos habríamos vuelto a ver.

Richard la miró y se rio. Ella debía de parecer convenientemente sorprendida, porque él dijo:

—No tienes por qué sentirte en deuda con mi padre, cariño, de verdad que no. Pero si todavía quieres casarte aquí, supongo que podré soportar pasar unas semanas debajo de este techo mientras tú organizas todos los preparativos para esa gran boda que deseas.

35

La joven doncella que condujo a Julia a su habitación quiso limpiarla enseguida. Se quejó de que no la habían avisado de que llegarían invitados y no había preparado ninguna habitación con antelación. Julia la tranquilizó y le dijo que la limpiara más tarde, cuando ella no estuviera allí. Sólo quería disponer de algo de intimidad lo antes posible para poder temblar en paz.

Pero cuando la puerta se cerró y ella se dejó caer en la cama, se levantó tanto polvo que Julia tuvo que incorporarse y estuvo tosiendo y estornudando casi un minuto. Esto acabó con su tembleque y casi se echó a reír cuando vio la nítida huella de sus pisadas en el suelo de madera.

No había exagerado cuando habló del estado de Willow Woods. La habitación que le habían adjudicado probablemente no había sido utilizada, ni limpiada, en años. Al haber tan poco servicio, las doncellas, si había más de una para toda la planta, evidentemente sólo limpiaban las habitaciones que estaban ocupadas habitualmente.

La habitación tenía las cortinas, las paredes y la colcha de la cama azules. Al menos debían de ser azules en su momento, porque ahora el empapelado de las paredes estaba tan descolorido que se veía de un gris apagado. El suelo, que era de madera oscura, necesitaba ser pulido. En la habitación había un estrecho escritorio, pero ninguna cómoda, y, por lo tanto, ningún espejo. Tenía que preparar enseguida una lista de todos los artículos que necesitaría que le llevaran de los almacenes de Londres.

Llenó su mente de estas nimiedades para no pensar en la reunión con el conde, que le había destrozado los nervios. Aunque fue a la casa convencida de que estaba preparada para el encuentro, también sabía que le resultaría muy fácil tener un desliz y decir la palabra equivocada. A pesar de que Milton les había dado permiso para celebrar allí la boda, no estaba segura de que su farsa lo hubiera convencido totalmente, por esto se puso a temblar nada más salir del estudio.

Para ser alguien que había deseado aquella boda durante la mayor parte de la vida de Julia, Milton no parecía contento de que por fin se fuera a celebrar. Al menos de momento. Evidentemente, tenía ciertas reservas, o necesitaba más pruebas de la sinceridad de Richard y ella: como que la boda se celebrara de verdad.

Esta idea la hizo reír con histeria, pero se paró de repente cuando la puerta se abrió y Richard entró en la habitación.

Ella saltó de la cama levantando otra nube de polvo que intentó disipar con la mano.

—Deberías aprender a llamar —dijo con irritación.

Él cerró suavemente la puerta.

—Pronto estaremos casados, así que no tengo que llamar.

Ella arqueó una ceja.

—Esto no te concede ningún privilegio. —Entonces bajó la voz y añadió susurrando—: Aunque fuéramos a casarnos de verdad.

Él le sonrió y contempló el deplorable estado de la habitación.

—Esperaba sinceramente que tu habitación estuviera en mejores condiciones que la mía, pero es obvio que no —dijo realizando una mueca—. Realmente, Willow Woods está en un estado deplorable.

—Otro factor que demuestra lo desesperado que debería de estar tu padre de que nos casemos.

—Siempre ha sido codicioso, pero en la actualidad «desesperado» es, probablemente, un calificativo más acertado. Las deudas de juego que tuvo que asumir en mi nombre debieron de vaciarle los bolsillos todavía más. Según creo, tuvo que pedirle prestado el dinero al suegro de Charles para pagarlas.

—¿Te gusta apostar?

—En realidad, no, pero entonces perdí deliberadamente para que me desheredara. No funcionó, así que me fui.

Ella conocía muy poco al Richard actual, pero su esnobismo había desaparecido. ¿Realmente lo había sido en algún momento o fue la rabia que sentía por su situación la causa del mal carácter que ella recordaba? De hecho, aquella tarde había estado fantástico.

Julia recordó su representación y comentó:

—Antes estuviste increíble. ¿Cómo lo hiciste? ¡Escondes muy bien tus emociones! ¡Incluso conseguiste que yo te creyera!

Él se sonrojó levemente.

—Siento haberte avergonzado, pero mi padre es suspicaz. Si algo se desvía de lo normal, quiere saber por qué. Y lo que nosotros pretendemos no podría estar más lejos de lo normal.

—¿Tú qué opinas? ¿Nos ha creído?

—Ahora mismo me resulta difícil decirlo. Ya no lo conozco. Hace nueve años, cuando me fui, él no habría hecho algo tan horrible como lo que me hizo el otro día, aunque poco a poco se encaminaba en esa dirección. Sus castigos eran cada vez más duros. Aunque no nos haya creído, no tiene más remedio que secundar nuestra iniciativa. La ayuda que supone para él es demasiado grande para que se arriesgue a perderla. Y si nos ha creído, bueno, yo diría que ha olvidado lo que es ser cortés.

—No recuerdo que nunca lo fuera.

Esto no era del todo cierto. Cuando ella era una niña, el conde le parecía como cualquier otro adulto. Su agresividad sólo surgió cuando la situación se le escapó de las manos y Gerald intentó cortar la relación entre las dos familias.

De repente, Julia se dio cuenta de que ni ella ni Richard habían estado hablando en susurros, de modo que corrió hacia la puerta, la abrió y miró a ambos lados del pasillo. Después la cerró y exhaló un suspiro.

—Tenemos que ser más cuidadosos mientras estemos aquí. No podemos permitirnos que nos oigan.

—¿Por qué no salimos al jardín y disfrutamos del buen tiempo? —propuso Richard—. Y de paso les damos a los sirvientes la oportunidad de limpiar las habitaciones.

Julia pensó que era una idea espléndida, sobre todo porque así podrían hablar con total libertad. Cogió su sombrero y abrió la puerta, pero se detuvo para sacudir el polvo de la parte de atrás de su falda. ¡La colcha de la cama estaba tan sucia que se percibía el perfil de su cuerpo en ella!

—¡Espera! —exclamó Richard sujetando su mano—. Yo lo haré.

Ella vio que alargaba el brazo mientras un destello de picardía iluminaba sus ojos y se dio la vuelta para enfrentarse a él.

—Ni lo sueñes.

Él sonrió ampliamente.

—¡Vamos, cariño, qué mejor oportunidad que un poco de polvo!

—En serio, no vas a poner tus manos en mi trasero.

Intentó sonar dura, pero el buen humor de Richard era contagioso.

—¡Vamos, sé comprensiva! —dijo él con voz zalamera mientras volvía a alargar el brazo.

Ella se echó a reír y cruzó la puerta con rapidez mientras decía con firmeza:

—¡No!

Él no hizo caso de su negativa y dio una zancada hacia la puerta. Ella soltó un chillido y corrió por el pasillo. Entre risas, volvió la cabeza para asegurarse de que él no se acercaba demasiado... y tropezó con su padre.

¡Se puso realmente encarnada!

—¡Disculpe! —soltó, y, avergonzada, corrió escaleras abajo.

—Realmente sabes cómo estropearlo todo, viejo.

Oyó que protestaba Richard antes de correr escaleras abajo detrás de ella.

36

Gracias a la bromita de la planta superior, lo que quedaba del nerviosismo de Julia se desvaneció. Le sorprendía haberse dejado llevar por aquella travesura infantil con Richard, pero dedujo que necesitaba algún tipo de desahogo y la risa era un potente remedio para las emociones desagradables. Al menos temporalmente. Además, la vergüenza que le produjo que el padre de Richard los viera jugando desapareció en cuanto el sol de la tarde acarició sus mejillas. Incluso se quitó el sombrero para notar más el calor del sol y se lo colgó de la muñeca.

Le dijo a su doncella, que esperaba junto a los carruajes, que se encargara de que entraran su equipaje en la casa y que desempacara sus cosas. No tenía sentido que lo hiciera antes, pues no sabía si serían bien recibidos.

—Ha sido genial —dijo Richard mientras cerraba la puerta principal y se reunía con ella al pie de los escalones de la entrada.

Ella lo miró con extrañeza.

—¿Lo hiciste a propósito para poder perseguirme por la casa y despistar a tu padre?

—¿Tú qué crees?

Ella no sabía qué pensar, pero como él parecía sentirse tan satisfecho por ello, simplemente dijo:

—La próxima vez, avísame.

Él sonrió y sacudió la cabeza.

—La espontaneidad da mejores resultados.

Tenía razón, pero sólo si la broma surtía el efecto deseado, y en ese caso, podría no haber sido así. Teniendo en cuenta su pasado en común y el estado de nerviosismo de ella, también podría haberle recriminado que no fuera serio y entonces Milton los habría visto peleándose.

—¿Sospechabas que él aparecería y nos encontraría bromeando? —preguntó Julia.

—Sospecho que nos estará observando en todo momento. Como un halcón. Pero también debe de estar haciéndose un montón de preguntas, de modo que sí, tenía el presentimiento de que no tardaría en ir a buscarme.

Richard le rodeó la cintura con un brazo para guiarla. Un largo sendero flanqueado por árboles en plena floración se extendía frente a ellos y el sol asomaba entre las copas. Richard no tomó ese camino pintoresco sino que rodeó la casa. El porche trasero se extendía a lo largo de casi toda la fachada posterior y comunicaba con el salón, el comedor principal e incluso la salita del desayuno. Aquel lugar no le trajo a Julia buenos recuerdos. Además, allí también estaba el lago, que todavía le despertaba recuerdos peores.

Intentó no pensar en ellos.

—¿Ya has empezado la búsqueda? —le preguntó a Richard—. No quiero quedarme aquí ni un segundo más de lo necesario.

Él puso los ojos en blanco y después la miró fijamente. Ella se sonrojó al darse cuenta de lo disparatado de su pregunta.

—Ni siquiera han entrado nuestros equipajes en la casa —señaló Richard—. Y permíteme que pase unos días con mi hermano y mi sobrino, a quien todavía no conozco. Cuando nos vayamos, regresaré al Caribe.

—¿Adónde?

—Al Caribe. Es donde vivo ahora.

—¿No vives en Francia? —Entonces se dio una palmada en la frente—. No, claro, en Francia no. ¡Qué tonta soy! Ésa sólo era tu identidad falsa.

Él frunció levemente el entrecejo.

—Probablemente no debería habértelo comentado, de modo que guarda esa información para ti misma. No quiero que mi padre sepa dónde encontrarme cuando todo esto haya terminado.

—¿Crees que no te preguntará dónde has estado durante todos estos años?

—Seguro que sí, pero aunque estuviera felizmente enamorado, como fingimos estar, no me sentiría obligado a contestarle.

¿Felizmente? Qué extraña manera de expresarlo. Casi sonaba como si quisiera estarlo. Claro que él ya estaba enamorado de otra mujer, ¿o lo de Georgina no fue más que un capricho pasajero por una mujer guapa e inalcanzable? De hecho, el Richard encantador y aventurero que Gabrielle le había descrito era el tipo de hombre que probablemente se enamoraría con facilidad de muchas mujeres. Esta idea tampoco le gustó.

—¿Qué me dices de ti? —preguntó Richard—. ¿Qué harás cuando esto haya terminado?

Ella lo miró arqueando una ceja.

—Ya me oíste comentárselo a mi padre. Continuaré con mi vida. Por fin.

—¿Y esto significa...?

—Matrimonio, hijos. Encontraré a un hombre que sea perfecto para mí, un hombre como Harry Roberts.

Richard se paró de repente y frunció el ceño.

—¿Ya has elegido a tu marido?

Ella se rio.

—Harry es el marido de mi mejor amiga. Sólo lo utilizaba como ejemplo porque es el esposo casi perfecto. Adora a Carol, su mujer. No la trata como a un ama de casa glorificada, que es como muchos hombres tratan a sus esposas. En su matrimonio las desavenencias no se resuelven con un «Se hace lo que yo digo y punto». Él siempre se toma en serio las opiniones de Carol. Ellos alcanzan acuerdos, como si fueran socios en una relación de negocios. De hecho, esto lo describe bastante bien. Lo creas o no, él la trata como a un socio igual a él y esto hace que Carol lo ame todavía más. Esto es lo que yo quiero, un hombre con el que pueda compartir mi vida, no uno que intente imponerme cómo debo vivirla. Y, como es lógico, deberá estar de acuerdo en que yo siga ayudando a dirigir los negocios familiares. Y deberá apoyarme en mis decisiones.

—Es mucho pedir —dijo Richard, pero reemprendió la marcha con una sonrisa—. Teniendo en cuenta lo rica que es tu familia, ¿no te preocupa que los cazadores de fortunas te digan exactamente lo que quieres oír y que dejen de hacerlo justo después de la boda?

Ella se puso tensa.

—¿Crees que la fortuna de mi familia es lo único que un hombre puede encontrar atractivo en mí?

—No, desde luego que no, pero, aun así, es algo que tienes que tener en cuenta.

Si tuviera que tener esto en cuenta, ella nunca se casaría. ¿Cuántos hombres eran como Richard, a quien no le importaba para nada el dinero de ella? Le extrañó que él no hiciera hincapié en este hecho.

¡Con qué rapidez podía esfumarse el buen humor! Julia estaba a punto de darse la vuelta y regresar a la casa, preferiblemente sola, cuando Richard dijo:

—Vigila dónde pones el pie, Jewels, esta pendiente es un poco irregular.

—¿Quieres dejar de llamarme con ese apodo de mal gusto que me pusiste cuando éramos niños? —dijo ella con voz tensa.

Él ignoró el tono de su voz y ni siquiera la miró, porque estaba contemplando reflexivamente el lago.

—Uno de los barcos en los que he navegado se llama *Crusty Jewel*. Cada vez que nos enfrentábamos a una tormenta, me acordaba de ti. No, eres Jewels y Jewels serás. Admítelo, es un nombre muy bonito.

Ella no pensaba admitirlo en absoluto, pero se dio cuenta de que se había puesto de mal humor sin una razón justificada, así que, por el bien de su objetivo común, cambió de tema.

—El lago es artificial, ¿no? La pendiente es gradual en este lado, pero en el resto es muy pronunciada, lo que le da un aspecto poco natural.

—Sí, el primer conde de Manford inició la excavación a principios de 1700.

—Una época en la que estaba de moda llevar el pelo largo como tú ahora. ¿Te gustaría haber nacido entonces? La verdad es que llevas el pelo tan largo como yo.

Él se rio.

—No, no es cierto.

—Sí que lo es.

—Déjatelo suelto para que lo compruebe.

Ella se sacó unas cuantas horquillas, sacudió la cabeza y su cabello cayó por su espalda. Entonces se volvió para enseñárselo a Richard y lo miró por encima del hombro.

—¿Qué opinas?

—¡Vaya! —fue todo lo que dijo él antes de hacerla volverse de nuevo y besarla.

Su beso no fue suavemente seductor, sino instantáneamente apasionado, y ella se sintió arrastrada por él con facilidad. ¡Fue tan inesperado! Y el hecho de que fuera por sorpresa la impresionó todavía más. ¡Dios, qué bien sabía Richard! Y hechizaba sus sentidos transportándolos a nuevos reinos de tentación. No podía estar cerca de él sin experimentar ráfagas inusuales de vértigo. Sólo verlo ya le producía esta sensación, pero cuando él la apretaba contra su duro cuerpo, esta sensación se multiplicaba por diez y una explosión de placer sensual que surgía de su interior se extendía por todo su cuerpo agudizando sus sentidos.

De repente, él interrumpió el beso. Por lo visto, Richard tenía suficiente fuerza de voluntad para no revolcarse con ella allí mismo, sobre la hierba, pero ella no. Ella no habría protestado en absoluto. De hecho, todavía no podía pensar con claridad y, mientras respiraba entrecortadamente, lamentó que aquellas maravillosas sensaciones se estuvieran enfriando.

Él ya no la apretaba con fuerza contra su cuerpo, pero seguían en la misma posición, porque ella no había dejado de abrazarlo. Entonces, Richard apoyó las manos en los hombros de Julia y su frente en la de ella. Su cálido aliento acarició la cara de Julia.

—No te muevas durante unos instantes —dijo Richard en un susurro.

Ella casi soltó una carcajada, porque, aunque lo intentara, no creía que pudiera moverse.

—¿Lo has hecho a propósito? —preguntó él.

Ella no sabía a qué se refería, pero el tono de su voz se había vuelto acusador y ella se puso tensa.

—No sé a qué te refieres.

Él suspiró.

—No, supongo que no lo has hecho a propósito.

Una de sus manos descendió por el brazo de Julia tan lentamente que, en realidad, se trató de una caricia. Julia se estremeció y pensó que quizá, después de todo, no habían acabado de besarse. Pero él sólo quería coger su sombrero. Se lo quitó de la muñeca y se lo puso en la cabeza con brusquedad.

—Tienes un pelo bonito, Jewels, será mejor que lo lleves recogido —dijo en un tono excesivamente seco.

Ella soltó un respingo e intentó separarse de él, pero él había vuelto a cogerla por los hombros y no la dejaba ir.

—No te enfades conmigo, todavía no hemos terminado con la demostración. El tirano nos está observando desde la casa, así que estate quieta y pon tu mano en mi mejilla.

Ella lo hizo, aunque replicó con aspereza:

—A lo mejor no nos está mirando.

—Te he conducido al jardín trasero porque puede verse desde más habitaciones que el delantero, incluidos su dormitorio y su estudio. Nos está observando. Casi puedo sentir la maldad que proviene de la casa.

—¡Probablemente sientes la que proviene de mí!

Él la miró y después se echó a reír. Su risa fácilmente podría haber acentuado el mal humor de Julia hasta grados explosivos, pero Julia se dio cuenta de que él no se estaba riendo de ella, sino que se estaba divirtiendo de verdad, y no era difícil adivinar la razón. Allí estaba él, realizando todos los esfuerzos posibles para ayudarla a librarse del contrato matrimonial y ella respondía mostrándose irascible, discutidora y a la defensiva. ¡Cuando hasta entonces lo habían llevado tan bien!

—Quizá deberíamos volver a hablar sobre el lago —ofreció Julia, avergonzada.

—¡Sí, por Dios! ¡Hablemos del lago!

Richard rio entre dientes, la agarró del brazo y la condujo por la suave pendiente hasta la orilla del lago. En realidad, no era lo bastante grande para ser considerado un verdadero lago. Se trataba, más bien, de un estanque grande, pero ella sabía que era hondo incluso en las orillas, y probablemente ésta era la causa de que los Allen lo llamaran lago.

—Por aquel entonces, la aristocracia era muy derrochadora con la ropa, las pelucas y los gastos —le explicó Richard—. Dicen que el primer conde de Manford contrató a todo un pueblo para cavar este hoyo. Cuando se le acabaron los fondos, el lago permaneció inacabado durante años; un gran agujero vacío en el jardín trasero. Por desgracia, la lluvia nunca llegaba a acumularse en él porque se filtraba en la tierra. A veces, la nieve lo llenaba en invierno, pero cuando se fundía, en primavera, no dejaba más que un charco de lodo que en verano volvía a secarse.

—¿Entonces quién lo terminó?

—El conde siguiente se casó bien, pero su mujer no era generosa. Cada vez que renovaba su vestuario, algo que, cómo no, hacía una vez al año, no donaba sus viejos vestidos a los pobres, sino que los tiraba. Poco después de llegar a Willow Woods decidió que aquel agujero feo y enorme del jardín sería ideal para tirar cosas, incluida su ropa. Como es lógico, el jardinero del conde no podía permitir que hubiera un montón de basura en la propiedad y su solución fue cubrirlo con tierra. Los sirvientes que, lógicamente, eran eficientes, porque cuanto antes terminaban el trabajo, mayor era el tiempo libre del que disponían, extendieron el enorme montón de ropa por el fondo del hoyo de modo que sólo tuvieron que dar una palada aquí y otra allá para cubrirlo. Aquel año, en primavera, se formó el charco de lodo habitual, pero en aquella ocasión se quedó allí y se fue haciendo más y más profundo con cada día de lluvia.

Julia se echó a reír.

—¿De modo que, aunque no sabían cómo terminar el lago adecuadamente, lo hicieron de una forma accidental?

—Exacto. Una generación más tarde, introdujeron peces en el lago para que criaran y construyeron el pequeño muelle.

En aquel momento estaban encima del muelle.

—Yo tenía mucha envidia de que supieras pescar —confesó Julia impulsivamente—. Mi madre no creía que fuera una actividad adecuada para mí, lo que, lógicamente, hizo que yo deseara aprender todavía más. Al final mi padre cedió y me llevó a pescar sin que mi madre se enterara. Era nuestro pequeño secreto. Pero cuando vi aquellos pobres gusanos ensartados en los anzuelos, se me pasó el capricho de la pesca.

Él rio entre dientes.

—¿Al final aprendiste a nadar?

Ella lo miró con severidad. ¡Qué desconsiderado por su parte mencionar aquel hecho! Aunque no, no parecía estar vanagloriándose de su intento de ahogarla cuando era un adolescente y la sorprendió añadiendo:

—Aquel día me diste un susto de muerte. Yo sólo quería que te mojaras, no que te hundieras.

241

Ella abrió unos ojos como platos. «¿Yo sólo quería que te mojaras no que te hundieras?» ¿Cuántas cosas más había malinterpretado ella en aquella época? ¿Debía contarle su interpretación de lo que él le hizo aquel día?

Se volvió hacia él, pero Richard se había colocado detrás de ella, muy cerca. Ella tuvo que volver el cuello para verlo. Entonces vio aquel destello pícaro en sus ojos y, a continuación, ella estaba en el agua.

Emergió a la superficie escupiendo agua, con la falda hinchada alrededor de su cintura y el pelo cubriéndole los ojos, de modo que no veía nada. ¿La había empujado al lago? ¿Otra vez? Apartó el cabello de su cara, pero antes de que pudiera lanzarle una mirada airada a Richard, una gran ola explotó en su cara y Richard apareció a su lado.

—Por lo que veo, ya has aprendido a nadar —dijo él—. ¡Lástima de valiente rescate!

Él se movía por el agua riendo. Ella lo salpicó.

—¿A esto lo llamas valiente rescate?

—Tú lo has arruinado al no estar en peligro —se quejó él, pero con una amplia sonrisa—. ¿Tengo que demostrarte cómo se hace?

Ella soltó un grito cuando él se sumergió y, cómo no, la hundió a ella también. Pero con la misma rapidez, la soltó y ella emergió de nuevo a la superficie, donde lo encontró sonriendo otra vez.

—Tienes unas bonitas piernas, Jewels.

Richard sumergió la cabeza para poder admirarlas.

La falda de Julia ya no estaba abombada a su alrededor, pero ella no conseguía que le cubriera las piernas. Sin embargo, sus emociones se estaban agitando y no pudo evitar reírse de las travesuras de Richard.

Él volvió a sacar la cabeza del agua. De hecho, era lo bastante alto para tocar fondo en aquel lugar sin que el agua le cubriera la cabeza. Ella lo intentó, pero no consiguió tocar el fondo y volvió a hundirse.

—¿Ahora estás en peligro? —preguntó él cuando ella volvió a emerger.

—No.

—Déjame volver a intentarlo.

—¡No!

Esto fue todo lo que ella consiguió decir antes de que él volviera a hundirla. Julia se dio cuenta de que no iba a ganar aquel juego, pero no le importó en absoluto. De todos modos, siguió intentándolo y, mientras estaba sumergida, utilizó el pecho de Richard como punto de apoyo para empujarlo y nadar lejos de él.

Así pasaron el resto de la tarde, jugando como niños, chapoteando y riendo en la fría y transparente agua.

Como deberían haber hecho de niños...

37

La tarde resultó muy agradable, aunque sólo fuera un espectáculo para demostrarle al padre de Richard lo bien que se llevaban. Julia se lo pasó tan bien que ni siquiera pensó en que era una farsa, pero fingir de lejos era mucho más fácil que hacerlo mientras se encontraban en la misma habitación que el conde, de modo que temía el momento en el que tuviera que bajar a cenar.

Se vistió de un modo formal, con un traje de noche de color crema de cuello alto que iba adornado en los puños y el cuello con unas diminutas perlas blancas. Después de todo, iba a cenar con un conde, y se acordaba de que él siempre se vistió con elegancia cuando cenó con sus padres.

Richard se dirigió a la silla que estaba en uno de los extremos de la larga mesa, seguramente lo más lejos que pudo del asiento habitual del conde. Entonces acercó una de las sillas de los laterales a la de él y le indicó a Julia que se sentara en ella.

Aquella noche, con su holgada camisa blanca de mangas largas y sus pantalones negros, no podía ir vestido de manera más informal, pero su padre no apareció para realizar ningún comentario al respecto. Cuando los lacayos empezaron a servirles la cena, Julia y Richard se dieron cuenta de que el conde no bajaría a cenar. Uno de los sirvientes se lo confirmó.

—El conde está indispuesto, milord —dijo mientras llenaba la copa de vino de Richard y señalaba con la cabeza la silla vacía que había a la cabecera de la mesa.

Julia se relajó de inmediato. Richard no lo hizo, probablemente porque los lacayos no salieron de la habitación. De hecho, dos de ellos se quedaron a ambos lados de la puerta. Esto era habitual en la mayoría de las casas que disponían de un numeroso servicio, ¿pero en aquella que contaba con tan pocos sirvientes? De modo que Julia siguió teniendo presente que estaban siendo observados. Si esto era así, tenían que parecer relajados el uno con el otro y no cenar en silencio.

—¿Tu hermano tampoco cenará con nosotros? —preguntó Julia mientras un sirviente les servía el primer plato, que consistía en pescado fresco con una salsa de hierbas.

—No está aquí —contestó Richard con evidente decepción—. El otro abuelo de Mathew tenía que atender unos negocios en Manchester y los invitó a pasar unos días con él allí. Él es el duque de Chelter, ¿lo sabías?

—Sí que lo sabía. Invitaron a mi familia a la boda de Charles. ¿No te acuerdas?

—Supongo que eres tú quien no se acuerda de que yo no asistí.

—Pues sí, no me acordaba. ¿Por qué no asististe a la boda de tu hermano?

—Porque me negué a verlo cometer un error tan grave. Ya sabes que él no soportaba a su mujer. Ni siquiera antes de la boda.

La situación era tan similar a la de ellos que se pusieron serios, pero Julia decidió que no podía dejar que la conversación terminara de aquella manera.

—Lo único que recuerdo de ella era que tenía una voz muy aguda.

—Llamemos a las cosas por su nombre, querida, lady Candice chillaba como un cerdo camino del matadero.

Julia casi se atragantó con el pescado. No podía parar de reír.

—De niña pensaba que su voz era realmente única, pero no seamos descorteses. Probablemente tenía un problema de nacimiento en las cuerdas vocales.

Él la miró durante un largo instante.

—Vaya, nunca pensé en esta posibilidad. Pero también era una quejica crónica, y esto no se padece de nacimiento.

—Tienes razón. —Julia le sonrió—. La verdad es que tampoco era muy guapa...

—No olvides llamar las cosas por su nombre —la interrumpió él sonriendo a su vez.

Ella asintió con la cabeza.

—Está bien, era bastante fea, con una voz horrible y no podía encontrar marido. Yo diría que tenía razones para quejarse.

—¿Te pones de su lado porque también eres una mujer? —preguntó Richard con curiosidad.

—No, sólo la contemplo desde una perspectiva diferente.

—Está bien, pues contempla esta perspectiva: los pobres y los enfermos tienen razones para quejarse, pero ella era la hija de un duque y estaba mimada... hasta la médula de los huesos —dijo él mientras le daba un bocado de su pescado.

Julia se preguntó por qué se había interrumpido Richard, hasta que se dio cuenta de que la estaba observando con una expresión que reflejaba fascinación. Richard le había estado dando comida de su plato de vez en cuando, como hacían los que estaban enamorados. Julia pensó que se trataba de un detalle acertado y le siguió el juego. Incluso fingió que su comida sabía mucho mejor que la de ella poniendo una expresión de ensoñación cada vez que él le daba un bocado. Pero ahora Richard la miraba de una forma mucho más apasionada. Sus palabras confirmaron la dirección que estaban tomando sus pensamientos.

—Estoy a punto de echar a esos dos de la habitación y comerte a ti para cenar.

Ella sintió una repentina oleada de calor y su estómago pareció dar un delicioso brinco. ¡Y él ni siquiera estaba hablando en serio! Ella lo sabía, pero, aun así, tuvo que contener un deseo imperioso de sentarse en su regazo y rodearle el cuello con los brazos. Pero él lo había dicho lo bastante alto para que los dos sirvientes lo oyeran, de modo que ella no se sonrojó tanto como lo habría hecho si no se tratara de otra demostración de Richard.

¿Cómo se suponía que debía responder? ¿Qué diría una enamorada ante una declaración tan provocativa? Julia tuvo la impresión de que sería algo así:

—Compórtate... hasta más tarde.

—Con una promesa como ésta, me contendré —respondió Richard con una sonrisa seductora.

¡Santo cielo! ¿Ella había dicho aquello en voz alta? Pero la sonrisa de Richard, que era auténtica, le confirmó que estaba complacido con su contribución a la demostración.

Esto le permitió volver a su tema neutro de conversación, aunque antes tuvo que respirar hondo para recobrar la compostura.

—¿Así que Candice no tenía nada que resultara agradable?

Él no le respondió de inmediato. Inhaló hondo, como había hecho ella, y levantó los ojos hacia el techo un segundo antes de volver a mirarla.

—Cuando Charles regrese, pregúntale si Candice llegó a gustarle en algún momento.

Julia sacudió la cabeza.

—A mí Charles siempre me ha caído bien, pero esta pregunta es demasiado personal incluso para mi futuro cuñado. Te creeré a ti.

Richard arqueó una ceja.

—¿Mi hermano siempre te ha caído bien? —preguntó él con un deje suspicaz.

Ella soltó una risita.

—No tienes por qué sentirte celoso. Él nunca hizo nada para no caerme bien. Siempre fue amable conmigo.

«No como tú», pero se guardó este pensamiento para ella.

Sin embargo, él no lo hizo.

—Y yo no lo fui.

—¡Chsss! —intentó hacerlo callar Julia.

—No me digas que me calle, todo el mundo sabe que nos odiábamos.

—No exageres.

—Está bien, toda Inglaterra.

Él seguía exagerando, porque sólo sus respectivas familias y los sirvientes lo sabían. Julia se preguntó por qué Richard había sacado un tema tan espinoso que no deberían estar discutiendo, ya que las paredes oían.

Empezaba a sentirse visiblemente incómoda cuando él le restó importancia.

—No tenemos por qué andar de puntillas con este tema, cariño. Se trata de nuestro pasado y no tiene nada que ver con lo que sentimos ahora.

Tenía razón. No había nada que odiar en el Richard de ahora. Él, como el hombre por el que se había sentido atraída en el baile de cumpleaños de Georgina, también podía ser encantador, e incluso galante.

Y también tenía un maravilloso sentido del humor. Y era un hombre de honor. En realidad, no tenía por qué estar allí haciendo aquello por ella, sólo por ella. Claro que estaba en deuda con ella, de modo que se la estaba pagando.

Un pensamiento sorprendente acudió a su mente: aquel hombre le gustaba. Y mucho. ¡Qué desconcertante!

38

Julia se retiró a su habitación recién limpiada poco después de la cena. Quería levantarse temprano para dirigir a los trabajadores en cuanto llegaran. Ella y Richard habían decidido contratar a diversos equipos de trabajadores por varias razones. Por un lado, porque daría credibilidad a su decisión de casarse. Por otro, porque crearían tal conmoción que, probablemente, el conde estaría distraído con ellos y no pensaría tanto en ella y en Richard. Pero, sobre todo, porque así podrían entrar en todas las habitaciones de la planta baja con la excusa de decidir lo que tenían que modificar antes de la llegada de los invitados a la boda.

Julia estaba sentada en medio de la cama, con las piernas cruzadas y peinándose el cabello. Normalmente realizaba este ritual nocturno delante de un tocador, pero en la habitación no había ninguno. De hecho, había añadido un espejo a la lista de artículos que había enviado a su padre con una nota en la que le contaba la reunión con el conde. Gerald insistió en que lo informaran de inmediato. De hecho, si conseguía reunir las fuerzas suficientes para viajar antes de que cumplieran su objetivo, quizá se presentara para decirle cuatro verdades a Milton, aunque Julia esperaba que ella y Richard pudieran salir de allí en cuestión de días, no de semanas.

Después de haber jugado tanto en el lago debería de sentirse agotada, pero, extrañamente, estaba muy despierta. Demasiados pensamientos reclamaban su atención, aunque ella intentaba distraerse contando las pasadas del peine por su cabello. Casi había contado cien cuando la puerta se abrió.

Julia se quedó helada. No estaba vestida para recibir a nadie y mucho menos a Richard, sin embargo, allí estaba él, paralizado también al verla vestida de aquella manera. Ella llevaba puesto su camisón de verano favorito, un camisón sin mangas, cuello en V y de una seda blanca tan fina que, sin duda, era la pieza de ropa más suave que tenía. Y la más transparente.

Él fue el primero en salir del estupor. Una lenta sonrisa empezó a dibujarse en sus labios, pero entonces gruñó y puso cara de circunstancias. Pero no se marchó, sólo cerró la puerta y dijo en un tono de voz algo seco:

—Ponte decente.

A la vez que la increpaba de ese modo, Richard se puso de espaldas a ella. Entonces Julia se dirigió enseguida al armario y se puso una bata confeccionada con el mismo tipo de seda. No era un gran cambio, pero al menos sus brazos quedaban tapados y una capa extra de seda le cubría el pecho. De todas maneras, por si acaso, después de abrocharse fuertemente el cinturón, deslizó sendos mechones de cabello por encima de sus hombros para que le taparan más los pechos.

—¿Ya estás decente?

Ella lo miró y resopló.

—Si tuvieras la costumbre de llamar a la puerta, no te sentirías violento por ver lo que no deberías ver.

—Yo no me siento violento, sólo estoy haciendo todo lo posible para quedarme en este lado de la habitación.

Julia abrió la boca para soltar una exclamación, pero ningún sonido salió de su garganta. ¡Él parecía tan contrariado! ¿Tanto le había afectado lo que había visto? El hecho de que la simple insinuación de sus pezones debajo de la seda lo trastornara casi la hizo sonreír.

—Sí, ya puedes darte la vuelta y decirme qué haces aquí.

Él se giró hacia ella y deslizó lentamente la mirada por su cuerpo, de la cabeza a los pies.

—Vamos a pasar la noche juntos —dijo.

¡Cielo santo! Enseguida, una imagen de sus cuerpos entrelazados en la cama del *Maiden George* ocupó la mente de Julia y fue tal el calor que la invadió que estuvo a punto de fundirse allí mismo. ¡Él no podía estar insinuando que volvieran a hacerlo! No podía haber ido a su habitación para decirle aquello. Simplemente, estaba teniendo una reacción masculina a su escasez de ropa.

Realmente tenía que elegir sus palabras con más cuidado. Un poco molesta por la facilidad con que se había excitado al oír la propuesta de Richard, Julia dijo:

—¿Perdona?

—No te pongas quisquillosa. No te tocaré. Tienes mi palabra. Es sólo por una cuestión efectista. Quiero que la doncella nos encuentre juntos por la mañana y se lo cuente a mi padre.

¡Hablaba en serio! ¿Cómo podría sobrevivir ella a toda una noche sin que él la tocara? No podría. Aquélla no era una buena idea.

—Hoy hemos hecho una gran demostración —le recordó ella—. ¿De verdad tenemos que hacer una más?

—No me ha gustado nada que no se presentara a cenar —dijo él sencillamente—. Cuando no lo veo, no me fío de él.

—¿Y cuando lo ves?

—Tampoco, pero al menos, si veo de qué humor está, me resulta más fácil adivinar lo que está pensando.

—Probablemente todavía no sabe qué hacer respecto a nuestra decisión. Es lo último que se esperaba, que nos enamoráramos. Además, la primera persona que entrará por la mañana será mi doncella, no la sirvienta de tu padre, de modo que él no se enterará.

—¿Confías en tu doncella?

—No, es nueva, pero le gusta el empleo porque le pago más de la cuenta, de modo que no se arriesgará a perderlo.

—¿Pagas de más a tus sirvientes sólo porque eres rica?

Ella se preguntó por qué se le veía tan enfadado. ¿Le molestaba que fuera rica o todavía estaba alterado porque la había visto medio desnuda?

Intentó no responder a su mal humor con la misma moneda y, simplemente, dijo:

—En realidad opino que la renta media no es suficiente ni para alimentar a los cerdos, y mucho menos a las personas. Además, en mi familia siempre hemos pagado a los empleados lo que creemos que se merecen, no lo que dictan las normas. Se obtienen mejores resultados cuando el trabajador está contento y bien alimentado, ya sabes. ¿O no lo sabías?

Finalmente, él rio entre dientes.

—Buen punto de vista. Y no, no lo sabía. Nunca en mi vida le he pagado a ningún sirviente de ningún tipo.

—¿Nunca? ¿Ni siquiera durante los años que has estado fuera? —preguntó ella, extrañada.

—¿No te he mencionado que he pasado la mayor parte del tiempo en alta mar? ¿O en la casa de otras personas?

—Un lord sin un ayuda de cámara. Estoy... sorprendida.

—No lo estés. No resulta difícil pulirse las botas o lavarse la propia ropa. En cuanto a cocinar... Por si te interesa, nunca lo he intentado. —Richard sonrió y añadió—: Respecto a mi idea, sigue siendo buena. Mi padre sólo ha oído que nos hemos acostado de mi propia boca, y éste es el elemento clave de nuestra farsa, de modo que quiero que lo oiga de alguien más. Y si, por lo que me dices, no podemos confiar en tu doncella para que se lo cuente, entonces ven conmigo, dormiremos en mi habitación.

Richard no esperó su conformidad, sólo la agarró de la mano y la condujo a una de las habitaciones que había en una de las esquinas del extremo del pasillo. A pesar de la lógica de su explicación, a Julia seguía sin gustarle para nada aquel nuevo plan.

Sentía una mezcla de timidez y ávida curiosidad. Tenía muchas ganas de ver la habitación en la que él había crecido, pero cuando entró y miró a su alrededor, no vio nada que indicara que un niño había vivido allí en ningún momento. El empapelado de las paredes era de un descolorido tono jade, las cortinas, que estaban descorridas, eran amarillas y estaban deshilachadas y había una chimenea vacía, sin nada en la repisa, y ni un solo cuadro en las paredes. Como estaba en una esquina de la casa, varias ventanas daban al jardín lateral, y otras, al delantero. Todas estaban cerradas y, a pesar de que la habían limpiado, la habitación olía a humedad. Había, también, un pequeño escritorio en el que Richard debía de hacer sus tareas escolares. Y una estantería sin libros.

—¿Éste era tu dormitorio cuando eras pequeño? —preguntó Julia cuando él cerró la puerta.

—Sí que lo era.

Nada en la habitación sugería que hubiera sido utilizada más que para los invitados.

—¿Cuando te fuiste te llevaste tus cosas?

—No, probablemente lo tiraron todo cuando resultó obvio que no iba a regresar. Sólo cogí lo que me podía llevar, un puñado de recuerdos infantiles y algo de ropa. Yo huía para salvar mi vida..., bueno, al menos esto es lo que sentía. Acababan de hacerme una masacre en el pelo. Me raparon con un cuchillo porque no me lo corté cuando me lo ordenaron.

Ella lo miró con fijeza.

—Esto no es divertido.

—Así es, no lo fue.

Su tono grave hizo que Julia abriera los ojos horrorizada.

—¿No bromeas? —Entonces sugirió—: ¿Es por esto que lo llevas tan largo? ¿Porque tu padre no te dejaba llevarlo así?

—Lo llevo así por todas las elecciones que nunca tuve y como recuerdo de aquello de lo que huí.

Julia se dio cuenta de que él en realidad no se fue de Inglaterra por culpa de ella. Ella era sólo otra de las elecciones que su padre le impuso. Pero él ya no era un niño y su padre ya no podía elegir por él, salvo por medios ilegales. De todos modos, las medidas duras ya no eran necesarias; siempre que Milton creyera su farsa.

—Ahora ríete —le dijo Richard.

Su absurda sugerencia hizo que Julia soltara un respingo.

—Ni hablar.

—No sientas lástima por aquel niño, Jewels —dijo Richard con cierta exasperación—. Él ya no existe, y yo estoy encantado con mi vida, al menos lo estaré cuando pueda volver a largarme de Inglaterra. —Señaló con la cabeza la pared que había a su derecha—. Ésta es su habitación. Quiero que te rías en voz alta para que sepa que estás aquí.

Ella no pudo evitar sonrojarse. Hablar sobre aquella parte de su farsa, por muy inocente que fuera, no era lo mismo que llevarla a cabo.

Él, al verla sonrojarse, puso los ojos en blanco y dijo:

—No seas tonta. El objetivo de todo esto es hacerle creer que nos lo estamos pasando bien, así que ríete.

Ella suspiró.

—No puedo reír sin más, y mucho menos después de lo que acabas de contarme.

—Entonces déjame que te ayude.

Ella estaba segura de que ningún chiste, por muy bueno que fuera, aliviaría la tristeza que sentía al saber lo horrible que había sido la infancia de Richard.

Pero no había previsto que él le haría cosquillas. Y esto es exactamente lo que hizo, la echó en la cama y le hizo cosquillas por todo el cuerpo. Ella dejó de resistirse enseguida, e incluso soltó algún gritito. No sabía que tuviera tantas cosquillas. Y se rio tanto que, cuando él paró, le faltaba el aliento.

Richard se tumbó a su lado, dobló el codo y apoyó la cabeza en la mano. Parecía bastante satisfecho con la representación de Julia y le sonreía complacido. Su boca era realmente sensual. Cuando estaba así, con sus verdes ojos lanzando chispas y sus labios curvados, ella se sentía locamente atraída hacia él.

Julia contempló su boca, deseando que la besara. Pero no lo hizo. Con toda galantería, él volvió a taparle los pechos con la bata sin detenerse a mirárselos. Éste fue un potente recordatorio de lo que había dicho acerca de que no la tocaría, de modo que ella apartó todos los pensamientos carnales de su mente e intentó relajarse. Pero, como había supuesto, no le resultó fácil con él tan cerca de ella.

Intentó distraerse deslizando un dedo por el bultito que Richard tenía en el puente de la nariz.

—¿Así que ésta es la fractura que yo te hice?

—Sí, me dejaste marcado para siempre.

—Tonterías, le da carácter a tu cara. Sin ella eras demasiado mono.

—¿Ya me estás insultando?

Ella no creyó que lo estuviera diciendo en serio, pero, aun así, dijo:

—¿Consideras un insulto que te llame guapo?

—¿No podías haber utilizado este adjetivo en lugar del otro? —preguntó él con voz enfurruñada.

—Bueno, de niño eras mono —dijo ella tomándole el pelo—. En serio.

Él también le tomó el pelo a ella.

—Esta noche, vestida con tan poca ropa, me estabas esperando, ¿no?

Julia soltó un respingo.

—¡Claro que no!

—Porque si lo estabas, habría ido a tu habitación mucho antes. ¿Estás segura? No tenemos por qué dormir como unos desconocidos, ¿sabes?

¿Le estaba tomando el pelo o lo que veía en sus ojos era esperanza? Pero, aunque acabara de desear que él la besara, no debía animarlo. Una cosa era hacer el amor con él de una forma instintiva, arrastrada por la pasión, pero decidir hacerlo conscientemente... No, no podía hacerlo.

—Estoy segura —dijo.

Pero él siguió observándola y entonces ella contuvo el aliento.

—Pues yo no estoy tan seguro de que tú estés segura.

Richard se inclinó más hacia ella y, con voz ronca, le susurró un reto junto a los labios:

—Demuéstramelo.

Los ojos de ella soltaron destellos justo antes de que la boca de Richard se apoderara de la suya dándole el beso que deseaba. Él la apretó contra su cuerpo. Ella oyó un gemido. ¿De quién? Entonces se abrazó a él con fuerza y lo saboreó con todos sus sentidos. ¿Que se lo demostrara? Dentro de un momento. Sólo un instante más... No, no se lo demostraría. ¿Cómo podía no desear aquello cuando la hacía sentirse tan bien? ¿Pero cómo podía permitirlo cuando sabía que no era correcto? Por la mañana se sentirían incómodos. Incluso podían arruinar la farsa.

Utilizando sus últimos restos de voluntad, Julia apartó la cabeza.

—Richard, ¿qué estás haciendo?

Él la miró intensamente durante largo rato.

—Volviéndome loco —murmuró. Entonces suspiró con exasperación y añadió—: Está bien, como unos desconocidos. Será mejor que durmamos un poco.

Richard se sentó para quitarse las botas. Ella ya estaba descalza. Entonces, él se levantó, se quitó la camisa y se dirigió al otro lado de la cama. Ella contuvo el aliento mientras lo observaba, pero lo único que hizo él fue separar la ropa de la cama de ese lado e indicarle con un gesto que se metiera dentro. Pequeños detalles como el hecho de que los encontraran metidos entre las sábanas por la mañana eran importantes. Esto le permitía a él quedarse con los pantalones puestos, y ella no pensaba quitarse la bata, que podía confundirse con su camisón siempre que las sábanas la taparan hasta la cintura.

Richard golpeó la almohada varias veces antes de apoyar la cabeza en ella. Entonces se volvió de espaldas a Julia y, simplemente, dijo:

—Buenas noches, Jewels.

—Buenas noches —murmuró ella.

¡Para él era tan fácil! Probablemente se habría dormido en unos minutos. Hacía bastante calor y Richard sólo se había tapado hasta las caderas, lo que le proporcionaba a ella una visión de toda su espalda. No podía apartar los ojos de él. ¿Cambiaría ella de idea antes de que él se durmiera? ¿Por qué tenía que ser tan sensata? No era como si nunca antes hubieran hecho el amor. Quería volver a sentir las manos de él en su cuerpo.

De repente, como si pudiera leer sus pensamientos, Richard se levantó de la cama. Ella se ruborizó, pero no fingió estar dormida. Sin embargo, él no la miró, sólo de dirigió a una de las ventanas y la abrió. Algo de aire fresco entró en la habitación, el suficiente para que ella se arrebujara más entre las sábanas.

Él se quedó frente a la ventana unos instantes y, antes de que volviera a tumbarse en la cama, Julia se volvió de espaldas al lado que él ocuparía. Richard apagó la lámpara de su lado antes de volver a acostarse. ¡Claro que no había podido separar los ojos de él! Al menos ahora la habitación estaba totalmente a oscuras.

Julia se agitó en la cama intentando encontrar una posición que le permitiera dormirse. Sin querer, su rodilla rozó el trasero de Richard. Julia gimió y pensó que debería disculparse. Deseó que él estuviera dormido y no se hubiera dado cuenta, pero él rápidamente truncó ese deseo.

—Maldita sea, Jewels, estoy a un milímetro del borde de la cama. —Pero entonces se disculpó—. Lo siento. Mañana nos reiremos de esto... ¡O en algún momento del próximo siglo!

Su breve intento de resultar gracioso no alivió la tensión. Media hora más tarde, Julia se dio cuenta de que la oscuridad tampoco la ayudaba a conciliar el sueño. Richard estaba sólo a treinta centímetros de ella y no podía sacárselo de la cabeza, de modo que seguía estando despierta cuando un carruaje traqueteó por el camino hasta la entrada de la casa.

Julia se sentó y se habría acercado a la ventana para ver quién llegaba a aquellas horas de la noche, pero Richard se le adelantó.

—¡Maldita sea, qué desperdicio de representación! —exclamó él exhalando un largo suspiro—. Mi padre no está en su habitación. Ni siquiera estaba en la casa.

—¿Adónde debe de haber ido?

—Supongo que a buscar un periódico londinense para averiguar si las amonestaciones se han publicado. El viejo es incapaz de aceptar nuestra palabra.

—Debería volver a mi habitación.

—Quédate donde estás.

—Ahora estoy demasiado cansada para volver a montar todo el espectáculo.

—Yo también. —Richard se apartó de la ventana con una leve sonrisa en los labios—. Pero sigo queriendo que la doncella nos encuentre aquí por la mañana y se lo cuente a mi padre.

Julia soltó un quejido. Estaba segura de que no iba a pegar ojo en toda la noche.

39

Richard se despertó mucho antes de que llamaran a la puerta. ¡Menuda noche! Apenas había dormido. Compartir la cama con Julia para reforzar su farsa le pareció una idea estupenda cuando se le ocurrió, pero no tuvo en cuenta lo que supondría tener su seductor cuerpo a su lado toda la noche y no poder tocarla. De una forma absurda, creyó que podría contener sus instintos carnales concentrándose en su infeliz pasado y en la razón por la que estaban en Willow Woods. ¡Qué estúpido!

Incluso repasó mentalmente todos sus horribles encuentros, pero no le sirvió de nada, porque ella ya no era aquel pequeño monstruo. Había cambiado tanto que era como si se tratara de una persona totalmente distinta.

Ahora podían mantener conversaciones normales sin enfadarse. Se reía con él. Le seguía las bromas, lo que fue para él una gran sorpresa y un alivio. ¿Y qué podía decir del hecho de que lo hubiera rescatado? ¿Lo había hecho por interés propio como creyó él al principio? ¿O simplemente era lo bastante compasiva para querer ayudarlo a pesar de odiarlo? ¿Todavía lo odiaba? Él no lo sabía con certeza.

Sinceramente, los cambios que Julia había experimentado lo asombraban..., y le resultaban atractivos. Demostró coraje accediendo a representar aquella farsa después de lo que su padre había hecho. Pero esto sí que había sido por propio interés. El contrato no significaba nada para él, pues ahora vivía en otra parte del mundo y podía casarse con quien quisiera cuando estuviera preparado para dar ese paso. Pero ella necesitaba destruir el contrato para poder continuar con su vida y casarse con otro hombre.

Apartó este pensamiento de su mente cuando la persona que había llamado a la puerta lo hizo otra vez.

—¡Entre! —dijo Richard.

Julia se agitó a su lado, pero no se despertó. ¿Realmente tenía el sueño tan profundo o había pasado una noche tan horrible como él? Esta idea le pareció muy interesante, aunque irrealista. Puede que sucumbiera a la pasión en el barco de Malory, pero entonces estaba emocionalmente alterada y él había sido un canalla al aprovecharse de este hecho.

Y ahora estaba preciosa. Con su cabello rubio ceniza extendido sobre la almohada, parecía un ángel dormido. Aparte de la primera vez que la vio, cuando tenía cinco años y era una niña histérica y con las mejillas llenas de manchas, de jovencita ya era guapa. Debería haber supuesto que de mayor se convertiría en una auténtica belleza.

La puerta se abrió y Richard apartó los ojos de Julia. Una doncella joven entró con una jarra de agua. Al ver que él todavía estaba en la cama, se detuvo enseguida y se sonrojó intensamente.

Avergonzada, empezó a retroceder. Por si no había visto a Julia, Richard dijo:

—Deja el agua.

Ahora ella tendría que cruzar la habitación y vería a su dormida compañera, porque ¿cómo podía alguien dejar de ver aquella resplandeciente mata de pelo dorado?

La doncella asintió con incomodidad, pero mantuvo los ojos clavados en el suelo mientras corría hasta el lavamanos. Después volvió a salir de la habitación a toda prisa sin mirar en dirección a Richard ni una sola vez. Él suspiró. No tenía más remedio que explicárselo, sino aquella espantosa noche habría sido para nada.

—No tienes por qué sentirte incómoda, nos casaremos en cuestión de semanas —explicó antes de que la puerta se cerrara.

Ella tenía que haberlo oído, aunque no dio ninguna señal de haberlo hecho. Richard se recordó a sí mismo que no necesitarían semanas. Estaba seguro de que encontraría el contrato en el plazo de unos días. Su padre debía de tener muchos escondrijos bajo llave en la casa, pero seguramente estaban localizados en dos habitaciones, su estudio y su dormitorio. Lo único que le inquietaba era que, si él fuera su padre, después de que Julia y él se hubieran presentado tan inesperadamente no guardaría el contrato bajo llave, sino que lo llevaría encima día y noche. ¡Qué idea tan espantosa!

Richard, malhumorado, se levantó y se vistió. Se dirigió a la cama para despertar a Julia, pero se detuvo bruscamente. No se atrevió a tocarla, pues parte de su malhumor se debía a que todavía la deseaba. Y se trataba de un deseo muy intenso. Podría haber presionado el colchón y llamarla por su nombre en voz alta, pero no estaba seguro de que pudiera soportar verla sentarse en la cama con aquel camisón transparente, el pelo alborotado y el cuerpo todavía caliente. De modo que decidió bajar a desayunar.

Por desgracia, su padre todavía estaba sentado a la mesa del comedor. Después de tantos años, su estómago no debería revolverse en presencia de su padre, pero seguía haciéndolo. Las palizas que recibió de joven lo habían marcado profundamente. Era terrible asociar a un padre con el dolor y nada más.

—Llegas tarde a desayunar —declaró Milton con desaprobación mientras Richard se sentaba delante de él.

—¿Te parezco un niño que necesite que le digan cuándo tiene que comer? —preguntó él mirándolo fijamente.

—Lo que me parece es que eres el obstinado rebelde de siempre. —Milton contempló la cola de caballo de Richard, que caía por encima de su hombro—. ¿Te la vas a cortar para la boda?

—No, no me la cortaré.

—¿Avergonzarás a esta casa...?

—A nadie le importará mi aspecto en absoluto, padre, además, no eres tú quien tiene que decidirlo, ¿no crees? ¿Está claro?

Milton no respondió, probablemente porque una sirvienta acababa de entrar en el comedor con el desayuno para Richard. Comida predeterminada. Nada donde elegir. Richard rechinó los dientes, pero enseguida relajó la mandíbula. Le estaba buscando los tres pies al gato. La comida era pasable y abundante. Al menos su padre no era un tacaño en lo relativo a alimentarse a él y a su familia.

Pero Milton siguió restregándole por la cara su imposibilidad de elegir.

—En esta casa se come exactamente a las ocho de la mañana, exactamente a la una del mediodía y exactamente a las siete de la tarde. Esto permite que la cocinera, que no dispone de mucha ayuda, pueda planificar sus tareas diarias.

—No me imagino a la vieja Greta quejándose de nada. Es una cocinera excelente y uno de los pocos miembros del servicio que recuerdo con cariño. Por cierto, ¿por qué no la he visto?

—Tuve que despedirla. De hecho, hace tiempo que despedí a todos los antiguos sirvientes y los reemplacé por otros más jóvenes que no aspiran a grandes sueldos.

Por la expresión de su rostro, Richard dedujo que su padre lo estaba culpando de aquel hecho, por la deuda que tuvo que asumir en su nombre. Pero, si podía evitarlo, Richard no tenía intención de volver a discutir sobre esta cuestión, pues su padre no había recurrido a la solución que él esperaba, o sea, desheredarlo.

—Me temo que la palabra «exactamente» no me gusta mucho —dijo Richard, pero entonces cedió un poco—. Si, cuando tenga hambre, no coincide con las horas de comer, ya me las arreglaré yo solo.

—¿Y dónde está tu novia esta mañana?

—Sigue durmiendo —contestó Richard, y enseguida la seductora imagen de Julia volvió a ocupar su mente.

—Supongo que está acostumbrada a los horarios intempestivos de los londinenses, ¿no? —preguntó Milton con desdén.

Londres nunca le había gustado. Las clases privilegiadas que vivían allí o frecuentaban la ciudad para disfrutar de la temporada social eran mayoritariamente ricas. Y él no lo era. Pero su pregunta le proporcionó a Richard la oportunidad perfecta para mencionar cómo habían pasado supuestamente la noche.

—En absoluto. Me temo que soy el responsable, por mantenerla despierta hasta tarde. ¿Pero puedo sugerirte que evites utilizar estos comentarios ofensivos y desagradables respecto a ella? Ya tiene reservas en cuanto a celebrar la boda aquí después de la bienvenida que nos diste.

Milton dijo algo entre dientes. Richard decidió ignorarlo y sacar a colación un tema neutral.

—El mayordomo me ha comentado que Charles vuelve hoy. ¿Es cierto?

—Desde luego. Tu hermano es muy previsible y digno de confianza. Dijo que regresaría hoy y así será.

A Richard no se le escapó el insulto implícito en esta afirmación. Él también era digno de confianza, aunque prefería no ser previsible. Pero Milton admiraba esas cualidades, de modo que, cuando era niño, Richard se esforzó en desarrollarlas. Hasta que resultó obvio que nada de lo que hiciera le granjearía el cariño de su padre. Richard decidió dejar de hablar con su padre y concentrarse en terminar el desayuno, pero a Milton no le gustaba el silencio.

—Olvidaste hablarme del ejército que habías traído contigo. Cantel me informó al respecto.

Richard arqueó una ceja.

—¿Así que esto es lo que hiciste ayer por la noche? Creías que tu lacayo no había cumplido tus órdenes y fuiste a encararte con él.

—El juez no es mi lacayo —farfulló Milton—. Y la semana pasada ya me informó de... —empezó a explicar, pero entonces entrecerró los ojos y le preguntó—: ¿Por qué intentaste esconderme la presencia de semejante escolta?

Richard soltó una carcajada.

—Eres increíble, ¿lo sabes? ¿Alguna vez ha habido algo que te pareciera bien? La simple realidad es que no queríamos preocuparte innecesariamente presentándonos con todos esos guardias. Por esto los dejamos por el camino. Y no son míos, sino de Gerald Miller. ¿Quieres que los haga venir? Podríamos hacer que nos ayudaran a poner a punto la casa.

—Déjalos donde están —contestó Milton con irritación.

Richard rio para sus adentros. ¿Creía su padre que los había pillado en una mentira? Seguro que sí.

Pero, por si acaso, Richard añadió:

—¿Pensabas que el padre de Julia la dejaría venir sin protección después de lo que me hiciste? Ellos son su escolta. Yo no necesito ninguna. Tú y yo sabemos dónde estamos. Si no quisiera casarme con Julia, puedes estar seguro de que no estaría aquí.

40

¡Se había quedado dormida! Dio un vistazo a su alrededor y vio que a Richard no le había ocurrido lo mismo. La había dejado sola en su dormitorio. ¿Por qué no la había despertado antes de irse? Él sabía que los trabajadores llegaban aquella mañana y que necesitarían que ella los dirigiera.

Corrió a su habitación y, sin detenerse a llamar a su doncella, buscó un vestido que pudiera ponerse sin su ayuda. Después volvió a recorrer el pasillo en sentido contrario y a toda prisa. Se detuvo cuando llegó a las escaleras, inhaló hondo e incluso se entretuvo un momento para trenzar su cabello. El vestíbulo estaba vacío. Los trabajadores todavía no habían llegado. Sería absurdo hacer un drama de aquello sólo para no tener que pensar en la noche anterior. Entonces esos pensamientos la acosaron sin piedad.

Nunca más se sometería a aquel tipo de frustración, fuera por la razón que fuese. Richard se había mantenido fiel a su palabra y, después del beso, no había vuelto a tocarla. ¡Para una vez que deseaba que no fuera un hombre de honor, iba él y lo era! Claro que ella había insistido en que no tuvieran ningún contacto físico en la cama. Pero entonces ella no sabía lo difícil e incómodo que sería. Si Richard creía que era absolutamente necesario que volvieran a dormir en la misma cama, entonces lo harían en serio y no lo fingirían. Desde luego que no, y ella le dejaría claro que estaba dispuesta a hacer aquel sacrificio por el éxito de la farsa.

Resopló para sus adentros y siguió bajando las escaleras. Pero esto último no se lo diría a Richard. Él no sólo podía ofenderse porque ella considerara un sacrificio hacer el amor con él —claro que, ¿cómo podía decírselo sin explicarle que realmente quería hacer el amor con él?—, sino que también podía ofenderse porque ella estaba tomando las riendas de la farsa, pues el plan había sido idea de él, no de ella.

Encontró a Richard en el comedor del desayuno. Por desgracia, el conde también estaba allí.

Al verla, Richard se levantó de la mesa.

—Mala coordinación, querida, acabo de terminar de desayunar.

¿Iba a dejarla allí a solas con su padre? Ella esbozó una sonrisa dirigida a él.

—No importa, me gusta dar un paseo antes de comer nada y hace una mañana preciosa.

—El desayuno dejará de servirse pronto —declaró Milton.

¿Acababa de lanzarle una mirada de censura? ¿Su actitud todavía no había mejorado? Quizá todavía no le habían informado de cómo habían pasado la noche. Intentó recordar cómo se sintió después de hacer el amor de verdad: sumamente tranquila, tierna, benevolente, feliz.

Se volvió hacia el conde con una sonrisa serena.

—Ah, ¿sí? No me había dado cuenta de la hora que era. De todas formas, me gusta dar un paseo antes de comer por la mañana. Normalmente monto a caballo, pero no he traído el mío. ¿No tendrá usted caballos en sus establos?

—Aparte del caballo de Charles y el poni de Mathew, sólo hay caballos de tiro. Yo personalmente no monto.

—¿Cree que a Charles le molestaría que tomara prestado el suyo?

—Sí que lo creo —contestó el conde.

—Yo no —intervino Richard mirando a su padre con desaprobación.

Milton ignoró el comentario de su hijo.

—No tenemos sillas de montar para mujeres —le dijo a Julia.

Realmente estaba decidido a no ser hospitalario. Empezaba a resultar irrisorio, pero Julia se contuvo y dijo:

—No importa, caminaré.

Richard la agarró del brazo y la sacó de allí antes de que ocurriera algo todavía más desagradable. Ella percibió su tensión. De hecho, estaba furioso.

—¿Ha sido difícil? —le preguntó mientras él la conducía al exterior.

Richard empezó a recorrer el largo camino de la entrada, alejándose de la casa. Por lo visto, no había planeado ninguna demostración para su padre durante aquel paseo.

—¡Ni siquiera puede actuar civilizadamente contigo! En el pasado no era tan odioso ni desagradable. La verdad es que siempre se ponía furioso cuando uno de nosotros quebrantaba sus reglas, pero después de administrarnos el correspondiente castigo, volvía a ignorarnos o a tratarnos con normalidad.

—¿A qué te refieres con «normalidad»? ¿La forma normal en la que un padre trata a sus hijos?

—No, así no. Si nos quería, nunca nos lo demostró. Su actitud era más como cuando tenía invitados en casa. Nos trataba con cordialidad, pero sin sentimiento. Me pregunto si las deudas de juego que tuvo que asumir en mi nombre no lo empobrecieron demasiado y le agriaron el carácter. La finca nunca estuvo tan descuidada como ahora. Él nunca fue un derrochador y nunca tuvimos nada que pueda considerarse extraordinario. Incluso, de vez en cuando, se quejaba de los gastos, pero tampoco vivíamos en la pobreza. Le debe de haber dolido tener que dejar que la finca se deteriore tanto.

Richard se dio la vuelta para regresar a la casa. Ella odiaba verlo tan alterado y sintió la imperiosa necesidad de abrazarlo, pero en lugar de hacerlo dijo:

—Quizá tu padre se muestra tan desagradable porque no nos cree.

—O ha adivinado la razón de que estemos aquí —dijo Richard con un gruñido.

Esta posibilidad también preocupó a Julia.

—¿Realmente tenemos que alargar la visita para que puedas estar con Charles? ¿No podéis veros en otro lugar después de que hayamos conseguido nuestro objetivo?

—Desde luego que sí. De hecho, ayer por la noche intenté entrar en el estudio de mi padre, antes de ir a tu habitación, pero estaba cerrado con llave. De repente apareció uno de sus lacayos, como si hubiera estado escondido en las sombras, y me dijo que mi padre no estaba allí. El muy estúpido podría haberme explicado que no estaba en la casa, pero no me lo dijo.

—¿Crees que el contrato está allí?

—Es lo más probable. Si siempre hay un sirviente de guardia en la puerta, tendré que intentar entrar por una de las ventanas. Según recuerdo, uno de los tablones del suelo, justo debajo de su escritorio, tenía una cerradura.

Julia se echó a reír.

—¿Cierra el suelo con llave?

Él también se rio.

—De hecho, sí. Tenía una caja que encajaba en el hueco que había debajo del tablón y le puso una cerradura, de modo que no podía levantarse sin la llave. Él estaba obsesionado con no dejar el dinero al alcance de los sirvientes, para que no se lo robaran, de modo que éste no es el único lugar en el que tengo que buscar. Uno de los cajones de su escritorio también tiene una cerradura. Ahora que me acuerdo, los tres cajones superiores del escritorio de su dormitorio tienen cerradura, y el pequeño arcón en el que guarda sus relojes también. Y en su vestidor hay una puerta cerrada con llave.

—¿No comunicará con un lavabo?

—No, su lavabo está en el otro extremo del vestidor. Charles y yo siempre nos preguntamos qué guardaba detrás de aquella puerta, pero nunca lo averiguamos. Una vez nos castigó por estar en su dormitorio, así que no volvimos a entrar.

Julia soltó un soplido.

—¿Cómo vas a conseguir todas esas llaves?

—No tenía planeado hacerlo. He traído un juego de herramientas que me servirán de llaves.

Ella no entendía a qué se refería.

—¿Cómo?

—Jeremy Malory, el hijo de James, me las ofreció antes de que saliéramos de Londres. Pertenecían a Danny, su mujer. Jeremy me dijo que su padre le había sugerido que me las prestara. —Richard resopló y sacudió la cabeza—. Hay algo realmente extraño en que James Malory me ayude.

—¿Por qué? Es un hombre muy amable.

—Es un mal tipo. ¿Sabías que antes era un pirata?

—Había oído comentarlo en broma, pero no me lo creí.

—Pues es verdad.

—¿Cómo lo sabes?

—El padre de Gabby le salvó la vida hace mucho tiempo. Él me contó toda la historia.

—¡Vamos! —Julia se echó a reír—. Sigo sin creérmelo.

—Supongo que tampoco me creerías si te dijera que yo también era un pirata.

Ella se rio todavía más fuerte, no pudo evitarlo, pero su risa no parecía divertir a Richard, así que paró de reír e intentó poner una expresión seria. Pero no lo consiguió.

Al final, él puso los ojos en blanco y después añadió:

—¿Me creerías si te dijera que era un cazador de tesoros?

Esta idea era demasiado intrigante para burlarse de ella y Julia lo miró con curiosidad.

—¿De verdad?

Él ya no parecía estar enfadado con ella y asintió con la cabeza.

—A mi capitán le encanta ir a la búsqueda de tesoros. Siempre le ha gustado y, al final, lo ha convertido en su única ocupación.

—¿Alguna vez has encontrado un tesoro?

—Los suficientes para que buscarlos siga pareciéndome muy excitante. Pregúntale a Gabby. Mi capitán es su padre.

Habían llegado a la casa, pero en lugar de abrir la puerta, Richard la miró.

—¿De verdad te gusta montar a caballo?

—Es una de mis pasiones.

—¿Una?

Ella se ruborizó. Decididamente, había sido una mala elección de palabras para decirlas delante de él. Pero se libró de contestarle porque oyeron el ruido de un carruaje que se acercaba a la casa y Richard se dio la vuelta de una forma repentina.

—¿Charles? —sugirió ella.

—Eso espero.

Su hermano saltó del carruaje antes incluso de que se hubiera detenido del todo y envolvió a Richard en un gran abrazo.

—¿Qué estás haciendo aquí? —exclamó Charles—. Creí que...

Richard lo interrumpió con rapidez.

—Te lo explicaré más tarde.

—¿Y has venido con Julia? —Charles le sonrió—. ¿Significa esto que...?

—Sí —contestó Richard haciendo que su hermano soltara una carcajada de placer.

Julia se esforzó en no fruncir el ceño. ¿Richard no iba a confiarle a su hermano lo de su farsa? Pero entonces supuso que, simplemente, no quería correr el riesgo de que los sorprendieran en el porche hablando de aquel tema. Requeriría un montón de explicaciones.

La portezuela del carruaje seguía balanceándose y, cuando el coche se detuvo por completo, una mano pequeña la hizo parar. Un niño salió del interior, un niño muy guapo que se parecía a su padre. Se lo veía confuso y reservado.

—Ven a conocer a tu tío, Mathew —le dijo Charles.

Richard se arrodilló y extendió los brazos hacia el muchacho, pero Mathew titubeó tímidamente y miró a su padre sin saber qué hacer.

Charles sonrió.

—Es mi hermano, Mathew. El único que tengo.

Al final el muchacho sonrió con comprensión y corrió hacia su tío. Se trató de un encuentro muy emocionante, y Julia casi lloró al ver la tierna expresión de Richard mientras abrazaba a su sobrino por primera vez.

Entonces, Milton abrió la puerta principal de la casa y, con una sonrisa de placer, extendió los brazos hacia el muchacho. Mathew se echó a reír y corrió hacia su abuelo para darle un abrazo.

—¿Me has echado de menos? —preguntó Mathew.

—Ya sabes que sí —contestó Milton, y se llevó al muchacho al interior de la casa.

Richard se puso de pie poco a poco.

—¡Dios mío, pellízcame, no me creo lo que acabo de ver!

Charles rio entre dientes.

—Ya te advertí que, en todo lo relacionado con mi hijo, se porta de maravilla. Para Mathew, él es todo lo que un abuelo debería ser.

Richard miró a su hermano de una forma significativa.

—¿Quieres decir que se porta como el padre que nunca tuvimos?

—Exacto.

41

Richard se sentó en el muelle, junto a su hermano. Estaba empapado y, aunque se había quitado la camisa, el agua chorreaba de sus pantalones de media pierna y de su cabello, resbalando por su pecho y espalda. No tardaría mucho en secarse porque el día era muy caluroso.

De niño solía acudir a aquel tranquilo lugar con su hermano. Unos árboles majestuosos y milenarios salpicaban la zona y abundantes flores silvestres crecían más allá del cuidado prado. Resultaba fácil olvidarse de dónde estaba uno si no miraba hacia la casa.

Durante el almuerzo, Richard se enteró de que Mathew no sabía nadar y él y Julia se ofrecieron a enseñarle. El muchacho rechazó amablemente la oferta, pero aceptó acompañarlos para verlos nadar, así que, de todas formas, fueron al lago.

Charles fue con ellos. Mientras Julia y Mathew caminaban delante cogidos de la mano, Charles le explicó a Richard:

—Tiene miedo al agua, así que no te sorprendas si no consigues convencerlo de que se eche al lago aunque sólo sea en la parte poco profunda. Uno de los hijos del jardinero estuvo a punto de ahogarse hace unos años. Sabía nadar muy bien, pero sufrió un calambre o algo parecido y Mathew, que estaba jugando en el jardín trasero, oyó los gritos del chico y, aunque no sabía nadar, pensó que podía salvarlo. Al final nuestro padre los salvó a los dos. Se dirigía a hablar con Mathew y era el único que estaba lo bastante cerca para ayudarlos. Desde entonces, Mathew se ha negado a que lo enseñe a nadar. Yo me culpo a mí mismo por no haberlo hecho antes.

Después de escuchar esta historia, Richard decidió enseñar a nadar a su sobrino, pero Charles tenía razón porque, aunque le demostró lo mucho que podía uno divertirse en el agua, algo en lo que Julia participó, no logró convencerlo de que lo intentara. ¡Pero al final Julia lo consiguió! Sólo tuvo que prometerle que lo sujetaría todo el tiempo, hasta que aprendiera a flotar por sí mismo.

Al ver lo paciente y amable que era Julia con el muchacho, Charles señaló:

—Tiene mano con los niños, ¿no crees?

Richard estaba pensando lo mismo. De hecho, Mathew había hecho migas con ella enseguida, aunque seguía mostrándose reservado con Richard y parecía no saber qué hacer con un tío al que no había visto nunca anteriormente. ¡Cielos, cuántas cosas se había perdido durante los nueve años que había estado fuera!, pensó Richard.

—Dale tiempo —continuó Charles cuando percibió la actitud pensativa de su hermano—. Le he contado un montón de historias sobre ti, todas buenas, y estoy seguro de que nuestro padre nunca ha hablado mal de ti delante de él. Puede que se trate de tu pelo, pues nunca había visto a nadie llevarlo tan largo. De todos modos, lo más probable es que sea tu altura lo que lo hace sentirse un poco incómodo. En este momento está muy acomplejado porque es un poco bajo para su edad. Pero con Julia, bueno, no tiene mucho contacto con mujeres jóvenes, aparte de las sirvientas, y no me sorprendería que se sienta hechizado por ella.

Charles no tenía por qué justificar a Mathew. Richard sabía que el roce conducía a la confianza y el cariño y él no había estado presente en la vida del niño ni lo estaría en el futuro. De todos modos, con profunda tristeza se dio cuenta de que aquélla era la familia que él siempre quiso. Una mujer y un niño jugando, unos hermanos observándolos a poca distancia, diversión, risas, un sentimiento de unión... Pero probablemente no volvería a repetirse, porque Julia y él pronto se irían.

Todavía no había tenido la oportunidad de explicarle a Charles lo que estaban haciendo allí. Cuando entraron en la casa, Milton los llamó al salón y después fueron todos juntos a comer. Milton siguió sorprendiendo a Richard, porque en ningún momento, mientras el niño estuvo presente, se mostró mordaz o desagradable.

Los dos hermanos estaban lo bastante lejos del lago para hablar en privado, así que Richard no se sorprendió cuando Charles le dijo:

—¿Qué hay entre Julia y tú y cuál es la verdadera razón de que hayáis venido a Willow Woods, Rich? Tu comportamiento contradice todo lo que me dijiste en la posada.

Ahora que el tema había surgido, Richard casi decidió contarle a su hermano la misma historia que le había contado a su padre. No es que no confiara en él, sino que la farsa debía guardarse en secreto y Charles no era bueno guardando secretos. Pero se trataba de su hermano, y Charles incluso podía ayudarlos a encontrar el contrato con más rapidez. Al menos podía arrojar alguna luz sobre la rutina diaria de su padre, lo que podría serle útil a Richard en su búsqueda.

Richard sacudió la cabeza y explicó brevemente la verdad a su hermano.

—No se lo ve muy feliz por nuestra próxima boda, y yo esperaba que se sintiera en la gloria al conseguir, por fin, lo que siempre había querido.

—Entonces es que, simplemente, no os cree, lo cual no me sorprende. «Escéptico» bien podría ser su apellido. Claro que él siempre ha desconfiado de todo lo que se sale de lo ordinario, y esto es lo más extraordinario que podría ocurrir. ¿No te acuerdas de cómo es?

—Yo había llegado, más o menos, a la misma conclusión, aunque esto significa que tendremos que actuar de una forma más convincente, o lograr nuestro objetivo con rapidez. ¿Sabes dónde guarda el contrato?

—Lo siento, no tengo ni idea. Durante todos estos años no ha hablado de ti y, siempre que yo lo intentaba, se ponía furioso. Incluso le hablé del contrato después de que nos viéramos la otra vez y me contaras lo que Julia había pensado hacer.

Richard se quedó inmóvil.

—¿Le contaste que me habías visto?

—No, claro que no. Pero el plan de Julia no me parecía nada bien. Soy muy supersticioso, ya lo sabes. Declararte muerto sería como echarte una maldición para que te murieras de verdad. Al menos tenía que intentar convencerlo de que la liberara del contrato para evitar que siguiera con su plan. Como es lógico, rechazó mis argumentos.

Dada la naturaleza suspicaz de Milton, quizá sospechó que Charles le había hablado del contrato porque Richard estaba en los alrededores. Richard decidió no contarle a su hermano el viaje a Australia que su padre le había organizado, por si Charles era indirectamente responsable de que Milton hubiera encontrado a Richard.

Pero seguía necesitando conocer los hábitos de su padre.

—Ayer por la noche nuestro padre no volvió a casa hasta muy tarde. ¿Tiene por costumbre pasar fuera de casa buena parte de la noche?

—Pasa el tiempo con una viuda que vive cerca de aquí.

Richard arqueó una ceja.

—¿Tiene una querida? ¿Nuestro padre?

Charles sacudió la cabeza.

—No creo que la esté manteniendo, aunque, en realidad, tampoco podría. Ella vive confortablemente gracias a una pequeña renta y, por lo visto, disfruta de la compañía de nuestro padre.

La idea de que una mujer pudiera disfrutar de la compañía de Milton era ridícula.

—Entonces esa mujer no debe de estar bien.

Charles rio entre dientes.

—En realidad, no le pasa nada malo. Tiene más o menos la misma edad que nuestro padre y pertenece a la aristocracia aunque no ostenta ningún título.

—¿Entonces quiere conseguir el título de nuestro padre?

—Es posible, aunque también podría ser que, simplemente, se sienta sola. Lo invita a cenar con frecuencia, de modo que, varios días a la semana, Mathew y yo cenamos solos. Y, más o menos un día a la semana, nuestro padre vuelve a casa a altas horas de la noche, de modo que, aunque no se puede decir que sea su querida, probablemente comparten la cama de vez en cuando.

—¿Tú crees que se casarán?

—No —contestó Charles, y añadió con rotundidad—: Si fuera rica, quizá, pero no lo es.

—No tiene bastante dinero para él. ¡Qué patético! ¿Te das cuenta de que siempre ha estado obsesionado con el dinero?

—Es difícil no darse cuenta. ¿Pero sabes por qué? Tus deudas no fueron las primeras que se ha visto obligado a asumir. Nuestros abuelos maternos estaban muy endeudados y, cuando murieron, poco después de que nuestros padres se casaran, todos sus acreedores llamaron a la puerta de nuestro padre. En realidad, la familia de nuestra madre creía que nuestro padre era rico, de modo que no le permitieron cancelar su matrimonio igual que él no nos permitió cancelar los nuestros. De hecho, si no fuera por la acumulación de viejas deudas, nuestra propiedad tiene suficientes arrendatarios para que hubiéramos podido vivir holgadamente. Además, nuestra madre también contrajo muchas deudas. Y Candice no aportó ninguna dote. Su padre pensó que casarse con la hija de un duque era suficiente dote y así lo hizo. El único objetivo de mi matrimonio era esa conexión. Eras tú el que se suponía que iba a llenar de nuevo los cofres de la familia y cancelar todas las viejas deudas.

Richard realizó una mueca.

—Y en lugar de eso, las aumenté. ¿Te sientes mal por el hecho de que la casa esté tan deteriorada debido a la escasez de fondos?

—Yo tengo dinero —declaró Charles para sorpresa de Richard—. El padre de Candice siguió dándole una asignación después de que nos casáramos y la dobló cuando Mathew nació. Ahora la percibo yo porque así él se asegura de que a su nieto no le falta nada. Si se lo permitiera, el duque lo malcriaría, pero no se lo permitiré.

—¿Entonces tú podrías haber renovado la casa?

—Sí, sin problemas, pero entonces nuestro padre sabría que tengo dinero y lo consideraría de él. Y esto no sucederá.

Richard se echó a reír.

—¡Bien por ti! Jewels pondrá la casa al día..., si nos quedamos por aquí el tiempo suficiente.

Entonces se acordó de la conversación que mantuvo con Julia en la que ambos se preguntaron por qué Milton no había instado a Charles a que cumpliera con el contrato.

—¿Después de que enviudaras nuestro padre te pidió alguna vez que te casaras con Julia?

Charles rio entre dientes.

—De hecho sí que me lo propuso, hará unos tres años, cuando Julia estaba a punto de cumplir dieciocho años y tú no habías regresado para casarte con ella. Incluso intentó ponerme entre la espada y la pared señalando que Mathew, a la tierna edad de cinco años, necesitaba una madre.

—¿Y tú no estuviste de acuerdo con él en este punto?

—Yo había contratado a una niñera y una institutriz; dos mujeres muy maternales que se encariñaron tanto con Mathew que no quieren irse ni siquiera ahora que ya es mayor. De modo que nunca le han faltado mujeres que lo quieran. Nuestro padre me lo propuso unas cuantas veces más, pero con delicadeza. Recuerda que ahora me trata con guantes de seda, de modo que nunca me presionó.

—Es evidente que te negaste.

Richard contempló la bonita sonrisa que curvaba los labios de Julia mientras hablaba con Mathew. No podía apartar los ojos de ella.

—Supongo que no sabías que se había convertido en toda una belleza.

—¡Oh, sí que lo sabía!

Su afirmación consiguió que la atención de Richard volviera a centrarse en él.

—¿Y aun así te negaste?

Charles sonrió ampliamente.

—Últimamente nuestro padre apenas me pide nada y nunca me da órdenes, así que, ahora que tengo el valor suficiente, no tengo muchas oportunidades de decirle que no. La verdad es que disfruté negándome. —Entonces añadió en un tono más serio—: Además, sé por qué no querías casarte con ella. ¿Cuántas veces dijiste que no recompensarías a nuestro padre por lo mal que nos lo había hecho pasar? Yo no estaba dispuesto a darle aquello por lo que tú te fuiste de casa.

—Gracias —contestó Richard con una media sonrisa—. Para mí habría constituido un verdadero impacto regresar a casa y descubrir que ella formaba parte de la familia. Pero ya está bien de hablar de esto. Cuéntame, ¿por qué sigues viviendo aquí?

Charles se rio.

—Bueno, una de las razones es que yo sí que tengo una querida en la zona.

—Pues vete de aquí con ella.

—No puedo. Está casada con un tipo que prácticamente se convirtió en un inválido poco después de que se casaran. Es una mujer amable y de buen corazón. No lo abandonará.

—¿La amas?

La cálida sonrisa de Charles fue suficiente respuesta, pero, aun así, dijo:

—Sí, con el tiempo he llegado a quererla y ahora me siento muy unido a ella. Al principio sólo era por el sexo, pero ya hace seis años que nos vemos. No es una aristócrata, pero no me importa. Tengo la intención de casarme con ella cuando su marido muera. La quiero lo suficiente para esperar.

Éste era el tipo de amor que Richard siempre había querido, duradero, recíproco, que superara todos los obstáculos. Entonces se encontró contemplando a Julia otra vez.

—Pero cuando llegamos a casa tú presenciaste la otra razón de que siga aquí —continuó Charles—. Mathew quiere a su abuelo y no le negaré la posibilidad de saber lo que es tener una familia.

—Nunca le contarás cómo es Milton en realidad, ¿no? —preguntó Richard.

—Probablemente no.

42

Julia no pensaba ponerse el camisón hasta que estuviera a punto de meterse en la cama, pero cuando entró en su dormitorio se dio cuenta de que, aunque le habían traído un espejo desde Manchester aquella tarde, ni siquiera tendría fuerzas para realizar su rutina nocturna.

No recordaba haberse sentido tan cansada nunca. Los dos días de intensa actividad en el lago y lo poco que había dormido la noche anterior habían podido con ella. ¡Además, la cena que acababa de tomar con los Allen, menos el conde, había sido tan relajada que estuvo a punto de quedarse dormida allí mismo, en la mesa!

La ausencia de Milton durante la cena dos días seguidos le habría preocupado si Richard no se hubiera inclinado hacia ella en la mesa y le hubiera susurrado:

—Visita a una amiga.

Éstas fueron las únicas palabras que se dijeron en privado desde la mañana, antes de que llegara su hermano. Los equipos de los trabajadores habían llegado. Ella los condujo a la sala de música y les explicó las mejoras que quería que hicieran. Ella y Richard pasaron el resto del día con Charles y Mathew. Después de la lección de natación en el lago, jugaron durante unas horas al croquet en uno de los jardines laterales, donde el terreno era llano. Sin que lo hubieran acordado de antemano, los adultos decidieron que Mathew ganara todas las partidas. A Julia le pareció muy divertido, en concreto los gruñidos de los dos hombres cada vez que fallaban, deliberadamente, un tiro.

A Julia le pareció bien que Richard pasara el día con los dos miembros de su familia a los que quería, pero esperaba que le bastara con ese día y que, a partir de entonces, se centrara en la búsqueda del contrato. Estar en la misma casa que el conde le destrozaba los nervios, porque aquel hombre era totalmente impredecible. ¡Sólo tenía que pensar en cómo se había portado con su nieto durante aquel día! Había actuado como alguien totalmente distinto al hombre que envió a su hijo a una travesía al infierno. Sin escrúpulos. Sin remordimientos.

Julia soltó un gemido cuando, minutos después de cerrar la puerta, alguien llamó. Estaba segura de que era Richard y se alegró de no haberse desvestido todavía. Aunque temía que, a pesar de que su padre todavía no había regresado, él le propondría otra noche de diversión en su dormitorio la idea consiguió espabilarla un poco.

Sin embargo, cuando abrió la puerta, Richard la agarró de la mano y la condujo por el pasillo mientras decía:

—Ven, te necesito para que vigiles. Ahora que mi padre no está en la casa, es nuestra oportunidad.

¡Por fin! ¡Ahora sí que estaba despierta! Pero en medio de las escaleras, Richard se detuvo. Un lacayo estaba apostado al inicio del estrecho pasillo de la izquierda, el que conducía al estudio del conde. Si Richard quería entrar en el estudio aquella noche, tendría que hacerlo por la ventana.

Julia pensó en mencionar en voz alta alguna excusa para salir al exterior a fin de que el lacayo la oyera, pero se contuvo cuando Richard le apretó la mano con fuerza. Casi percibió la rabia que lo invadió, el tipo de rabia que su padre le inspiraba con facilidad, pero cuando se inclinó hacia la izquierda para ver cuál era la causa, vio que no era a Milton a quien Richard miraba.

Un hombre gigantesco se acercaba con pasos pesados por el pasillo. Era de mediana edad, más bien feo, y casi grotescamente musculoso. Cuando pasó por el lado del lacayo, le dio un puñetazo en el estómago medio en broma. El pobre hombre palideció y el gigante se echó a reír mientras continuaba hacia la escalera y empezaba a subirla.

—Te aconsejo que te cortes el pelo para la boda —dijo cuando vio a Richard.

Richard soltó la mano de Julia, se apoyó en el pasamanos y le propinó una patada en el pecho a aquel hombre con ambos pies. El estruendo que se oyó en el vestíbulo cuando el gigante cayó al suelo pareció indicar que varios de los viejos tablones se habían roto. El hombre se quedó aturdido y no se levantó, pero Julia se sintió horrorizada al pensar en lo que sucedería cuando lo hiciera. Debía de pesar el doble que Richard y, como el resto de su cuerpo, sus manos eran extraordinariamente grandes.

Richard no parecía tomar en consideración nada de esto o, simplemente, estaba tan furioso que no le importaba. Bajó enseguida el resto de las escaleras y se dirigió hacia el gigante.

—Levántate, Olaf. ¡Levántate y dame una satisfacción! ¿O no tienes agallas sin el permiso de mi padre?

Olaf no se movió sino que permaneció allí echado y gimiendo mientras se protegía el estómago con los brazos. Sin duda creía que Richard le propinaría una patada.

Pero lo único que hizo Richard fue inclinarse sobre él y decirle en un tono sumamente inquietante que Julia no le había oído emplear nunca:

—Sal de esta casa y no vuelvas nunca más. El hecho de que fuera un conde quien te ordenara atacarme en la posada y arrastrarme hasta aquí no es relevante. Lo único que importa es que utilizaste la fuerza en contra de un lord. Solían ahorcar a los hombres por esto, ¿lo sabías? Y, ahora que lo pienso, creo que todavía lo hacen.

El otro lacayo seguía en su puesto, temblando, y fingía no darse cuenta del altercado que se había producido. Julia se recuperó de la impresión que había recibido y se puso al lado de Richard. Era la ocasión perfecta.

—¿Por qué no salimos a pasear un rato para que puedas tranquilizarte?

Richard asintió con la cabeza y volvió a agarrarla de la mano. Una vez en el exterior, y después de cerrar la puerta, se detuvo, inhaló hondo varias veces y miró a Julia con expresión avergonzada.

—Siento que hayas tenido que presenciar esto.

—Ha sido... inesperado.

—Pero se lo debía desde hace mucho tiempo.

Ella no tuvo que preguntarle nada. Aquel gigante debía de ser uno de los brutos que su padre mandó contra él en el pasado. ¡Un gigante como aquél contra un niño indefenso! De hecho, a Julia le sorprendió que Richard hubiera sido tan benevolente y no hubiera golpeado a aquel hombre hasta dejarlo sin sentido.

Él la condujo al lateral de la casa. El jardín estaba bien iluminado. Las lámparas de varias de las habitaciones de aquel lado de la casa todavía estaban encendidas, incluidas las del estudio. A Julia esto le pareció extraño. Entonces Richard miró por la ventana, se agachó y la alejó de allí enseguida.

—¡Hijo de puta! —murmuró—. También ha dejado apostado a uno de los sirvientes en el interior del estudio. El hombre está durmiendo en un sillón, pero, si abro la ventana, probablemente lo despertaré. Debe de ser aquí donde guarda el contrato.

—Si siempre está vigilado, nunca podremos entrar, ¿no te parece? —preguntó ella decepcionada.

—Entraremos. Lo haremos de día, cuando los sirvientes estén ocupados en sus otras tareas y no estén vigilando.

—Sería muy arriesgado.

—No si mi padre empieza a relajar la guardia. Todavía no lo ha hecho y sospecha. Dudo de que la doncella le haya contado que nos encontró juntos en la cama esta mañana, pero otra noche durante la cual él nos oiga retozar personalmente, seguro que lo convencerá. Podríamos hacerlo esta noche, justo cuando vuelva a casa.

—Caeré dormida en cuanto mi cabeza roce la almohada. Esta noche estoy demasiado cansada.

—Entonces mañana, o pasado, cuando estemos seguros de que él está en su habitación.

¿Dos días más en Willow Woods? Julia cambió repentinamente de idea.

—Está bien, esta noche.

43

Julia bostezó al menos tres veces mientras subían las escaleras. No sabía cómo lo conseguiría: intentar no dormirse y luchar contra la atracción que sentía por Richard. ¿No eran dos cosas incompatibles? Suspiró con frustración e intentó pensar en otra manera de convencer al conde de que dormían juntos sin hacerlo de verdad, pero estaba tan cansada que no podía pensar con claridad, sino no estaría recorriendo el pasillo otra vez en dirección al dormitorio de Richard.

Cuando llegaron a la puerta, Richard se detuvo y señaló el dormitorio de su padre con un gesto.

—Aunque juraría que el contrato está en el estudio, en realidad mi padre podría haber apostado sus guardias allí para hacernos creer exactamente eso.

Ella no lo creía probable.

—Puede se le haya ocurrido, pero dudo mucho de que se molestara en hacer algo así.

—No si creyera que yo podía dejar sin sentido al guardia, coger lo que había venido a buscar y marcharme. Tengo la sensación de que Olaf se dirigía precisamente a vigilar el dormitorio de mi padre. Y resultaría mucho más difícil dejarlo sin sentido a él que a uno de los lacayos. Ésta es la oportunidad perfecta para registrar su habitación y asegurarnos de que el contrato no está allí. Charles me dijo que sólo sale de noche algún que otro día a la semana, así que no es probable que vuelva a hacerlo mientras nosotros estemos aquí.

A menos que ellos todavía estuvieran allí la semana siguiente, pensó Julia, horrorizada.

—¡Regístrala ahora, no faltaba más!

Él se dispuso a hacerlo, pero estaba cerrada con llave.

Antes de que ella pudiera expresar su frustración, Richard le sonrió, manipuló la cerradura unos instantes, agarró la lámpara que había en la mesita del pasillo y abrió la puerta. Julia fue directamente a la ventana lateral y la abrió para poder oír el carruaje del conde cuando llegara. No estaba dispuesta a que Milton los sorprendiera en su dormitorio por no haberlo oído llegar hasta que entrara por la puerta.

Fue dando ojeadas por encima del hombro para seguir los progresos de Richard, quien estaba abriendo los cajones del escritorio de Milton. ¡Las herramientas que utilizaba eran casi tan rápidas como una llave! Cuando todo aquello hubiera terminado, tenía que darle las gracias a James Malory. Cuando Richard y la lámpara se trasladaron al vestidor, Julia supo que casi había terminado y que sólo le faltaba abrir el armario secreto.

Empezó a cerrar la ventana cuando oyó que Richard exclamaba:

—¡Hijo de puta!

¿Lo había encontrado? Entró corriendo en el vestidor, se dirigió a la puerta abierta del interior y entonces se detuvo en seco.

—¡Oh, Dios mío! —fue todo lo que pudo decir, y volvió a repetirlo—: ¡Oh, Dios mío!

Las paredes de la larga y estrecha habitación estaban cubiertas de estanterías, y éstas estaban abarrotadas de jarras y vasijas de todas las formas y tamaños. Algunas eran bastante raras, pero la mayoría eran muy bonitas.

—Éstas no son piezas corrientes que uno utilizaría para decorar su casa —dijo Julia, asombrada—. Las más pequeñas no parecen estar hechas de cristal coloreado, sino de gemas auténticas. ¡Y mira ésta! —Cogió una que era casi del tamaño de su mano—. Lo que me temía, pesa como si fuera de oro macizo, no de metal cromado.

—No lo entiendo. ¿Tiene un montón de deudas pendientes y al mismo tiempo atesora una fortuna en esta habitación?

Julia tampoco lo entendía.

—Bueno, probablemente la guarda bajo llave porque es realmente valiosa. Cada una de estas piezas es, en realidad, una obra de arte. Yo habría dicho que son reliquias familiares...

—¿Que nunca ha compartido con su familia?

—Reconozco esta vasija —dijo Julia examinando de cerca la vasija de oro—. Yo misma estuve a punto de comprarla en una de las tiendas de importación más selectas de Bond Street. Pero no soy tan frívola como para gastarme miles de libras en una vasija sólo porque se supone que es una pieza única y se considera de un valor extraordinario. Mi madre sí que lo habría hecho. De modo que, aunque quizás algunos de estos objetos pertenecieron a tus ancestros, no todos lo fueron.

Richard examinó el interior de todos los objetos para asegurarse de que no había nada escondido. Cuando terminó, le tendió la lámpara a Julia y le indicó que saliera para volver a cerrar la puerta. En cuestión de pocos minutos estaban a salvo en el dormitorio de Richard.

Richard guardó el equipo de herramientas en su bolsa de viaje.

—El porqué y el cómo no importan, lo que está claro es que tiene una fortuna y, a pesar de ello, está obsesionado con la tuya. No tiene sentido.

—Tu padre no es un hombre corriente en absoluto. Nada de lo que hace tiene sentido. ¡Piensa en lo mal que ha tratado siempre a sus propios hijos! ¡Y en cómo ha esperado, durante nueve largos años, a que regresaras felizmente a casa dispuesto a cumplir con tu deber! ¡Y en su papel de abuelo, actuando como el mejor abuelo del mundo! De todas maneras, ahora que sé lo rico que es, al menos cuando nos vayamos no me sentiré culpable por llevarme a los trabajadores antes de que hayan terminado el trabajo. Ya me he encariñado con tu sobrino y empezaba a sentirme mal dejándolo en esta vieja casa que amenaza con venirse abajo.

Richard se rio.

—No se vendrá abajo. Los fundamentos son sólidos. No puedo negar que necesita mucho trabajo de remodelación, pero los niños no prestan atención a este tipo de cosas. Además, Charles dispone de dinero propio, así que no te preocupes, porque a Mathew no le faltará nada.

—Esto me tranquiliza. Gracias.

Richard se acercó a ella y la condujo hasta la cama. El corazón de Julia dio un brinco; hasta que Richard dijo:

—Con lo cansada que estás, será mejor que des una cabezadita. Cuando llegue mi padre, te despertaré. ¡Ah, y yo de ti me pondría cómoda! Si, por alguna razón, no vuelve a casa esta noche, te dejaré seguir durmiendo.

—No puedo desabotonarme el vestido sola —dijo ella con un bostezo.

—¿Es una invitación?

—¿Cómo?

Él se echó a reír.

—No importa, estás a punto de quedarte dormida de pie, ¿no? Deja que te ayude.

Julia sabía que debería estar atenta. Richard la estaba desvistiendo y no quería perdérselo, ni esto ni lo que pudiera suceder a continuación. Pero había agotado sus últimas energías con el nerviosismo que había sentido en la habitación del conde. Richard le quitó el vestido, los zapatos y las medias con tanta delicadeza que Julia incluso cabeceó una vez. Después, cuando estaba vestida sólo con su ligera ropa interior, él la tapó con la sábana, la besó en la frente y le susurró:

—Felices sueños, querida.

¿Cómo supo que iba a soñar con él?

44

—Ya está en casa. ¿Necesitas que te ayude a despertarte?

Julia no recordaba haberse dormido. De hecho, no se acordaba de nada después de que su cabeza tocara la almohada, pero al sentir el cálido aliento de Richard en la mejilla y después en el cuello, abrió los ojos. Sus labios eran todavía más cálidos. La estaba despertando a besos. Ella decidió no contestarle para que no supiera que lo había conseguido. El estómago ya le daba brincos a causa de la excitación. En aquel momento no experimentaba ninguna frustración, desde luego que no, pero enseguida tuvo que revisar este pensamiento, porque se dio cuenta de que él lo único que quería era despertarla.

Cuando Richard se dio cuenta de que ella ya no estaba dormida, dijo:

—Deberíamos hacer que la cama botara. Como no hay alfombra, se armará un buen escándalo.

Ella se lo imaginó y no pudo evitar echarse a reír.

—Esto implica mucho movimiento, y casualmente yo sé que tú eres mucho más delicado que todo eso.

—¿En serio? —preguntó él con voz ronca.

Julia se dio cuenta de que su cumplido debía de haber despertado en él ciertos pensamientos carnales, porque Richard deslizó los labios sobre los de ella y le dio un apasionado beso. Pero estaban siendo demasiado silenciosos y sólo emitían unos suaves gemidos y algún que otro jadeo. La finalidad de aquel beso no era demostrarle nada al padre de Richard, pensó Julia, sino el producto del deseo que Richard sentía hacia ella, lo que hizo que ella se abandonara con desenfreno a sus propias pasiones.

Julia enseguida se olvidó de la razón por la que se estaban besando, rodeó a Richard con los brazos y disfrutó del tacto de su cálida piel. Él se había quitado la camisa preparándose para la demostración matutina para la doncella, pero a Julia no le importó por qué lo había hecho. Le encantaba el tacto de su cuerpo, la anchura de su torso, la tensión de sus músculos cuando los rozaba con las yemas de los dedos... En el pasado, ella odiaba su fuerza, incluso le había guardado rencor por tenerla, pero ahora su cuerpo grande y musculoso le gustaba tanto que se rio de sí misma por haber tenido aquellas reacciones tan infantiles.

Él se inclinó sobre ella y su lengua exploró su boca en un nuevo y apasionado beso. Entonces deslizó la mano por el interior del holgado cuello de su camisa y la bajó lo suficiente para dejar al descubierto sus pechos. Cubrió uno de ellos con su mano y después hizo lo mismo con el otro. Cuando, en plena pasión, separó su boca de la de Julia para introducir en ella uno de sus pechos, ella arqueó la espalda dejando caer la cabeza hacia atrás.

Richard colocó los brazos en su espalda manteniéndola en esa posición durante unos sensuales minutos. Después deslizó la boca hasta su cuello, y después hasta su oreja, haciendo que se le pusiera la piel de gallina en toda la zona de los hombros. A continuación le dio unos pequeños mordiscos y la excitación se propagó todavía más por el cuerpo de Julia. Una serie de estremecimientos la sacudieron mientras él bajaba la boca por su brazo y lamía los puntos donde se percibía el pulso. Entonces, Richard introdujo uno de los dedos de Julia en su boca y lo succionó. Fue algo tan sumamente erótico, que ella contuvo la respiración.

Después de darle un último beso en la palma de la mano, Richard volvió a inclinarse sobre ella presionando su torso contra sus pechos y besándola apasionadamente mientras introducía una mano en sus calzones y elevaba todavía más su temperatura. ¡Fue realmente efectivo!

Demasiada ropa se interponía aún entre ellos. Julia sabía que Richard podía solucionarlo en un abrir y cerrar de ojos, pero intentó dominar su impaciencia. Le resultaba casi imposible. ¡Dios, lo quería tanto! Quería tenerlo en su interior y que la transportara de nuevo a las mágicas cimas del placer.

¡Pero él recuperó el juicio! ¡Dios, otra vez no! Richard apoyó la frente en el pecho de Julia y gruñó:

—Será mejor que esta vez funcione, porque no podré volver a pasar por esto sin hacerte el amor.

Ella se disponía a decirle que ella sentía lo mismo y que no tenía por qué contenerse cuando la puerta se abrió de golpe. Estaban tan absortos el uno en el otro que no habían oído que el conde se acercaba por el pasillo. Entró en el dormitorio de Richard seguido de cerca por tres hombres. Dos de ellos sostuvieron en alto sendas lámparas para iluminar bien toda la habitación. Julia, sobresaltada, se incorporó. Al verlos sufrió una gran impresión y el color de sus mejillas desapareció.

Richard saltó de la cama de golpe, cubrió el cuerpo medio desnudo de Julia con la ropa de la cama y se quedó de pie, mirando con fiereza a su padre. Parecía tan enfadado como cuando se enfrentó a un hombre lo bastante grande para hacerlo pedazos. Éste era el lado temerario e impredecible de Richard, y en realidad ella tenía más miedo de lo que él pudiera hacer que de los propósitos de su padre.

Milton no los dejó en la duda durante mucho tiempo.

—La verdad es que no esperaba que esto acabara así, pero por si acaso, he venido con el párroco —dijo en un tono excesivamente simpático.

Julia sabía exactamente lo que esto significaba y empezó a sentir pánico, pero Richard no se había dado cuenta del peligro en el que se encontraban.

—¿Para qué? —preguntó.

Milton sonrió, irradiando triunfo.

—La has puesto en una situación comprometida. No intentarás negarlo después de haberlo admitido abiertamente y de que yo lo esté viendo ahora mismo junto con estos fiables testigos que, cómo no, también actuarán como testigos de vuestra boda. Esta noche.

Richard no dijo nada, pero apretó los puños. Julia por fin encontró su voz e indicó con rapidez:

— Esto es ilegal, porque las amonestaciones...

—Las amonestaciones son irrelevantes, porque yo dispongo de una licencia especial que exime de la publicación de las amonestaciones —la interrumpió Milton—. La tengo desde hace nueve malditos años.

Ella empezó a darse cuenta de que no tenían escapatoria. Allí estaba ella, tumbada en la cama junto al hombre al que había estado prometida desde niña, y no era sólo el conde el que los había sorprendido en aquella comprometida situación. También estaba presente un párroco. Pero ella sabía que Richard se negaría a casarse con ella, y entonces, ¿qué? ¿Los embarcarían a los dos con destino a Australia?

—¿Por qué hace usted esto si sabe que planeamos casarnos con una ceremonia adecuada? —preguntó Julia con desespero.

—De todas formas podrás celebrar tu grandiosa boda, querida. Esto sólo es mi seguro.

—No, esto es sólo tu manera de forzarnos a hacer lo que tú quieres y de ensuciar nuestra boda —replicó Richard con furia.

Milton respingó.

—No tiene nada que ver con esto. Si, como dices, la amas, deberías estar encantado de casarte inmediatamente con ella. —Pero entonces añadió con desdén y altanería—: ¿O en realidad no pretendías casarte con ella?

Richard no contestó, pero Julia dijo enseguida:

—Si tenía usted una licencia y pensaba obligarnos a casarnos, ¿por qué no me hizo llamar cuando tuvo en sus manos a Richard en lugar de enviarlo a aquel barco de presidiarios?

Milton enrojeció de rabia al oírla mencionar aquel hecho delante del párroco y de los otros hombres, pero dijo enseguida:

—¿Habrías acudido tú para celebrar la boda? No, habrías enviado a alguien para comprobar que Richard había regresado y estaba dispuesto a casarse y, al descubrir que se negaba a ello, habrías salido corriendo en la dirección opuesta, ¿no es cierto? ¿Acaso puedes negarlo cuando, una semana más tarde, viniste a decirme que nada había cambiado entre vosotros y que, por lo tanto, no pensabais casaros? No, él tenía que estar dispuesto a casarse contigo para que tú lo hicieras y entonces no lo estaba... todavía.

Julia se dio cuenta de que Richard todavía se ponía más furioso al oír a Milton explicar sus anteriores motivos, pero insistió:

—No es cierto. Yo nunca dije que no me casaría con él si él estaba dispuesto a casarse. Tanto si él quería casarse conmigo como si no, yo habría cumplido con mi parte del contrato.

Milton sacudió la mano con impaciencia despreciando sus palabras.

—No te creo. Pero ya que los dos habéis cambiado de opinión de una forma tan sorprendente y ahora decís que os queréis, esto ya no tiene importancia, ¿no crees? Ya está bien de charla. Haced el favor de levantaros y prepararos para realizar vuestros votos matrimoniales.

De repente, se produjo un silencio total. Richard ni siquiera intentó ocultar su rabia, estaba en su postura, en todas las líneas de su cara, brotaba de sus ojos... La tensión que flotaba en la habitación aumentó a un ritmo acelerado. Richard no permitiría que su padre ganara aquella vieja batalla. Sencillamente, no contestaría lo que constituiría, en sí mismo, una respuesta. Julia contuvo el aliento mientras esperaba la reacción de Milton, incapaz de pensar en nada más que decir para evitar o retrasar lo que iba a suceder.

—Sabía que venir era un error —soltó por fin Richard.

Julia se preparó para la violencia que, sin duda, se desataría después de su comentario, pero entonces lo miró con incredulidad mientras él añadía:

—Dese prisa, párroco, ya hemos avergonzado bastante a mi novia.

45

Estaba casada, con él. Julia estaba a punto de llorar y no se atrevió a decir nada. Ni siquiera tuvo el valor de mirar al hombre enfadado que estaba sentado frente a ella en el carruaje que los conducía de regreso a Londres.

Seguía estando tan avergonzada que no creía que se le pasara nunca en la vida. Había tenido que quedarse allí de pie, envuelta en una sábana mientras se celebraba su boda. Ni siquiera le permitieron vestirse. El párroco inició inmediatamente la ceremonia. Tuvieron que darle un leve empujón para que respondiera, porque estaba aturdida y avergonzada, y otro para que firmara. Tres veces tuvo que legitimar aquella farsa con su firma. Una, que también firmaron los testigos, para el archivo de la parroquia, otra para la copia que Milton quería conservar, y otra para ella, como prueba de que se había casado, como si, después de aquello, necesitara ninguna prueba.

Cuando la puerta se cerró detrás de todos aquellos testigos y la risa de Milton se oyó al otro lado, realmente parecía que Richard quisiera matar a alguien.

Ella estaba demasiado impactada para sentirse enfadada, pero se dio cuenta de que se lo habían puesto muy fácil al conde. Intentó no sonar acusadora, pero tuvo que preguntarle a Richard:

—¿Consideraste esta posibilidad cuando se te ocurrió la idea de la demostración?

—¡Cielos, no! En absoluto. Y no es buen momento para hablar conmigo, Jewels. Ve a empacar tus cosas. Nos vamos.

Y no dijo nada más. Ella no replicó porque quería irse de Willow Woods tanto como él.

Sin embargo, el hecho de que fuera de noche no ayudó a que su salida fuera más rápida. La mayoría de los sirvientes se habían retirado, así que tuvieron que despertarlos para que les ayudaran con el equipaje y prepararan los dos carruajes. Pero no recorrerían toda la distancia que los separaba de Londres a oscuras. Julia estaba segura de que, cuando estuvieran lo bastante lejos de Willow Woods, Richard buscaría una posada para pasar la noche. Pero no lo hizo. Sólo se detuvo el tiempo suficiente para recoger a Ohr y a unos cuantos de los guardias, quienes se turnarían con los conductores de los dos vehículos, porque quería llegar a Londres antes de la caída de la noche del día siguiente.

A pesar de la agitación emocional que experimentaba, y que había empezado a empeorar, Julia durmió el resto de la noche. Sencillamente estaba demasiado cansada para no dormirse, incluso estando sentada. En determinado momento, Richard se inclinó hacia ella y la tumbó en el asiento para que estuviera más cómoda. Ella apenas se dio cuenta y volvió a dormirse enseguida.

Julia se despertó a mediodía. Ya se sentía descansada, pero no más preparada para enfrentarse al hecho de tener un marido que estaba furioso por estar casado con ella.

Cuando se sentó y se restregó los ojos para despejarse, Richard siguió sin decirle nada, sólo le tendió una cesta con comida que debía de haber comprado en algún momento.

Él no parecía haber comido nada, y tampoco dormido. Miraba pensativamente por la ventanilla y, de vez en cuando, un músculo de su mandíbula temblaba. Llevaba el cabello suelto, desde que ella se lo soltó la noche anterior en la cama, pero ahora iba vestido con una chaqueta y un fular sin anudar. Su largo cabello contrastaba extrañamente con su ropa de corte elegante. Era medio aristócrata medio aventurero, y seguía siendo muy guapo a pesar del frío y enojado muro que había levantado entre él y el mundo. Julia se preguntó qué había estado haciendo en realidad durante todos aquellos años. ¿Qué lo había convertido en alguien tan poco convencional? Cuando ella se lo preguntó, él le dio unas respuestas absurdas y socarronas que ella no pudo creer, pero ahora que, por decirlo de alguna manera, el lazo estaba atado, tenía derecho a conocer la verdad.

—Eres un pirata, ¿no?

Nada más formular la pregunta, se arrepintió de haberla hecho. No era el momento de hablar de su pasado cuando ni siquiera habían decidido lo que iban a hacer respecto a su futuro. Además, él no parecía que se hubiera calmado en absoluto.

Richard no la miró.

—No..., ya no —contestó.

Ella no se esperaba que él se lo confirmara.

—¿Antes lo eras?

—Sí.

—¿Por qué no intentaste convencerme de que lo habías sido cuando me lo dijiste el otro día?

—¿Te refieres a cuando te pareció una idea divertidísima?

—¿Pero un pirata, Richard? —Entonces dijo en su defensa—: No me reí de que fueras un pirata, simplemente creía que los piratas ya no existían. ¿Sabes en qué siglo vivimos?

Él la miró. Una media sonrisa curvó sus labios. ¿Había conseguido resquebrajar su muro de enojo?, se preguntó Julia.

—Supongo que estás pensando en degolladores sedientos de sangre. Tienes razón, pero vivían en otra época. Permíteme que te hable de Nathan Brooks, mi capitán. Es el padre de Gabby, un hombre amable y de buen corazón, y antes era un pirata.

Ella enseguida se sintió fascinada por su relato y se emocionó al ver cómo se le iluminaban los ojos mientras le relataba sus aventuras a bordo del *Crusty Jewel*. Richard le contó cómo había conocido a Ohr y, más tarde, a Nathan y al resto de la tripulación, y le dijo que ahora los consideraba de su familia. Sin mucho rigor, se denominaban a sí mismos piratas, pero en el fondo eran cazadores de tesoros.

—Ésta fue siempre la verdadera pasión de Nathan, y al menos la mitad del tiempo lo dedicábamos a esto, a buscar antiguos tesoros piratas. Y es lo que hacemos en la actualidad. Después de pasar personalmente cierto tiempo como rehén de unos piratas, Nathan no quiso saber nada más de esta práctica. Fue una decisión fácil para él puesto que Gabby, gracias a su matrimonio, había entrado a formar parte de la familia naviera Skylark, y ellos estaban en contra de este tipo de actividad.

—¿Entonces el Caribe te gusta de verdad?

—¿Que si me gusta? Me encanta, pero no le ocurre lo mismo a todo el mundo. Es muy bonito, pero allí no hay nada que se parezca a lo que tenemos en Inglaterra. Se trata de una forma de vida totalmente distinta a la que tú conoces. A veces resulta dura, y el calor es extremo. Los ingleses que van allí enseguida languidecen y vuelven a casa.

—Pero tú no volviste.

—Me vi obligado a adaptarme porque no tenía una casa a la que regresar.

Richard se giró de nuevo hacia la ventanilla. Ahora que había vuelto a recordar que no tenía una casa a la que regresar, el muro que lo rodeaba volvió a levantarse. Julia bajó la vista a su regazo, sobrecogida por la tristeza. El anillo de su dedo llamó su atención, su anillo de boda. Milton debió de comprárselo a toda prisa a alguna de las sirvientas para que ella pudiera utilizarlo. No era de su medida y era tan feo como lo había sido su ceremonia matrimonial.

Un nudo doloroso se formó en su garganta. Deseó no haber averiguado cómo era la vida de Richard lejos de Inglaterra. A una parte de ella, una parte emocional, le gustaba estar casada con él. Tenía miedo de haberse encariñado demasiado con él durante el último mes y haber llegado a enamorarse. Pero, por lo que acababa de contarle, la nueva vida que se había construido en el Caribe le gustaba mucho y estaba claro que en ella no había un lugar para Julia. Además, aunque pudiera encajar en su vida, no podía ignorar el hecho de que a Richard no le gustaba en absoluto la relación que los unía en aquel momento. No podía habérselo dejado más claro, de modo que ella deseó solucionarlo y al menos ofrecerle una salida. Sin embargo, mientras dudaba sobre si mencionar o no el tema, se le hizo demasiado tarde.

El carruaje se detuvo delante de su casa, en Berkeley Square, y Richard abrió la portezuela y la ayudó a bajar. Él ni siquiera salió del coche. ¿Estaba demasiado enfadado para entrar con ella y contarle a su padre que estaban casados?

Julia tuvo la impresión de que él iba a cerrar la puerta sin siquiera despedirse. No tenía más remedio.

—Iniciaré los trámites del divorcio enseguida —le aseguró—. No tienes por qué...

Él la interrumpió bruscamente.

—¿Quieres el divorcio?

¿Ninguna señal de alivio? ¿Nada de «gracias»? ¿Todavía estaba enfadado? Julia apretó los dientes.

—Sí, claro. Ninguno de los dos esperaba ni quería que esto sucediera.

—Lo que tú quieras, Jewels —contestó él con una voz de sufrimiento que ella no entendió, pero debió de equivocarse, porque él enseguida añadió con brusquedad—: Me voy.

Richard empezó a cerrar la portezuela.

—¡Espera, tienes que estar presente para que nos concedan el divorcio! No creo que tarde más de unas semanas. ¿Dónde puedo encontrarte?

Él la observó durante largo rato.

—Supongo que tendrás que preparar tu equipaje para un largo viaje. Si quieres el divorcio, tendrás que venir conmigo, no pienso quedarme en este país ni un día más. Si el *Triton* no está listo para zarpar, embarcaré en otra nave. Vuelvo a casa, donde puedo respirar con libertad y olvidarme de ese sucio bastardo.

—No piensas con claridad. Sólo te tomará un poco más de tiempo y después todo esto habrá terminado.

Él sacudió la cabeza con rotundidad.

—Si me quedo un solo día más, volveré a Willow Woods y mataré a ese hijo de puta. Tengo que alejarme lo más posible de esta tentación..., y enseguida, así que tómalo o déjalo, Jewels. Dispones del resto del día para pensártelo.

—¿Así sin más? ¡Espera! ¿Adónde vas? Tengo que saber dónde encontrarte para decirte si estoy de acuerdo.

—Puedes enviar un mensaje a la casa de Boyd Anderson. Allí es donde se alojan Gabby y Drew y yo me reuniré con ellos.

Richard cerró la puerta del coche y dio un puñetazo en el techo para que el cochero arrancara. Ella contempló cómo se alejaba el vehículo con incredulidad. Cielo santo, ¿qué acababa de suceder? ¡Ella le hacía el favor de librarlo de aquella situación lo antes posible y él no quería cooperar!

46

La decisión de irse de Inglaterra con Richard no le resultó tan difícil de tomar como era de prever. La tomó incluso antes de entrar en su casa.

Esperó a que su doncella descendiera del segundo coche y le dijo:

—Haz que bajen más baúles del desván y empaca mis cosas. Me embarco en un largo viaje por mar con mi marido.

Nada más entrar en la casa, miró escaleras arriba, donde estaba su padre, y supo que todavía le faltaba llevar a cabo la parte más difícil de la decisión. No le gustaba tener que admitir que había fracasado, y la farsa de Willow Woods era el mayor fracaso de su vida.

Su padre estaba en su habitación, pero no en la cama. Arthur lo estaba ayudando a ejercitar sus piernas caminando con él arriba y abajo de la habitación mientras Gerald se apoyaba en su hombro. Julia se alegró de ver que estaban trabajando diligentemente para conseguir que sus músculos volvieran a estar en forma.

—¡Bienvenida a casa! —A Gerald se le iluminó la cara cuando vio a su hija—. No esperaba que tuvierais éxito tan pronto. Ven, sentémonos en el fantástico balcón que hiciste construir para mí y cuéntamelo todo.

Las puertas del balcón estaban abiertas de par en par permitiendo que el cálido y puro aire de la mañana entrara en la habitación. Arthur condujo a Gerald en aquella dirección. Julia los siguió y se sentó al lado de su padre. ¿Cuántas veces le había leído allí durante los meses de verano? Entonces ella estaba convencida de que no la oía, pero no dejó de intentarlo, por si acaso.

Julia suspiró al ver su mirada expectante.

—No ha funcionado, papá. El conde echó por los suelos nuestro engaño.

—¿Cómo?

—Con una licencia especial que permitía que nos casáramos enseguida y un párroco. Estamos casados.

Gerald frunció el ceño y preguntó con cuidado:

—Ésta no es una afirmación feliz, ¿no?

—Desde luego que no.

Él suspiró.

—Lo siento, ni siquiera debería habértelo preguntado, pero Richard y tú parecíais llevaros tan bien cuando estuvisteis aquí la última vez que creí que, después de todos estos años, quizás algo había cambiado.

Ella sintió un nudo en la garganta y apartó la mirada.

—Nos caemos bien, sólo que no estamos hechos el uno para el otro. Él vive una vida de aventura al otro lado del océano y pasa la mayor parte del tiempo en alta mar, mientras que yo prefiero sumar beneficios aquí, en un libro contable.

—Si no queríais casaros, ¿por qué lo habéis hecho? Te dije que podría soportar cualquier escándalo. ¿Por qué no te negaste sin más?

Ella deseó que no le hubiera formulado esta pregunta. Notó que el rubor encendía sus mejillas. Aunque aquella noche no había hecho el amor con Richard, los testigos afirmarían lo contrario.

—Yo estaba en ropa interior. En el dormitorio de Richard.

Gerald carraspeó.

—Comprendo.

Ella realizó una mueca.

—De hecho, no es tan simple como esto. Formaba parte de nuestra farsa. Queríamos que el conde pensara que..., bueno, que estábamos durmiendo juntos para que creyera realmente que queríamos casarnos y bajara la guardia. Se mostraba muy escéptico y pensamos que esto lo convencería. En ningún momento se nos ocurrió que lo utilizaría como excusa para obligarnos a casarnos inmediatamente. Entró en el dormitorio de Richard con un párroco y varios testigos. Sin duda esperaba sorprendernos en una situación comprometida y así fue, de modo que nuestra farsa se volvió en contra nuestra. Y Richard no quiere quedarse en Londres el tiempo suficiente para conseguir el divorcio.

—¿Quieres decir que no está de acuerdo en que os divorciéis?

—Oh, sí que lo está, pero no quiere que lo hagamos aquí. Se va del país mañana, así que, si quiero el divorcio, tendré que viajar hasta el Caribe para conseguirlo. Está tan enfadado que está decidido a irse y no se aviene a razones.

—Hablaré con él.

—Me temo que no quiere hablar del tema. Si dispusiéramos de más tiempo para que se calmara y pensara con lógica, podría entrar en razón, pero no hay tiempo. De todos modos, incluso entiendo por qué está tan furioso. Si estuvo fuera todos estos años, no fue para evitarme, sino para impedir que su padre se saliera con la suya. Pero ahora el conde ha conseguido que nos casemos y ha ganado la batalla.

—Milton Allen no obtendrá nada de vuestra boda, aparte de la dote que me comprometí a entregarle —dijo Gerald, enojado.

—Me alegra oírte decir esto, aunque; después de todo lo que ha hecho, desearía que no consiguiera ni siquiera eso. Pero entiendo que la dote figura en el contrato. De todos modos, él podría haber conseguido más. No tiene sentido que rechazara tus ofertas, ¿no crees? Y todavía cree que conseguirá mucho más, lo que..., y odio decirlo, papá, me hace temer por tu vida. Y Richard, al irse de nuevo, se lo está poniendo en bandeja de plata. Si tú murieras, Milton tendría el control de todo gracias a mi matrimonio con Richard.

Gerald rio entre dientes.

—No dejes que tu imaginación se desborde, cariño. La cuestión es más simple. Yo no rompí el vínculo cuando debería haberlo hecho porque tu madre siempre me suplicó que esperara. Después el accidente me incapacitó y Milton siguió pensando que vuestro matrimonio nos convertiría en una familia feliz. Y las familias felices se ocupan de sus miembros, aunque sean una oveja negra.

Ella comprendió adónde quería llegar su padre. Gerald mantenía y mantendría siempre a su primo Raymond, quien podía considerarse la oveja negra de la familia porque rehusaba cualquier responsabilidad y llevaba una vida frívola. Era un miembro de la familia. Y ahora Milton también lo era, un miembro no deseado, pero de la familia de todos modos.

—Esto implica que lo ayudarás cuando llame a tu puerta —reflexionó Julia—. Y estoy segura de que esto es lo que piensa hacer..., constantemente.

—No, para nada. Sólo te explico por qué cree que yo lo ayudaré. Deberías haberme permitido hablar con él. Le habría dejado claro que yo no perdono ni olvido, y él se ha ganado mi enemistad por lo que le hizo a su propio hijo y por las lágrimas que te ha hecho derramar.

Ella se mordió el labio. Seguía preocupada.

—Pero él esto no lo sabe. ¿Y qué pasará si, debido a su obsesión por tu fortuna, no se aviene a razones y...?

Gerald colocó con gentileza un dedo en los labios de su hija.

—No sigas. Si esto te tranquiliza, hoy mismo haré que preparen un documento legal que evitará que herede nada de mí y le enviaré una copia inmediatamente.

—Esta idea me gusta. Antes de irme también quiero que todo vuelva a figurar a tu nombre, así que podríamos hacer las dos cosas al mismo tiempo.

Gerald asintió con la cabeza y después suspiró.

—¿De modo que te vas al Caribe de verdad?

—No tardaré mucho en volver. Unas cuantas semanas y...

—Se tarda tres o cuatro semanas sólo en llegar.

Ella suspiró.

—Bueno, de algún modo encontraré el aspecto positivo de la situación. Aparte de Inglaterra y algunas veces a Francia, no he viajado mucho, así que supongo que será un viaje interesante para mí. Además, cuando Richard está relajado, es fácil llevarse bien con él.

—¿De verdad?

—Sí, muy fácil. No tiene nada que ver con el hombre..., bueno, con el niño que yo odiaba. Vivir en el extranjero durante tantos años, lejos de su padre, lo ha cambiado radicalmente..., al menos cuando no está cerca de él.

Gerald la miró con curiosidad.

—¿Estás segura de que quieres el divorcio?

El extraño sentimiento que experimentó en el coche volvió a surgir en su interior, y lo único que se le ocurrió decir fue:

—Estoy segura de que él sí que lo quiere.

—Esto no responde mi pregunta.

No, no la respondía, de modo que ella le confió con tristeza:

—No puedo negar que ha habido momentos en los que he pensado que él era perfecto para mí, pero nuestra forma de vivir no encaja, papá. Él nunca regresará a Inglaterra, al menos mientras su padre viva aquí. ¿Y puedes imaginarme a mí viviendo en el trópico, donde el calor me haría suplicar por un copo de nieve? Yo no me lo imagino. Además..., él no me ama.

—Comprendo. —Gerald suspiró—. No es así como quería que te libraras del desastre en el que te metí.

—Lo sé, pero al menos el maldito contrato ya se ha cumplido y no volverá a pesar sobre mí.

—De todos modos, un divorcio es algo muy serio. La alta sociedad que tú frecuentas lo considerará una solución escandalosa. Habrá repercusiones que no te resultarán agradables, al menos en el ámbito social. Puede que no te inviten a sus fiestas, incluso que te vuelvan la cara.

—¿Me estás sugiriendo que...?

—No, querida, si sientes que debes hacerlo, yo te apoyaré. Además, sólo he mencionado lo peor que podría ocurrir, pero puede que no sea así. Después de todo, tu situación es única, porque tu prometido ha vivido en el extranjero durante un montón de años y tú te has pasado los tres últimos esperando su vuelta. Esto puede granjearte la simpatía de la alta sociedad, o al menos comprenderán por qué no has podido perdonarlo.

¿Los miembros de la alta sociedad? Si consideraban que algo no era correcto, las razones eran lo de menos. Ella podía perder todas sus amistades a causa del divorcio.

Su padre pareció leerle la mente.

—¿Por qué no hablas con Carol antes de irte y averiguas qué opina ella? —le sugirió—. Arthur me ha dicho que, desde que se casó, ya no vive en la casa contigua, pero ¿vive demasiado lejos para que podáis veros un momento? No pensé en preguntárselo el otro día cuando pasó por aquí para decirme lo encantada que estaba por mi recuperación.

—Ella y Harry viven en su casa de campo, pero también tienen una en Londres y, con todas las fiestas que se celebran ahora, en la temporada de verano, es probable que estén en la ciudad. Es una idea excelente, papá. Me gustaría verla antes de partir para mis breves vacaciones en el Caribe.

Él se rio por su forma de expresarlo.

—Sí, como dices, la compañía de Richard no te exaspera como antes, quizás incluso disfrutes del viaje. Las islas de aquella zona tienen fama de ser muy bonitas, aunque son un poco calurosas en esta época del año.

—¿Un poco? Por lo que me dijo Richard, el calor es asfixiante, pero no me quedaré más de lo necesario. Ojalá pudieras venir conmigo.

—No es posible. Aunque estuviera físicamente en forma, uno de los dos tiene que quedarse para hacerse cargo de los negocios. Pero podrías llevarte a Raymond.

—¡No, gracias! Entonces el viaje sí que sería exasperante.

Nada más salir de la habitación, Julia se preguntó si tendría tiempo de hacer todo lo que tenía que hacer aquella tarde. Antes que nada, envió un mensaje a Carol. Esperaba que su amiga acudiera a su casa y pudieran hablar mientras empacaba sus cosas. Tampoco quería irse sin ver antes al abogado de la familia y, como no había visto a Carol desde el baile de los Malory, tenían mucho que contarse.

Al poco rato de enviar a su sirviente con la nota, y mientras estaba colocando su ropa encima de la cama para que su doncella la empacara en los baúles que iban a bajar del desván, Carol entró en la habitación.

Era evidente que ya estaba camino de la casa de Julia.

—¿Cómo puede ser que te hayas casado? —fue su primera pregunta.

—¿Cómo te has enterado? —preguntó Julia, sorprendida de que su amiga conociera la noticia.

—¿Bromeas? Desde que tu doncella contó la noticia, tus sirvientes no hablan de otra cosa. Tu mayordomo me lo ha dicho nada más abrir la puerta.

Julia suspiró. Tenía que darle una reprimenda a su doncella. Era demasiado cotilla.

Pero Carol todavía la sorprendió más cuando dijo:

—Aunque yo ya sabía lo que se suponía que ibas a hacer en Willow Woods.

—¿Cómo? —Pero entonces Julia lo dedujo—. No importa, mi padre me ha dicho que viniste a verlo mientras yo no estaba y supongo que él te lo explicó.

—Sí, vine a verte, pero, para variar, no estabas en casa. Resulta gracioso cuántas veces nos hemos cruzado esta semana sin llegar a encontrarnos. Entonces entré a ver a tu padre, porque no lo había visto desde que se recuperó. Él mencionó adónde habías ido y por qué pues supuso que yo ya lo sabía. Él sabe que nos lo contamos todo y me sentí muy decepcionada de que no me lo hubieras contado tú. Cuando tu padre se dio cuenta de que yo ni siquiera sabía que tu prometido había regresado a Londres, no entró en detalles.

—Te hablé de él la noche del baile...

—¡No lo hiciste!

—Sí que lo hice..., bueno, indirectamente —dijo Julia—. De hecho, entonces yo tampoco sabía que era Richard. El francés, ¿te acuerdas?

—¿El francés? ¡Dios mío! ¿Pero no dijiste que estaba enamorado de otra mujer? ¿De una mujer casada?

—Sí, de Georgina Malory.

Carol soltó un respingo.

—¿Tiene ganas de morir?

—No, estoy segura de que sólo se trataba de un capricho pasajero. Después de aquella noche, no volvió a ponerse melancólico cuando el nombre de ella salía a relucir. Ahora que sé lo osado que es, estoy convencida de que sólo estaba enamorado del riesgo que suponía quererla.

Carol suspiró.

—¿Entonces no estáis casados de verdad? ¿Sólo se lo has hecho creer a tu doncella por alguna razón?

—Será mejor que te sientes — dijo Julia, y entonces puso a Carol al corriente de lo sucedido.

Después de escucharla y de enterarse incluso de los detalles más íntimos que Julia no le contaría a nadie más, Carol dijo asombrada:

—Entonces realmente estás... en un apuro. ¡No, no llores!

Julia no pudo contenerse.

—Lo que resulta irónico es que él es ese alguien perfecto para mí, pero yo no lo soy para él.

—Santo cielo, ¿lo amas? ¿Después de odiarlo durante tantos años ahora lo amas?

—Yo no he dicho esto.

—No es necesario que lo digas.

—Pero yo no quiero vivir tan lejos de todo lo que me resulta familiar y en un lugar tan diferente a éste.

Carol puso los ojos en blanco.

—No sabrás si te gusta o no hasta que lo hayas visto. ¿Y qué otras dudas tienes?

—Él no me ama —dijo Julia con un hilo de voz.

—¿Estás segura?

—Bueno, no, pero...

—Puede que él tenga las mismas dudas que tú.

Julia se mordió el labio.

—No lo sé.

—Entonces tienes que averiguarlo y así sabrás qué hacer. Tienes que cruzar todo un océano antes de presentarte ante un funcionario para poner fin a un matrimonio que quizá ninguno de los dos quiere terminar. Cuéntale a Richard lo que sientes.

47

Gabrielle y Drew estaban esperando que Richard regresara a Londres para zarpar hacia el Caribe, así que hacer los preparativos para zarpar por la mañana no constituía ningún inconveniente, le dijo Drew a su amigo. Richard se sintió aliviado al saber que Gabrielle no estaba en la casa de Boyd, porque sabía que ella insistiría en que le contara con todo detalle lo que había sucedido en Willow Woods, pero él todavía tenía las emociones a flor de piel y no estaba preparado para hablar de ello. A Drew le dijo, simplemente, que su plan no había salido bien.

¡Esto era realmente quedarse corto! Mientras estaba en su antigua habitación, contemplando la sonrisa de su detestable padre, se dio cuenta de que, en realidad, le estaba obligando a hacer algo que él quería: casarse con la mujer a la que había estado atado la mayor parte de su vida. Aun así, conseguir lo que quería también significaba que su padre se salía con la suya. Esto era lo que tanto le costaba aceptar.

Sólo se detuvo en la casa de Boyd el tiempo necesario para dejar su bolsa de viaje en la habitación que le adjudicaron y que compartiría con Ohr aquella noche. Tenía que encontrar un abogado que lo recibiera esa misma tarde. Si algo le ocurría a él o a Julia antes de que se divorciaran, quería asegurarse de que su padre no pudiera reclamar ninguna parte de la fortuna de los Miller. Quería redactar un testamento que excluyera expresamente a Milton Allen y que evitara que pudiera acceder a sus pertenencias y a las de su mujer.

«Su mujer», ¡Dios mío, qué bien sonaba esto! Pero Julia no opinaba lo mismo, y probablemente tenía razón. Al fin y al cabo, ¿qué podía ofrecerle él? No estaba arruinado, en el Caribe no había nada en lo que gastarse el dinero, de modo que había ahorrado unos cuantos miles de libras, pero esto podía considerarse mera calderilla en comparación con lo que Julia poseía. Él no tenía ninguna propiedad, ni siquiera una casa propia. Además era un segundo hijo, de modo que no disponía de ningún título aparte del de lord, que él ni siquiera utilizaba en las islas. ¿Apartar a Julia de los círculos de la alta sociedad a los que estaba acostumbrada? ¿Apartarla del imperio empresarial que había estado gestionando personalmente durante los últimos cinco años? ¿Cómo podía hacer algo así sin que le remordiera la conciencia?

Tenía que dejarla ir, y esto implicaba no oponerse a su decisión. No veía otra salida, pero todavía no se sentía capaz de hacerlo. De una forma impulsiva, le había sugerido que lo acompañara, pero ahora se alegraba de haberlo hecho. Al menos así podría estar con ella unas semanas más antes de que se separaran para siempre.

Aunque quizás ella no quisiera acompañarlo al Caribe.

Cuando regresó a la casa de Boyd, a última hora de la tarde, tuvo la sensación de estar conteniendo la respiración hasta que llegó el mensaje de Julia en el que le informaba de que se encontrarían en los muelles por la mañana.

Ohr apareció en el umbral de la puerta. Richard no la había cerrado después de recibir el mensaje de Julia. Estaba tan sumido en sus pensamientos que apenas se dio cuenta de que Ohr le estaba diciendo algo.

—¿Qué?

—Te he preguntado que qué ocurrió en Willow Woods —repitió Ohr.

—Nos salió el tiro por la culata. Estamos casados.

Ohr rio entre dientes.

—Esto no me lo esperaba. ¿Entonces por qué estás ensimismado otra vez?

—No lo estoy.

—Sí que lo estás. Después de los últimos acontecimientos, creía que habías acabado con eso.

Richard no quería hablar de Julia en aquel momento.

—La situación es complicada —dijo simplemente.

—A mí me parece muy sencilla, ¿o es que nunca se te ha ocurrido que estás enamorado del peligro que supone amarla simplemente por quién es su marido?

Richard contuvo una carcajada al darse cuenta de la equivocación de Ohr e intentó interrumpirlo, pero Ohr levantó la mano, decidido a decir lo que tenía que decir.

—Malory nos amenazó el mismo día que conociste a su mujer, cuando dejamos a Gabby en su casa. Fue extremadamente intimidante, como suele ser, y esto pudo haberte influido ya entonces. Te puso delante un reto excepcional, y al final recibiste el producto de sus celos. Y ahora te pregunto, ¿de verdad crees que sigues enamorado de ella?

Richard rio para sus adentros y sacudió la cabeza. No tenía por qué sacarlo de su error. Ohr no era curioso, así que sólo le dijo:

—No, fuera lo que fuese, se ha terminado.

—¿Entonces estás ensimismado por tu mujer? —preguntó Ohr mostrándose curioso después de todo—. Qué... raro.

Richard apretó los labios.

—Ya lo solucionaré.

—Bueno, si quieres hablar de ello, tenemos tiempo antes de la fiesta.

—¿Qué fiesta?

—La fiesta de despedida que celebran Gabby y Drew esta noche. Estamos invitados.

—¿Invitados? Pero si ya estamos aquí. ¿Había alguna duda de que seríamos bien recibidos?

—La fiesta no se celebra aquí —explicó Ohr con una sonrisa—, sino en la casa de James Malory.

Richard nunca imaginó que lo invitaran a la casa de James Malory y supuso que él no lo sabía. De todos modos, cuando él y Ohr entraron en el salón donde los Anderson y los Malory estaban reunidos, James no puso cara de extrañeza.

Nada más verlo, Gabrielle se abalanzó sobre él. Ohr había advertido a Richard que le había explicado a Drew que se había casado y Drew se había encontrado con su mujer en la casa de los Malory antes de que ellos llegaran.

—¡Estoy contentísima! —le dijo Gabrielle a Richard.

—Pues no lo estés, mi padre ha ganado, Gabby.

—Bueno, es posible, pero tú también has ganado, ¿no? Vi cómo mirabas a Julia en el *Maiden George*. No podías apartar los ojos de ella. ¡Y te has casado con ella!

Estaba tan contenta por él, que Richard no tuvo el valor de contarle que iban a divorciarse, al menos no en aquella fiesta que se celebraba en su honor.

—Ella vendrá con nosotros —dijo simplemente.

—Pues claro, ¿por qué no habría de venir? ¡Espera! Si se va a mudar a otro país, debe de tener un montón de cosas que empacar. ¿Necesita ayuda? ¿Deberíamos aplazar la partida uno o dos días?

—Nada de aplazamientos, Gabby, por favor. En el caso de que el *Triton* no estuviera listo para zarpar mañana por la mañana, yo estaba dispuesto a embarcar en otro barco. No soporto pasar otro día en el mismo continente que mi padre.

Ella lo miró fijamente.

—¿Qué más ha sucedido?

—No hablemos de ello esta noche. Y Julia se las arreglará. Probablemente tiene más sirvientes que la puedan ayudar de los que podamos imaginar. Disfruta de la fiesta.

Richard la empujó hacia su esposo mientras cruzaba la habitación con rapidez para evitar más preguntas. Jeremy, el hijo de James, lo miró y Richard se dirigió hacia él.

No conocía a la mujer de Jeremy y, aunque probablemente estaba en la fiesta de máscaras, él no se dio cuenta porque estaba obsesionado con Georgina. Pero ahora, cuando ella se volvió hacia él, Richard no pudo evitar darse cuenta de su presencia. Incluso se quedó sin aliento. Danny Malory tenía un tipo de belleza etérea que resultaba fascinante y su cabello blanco, inusual en una mujer joven, todavía acentuaba más su aspecto angelical. Aunque lo llevaba sumamente corto, algo que no se estilaba en una dama, a ella le quedaba sensacional.

Jeremy le dio un codazo en las costillas para que dejara de contemplar a su mujer y Richard se echó a reír cuando se dio cuenta de que la había estado mirando fijamente.

—Lo siento —dijo a la pareja con una sonrisa avergonzada—. Supongo que ocurre a menudo.

Jeremy asintió con la cabeza.

—Tiene suerte de que yo no sea celoso.

—Sí, tengo mucha suerte —dijo Danny ofreciendo a su marido una sonrisa amorosa.

Richard sintió envidia de su felicidad. De hecho, todas las parejas de la habitación parecían estar felizmente casadas.

Jeremy percibió la mirada que Richard dio a su alrededor.

—Creo que no los conoces a todos, ¿no?

—Me temo que no. Tu padre nunca me había permitido entrar en su casa.

—¿De verdad? ¡Qué interesante! ¿Y esto fue antes de que supiera que eras un lord?

—No, es sólo que no le caía bien —contestó Richard evasivamente.

—¡Ah! Bueno, si ahora estás aquí es que lo ha olvidado todo —dedujo Jeremy—. Entonces permíteme que te presente a mi rama de la familia. No están todos aquí, claro, sólo los que estaban en la ciudad y pudieron venir aunque los avisáramos con tan poca antelación. Y supongo que ya conoces a la rama de la familia por parte de Drew.

En realidad, Richard no conocía a Warren, el hermano mayor de Drew, pero también se había casado con una Malory, y Jeremy se la presentó. Se llamaba Amy. Jeremy describió a su prima como «una pilluela con aspecto de chico», y aconsejó a Richard que nunca apostara contra ella. Por lo visto, Amy nunca perdía.

Otra de las primas de Jeremy, Regina Eden, también estaba allí. Ella y su marido, Nicolas, fueron los anfitriones del baile que se celebró en honor de Georgina.

—Si oyes a mi padre menospreciar a Nick, no le hagas caso —explicó Jeremy sonriendo—. Después de que los padres de Reggie murieran, mi padre y mis tíos ayudaron a criarla y son un poco sobreprotectores con ella. Además se aseguran de que Nick lo sepa, al menos mi padre y el tío Tony.

Tony, el tío de Jeremy, también estaba en la fiesta. Se trataba de un hombre excepcionalmente guapo y Jeremy se parecía más a él que a su propio padre. Richard se lo mencionó y Jeremy se echó a reír.

—Esto saca de quicio a mi padre, así que no lo comentes cuando esté cerca. Es por el pelo negro. Sólo unos pocos Malory lo tenemos así, el resto de la familia lo tiene tirando a rubio.

Edward Malory, otro de los tíos de Jeremy, también estaba allí, y Charlotte, su esposa. Vivían en Grosvenor Square. Y Thomas, uno de los hermanos mayores de Drew, también había acudido a la fiesta. El mayor de los hermanos Anderson había estado recientemente en la ciudad, pero su barco ya había zarpado.

—Es una lástima que el tío Eddie no pueda conocer a tu mujer antes de que os vayáis —dijo Jeremy refiriéndose a Edward—. Él es el genio financiero de la familia y, por lo visto, Julia tampoco lo hace mal. Habrían tenido muchas cosas de las que hablar.

Al oír mencionar a Julia, el ánimo de Richard decayó. Entonces se acordó de las herramientas que llevaba en el bolsillo y se las tendió a Jeremy.

—Gracias por prestármelas.

Jeremy se las entregó a su mujer, quien sonrió y dijo:

—De nada. Actualmente no las utilizo, sólo las conservo como recuerdo de los amigos que hice en la juventud.

—Me han ido muy bien —le aseguró Richard.

—Me alegro.

—Ya lo has monopolizado bastante, muchacho —le dijo James a su hijo acercándose a ellos. Entonces se dirigió a Richard—: Ven, hay algo que quiero comentar contigo.

Richard soltó un gruñido, pero siguió a James hasta la chimenea, que estaba vacía y bastante lejos del resto de los invitados.

James apoyó un brazo en la repisa de la chimenea y ni siquiera miró a Richard, pues tenía la mirada clavada en su mujer.

—¿Qué he oído acerca de que has sentado la cabeza? ¿Intentas tumbarme antes de irte de la ciudad?

—Muy divertido —contestó Richard sin divertirse en absoluto.

—Ni se te ocurra trasladarte a mi misma calle, amigo. Nunca.

—Tienes mi palabra de que eso no sucederá.

James lo miró arqueando una de sus rubias cejas.

—¿Ni siquiera para hacernos una visita? Supongo que en esto puedo hacer una excepción.

Richard no pudo evitar echarse a reír.

—Eres todo corazón, Malory.

—Es un don —contestó James con rostro inexpresivo.

Como parecía estar de buen humor, probablemente porque Richard volvía a irse del país, éste le preguntó con cautela:

—¿Te importa si me disculpo con Georgina por todas las molestias que le haya podido causar con mi encaprichamiento?

—Sí que me importa.

—Sólo tardaré un momento.

—He dicho que sí que me importa —dijo James en un tono de voz que no presagiaba nada bueno.

Richard suspiró.

—Entonces, ¿te importaría transmitirle mis disculpas? Dile que es una de las mujeres más encantadoras que he conocido nunca...

—Estás desafiando a la suerte.

—... pero que ahora sé cuál es la diferencia entre estar encaprichado y estar enamorado —terminó Richard con rapidez.

James lo miró fijamente.

—Si crees que le voy a decir a mi mujer que ha pasado a un segundo puesto, estás loco. Le transmitiré tus disculpas y ni una palabra más.

—Está bien.

Richard sonrió ampliamente.

—Ahora que lo pienso, George echará mucho de menos a Julia. Al vivir tan cerca, se habían hecho muy amigas —dijo James.

—Julia regresará —contestó Richard simplemente.

—¿Ella? ¿Y tú no?

Richard asintió de una forma titubeante y James añadió:

—Estupendo. Es el mejor arreglo que podía esperar. Yo no me separaría de mi mujer tanto tiempo, pero siempre que Julia viaje en un barco Skylark, al menos tendrás la tranquilidad de que estará a salvo.

Richard debería haber cambiado de tema. No le debía a Malory ninguna explicación, pero finalmente dijo:

—Me has entendido mal. Ella sólo va al Caribe para conseguir el divorcio.

James lo miró fijamente un instante, un breve instante, y a continuación su pétreo puño aterrizó en el estómago de Richard.

—Respuesta equivocada. Vuelve a intentarlo.

Lo único que intentó Richard fue volver a llenar de aire sus pulmones y ocultar una mueca de dolor. Cuando por fin pudo volver a enderezarse y, al mismo tiempo, respirar, entrecerró los ojos y miró a James.

—La idea no es mía. Yo la amo, pero ella no sería feliz donde yo vivo, lejos de todo lo que conoce y quiere. No puedo hacerle esto.

—Entonces múdate tú aquí. O piensa en otra solución, pero uno no deja que la verdadera felicidad se le escape de las manos sin pelear con todas sus fuerzas.

—Esto es lo que él hizo —dijo Anthony Malory acercándose a ellos y después de oír la última frase de James—. James tuvo que enfrentarse al hecho de que los hermanos de su mujer querían matarlo y llevársela de vuelta a casa. Pero es condenadamente difícil mantener un matrimonio con el océano por en medio, y él los obligó a entrar en razón. James es bueno en esto.

—Para ya, Tony —dijo James.

Anthony sonrió ampliamente.

—Sólo estaba ayudando.

—Estabas siendo odioso —replicó James.

Richard se escabulló mientras los dos hermanos Malory se enzarzaban en lo que podría considerarse una discusión amigable, aunque resultaba difícil calificarla de esta manera. Con sus pensamientos lejos del jolgorio que lo rodeaba, Richard se retiró pronto de la fiesta, pero en lugar de llamar al cochero para que lo llevara de regreso a la casa de Boyd, contempló la calle en dirección a la casa de Julia y, poco a poco, empezó a caminar hacia allí. No dudó en llamar a la puerta, pero cuando el mayordomo la abrió, él no pidió ver a Julia. En realidad, era con Gerald Miller con quien quería hablar antes de zarpar por la mañana.

48

—¡Oh, vaya, está lloviendo! —exclamó Raymond cuando bajó del carruaje y cogió la mano de Julia para ayudarla a bajar—. Estarás empapada antes de subir a bordo.

—Tonterías —replicó ella mirando con curiosidad a su alrededor—. Apenas llovizna.

Incluso a una hora tan temprana, los muelles hervían de actividad. El *Triton* no era el único barco que zarparía con la marea. Todavía estaban cargando provisiones frescas a bordo y faltaba descargar unos cuantos carromatos más. Pronto apareció un grupo de marineros para encargarse de los baúles de Julia.

Ella miró a su primo, quien observaba el cielo gris con el ceño fruncido. Era una lástima que el buen tiempo que habían disfrutado últimamente no hubiera durado hasta su partida. De todos modos, las nubes todavía no eran demasiado oscuras y el fresco viento podía despejar el encapotado cielo.

—No te olvides de ir a ver a mi padre. A menudo —le dijo a Raymond mientras los marineros subían su último baúl.

Ella también debería subir a bordo, o pronto estaría empapada de lluvia.

—Sí, sí, pero iré a una hora decente —dijo Raymond mientras le daba un abrazo—. ¡Todavía no me puedo creer que me hayas hecho levantarme otra vez antes del amanecer! —masculló mientras volvía a subir al carruaje.

Las quejas de su primo eran tan habituales, que Julia apenas le prestó atención. Todavía estaba un poco desconcertada por el buen humor que tenía su padre aquella mañana, antes de que ella se fuera. Su opinión acerca del viaje había sido mucho más positiva que la del día anterior. ¿Quizá sólo había puesto buena cara para que ella se fuera tranquila?

Julia subió al barco. En realidad no le importaba que estuviera lloviendo, pero no quería ver cómo el *Triton* se alejaba de Inglaterra. Era posible que se echara a llorar. Otra vez. Una vez en su camarote, se sentó en la cama y contempló sus baúles, los cuales ocupaban todo el espacio disponible en el suelo, e intentó no pensar en la razón de que estuviera allí. Cuatro baúles. Era evidente que había empacado demasiada ropa, claro que nunca había viajado a un lugar tan lejano.

En el pequeño camarote, que contaba con una cama de tamaño normal, sólo cabía una mesa diminuta para comer, una bañera circular que era la más pequeña que ella había visto nunca, un lavamanos y un armario también de tamaño normal. Tenía que desempacar los baúles para que pudieran llevárselos y así disponer de más espacio para moverse. Se preguntó si no debería dar una cabezadita primero. Aunque el día anterior recuperó sueño durante el largo trayecto a Londres, la noche pasada no había dormido mucho, porque el viaje y lo que sucedería al final de la travesía ocuparon sus pensamientos.

El día anterior, después de que le enviara el mensaje a Richard, él le hizo llegar una nota indicándole el muelle en el que estaba atracado el *Triton* y avisándola de que estuviera allí antes del amanecer. Podría haberle dicho que la recogería, pero no lo hizo. Esto le habría proporcionado a ella otra oportunidad para convencerlo de que no se fuera de Inglaterra tan deprisa. Y tampoco lo encontró en el barco antes de que zarparan, aunque le aseguraron que estaba por allí, en alguna parte.

Al menos se alegró de que Gabrielle y Drew accedieran a emprender el viaje con tanta inmediatez, aunque se preguntó si Richard les había contado lo de su matrimonio. A ella le habían adjudicado un camarote propio, de modo que quizá Richard no se lo había contado. Pero no, de algún modo tenía que haber explicado que ella estuviera allí.

Carol le había dicho: «Tienes que cruzar todo un océano antes de presentarte ante un funcionario para poner fin a un matrimonio que quizá ninguno de los dos quiere terminar. Cuéntale a Richard lo que sientes.» Tal y como lo dijo, parecía muy fácil, pero Julia no creía que su amiga hubiera tenido que tratar nunca con alguien como Richard. Lo comían los demonios y esos mismos demonios la habían convertido a ella en un monstruo cuando era una niña. Habían controlado la mayor parte de su vida y podían aparecer en cualquier momento escupiendo rabia y resentimiento. Pero cuando esos demonios estaban tranquilos, cuando Richard no pensaba en su padre, era un hombre totalmente distinto, el hombre del que ella se había enamorado.

Mientras seguía contemplando los baúles que estaban en el suelo, renunció a la idea de dar una cabezadita, porque tenía demasiadas cosas en la cabeza. Entonces empezó a desempacar. No tardó mucho en darse cuenta de que en el armario no cabría ni la mitad de la ropa que llevaba, de modo que sólo sacó de los baúles sus vestidos preferidos. El resto tendría que quedarse en la bodega, en el interior de los baúles.

Alguien llamó a la puerta y Julia se quedó quieta y contuvo el aliento. Deseó que fuera Richard, siempre que estuviera dispuesto a hablar con ella, y que no lo fuera si los demonios lo estaban acosando. Temía que, si tenía que tratar con ellos otra vez, se enfadaría.

Pero fue Gabrielle quien asomó la cabeza y entró con una sonrisa radiante.

—¿Dónde está tu doncella? —le preguntó.

—Su marido no la dejaba irse de Inglaterra. Se trata de una muchacha joven y llevan casados poco tiempo. No he tenido tiempo de encontrar otra.

Gabrielle miró hacia el techo.

—Te entiendo. Aunque nosotros ya habíamos decidido regresar a casa, Richard insistió en que saliéramos hoy o buscaría otro barco. Ha sido muy grosero por su parte y ni siquiera estaba dispuesto a discutirlo, pero no te preocupes por la doncella, la mía viaja conmigo y también podrá ayudarte a ti.

—Gracias, aunque no necesito mucha ayuda, quizá sólo con mi cabello. Soy muy patosa para recogérmelo.

Gabrielle rio entre dientes.

—Puedes olvidarte de los peinados de moda mientras estés en el barco, a menos que quieras pasarte todo el viaje bajo cubierta. El *Triton* alcanza buenas velocidades, lo que significa que, normalmente, en cubierta hace mucho viento. A mí me resulta mucho más cómodo trenzármelo.

Julia apenas la escuchaba. Le sorprendía que Richard no se hubiera sincerado con sus amigos más íntimos.

—Richard está enfadado —dijo finalmente para justificarlo.

—Era evidente que algo no iba bien, pero esto no es excusa para que fuera tan brusco con sus amigos —refunfuñó Gabrielle.

—A mí me dijo lo mismo, que me dispusiera a salir hoy o... adiós.

—¡Pero tú eres su mujer!

—¿De modo que te lo ha contado?

—Es lo único que nos ha contado —contestó Gabrielle mirando expectante a Julia.

Pero Julia no quería volver a contar la catástrofe de Willow Woods. Cada vez que lo hacía, los ojos se le inundaban de lágrimas y ya estaba harta de llorar.

Pero Gabrielle no hizo caso de su silencio.

—¿Sabes una cosa? Cuando te dije que podías ser su salvación, no pensé que...

—No te preocupes. De todos modos, no ha funcionado.

—Ah, ¿no? —preguntó Gabrielle, sorprendida—. ¡Pero si se ha casado contigo!

Julia suspiró. No tenía otra opción. Se sentó en la cama y dio unas palmaditas en el colchón invitando a Gabrielle a que se sentara a su lado. Con tanta brevedad como le fue posible, explicó a su nueva amiga la misma historia que le había contado a su padre, aunque no le mencionó que se había sentido muy a gusto en Willow Woods cuando el conde no estaba allí. Empezaba a pensar que había soñado lo bien que se lo había pasado con Richard, Charles y Mathew.

Gabrielle miró hacia el suelo con actitud reflexiva.

—¿No quieres seguir casada con él?

¿Retenerlo en un matrimonio que les habían impuesto a los dos? Carol creía que si Julia le decía a Richard que lo amaba, todo cambiaría, pero no sería así. ¿Por qué habría de cambiar nada cuando él no sentía lo mismo hacia ella?

Julia evitó explicarle todas las razones por las que no funcionaría.

—Mi lugar está en Inglaterra —dijo simplemente.

—Casi toda la familia de Drew pasa la mayor parte del tiempo en Inglaterra, así que nosotros venimos a menudo, y tú podrías venir con nosotros siempre que quisieras. ¡Además, Richard sería un marido maravilloso!

La certeza de Gabrielle desconcertó a Julia.

—¿De verdad? Sé que puede ser encantador, divertido, cariñoso... Tendrías que haberlo visto con su sobrino. Fue realmente emocionante y me imagino que también sería un buen padre. Me ha demostrado lo agradable que puede ser, pero vivimos en mundos completamente diferentes. Después de las emocionantes aventuras que ha vivido desde que se fue de su casa, no sería feliz viviendo en Inglaterra, de la misma manera que yo no sería feliz lejos del entorno en el que he crecido. Además, si seguimos juntos, su padre habrá vencido.

Gabrielle puso los ojos en blanco.

—Su padre ya ha vencido, pero se trata sólo de una pequeña victoria. Tú y Richard en realidad no habéis perdido, todavía, así que no permitas que ese tirano siga siendo un obstáculo en tu vida, si no, sí que habrá vencido.

49

Julia subió a cubierta cuando las islas británicas ya no estaban a la vista y enseguida buscó a Richard, pero no lo encontró por ningún lado. Gabrielle todavía le había dado más cosas en las que pensar. «No permitas que ese tirano siga siendo un obstáculo en tu vida.» El padre de Richard ya no era un obstáculo para ella, ¿pero dejaría de serlo para Richard algún día?

No se le ocurrió mirar hacia arriba para encontrarlo, pero entonces oyó unas risas, levantó la mirada y vio a Richard y a Ohr. ¿Colgados de un mástil? ¿Y riéndose? Esto fue realmente inesperado. ¿Su enfado se había desvanecido de repente sólo porque se estaba alejando de su país? Aunque, quizás había sido Ohr el que se había reído.

Richard estaba ayudando a su amigo a izar más velas para aprovechar el fuerte viento. Gabby tenía razón cuando le aconsejó que se peinara con sencillez durante el viaje. Incluso sujeto en una cola, el largo cabello de Richard se agitaba sobre sus hombros y el peinado que ella se había hecho por la mañana se había deshecho después de escasos minutos de estar en cubierta.

Julia no podía apartar la mirada de Richard. Iba descalzo, probablemente para poder agarrarse mejor al mástil, pero a la altura a la que estaba seguía siendo peligroso, pues el menor resbalón lo haría caer sobre la cubierta. Pero él no parecía sentir ningún miedo, como si fuera algo que hubiera hecho tantas veces que podía hacerlo incluso con los ojos cerrados.

El cuello de Julia empezó a entumecerse de tanto mirar hacia arriba y el cabello le tapaba los ojos y le resultaba muy molesto. ¿Por qué no se daba cuenta Richard de que ella estaba allí? Y entonces él la vio. Sus ojos se quedaron clavados en los de ella y a ella le ocurrió lo mismo. Los de Richard reflejaron gran intensidad, y los de ella, todo lo que sentía. ¡Pero el viento volvió a lanzar su cabello sobre su cara! Cuando lo apartó, vio que Richard estaba descendiendo a la cubierta.

Ella bajó la mirada y esperó, consciente de que él podía dirigirse a otro lugar por no querer hablar con ella. Entonces las piernas de Richard aparecieron en su campo de visión y él sacó algo de su bolsillo. Richard apoyó las manos en los hombros de Julia. Ella dio un respingo, pero lo único que hizo él fue darle la vuelta, recogerle el cabello y atárselo.

—Gracias —dijo Julia.

Estaba asombrada porque él tenía que sentirse muy cómodo con ella para hacer algo así. Se dio la vuelta con expectación, pero la expresión de Richard era totalmente inescrutable y no le dio ninguna pista sobre cómo tenía que proceder.

—Me pareció oírte reír con tu amigo —empezó con cautela—. ¿Te sientes mejor ahora que has conseguido irte de Inglaterra tan deprisa?

—Todavía no.

A Julia se le hizo un nudo en la garganta. Era superior a ella, no soportaba verlo de aquella manera, acosado por los demonios. Y ella podía liberarlo.

—Hay algo que deberías saber, Richard —empezó ella otra vez—. En realidad, tu padre no ha ganado. Nunca conseguirá nada aparte de mi dote.

—Aun así ha ganado —contestó Richard con amargura—. Su maldito contrato se ha cumplido. Y evidentemente cree que le reportará beneficios mayores.

—Pues está equivocado. Milton no conoce a mi padre. Él nunca olvida una maldad.

—Ya lo sé —dijo Richard con una leve sonrisa—. Me lo explicó él mismo cuando fui a verlo ayer por la noche.

Ella intentó ocultar su sorpresa.

—¿Fuiste a casa ayer por la noche?

¿Y no preguntó por ella? ¿Por qué no se lo había comentado su padre?

—Sí, no podía marcharme sin asegurarle que no tenía por qué preocuparse por ti mientras estuvieras fuera.

—Fue muy considerado de tu parte —dijo ella emocionada—. Y ha funcionado. Esta mañana estaba de mucho mejor humor.

—¡Bueno, tampoco es para echarse a llorar! —bromeó él.

—Eres muy amable —dijo ella frotándose los ojos—. ¿Por qué no eras así cuando éramos niños?

—Tú sabes por qué, pero tienes razón, debería haberte explicado por qué estaba en contra de nuestro matrimonio. No teníamos por qué ser enemigos sólo porque yo estaba furioso con mi padre porque me utilizaba para llenar sus bolsillos. Y sin que me diera ninguna alternativa. —Entonces tocó, con su mano, la mejilla de Julia—. No tenemos por qué volver a hablar de esto, Jewels. Nunca me sentiré mejor respecto a aquel episodio de nuestras vidas, así que dejémoslo atrás. Quiero que disfrutes del viaje tanto como sea posible.

Ella no podía creer lo que Richard le estaba diciendo, y con tanta ternura. De repente, él miró detrás de ella, en dirección a Inglaterra, y entonces la agarró de la mano con brusquedad.

—Te dejaré a salvo en tu camarote antes de que esa tormenta nos alcance —dijo tirando de ella.

—¿Qué tormenta?

—La que nos está siguiendo desde el canal. Drew esperaba dejarla atrás, por esto estábamos izando más velas, pero ya casi nos ha alcanzado.

Richard entró en el camarote con ella y miró a su alrededor.

—Los muebles grandes están clavados al suelo, pero apaga la lámpara. No es segura. Y para evitar que te hagas daño si te caes, te sugiero que te quedes en la cama hasta que demos la señal de fuera de peligro.

Julia pensó que exageraba, hasta que el barco cabeceó debajo de sus pies. Pero no le pasó por alto que él se había asegurado de que estaba a salvo antes de volver corriendo a cubierta para ayudar a capear el temporal. Se preguntó si el interés que acababa de demostrar por su bienestar y la sorprendente conversación que habían mantenido en cubierta significaban que sentía cariño por ella. Julia sonrió para sus adentros y apenas se dio cuenta del cabeceo del barco.

50

Por la noche celebrarían una gran cena para festejar que el barco no había sufrido tantos daños como esperaban. Cuando Gabrielle se presentó para acompañar a Julia al camarote del capitán, le explicó que uno de los mástiles pequeños se había roto, pero que hasta la mañana siguiente no sabrían si tenían que regresar a Inglaterra para repararlo o si el carpintero del barco podría solucionarlo. También le habló de otras tormentas que había vivido, aunque ninguna había sido tan movida como aquélla. De todas maneras, todas entrañaban cierto peligro.

Julia esperaba que no tuvieran que regresar a Inglaterra. Temía que esto despertara de nuevo los demonios de Richard y ella prefería su buen humor. Además, quería disponer de más tiempo para averiguar a qué se debía exactamente su buena disposición. Ya no quería especular más y le contaría a Richard lo que sentía antes de llegar a puerto. Esto, al menos, tenía que hacerlo. Si había algún modo de resolver las diferencias entre sus estilos de vida para que pudieran seguir casados, ella intentaría encontrarlo. Se lo debía a él y a ella misma.

Su estado de ánimo mejoró e incluso se estaba riendo con su nueva amiga cuando entraron en el camarote de Drew. Richard estaba allí. ¡Y le sonrió! Ella no pudo evitarlo y le devolvió la sonrisa. Nunca había podido resistirse a sus sonrisas. Todavía no se había acostumbrado al cambio que se había producido en él. Entonces se dio cuenta de que, a causa de sus dudas, ella tampoco había estado de buen humor desde que se casaron. ¿Había estado Richard respondiendo instintivamente a su estado de ánimo durante todo aquel tiempo? Y como acababa de verla reír...

Él se levantó para ofrecerle un asiento. Ella no dudó en aceptarlo, aunque había otras sillas vacías que no estaban al lado de la de él.

Cuando se sentaron, Richard se inclinó hacia ella.

—¿Has soportado bien el temporal? —le preguntó.

—Sí.

—¿Ningún morado?

—Ninguno.

—Quizá debería examinarte a fondo para asegurarme —dijo él con una sonrisa pícara.

¡Santo cielo, estaba bromeando con ella! A Julia le encantaba cuando estaba así, con chispas de alegría en los ojos. Y continuó de esta forma mientras sus compañeros fascinaban a Julia con sus descripciones del Caribe. Brisas agradables durante todo el año, temperaturas cálidas, aguas cristalinas para nadar, puestas de sol espectaculares, frutas exóticas que ella no había probado... Hacían que todo sonara tan maravilloso que Julia pensó que, si no tuviera unos vínculos sólidos que la unían a Inglaterra, probablemente le gustaría vivir allí.

Todos intentaban convencerla de que les diera una oportunidad a las islas, y Richard no se interpuso. Volvía a ser él mismo, aquel hombre alegre y bromista con el que resultaba tan divertido estar. ¿Conservaría el buen humor durante el resto del viaje si ella no hablaba de lo que sucedería cuando llegaran a su destino? ¿Significaba esto que él quería ignorar de momento sus planes de divorcio? ¿O simplemente estaba contento porque pondrían fin a su matrimonio de una forma amigable?

Pero ella no podía ignorar que, en sus anteriores conversaciones, él le había ofrecido una impresión muy diferente de su nuevo hogar, de modo que lo miró de una forma inquisitiva.

—¿Por qué no me contaste todo esto en lugar de hacerme creer que me marchitaría por el calor extremo del país?

—Porque no creí que estuvieras allí el tiempo suficiente para ajustarte al clima tropical. Explícale, Gabby.

—Al principio puede parecer demasiado caluroso —admitió Gabrielle—, pero cuando te acostumbras, las brisas tropicales son suficientes para refrescarte, y las casas pueden diseñarse para aprovechar los vientos. Piensa en lo que significa no tener que abrigarse nunca más por el frío; se acabaron las piedras calientes al pie de la cama, y los deprimentes colores invernales, y los paisajes secos y marchitos. Imagínate árboles de hoja perenne y plantas que florecen durante todo el año. Yo sólo me puedo quejar unos días al año, que es cuando los vientos alisios se calman y hace mucho bochorno, pero es un precio muy bajo por toda la belleza y la exuberante vegetación que predomina durante todo el año.

Drew, que llevaba años comerciando en el Caribe, mencionó los aspectos comerciales de la zona, productos que eran exclusivos de los trópicos: fruta, ron, caña de azúcar, tabaco... Entonces fue cuando los ojos de Julia realmente se iluminaron de excitación. Ahora que su padre se había recuperado y volvía a llevar las riendas de los negocios familiares en Inglaterra, ella vio infinitas oportunidades para ellos en el Caribe. De hecho, podría expandir las industrias Miller.

No se dio cuenta de que estaba pensando en voz alta hasta que Richard señaló:

—¿Ahora vas a hacer de los Miller unos agricultores?

Estaba bromeando, pero ella replicó:

—Siempre hemos sido agricultores. Nuestros negocios tienen su origen en la tierra. Nosotros criamos a las ovejas y las vacas, cultivamos el trigo, procesamos las materias primas en nuestras propias fábricas y molinos, contratamos a los artesanos para que lo conviertan todo en productos que transportamos a nuestras propias tiendas o los vendemos a granel a otros mercaderes. La mayor parte de los productos que fabricamos, elaboramos y vendemos proceden de la tierra.

—No sabía que tu familia tocaba tantas teclas —dijo Richard, sorprendido.

—¡Oh, sí! Si resulta rentable, ¿por qué no? Y, por lo visto, en esas islas hay mucho potencial, productos que nunca habíamos tenido en cuenta porque el clima de Inglaterra no es adecuado para producirlos.

—De hecho, ya hay muchos proveedores de esos productos —se vio obligado a decir Drew.

—¿Y qué? —preguntó Julia riendo—. Siempre hay lugar para más competidores. O mercados sin explotar. Además, los Miller hacemos las cosas a gran escala.

Su excitación se volvió contagiosa, al menos para Drew, quien, de repente, visualizó a nuevos clientes para la flota mercante de su familia. Hablaron sobre esta cuestión mientras tomaban el postre, pero al final Julia se dio cuenta de que Richard había dejado de intervenir en la conversación y, cuando lo miró para averiguar la razón, vio que él la estaba observando con asombro. ¿Acaso le parecía demasiado empresarial para sus gustos aristocráticos?

Julia se ruborizó, pero el color de sus mejillas desapareció cuando él le dijo impulsivamente:

—¡Cásate conmigo!

Ella parpadeó.

—Ya estamos casados.

—Vuelve a casarte conmigo. Pero esta vez de verdad.

—¿Quieres casarte conmigo?

—¿En algún momento te ha parecido que iba a dejarte escapar?

Ella soltó un respingo.

—¿Por esto no querías divorciarte en Inglaterra?

Julia no se dio cuenta de que una ávida audiencia escuchaba sus palabras. Estaba demasiado emocionada asimilando que él quería casarse con ella para recordar que no estaban solos. Pero Richard sí que se dio cuenta, de modo que la agarró de la mano y la sacó de allí mientras sus amigos se quejaban de que los privara de un entretenimiento tan fascinante.

Cuando cerró la puerta del camarote de Julia, Richard apoyó las manos en las caderas de ella.

—¿Estás enfadada? —le preguntó titubeante.

—Debería estarlo.

Él sonrió lentamente.

—No lo estás.

—Claro que no, creí que era evidente que yo tampoco quería el divorcio.

—En absoluto, se te veía sumamente triste porque te ibas de Inglaterra.

—No, no lo estaba. Estaba sumamente triste..., en realidad destrozada sería la palabra adecuada, porque tú no me querías.

—¡Dios mío, Jewels, no podría querer a nadie tanto como te quiero a ti! ¡Te amo! Creo que sucedió cuando apareciste con todo el armamento para rescatarme, y no me quedó ninguna duda cuando te tuve entre mis brazos a bordo del *Maiden George*. Nunca me había sentido tan completo como entonces. Pero supe que se trataba de un sentimiento permanente, que quería tenerte a mi lado durante el resto de mi vida, cuando vi que dejabas que mi sobrino te hundiera para que se sintiera seguro en el lago.

Richard la besó con suavidad, sin pasión, esperando simplemente que su amor fuera correspondido. Pero el deseo que sentían el uno por el otro era demasiado intenso para no dejarse llevar por la pasión, algo que sucedió más bien rápido por parte de ella. Acababa de oír lo que había querido oír desde el día que lo conoció. Estos sentimientos habían estado allí durante todos aquellos años y habían sido negados, pero ya no.

Se desnudaron el uno al otro. Ella no pudo esperar a que Richard le quitara los zapatos y los dos cayeron entre risas sobre la cama. Julia tuvo la sensación de que, con aquel hombre, la risa llenaría el resto de su vida. ¡Qué idea tan maravillosa, y un inesperado añadido al hecho de amarlo!

Pero en aquel momento, con las manos de Richard por todo su cuerpo, más que reír, Julia jadeó. ¡Él podía encenderla tan fácilmente! Siempre lo había hecho. De una u otra forma, siempre había encendido su pasión y la había llevado al límite, más allá del control de ella. ¡Pero esta pasión era bienvenida! Esta pasión era emocionante, y como sabía el placer que le proporcionaría, todavía le resultaba más excitante.

Él no dejó ninguna parte de su cuerpo sin tocar. Ella siguió su ejemplo y le prodigó las mismas atenciones. Incluso lo tumbó sobre la espalda y se colocó encima de él.

Sentarse en esta posición constituyó una experiencia nueva y excitante para ella. Con su erección presionada contra ella pero sin penetrarla, jugueteando con ella, tentándola, ella podía tocar la mayor parte de su cuerpo con facilidad. Subió las manos por su amplio pecho, las deslizó por su fuerte cuello y enredó sus dedos en su suave cabello. Se inclinó hacia delante para besarlo apasionadamente..., pero sólo durante un instante. Ella también podía jugar.

¡Tenía más control del que creía! Richard la dejó jugar con él y explorar su fuerte y bonito cuerpo. Pero todo lo que hacía estaba envuelto en su amor. Julia estaba convencida de que, al tocarlo, ella obtenía más placer que él. O quizá no, porque los sonidos que él hacía eran muy significativos.

El duro miembro que presionaba su entrepierna seguía jugueteando con ella. Cuando finalmente Julia se enderezó y miró hacia abajo, se quedó maravillada al ver que la erección de Richard había aumentado. Agarró su miembro y oyó que él gemía. No estaba segura de si le estaba haciendo daño o proporcionando placer, pero se sentía demasiado fascinada para parar. Entonces lo miró y percibió tanta intensidad en sus ojos verdes, tanto ardor, tanta tensión en los músculos de su cuello y sus hombros, que supo que no le estaba haciendo ningún daño.

Julia no sabía que él se estaba esforzando para no tumbarla en la cama inmediatamente, pero lo supuso y, con una sonrisa sensual, levantó las caderas justo lo suficiente para guiarlo hasta donde quería tenerlo. ¡Y disfrutar del placer de que la llenara! Dejó caer la cabeza hacia atrás y su cabello se deslizó por los muslos de Richard como si fuera una sedosa caricia. Pero ya lo había llevado más allá de sus límites. Richard la sujetó por las caderas y la penetró con tanta fuerza que ella tuvo que agarrarse a él. En un instante, él explotó en su interior. Su gemido de satisfacción inundó la habitación.

—¡Mierda! —exclamó Richard cuando recuperó el aliento—. Me excitas tanto que vuelvo a sentirme joven y no puedo controlarme. Lo siento.

—¿Por qué? —jadeó ella estremeciéndose una vez, y otra, mientras se frotaba contra él para alargar su orgasmo.

Al ver que no tenía por qué disculparse, Richard se echó a reír.

—Creí que me había precipitado, que te había dejado insatisfecha —explicó Richard.

Ella le sonrió.

—No te preocupes, nunca permitiré que esto ocurra.

Él rio entre dientes.

—Creo que llevas demasiado tiempo controlando el imperio familiar. Serás una mandona en la cama, ¿no?

—Es posible, pero me aseguraré de que disfrutes cada segundo.

Él la ayudó a tumbarse en la cama para poder abrazarla. Ninguno de los dos deseaba levantarse, claro que era tan tarde que tampoco tenían por qué hacerlo. Julia se preguntó cómo sobreviviría a tanta felicidad. Tenía ganas de reír, de gritar de alegría, de saltar de puro placer. ¿Que lo había hecho sentirse joven otra vez? Pues el sentimiento era mutuo.

De repente se dio cuenta de algo importante y se incorporó bruscamente.

—Antes no te dije lo mucho que te quiero, ¿no?

—No. —Richard esbozó una amplia sonrisa—. Pero acabo de deducirlo.

Ella se ruborizó un poco.

—No te sorprendas si te digo que siempre te he querido como marido. No te puedes imaginar cómo me emocioné la primera vez que te

vi. Mis padres realmente encontraron la pareja perfecta para mí. Creo que te odiaba porque tú no sentías lo mismo hacia mí.

Él se incorporó y la abrazó.

—Siento haber permitido que lo que sentía por mi padre me influyera apartándote de mí.

—¡Chsss! Ya está bien de disculpas. Me has hecho más feliz de lo que podía imaginar.

—Todavía me resulta increíble. Si me he portado como un grosero desde que nos casamos, es porque estaba convencido de que no te gustaría vivir en el Caribe conmigo, hasta que vi tu reacción durante la conversación de esta noche.

—Pues ahora yo no tengo ninguna duda de que me encantará.

—Pero no se trataba sólo de esto.

—¿Qué más hay?

—Lo único que puedo ofrecerte es mi amor. Ni siquiera tengo una casa a la que llevarte. Yo vivo en un barco, en la casa de mi capitán o en la de Gabby. Hasta ahora nunca necesité un hogar propio.

Ella se tumbó y se echó a reír.

—¿Acaso crees que yo no puedo comprar una casa para los dos?

—Yo no he dicho que no pueda permitírmelo. Yo compraré la casa, Jewels.

Aquella actitud de prerrogativa masculina la empujó a preguntar con cautela:

—No te molestará que yo sea rica, ¿no? Sé que a Anthony Malory le pasa y no permite que su esposa se gaste ni un penique de su dinero.

La risa iluminó los ojos de Richard.

—¿De verdad? Bueno, yo no soy tan arbitrario. Tú tendrás libertad de elección para gastar tu dinero en lo que quieras, pero yo compraré nuestra primera casa.

Ella también se echó a reír.

—¿A esto lo llamas libertad de elección?

—A esto lo llamo saber más que tú sobre la vida en las islas…, de momento. Pero yo no he dicho que tú no puedas comprar también una casa. Tendremos dos…, o más. Bueno, todas las que quieras, pero al menos una en Inglaterra y otra en las islas.

Ella estaba más que ilusionada.

—¿Lo dices en serio? ¿Podremos vivir en los dos países?

—Lo que tú desees, Jewels.

51

Estaban en la puerta de la casa de Julia, en Berkeley Square. Richard le cogió la mano, se la llevó a los labios y se la besó. ¡Habían regresado tan pronto! Pero no se quedarían mucho tiempo, sólo unos días, hasta que el *Triton* volviera a estar a punto. Aquellos pocos días serían suficientes para compartir la buena nueva de su felicidad y pagar una vieja deuda. Richard todavía no sabía nada del sello de «totalmente pagado» que ella pretendía estampar en aquella parte de sus vidas.

—¡Mi padre estará tan contento! —dijo Julia mientras subían las escaleras. Y añadió con cautela—: ¿Hay alguna posibilidad de que un día te reconcilies con el tuyo?

—¿Bromeas?

Su expresión confirmó que no sucedería nunca.

—Tenía que preguntártelo —explicó ella—, porque me gustaría cerrar definitivamente nuestra relación con él. Quiero que sepa, sin lugar a dudas, que nunca formará parte de nuestras vidas.

—Nunca lo hará.

—Nosotros lo sabemos, pero quiero que él también lo sepa para que no vuelva a hacerse ilusiones ni elabore ningún otro complot en relación con nosotros. ¿Podemos ponerle un punto y final, de una vez por todas, para que no tengamos que preocuparnos nunca más por él?

—¿Estás sugiriendo que quieres volver a Willow Woods?

—Sí, una última vez.

—Déjame pensármelo, Jewels. La verdad es que no quería volver a verlo nunca más.

Ella asintió con la cabeza y lo condujo al interior de la casa. No pensaba discutir con él sobre esta cuestión. Richard tenía que decidirlo libremente. Si ella podía evitarlo, Richard nunca más se vería privado de la posibilidad de elección.

Encontraron a su padre en la planta baja, en su estudio.

—¡Ya puedes caminar! —exclamó Julia.

—¿Qué hacéis de vuelta tan pronto? —le preguntó él casi al mismo tiempo.

Los dos se echaron a reír. Gerald fue el primero en explicarse.

—Arthur encontró una silla con la que puede bajarme fácilmente. Echaba de menos mi viejo sillón del estudio. Además, me sentía mal ocupándome de los negocios desde la cama.

—¿De modo que ya vuelves a trabajar?

—Tanto como Arthur me lo permite —refunfuñó Gerald.

—Todavía debemos dedicar la mayor parte del día a ejercitar su cuerpo. Por prescripción médica. Pero ahora lo hacemos aquí abajo. Su padre está realmente harto de su dormitorio.

—¡No me extraña! —Julia sonrió—. En cuanto a por qué estamos de vuelta, apenas llegamos a alta mar, nos alcanzó una tormenta. Sólo hemos regresado para reparar el barco, aunque tenemos buenas noticias.

Julia estaba radiante, de modo que Gerald sugirió:

—¿Del tipo permanente?

—Sé lo que Richard te dijo la noche antes de que zarpáramos —dijo Julia sonriendo—. Me lo ha confesado. Pero ¿por qué no me lo contaste tú, papá?

—¿Que te ama? Estuve a punto de hacerlo, pero él estaba convencido de que necesitaba el tiempo que duraría el viaje para convencerte de ello. Además, ¡has trabajado tan duramente durante estos últimos años, Julia! A tu edad no deberías haber cargado con tantas responsabilidades. Pensé que el viaje te sentaría bien, que podrías relajarte y disfrutar, como corresponde a tu edad. Y..., bueno, esperaba que al final constituyera un auténtico viaje de bodas para ti.

Ella levantó la mano para enseñarle el bonito anillo de boda de plata que Richard le había comprado el día antes de que el barco zarpara. Mientras regresaban a Londres, antes de atracar, él le sacó el horrible anillo que Milton les había proporcionado para la boda y lo lanzó al Támesis. A continuación le puso el que él le había comprado y le dijo: «Sólo tendrás que quitártelo una vez, el día que celebremos una boda que valga la pena recordar, ya sea en una bonita playa en las islas o en una vieja catedral, aquí en Inglaterra, lo que tú decidas.» «Nos casaremos cuando volvamos la próxima vez —le contestó ella mientras lo abrazaba con ternura—. Quiero que mi padre esté lo bastante fuerte para acompañarme al altar.»

Gerald arqueó una ceja y miró a Richard.

—No has tardado mucho en convencerla, ¿no?

—No, señor.

Gerald se echó a reír.

—Nunca creí que llegara a decir esto: ¡Bienvenido a la familia, hijo!

Pasaron el resto del día con Gerald. Ella le contagió su entusiasmo por expandir las empresas Miller e incluir productos y materias primas del trópico.

—Uno de estos días tendrás que abrir tu propio banco para poder almacenar todas tus riquezas —bromeó Richard.

—¡Buena idea! —exclamó Julia—. De hecho, constituiría un buen proyecto para ti.

Richard levantó la vista hacia el techo.

—¿De pirata a banquero? Yo diría que no suena muy bien.

Durante el trayecto que realizaron al día siguiente por la campiña inglesa, camino de la casa del conde, estuvieron serios. Richard accedió a ir a Willow Woods porque quería explicarle a su hermano los cambios que se habían producido. Aquella noche, mientras Richard la abrazaba con ternura en la cama de la posada en la que se detuvieron por el camino, Julia mencionó la última cuestión que esperaba resolver. Todavía creía que Milton Allen no era el verdadero padre de Richard. La forma en que el conde lo había tratado encajaba con la de un hombre que maltrataba a un hijo bastardo que se había visto obligado a acoger. La otra vez que se lo mencionó, Richard se rio de esta idea, pero si ella tenía razón, este hecho lo haría feliz, ¿no?

Cuando Julia se lo comentó, Richard la abrazó con fuerza.

—Sé que crees que esto me haría sentir mejor, pero, sinceramente, tanto si soy su hijo como si no, no me importa, Jewels. En lo que a mí respecta, él ya no es pariente mío ni lo ha sido durante la mayor parte de mi vida. Pero si esto te hace feliz, se lo preguntaré.

Julia titubeó. Si a Richard realmente no le importaba, quizás ella debería dejar de lado aquella cuestión. Pero no llegó a decírselo porque él tenía otras ideas sobre cómo pasar el resto de la noche. Unas ideas realmente interesantes.

52

Cuando llegaron a Willow Woods, un entusiasmado Mathew los recibió en la puerta. Por lo visto, durante su ausencia había decidido que, después de todo, le gustaba tener un tío. A Richard le encantó que el muchacho ya no se mostrara tímido con él. Julia decidió que invitaría a Charles a que los visitara en el Caribe. Estaba convencida de que a Mathew le encantaría.

Richard alborotó el cabello de Mathew, le preguntó dónde estaba el conde y lo envió a decirle a su padre que estaban allí. Milton estaba leyendo en la pequeña biblioteca. Cuando entraron, no se levantó. Y tampoco pareció sorprenderse al verlos. De hecho, parecía que todavía estuviera regodeándose de su triunfo, como la última vez que lo vieron, lo que no tenía mucho sentido.

La casa también estaba igual. Los trabajadores de Julia, que se fueron cuando ella lo hizo, al menos habían limpiado, pero nadie había realizado ninguna reforma. Claro que sólo hacía una semana que se fueron. El conde ya había recibido la dote, pero también la promesa de Gerald de que no obtendría más dinero de él. Lo lógico sería que el conde estuviera furioso por esta razón.

—Os fuisteis muy deprisa —dijo Milton dejando el libro a un lado—. ¿Os habéis olvidado algo?

Richard obviamente no hizo caso de la sonrisa burlona de Milton y fue directo al grano.

—¿El padre de Julia ya te ha dicho que no obtendrás nada más de los Miller?

Milton resopló.

—Gerald cambiará de idea cuando le deis unos cuantos nietos.

¡Qué equivocado estaba!

—Podríamos divorciarnos —dijo Richard—. ¿Nunca se te ocurrió esta posibilidad?

—No lo haréis —replicó el conde con firmeza—. El divorcio es la causa de los peores escándalos en nuestra...

—¿En serio que nunca pensaste que podíamos divorciarnos?

—Claro que no.

—¿Aun sabiendo que para mí los escándalos no tienen ninguna importancia?

—El escándalo afectaría a tu hermano y a tu sobrino. ¿Acaso ellos no te importan nada?

De repente, Richard soltó una carcajada.

—No les ocurrirá nada.

A Milton no le gustó su buen humor.

—¿Qué te ha ocurrido? —le preguntó con recelo.

—Estoy enamorado —contestó Richard.

—Esto ya lo habías dicho antes.

Richard asintió con la cabeza.

—Antes todavía no era consciente de la profundidad de mis sentimientos hacia Julia, pero ahora sí. Antes estábamos representando una farsa para ti...

—¡Lo sabía!

—Pero ahora no —terminó Richard—, así que no, no habrá divorcio.

—Estaba convencido de que acabarías viéndolo como... —empezó Milton vanagloriándose otra vez.

En esta ocasión, Richard lo interrumpió.

—Pero esto no te beneficiará en nada. Como Gerald, yo he legalizado mi decisión. Nada mío pasará a ser tuyo mientras yo viva. Y tampoco después. En realidad, te he repudiado, lo que te excluye de mi nueva familia.

Los ojos de Milton echaron chispas.

—No puedes hacer eso.

—Ya está hecho.

Milton se levantó de la silla hecho una furia.

—¿Cómo te atreves a arruinar años de planificación?

—¿Qué planificación? —preguntó Richard con curiosidad.

Julia deslizó la mano en la de él para darle apoyo, pero entonces se dio cuenta de que, a pesar de la rabia de su padre, Richard mantenía la calma.

—Ya soy un adulto, y lo que es de ella es mío, no tuyo.

—Se suponía que íbamos a ser una familia, y las familias cuidan de sus miembros. Esperaba no carecer de nada nunca más.

—Los Miller te ofrecieron una fortuna para liberar a Julia del contrato matrimonial —le recordó Richard—. ¿Por qué no la aceptaste cuando podías?

—No era suficiente.

—Sería más que suficiente si vendieras la colección de objetos que tienes en tu armario.

Milton casi soltó un alarido.

—¿Estás loco? Llevo coleccionando esas vasijas desde que era joven. ¡Es la única pasión verdadera que tengo!

—¡Dios mío! Ya se ha gastado usted la dote en más vasijas, ¿no? —conjeturó de repente Julia.

—Desde luego. ¿Sabes cuánto tiempo he tenido que esperar para comprar las piezas que quería? Lo poco que quedaba de mi fortuna familiar se acabó antes de que mi mujer muriera por culpa de sus padres. Antes de eso, yo me apañaba bien y, de vez en cuando, podía comprarme una de esas vasijas que deseaba. Pero entonces los precios se dispararon y me puse furioso. No tenéis ni idea de lo que es querer algo tanto y no poder conseguirlo. En la vida es importante rodearse de cosas bonitas que uno pueda querer y valorar. ¡Pero yo ya no me las podía costear! Año tras años mis proveedores aparecían con una vasija que sabían que yo querría y yo tenía que decirles que no una y otra vez.

—¿Te das cuenta de lo patético que suena esto? —preguntó Richard—. ¿Y lo absurdo que es que le des más valor a unos objetos duros y fríos que a las personas que hay en tu vida?

—No me juzgues, muchacho —gruñó Milton—. ¡La culpa fue de tu madre! De sus deudas, de las de sus padres. ¡Y, para colmo, me hizo cargar contigo! Pero tú ibas a equilibrar la balanza y corregir la injusticia. Tú ibas a hacer que esta familia volviera a ser próspera. ¡Y ahora mira lo que has hecho, mocoso desagradecido!

—¿De verdad eres mi auténtico padre?

—Yo te crié, ¿no es cierto? —contestó Milton a la defensiva.

—Esto no responde a mi pregunta. ¿Y a vivir contigo lo llamas haberme criado? Si no soy hijo tuyo, preferiría que me hubieras dado en adopción, aunque fuera al granjero más pobre. Cualquier otra vida habría sido preferible a la que tuve contigo.

—¡Eso es lo que debería haber hecho! Claro que no eres hijo mío. Ella no pudo esperar a echármelo a la cara. Me lo dijo nada más regresar de Londres, y también lo puta que había sido para asegurarse de que se quedaba embarazada. Se rio mientras me contaba que había estado con tantos hombres que no tenía ni idea de quién era tu padre. No te puedes imaginar cuánto la odié.

—Y a mí —añadió Richard.

—¡Sí, y a ti!

—Me temo que eso no es todo —dijo Charles desde la puerta, detrás de ellos.

—¡Vete de aquí, Charles! —ordenó Milton—. Esto no te concierne a ti.

—De hecho, sí que me concierne —declaró Charles mientras entraba en la habitación—. Y ya es hora de que hable. Nuestra madre me lo contó todo, ¿sabes? Yo era su único confidente. Era nuestro secreto. Yo era pequeño y apenas lo comprendía, y su rabia a menudo me asustaba. Ella te odiaba y yo también intenté odiarte, pero no pude. Richard es sólo mi medio hermano, pero soy yo el bastardo que ella tuvo al serte infiel. Richard es tu verdadero hijo.

Milton se dejó caer en la silla, totalmente pálido.

—¡Mientes!

—No, por fin cuento la verdad. Ella quería vengarse y lo hizo por duplicado. Quería que amaras a tu bastardo y odiaras a tu hijo. Mi padre es el hombre que ella amaba y con el que quería casarse. Lo conocía de toda la vida, pero su familia no era lo bastante rica para los padres de ella, de modo que la entregaron a ti.

—¡Mientes! —exclamó de nuevo Milton.

Charles sacudió la cabeza con tristeza.

—Ella amó a mi padre hasta el día que murió. Se citaban a diario en el bosque, cerca de aquí, hasta que él tuvo que regresar a su casa por una urgencia. Entonces, sospechosamente, murió. Ella te culpaba a ti. Estaba convencida de que habías descubierto que se querían y habías organizado su muerte, de modo que ideó la máxima venganza. Ella quería que tú creyeras que tu verdadero hijo era un bastardo. Cuando se fue a Londres, ya estaba embarazada de Richard, y poco después de que os casarais se quedó embarazada de su amante. ¿Nunca te preguntaste por qué, a pesar de odiarte, fue a tu cama para pedirte un hijo?

Milton estaba demasiado impresionado para contestar y contemplaba a Richard con nuevos ojos. Julia también se había quedado sin habla. ¡Ésta no era una familia de verdad, con tanto odio, mentiras y venganzas! El hecho de que Richard hubiera superado este legado y se hubiera convertido en el hombre tierno y cuidadoso que era, constituía una maravilla. Irónicamente, él permaneció impasible a pesar de lo que acababa de averiguar.

—Bueno, la verdad es que mi alivio ha durado poco —declaró con sequedad.

—Lo siento, Richard —dijo Charles, avergonzado—. Nuestra madre me pidió que os lo contara en el momento adecuado. Y ha habido muchos, pero nunca tuve el valor de hacerlo.

—Está bien —lo tranquilizó Richard, e incluso le sonrió—. Como le he dicho a mi mujer, el hecho de que sea o no mi padre no cambia nada. Me habría gustado que no lo fuera, esto no puedo negarlo, pero durante todos estos años estaba convencido de que lo era, por esto me sentía tan mal y no podía quererlo. Pero ahora todo esto ha terminado y quiero agradecértelo. Me consuela saber que, por muy egoístas y equivocadas que fueran, él tenía sus razones para tratarme como lo hizo.

Milton por fin encontró su voz.

—Richard...

—No —lo atajó Richard interrumpiendo lo que sonaba como un intento de conciliación—. Sabes que es demasiado tarde. Dejaste que el odio gobernara tu vida y, en consecuencia, hiciste que también gobernara la mía. Éste es el único legado que tengo de ti, pero voy a separarme de la fuente de ese odio para siempre.

—Pero esto lo cambia todo...

—¡Dios mío, qué equivocado estás! Todos los lazos que nos unían se han roto. No puedes evitar recoger lo que sembraste. No hay vuelta atrás. En lo que a mí respecta, tú ya no existes.

La habitación se sumió en un completo silencio. Nadie, aparte de Milton, creía que la afirmación de Richard había sido dura. Milton había deshecho su familia de una forma deliberada y obsesiva. No había lugar para la compasión para personas como él.

—Vámonos de aquí —propuso Charles—. Mathew y yo también

nos vamos. Me equivoqué al creer que era bueno que conociera a sus dos abuelos, porque en realidad sólo tiene uno.

—No lo apartes de mí. Por favor.

El tono suplicante de Milton era tan inapropiado que no parecía sincero, de todos modos Charles se detuvo y dijo:

—Hoy me he quitado un gran peso de encima, y tú no vas a volver a ponérmelo. Mathew ya no es pariente tuyo. Y yo tampoco.

—Esto no cambia el hecho de que yo quiera a Mathew.

Todos lo miraron con incredulidad y, aunque los hermanos no tenían intención de formular la pregunta obvia, Julia no pudo contenerse.

—¿Por qué no pudo querer a sus propios hijos?

Milton le lanzó una mirada furiosa por lo impertinente que le pareció su pregunta.

—Porque eran los hijos de ella y yo la despreciaba. Pero hace ya muchos años que murió y nada en Mathew me la ha recordado nunca.

—Casi podría sentir lástima por usted, pero no la siento —dijo Julia—. Usted, señor, es como una enfermedad y ha infectado a las personas que hay en esta habitación durante demasiado tiempo; a mí incluida. Ha valorado los objetos por encima de las personas. Ha hecho daño a unos niños inocentes porque no le caía bien su madre. Tenía una familia, pero no la apreciaba; ni siquiera lo intentó. No se merece tener otra. Mi marido ha saldado su cuenta y el recibo está frente a usted. Ahora vivirá de lo que ha sembrado y no le importa a nadie.

—¡Mathew me quiere!

—¡Mathew no te conoce! No importa la cara que le muestres, la enfermedad sigue ahí y, gracias a Dios, voy a librarlo de ella.

53

Julia estaba ligeramente avergonzada cuando se fueron de Willow Woods. Esta vez para siempre. No había sido su intención utilizar sus instintos de negociadora firme y rotunda en la reunión con el conde. Y tampoco lo fue sacar a relucir su desprecio, pero no pudo contenerse. Ahora estaba preocupada por la reacción de Richard, no sólo a lo que había averiguado aquel día, sino a su incorrecto comportamiento.

Pero no tuvo la oportunidad de hablarlo con él hasta la noche, cuando por fin estuvieron a solas en la posada en la que se detuvieron para descansar en el camino de regreso a Londres.

Al final, Charles y Mathew se fueron con ellos. Charles no quería pasar ni un instante más en aquella casa, ni siquiera para empacar sus cosas y las de su hijo. Enviaría a alguien a recogerlas más adelante. En aquel momento, lo que más deseaba era pasar tanto tiempo como pudiera con su hermano antes de que el *Triton* volviera a zarpar. Después se quedaría brevemente en la casa del verdadero abuelo de Mathew, hasta que encontrara una casa para ellos en Manchester.

A Julia le preocupaba que vivieran tan cerca de Willow Woods y se lo comentó a Richard mientras entraban en la posada, unos pasos por detrás de Charles y Mathew, y se sintió feliz al enterarse de que Charles tenía una amante y que no soportaba vivir lejos de ella. Consiguió que Charles les prometiera que los visitaría cuando se hubieran instalado en las islas. Mathew ya estaba emocionado con la idea, de modo que ella confiaba en que los visitarían pronto.

Los cuatro compartieron una relajada cena, libres de cargas y de tensión. Mathew todavía no sabía que él y su padre ya no vivirían en

Willow Woods. Charles le explicó a Julia en un aparte que le contaría a su hijo una historia acerca de dos hermanos y un padre no muy agradable y dejaría que decidiera por sí mismo si quería tener una persona así en su vida. Una vez más, la capacidad de elección era muy importante para aquellos hermanos que nunca pudieron ejercerla.

Ella fue la primera en retirarse y dejó que los dos hermanos dispusieran de algo de tiempo para disfrutar a solas, pero Richard no tardó mucho en reunirse con ella en la habitación. Julia estaba sentada con las piernas cruzadas en medio de la cama, peinándose, pero enseguida se levantó y lo rodeó con sus brazos.

—¡Me alegro tanto de que este día ya haya pasado! —dijo.

—Yo también, pero desde que salimos de la casa he deseado preguntarte si sientes lástima por él. ¿La sientes?

—¿Yo? —preguntó ella sorprendida—. Yo iba a formularte la misma pregunta.

Él rio en voz baja.

—Pues mi respuesta es un rotundo no. ¿Y la tuya?

—La misma.

—Me alegra oírlo, porque es verdad que acabó con todo el amor que podía sentir hacia él cuando era niño. El hecho de que, después de todo, yo sea su único hijo, es sólo una divertida ironía. Como te dije antes, no puede importarme menos.

Ella sonrió ampliamente.

—Ya sabes que esto significa que, a la larga, su título recaerá en ti.

Richard soltó un respingo.

—No lo quiero. No quiero nada que proceda de él. Preferiría que se lo quedara Charles, como siempre creí que sucedería, y después Mathew. Estoy seguro de que Milton opina lo mismo y que no le contará la verdad a nadie. Además, tú eres lo único que quiero, Jewels. Pero...

Ella se separó un poco de él y le dio un golpecito en el pecho.

—¡No puedes poner un «pero» después de esta afirmación!

—¿Y un «sin embargo»? —bromeó él.

—Tampoco.

—Entonces quizá, simplemente, deberías dejar que termine. No puedo negar que, gracias a ti, me ilusioné pensando que era un hijo bastardo y que ahora me siento un poco decepcionado porque me une a Milton Allen un vínculo de sangre. Pero lo superaré. —Entonces sonrió con picardía—. ¿Me ayudarás a superarlo?

Ésta era prácticamente la misma pregunta que le formuló cuando se reencontraron en el baile de los Malory. Julia se echó a reír y se acercó a él de una forma sugerente.

—Es muy probable —dijo.

Richard se rio con ella.

—¡Dios, cómo te quiero! Y esto también constituye una ironía, ¿no crees?

—¿Perdona? Ahora sí que estás pisando terreno resbaladizo.

A pesar de su quisquillosa advertencia, Richard la apretó contra él.

—Creí que mi matrimonio forzado sería igual que el de mi padre. —Le sonrió amorosamente, la besó y volvió a besarla—. Lo que constituye una ironía es lo equivocado que estaba.

Ella llevaba demasiado rato pegada a él. Cualquier otro tema podía esperar. Julia le rodeó la cintura con un brazo, acercó la cabeza de él a la de ella con la otra mano, entrelazó los dedos con su cabello y entonces se dio cuenta de lo que faltaba. Soltó un respingo y le dio la vuelta. ¡Entonces comprobó que su larga cola había desaparecido!

—Pero ¿qué has hecho? —gritó horrorizada—. ¡A mí me gustaba tu cabello!

—Decidí que, como ya no tengo nada contra lo que rebelarme, había llegado el momento de cortármelo, de modo que, después de cenar, Charles, Mathew y yo buscamos un barbero. Pero volveré a dejármelo crecer por ti.

—No, por mí no. Es tu elección.

Él se rio al ver que ella se esforzaba en no dejar traslucir su decepción.

—Tú eres mi elección, Jewels, y lo que te hace feliz a ti me hace feliz a mí.

Ella se preguntó si se había dado cuenta de que acababa de cederle todas sus decisiones futuras. Pero eso no ocurriría, porque las parejas perfectas, y él era la pareja perfecta para ella, tenían muchas ventajas. Como, por ejemplo, llegar a acuerdos felices, y ella lo quería tanto que lo que lo hiciera feliz a él, también la haría feliz a ella. No podía ser de otra manera.